岩　波　現　代　文　庫

歴史が後ずさりするとき

熱い戦争とメディア

ウンベルト・エーコ

Umberto Eco

リッカルド・アマデイ［訳］

Riccardo Amadei

学術 437

岩波書店

A PASSO DI GAMBERO

Guerre calde e populismo mediatico

by Umberto Eco

First published 2006 by Bompiani, Milano.
New edition published 2016 by La nave di Teseo, Milano.

This Japanese edition published 2021
by Iwanami Shoten, Publishers, Tokyo
by arrangement with La nave di Teseo, Milano
through Tuttle-Mori Agency Inc., Tokyo.

訳者まえがき

二〇〇六年に行われたあるインタヴューで、エーコは歴史について尋ねられた。「『歴史が後ずさりするとき』を読むと、歴史が「改良」の方向に発展することはないという考えを抱かされるが、方向は「逆方向」でも、いずれにしても歴史には「方向」があると言えるだろうか」というインタヴュアーの問いに対し、彼は次のように答えている。

『歴史が後ずさりするとき』は、どちらかと言うと歴史そのものより政治的論争を取り上げている本なのだが、そこで私は、さまざまな逆説(パラドックス)を使って今の時代の後戻りのいくつかの傾向について論じた。パラドックスの一つは、例えば、われわれが無線通信から有線通信に戻ってしまったことだ。現にインターネットはまさに有線通信以外のなにものでもないのだから。それはともかく、われわれの文化、われわれの世代が認識し、その結果、一九世紀観念論の全面的否定へと至ったのは、「何が何でも歴史には方向があるわけではない」ということだ。歴史に方向があると考えるためには、神とキリストを信じることが絶対的に不可欠になる。「歴史に方向がある」ということは、教父神学の「発明」なのだから。つまり、スタートが天地創造で、原罪があって、救世主が現れた。そこから最終的には最後の審判の日まで歩んでいく。むろん、その前にハルマゲドンが起こるのだが。このような信仰がなくても、そう、ヘーゲルの説いた「歴史の進歩」という概念もある。つまり「現実的なものはすべて理性的である」のだから、新しく現れるすべてのものは「現実的」であるがゆえに「理性的であり」、進展、進歩を孕んでいることになる。この考えは、われわれ学生、少なくともイタリア人の学生に落ち着かない思いをさせたものだ。高校で哲学の歴史の教科書を読むと、とくに観念論に従った考え方の先生が書いた教科書であればだが、ある哲学者が出てきて新しいことを語ると、そのたびにその人が正しくて、それより前の哲学者たちは間違っていた、という印象を深く受けてしまったからだ。言っておけば、この「錯覚」については、すでにレオパルディ[*1]がたった一行の詩句「人類の／《大いなる運命と進歩》」で、アイロニーをもって言うべきことをすべて語っている。今日、われわれが知っているのは歴史には「動き」があることだが、この「動き」は必ずしも一直線的であるとは限らない。例えば、スパイラル的な「動き」であってもおかしくない。古代人が「歴史は人生の教師」と言ったのは偶然ではない。この言葉が語っているのは、起こった出来事は、形こそ違うかも知れないが再び起こり得る、ということだ。したがって、歴史は「発展」の方向に進むとは限らない。「後退」の方向に「進む」ことも考えられる。だからこそ、「新しい」ことはすべて「進歩」なのだと固定観念的に考えないで、必ず批判的精神、文化的・社会的批判精神をわれわれは行使しなければならない。つまり、新しい芸術家が作ったものであっても、「粗悪だ」と言う権利と勇気をわれわれは持たなければならないのだ。

エーコの『歴史が後ずさりするとき』の現代性は、まさにこれらのエーコの言葉にある。ある一時的な出来事は、出来事自体は過ぎ去ったかもしれなくても、それを分析・解釈することによって有益な教訓となる。読者にお願いしたいのはそれだ。出来事を忘れて、分析の結果を自分の精神の糧にすることだ。

＊1　ジャーコモ・レオパルディ（一七九八〜一八三七年）。イタリアの詩人、随筆家、哲学者、文献学者。取り上げられている句は、詩「エニシダ」(La Ginestra)、五〇〜五一行(dell'umana gente / le magnifiche sorti e progressive.)。なお、エーコは五一行のみを引用しているが、分かりやすさを考えて五〇行の後半も入れて訳出した。

目　次

II

- 各篇の初出についての情報はそれぞれのエッセイの末尾に示されている。
- (1)、(2)…は原注、＊1、＊2…は訳注があることを示す。ともに各エッセイの末尾に示されている。
- 本文中の〔 〕は訳者による補足・注記である。
- イタリア語のカタカナ表記は、イタリア語の発音をできるだけ忠実に反映することを原則としている。したがって、例えば si は「シ」「ジ」でなく「スィ」「ズィ」とし、二重母音の -io, -ia などは「イオ」「イア」でなく「ヨ」「ヤ」としている。ただし、Italia, Sicilia は慣用に従って、「イターリヤ」「スィチーリヤ」とはせず「イタリア」「シチリア」とした。

エビの歩き方――歴史の後ずさり

この本には二〇〇〇年から二〇〇五年にかけて私が書いた一連の記事やエッセイが収録されている。

さまざまな出来事や予言的な事件に満ちた時期だった。新たな千年紀に対する不安を背景に、九月一一日の同時多発テロ事件で幕を開け、アフガニスタンとイラクにおける二つの戦争の勃発がそれに続き、またイタリアではベルルスコーニが政権の座に昇りつめるのを見た時代だ。

したがって、他のいろいろな話題に関する数多くの寄稿は除外して、本書には右記の六年間に発生した政治とメディアに関わる出来事についての記事やエッセイだけを収録することにした。その選択基準は、私の前著『ミネルヴァの走り書き』[*1]に収録した最近のエッセイの一つ「軽いテクノロジーの凱旋」[*2]がヒントになった。

クレイブ・バックワーズなる人物が書いたとされる書物への架空の書評という形をとったそのエッセイで、私は、先へ進むのではなく、文字通り「一歩一歩後ろへと下がっていく」ように見受けられる技術の展開が起こっていることを指摘していた。つまり、一九七〇年代の終わり頃から「重いコミュニケーション」が危機に瀕し始めたのだ。それまでコミュニケーションの中心的な役割を果たしていたのはカラー・テレビであって、それは、家の中で図々しくも大きなスペースを占領して玉座から君臨し、闇の中で不気味な輝きを放って近隣に迷惑をかける騒音を吐き出す力を持った巨大な箱だった。ところが、リモコンの発明が、「軽いコミュニケーション」へと向かう最初の一歩となった。というのも、リモコンを使って視聴者は音声を絞ったり、場合によってはまったく消したりできるばかりか、色をなくしたり、ザッピング操作をしたりできるようになったからだ。

数知れないテレビ討論からテレビ討論へとひっきりなしにジャンプすることで、視聴者は、白黒の、音声のないテレビ画面の前で、すでに「ブロッブ段階」[*3]なる創造の自由の段階に入っていた。その上、古来のテレビは起こった事をそのまま流すので、われわれをイヴェントの一方向性に依存させていた。ヴィデオ・テープ・レコーダーの出現によってわれわれは生中継から解放され、おかげでテレビから映画への「進化」が実現されただけでなく、カセット・テープを巻き戻すことによって、視聴者は語られている出来事との受動的、強制的関係から完全に逃れられるようになった。

そうなると、音声を完全になくし、ピアノラでサウンド・トラックをつくり、シンセサイザーで処理したものを画像の乱雑なシークエンスの音楽的コメントとして使用することも可能だったろう。そして——聴覚障害者のためにということで各テレビ局がアクションの説明用に画像にテロップを入れる習慣が広まっていたことも考えれば——二人が沈黙の中でキスする場面で画面に「愛している」と書かれた字幕の枠が現れるようなテレビ番組に、すぐにたどりつくこともあり得たろう。それによって、軽いテクノロジーがリュミエール兄弟の無声映画を「発明」することになってもおかしくなかった。

次なるステップは、画像の動きをなくすことによって達成された。インターネットのおかげで、利用者は自分のニューロンを節約して、低解像度でたいていはモノクロの静止画像だけを受けとれるようになった。しかも、情報が文字で画面上に現れるので、音声がまったく必要なかった。

グーテンベルクの銀河系へのこの輝かしい帰還のさらなる次の段階は、画像の完全な抹消になるだろうと、そのとき私は言った。つまり、音だけを出し、つまみをじかに回せばザッピングができるのでリモコンすら不要の、非常に小さな、ほとんどスペースをとらない箱の一種が発明されることになるだろうと、私は言ったのだ。ラジオの発明を私は考えていたのだが、実はiPodの到来を予言していたのである。

私がエッセイで最後に指摘したのは、いろいろな物理的障害をともなう無線放送に代わって、有線の有料テレビやインターネットという電話回線を介した新たな通信の時代が幕を開けたことによって、われわれはすでに最終段階に到達したということだった。

われわれは無線電信を通り抜けて有線電話に、マルコーニからメウッチ[*4]に到達したのだ。

これらの考察には、冗談めいた面があったりなかったりしたが、まったく根拠のないものではなかった。そもそも歴史が逆戻りしていることは、ベルリンの壁の崩壊後、ヨーロッパやアジアの政治地理学が根本的に変わったときに明らかになっていた。地図帳の出版社は、ソヴィエト連邦、ユーゴスラヴィア、東ドイツのような奇怪なものが載っているために古くなってしまった在庫を廃棄せざるを得なくなり、セルビアやモンテネグロや他のバルカン半島の国々がきちんと載っている一九一四年以前に出版の地図帳に基づかなければならなくなっていた。

しかし「後ずさり」の話はこれにとどまらず、この第三千年紀の始まりは「エビの後ずさり」であふれていた。ほんの数例を挙げよう。五〇年間の「冷戦」の後、アフガニスタンやイラクでの戦争によって本物の戦闘行為、別名「ホット・ウォー」が凱旋的な帰還を果たし、カイバー峠の「狡猾なアフガン人」による忘れ難い襲撃という一九世紀の話さえもが再び世の中に引っぱり出された。イスラム世界とキリスト教世界との衝突による新たな「十字軍の時代」が云々され、自爆テロリストが、「山の老人」にあやつられた昔の「暗殺者教団」になぞらえられた。レーパントの海戦[*5]における大勝利の故事を引き合いに出す人もいた(ここ数年に出版されて成功を収めた挑発的な本のいくつかは、一言で言えば、「母さん、トルコ人だ！」[6]という叫び声に要約することができる）。

反進化論論争の再開によって、一九世紀の出来事に属すると思われていたキリスト教原理主義も再び姿を現し、また、人口問題や経済の形でとはいえ、黄禍論の亡霊が復活した。わが国では、何年も前から多くの家庭で、『風と共に去りぬ』の時代のアメリカ南部同様、肌の色が白くない使用人が働くようになっている。紀元後の最初の数世紀のように、「蛮族」の民族大移動が再開している。そして、本書収録のエッセイの一つ（本訳書では割愛。「訳者あとがき」参照）で指摘したように、少なくともわが国では、晩期ローマ帝国を思わせる儀式や習慣が蘇っている。

『シオン賢者の議定書』[7]が大々的に取り上げられて反ユダヤ主義も凱旋的な帰還を遂げているし、またイタリアでは、ファシストたちが（だいぶ「ポスト・ファシズム」的ではあるが、何人かはまだ昔のままだ）政権の一員となっている[8]。その一方で、ゲラの校正をしている今、競技場で、拍手する観衆に対してある選手が右手を挙げてファシスト式の敬礼をした。まさに七〇年前にバリッラ少年団[9]の一員だった私がやったのとまったく同じだ――ただし私は強制されていたのだが。そして最後が「デヴォルーション」[10]だ。これでイタリアは、ガリバルディ以前の小国分立状態に逆戻りすることになる。

カヴール[11]の後生じていた教会とイタリア国家との対立が再び浮上してきたし、また、折り返しに近い「帰還」を指摘するなら、形態こそさまざまだが、キリスト教民主党が戻りつつある。

まるで歴史が、今まで二千年間に遂げてきたジャンプに不安になって、「伝統」という、安心できる豪奢さの中へと戻りながら、からだを小さく丸まらせていくのを見ているような気がする。

本書のエッセイから他にも多くの「後ずさり」を思わせる現象が現れてきて、本のタイトルを裏づけてくれるだろう。[*12] しかし紛れもなく、少なくともイタリアでは、新しいこと、今まで起こったことのない現象が起こった。それは、自己の個人的利益を目指す民間企業によって企てられた、メディアを使った民衆への呼びかけを基盤とする新しい政治形態の出現だ。[*13] 疑いもなく、少なくともヨーロッパの舞台では新しい実験であり、第三世界のポピュリズムより抜け目のない、技術的に強固に武装された実験だ。

本書の中の多くのエッセイがこのテーマを取り上げている。それは、進行中の(そして少なくとも本書が印刷に回される段階で阻止できているかどうか分からない)この「新現象」に対する不安と怒りから生まれたものだ。

第二部は「メディアのポピュリズム体制」という現象にあてられている。私はここで、ためらいなく「体制」という言葉を使うことにするが、それは(共産主義者ではなかった)中世の人々が「君主の統治体制のあり方」について論じていたときの意味で使っている[*14]〔イタリア国内政治に密着した原書第二部のエッセイは本訳書では割愛した。「訳者あとがき」

参照)。

ちなみに、この第二部の冒頭に私は二〇〇一年の総選挙前に書いて各方面から非難されたアピールを、あえて置くことにした。[*15] 当時すでに、右翼で、しかし明らかに私のことを多少とも好意的に見ていたある時評担当者が、なぜ私のような「善良なる」人間が、自分の支持している政党と異なる政党に票を投じるイタリア国民の半分をそんなに軽蔑的に論評することができるのかと悲しみながら驚いていた。そして最近になっても、しかも右翼からではなく、この私のような取り組みは「横柄な態度である」として非難された。その非難によれば、このような振る舞いはまったく破壊的であり、それによって政府に反対する文化人の大部分が「反感を抱かれる」ことになってしまうというのだ。

私は、何が何でも人から好感を持たれようとしていると非難されて苦痛を味わったことが何度もあるので、自分が人に反感を抱かせる人間だと発見したときには、誇りと徳に満ちた満足感を覚えた。

しかしこの非難は奇妙なものだ。まるで(私のことを過去の偉人たちと比べることが許されるならば)、ロッセッリ兄弟、ゴベッティ、サルヴェーミニ、グラムシ、そしてもちろんマッテオッティ[*16]などの人物たちが、その当時にあって、敵に対する理解や敬意に欠けているとして非難を受けるのと同じことだ。

もし誰かが、一つの政治的選択(そしてこの場合は、道徳的、倫理的選択)をして、その選択のために戦うのであれば、もちろん自分の選択が間違っていたと思うようになったらいつでも反省する義務と権利を負うのだが、その選択を行った時点ではそれを正しいと思い、違う行動をとろうとする人たちの過ちを厳しくとがめるべきなのだ。どう考えても、「君たちは正しいのだけれど、間違っている人に票を!」という旗印を掲げて展開できる選挙キャンペーンなど存在し得ないように私は思う。選挙キャンペーンの論争においては、少なくとも無党派層を説得することができるよう、敵に対する批判は厳しく容赦のないものでなければならないのだ。

その上、反感を呼ぶとされる非難の多くは慣習に対する非難だ。慣習を批判する人(他人の悪癖に批判を浴びせる中で、おのれの悪癖にも、あるいは自分が負けそうな誘惑にも鞭打つのがしばしばである人)は、痛烈な批判をしなければならない。またしても偉大な先例を引き合いに出すのだが、慣習を批判したいならば、ホラティウスのように振る舞うべきなのだ。ヴェルギリウスのような振る舞いをしたら、書く叙事詩は素晴らしいかもしれないが、時の支配者を神のように崇めることになってしまう。*17

しかし今は暗い時代で、慣習も腐敗しており、批判する権利も大衆の怒りにさらされるばかりか、場合によっては検閲的な措置によって抑圧されることもある。

したがって、私は自分の権利であると主張したい「積極的反感」というモットーを掲げて、これらのエッセイを出版することにする。

読めばお分かりの通り、各論文やエッセイには初出が明示されているが、多くの場合、文章には手が入れられている。手直しの目的はもちろん、アップデートすることや後に実際に起こったことを予測として書き込むためでは決してなく、重複を取り除き(同じテーマを繰り返し取り上げずにおくことは難しい)、スタイルを直し、またその時々の出来事にあまりに密着していて、今では読者がおそらく忘れてしまって理解不能になっているだろう記述を省くためである。

＊1　一九九六年一月に「レスプレッソ」誌に掲載。インターネットの普及が始まって早々の時期に書かれたもの。エッセイ集『ミネルヴァの走り書き』(*La bustina di Minerva*)は二〇〇〇年刊。

＊2　Crabe Backwards. Crabe は crab(カニ)のもじり。backwards は「後ずさり」。

＊3　Blob. 一九八九年に始まったＲＡＩ(イタリア放送協会)の毎日一〇〜一五分間の番組で、一時かなり流行った(現在も続いている)。内容は、前日のＲＡＩや他のテレビ局の番組中のＮＧ場面や滑稽な場面のカットを、諷刺的な意図のもとに繋ぎ合わせてコラージュ作品風にしたもの。

＊4　マルコーニはもちろん無線電信の発明者(一八七四〜一九三七年)。メウッチはイタリア

の発明家(一八〇八〜八九年)。イタリア以外では有線電話の発明者はグラハム・ベルとされてきたが、近年アントーニョ・メウッチが最初の発明者であることが公式に認められた。

＊5　一五七一年、ギリシャ中部のレーパント沖で、オスマン帝国の海軍とスペイン・ポルトガル・教皇などの連合艦隊との間で行われた海戦。

＊6　"Mamma li turchi!". 一三〜一七世紀のイタリア(とくに南部)沿岸の町は、たびたびサラセン人海賊の襲来を受けた。そのサラセン人はほとんどの場合オスマン・トルコ人だったことから、彼らを指して「トルコ人(turchi)」という言葉が使われ、「母さん、トルコ人だ!」という表現が、「海賊(すなわち野蛮な人間)がやってくるぞ、注意しろ!」という意味のイタリア語の定型表現となった。

＊7　反ユダヤ主義の偽文書『シオン賢者の議定書』については、本書に収録されているエッセイ「狼と羊——濫用の修辞学」、「イタリア人は反ユダヤか?」、「陰謀」を参照。

＊8　ベルルスコーニ政権に、戦後のネオファシスト政党「イタリア社会運動」を前身とする政党「国民同盟」のメンバーが加わっていたことを指す。

＊9　ファシズム体制下の少年訓練組織。バリッラはもともと少年の名前。

＊10　地方への移管・委譲。政党「北部同盟」は、地方分権よりもかなり進んだ形の自治権の委譲を要求している。

＊11　政治家カミッロ・カヴール(一八一〇〜六一年)は、ジュゼッペ・ガリバルディ(一八〇七〜八二年)と並んでイタリア統一(一八六一年)を実現させた立役者の一人。

＊12　本書の原題を直訳すれば「エビの歩き方で。熱い戦争とメディアのポピュリズム」。

＊13　民間テレビ局、出版社、広告、流通などからなる一大企業グループ「フィニンヴェスト」を率いる実業家ベルルスコーニ(一九三六年〜　)は、一九九四年、政党「フォルツァ・イタリア」を結成し、選挙で勝利を収めて政権の座についた。本書刊行当時は、二〇〇一年以来の第二次ベルルスコーニ内閣が続いていた。

＊14　イタリア語の「体制(regime)」はもともと「制度、体制、政治体制」という意味だが、戦後、歴史家によってナチズムやファシズム、共産主義の体制を指して使われるようになったために否定的ニュアンスをともなう言葉となった。実際、今のイタリア語でil Regimeと言えば、「ファシスト体制」のことを指す。エーコは、ここで自分はその意味ではなく、中世において使われていた意味で使っていると主張している。

＊15　「誰がために鐘は鳴る。倫理的国民投票に向けての二〇〇一年アピール」。エーコはこのエッセイでベルルスコーニを中心とする中道右派連合に票を投じようとする人々を痛烈に批判し、言論の自由を守り「事実上のファシズム体制」が成立するのを阻止するために、すべての市民が倫理的義務として反ベルルスコーニ陣営に投票すべきであると呼びかけている。

＊16　いずれもファシズム体制下で反ファシズムの思想を堅持した人たち。

＊17　ホラティウスもヴェルギリウスもラテン文学の黄金期を代表する詩人だが、ヴェルギリウスの叙事詩『アエネイス』は、ローマ建国の偉業を称えながら、神話上の人物に重ね合わせてローマ皇帝アウグストゥスとその政治体制を賛美している。

Ⅰ　戦争、平和、その他のこと

戦争と平和をめぐるいくつかの考察

私は一九六〇年代初頭、イタリアの核廃絶委員会の設立に協力し、また何回か平和行進に参加したこともある。そのことを前もってはっきり言明し、昔も今も、私が天性として平和主義者であることを明言しておきたい。だが今回は、戦争についてだけでなく、平和についても非難せざるを得ない。寛容な心でお聞きいただきたい。

私は湾岸戦争を始め、さまざまな戦争に関して種々の論文や文章を書いてきたが、今考えてみると、新しい文章を書くたびに、「戦争」の概念について自分の考えを変えなければならなかった。言い方を変えれば、どんな武器が使われるかに関係なく、古代ギリシャの時代からついこの間までほとんど変わらなかった戦争の概念が、ここ一〇年の間に少なくとも三回、考え直されなければならなかったのだ。(1)

旧来型戦争から冷戦まで

何世紀もの間、「旧来型(パレオ)戦争」とこれから呼びたいと思う戦争は、何を目的としたのか。人は戦争をしかけて敵を打ち負かし、それによって何らかの利益を得ようとした。敵の不意を突き、自分たちの意図を実現しようとした。敵が自分の意図を実現できないように、ありとあらゆる手を尽くした。人の命という代償をしかたなしに受け入れながら、敵が人命の点で自分たちより大きな損害をこうむるようにした。こうした目的のために、動員可能なあらゆる軍事力を戦いに投じる必要があった。戦いは二者間のゲームだった。他者が中立であること、他者が二者の戦争から損害を受けず、せいぜい場合によっては得することがあるくらい、ということが、戦争する二者が自由に動ける必要条件だった。うっかり忘れるところだったが、もう一つの絶対条件があった。それは敵が誰であるか、その敵がどこにいるかがはっきり認識できるということだ。そのため、たいていの場合、衝突は正面からの衝突となり、明確に分かる二つないしそれ以上のエリアを巻き込んでいた。

二〇世紀に入って、「世界戦争」という概念、例えばポリネシアの民族のような歴史のない民族をも巻き込んでしまう「世界戦争」という概念が、交戦者と中立者との違いをなくしてしまった。原子力は、誰が交戦者であろうと、戦争によって損害を受けるのは地球全体であるという状況をもたらした。

その結果が、「旧来型戦争」から「冷戦」をへて「ネオ戦争」にいたる移行だ。冷戦は、「平和的交戦状態」あるいは「交戦的平和状態」という緊張状態、恐怖の均衡という緊張状態をつくりあげ、このような緊張状態が、中心におけるかなり安定した状態を保証するとともに、周辺(ヴェトナム、中東、アフリカ諸国など)におけるさまざまな形態の「旧来型戦争」の存在を許した、というより、それが必要となるような状況をつくった。結局、冷戦は第三世界に季節的あるいは地域に限定された慢性的な戦争状態という代償を払わせた上で、第一世界と第二世界に平和を保証していたのだ。

湾岸の「ネオ戦争」

ソヴィエト帝国の崩壊で冷戦の条件が消失すると、延々と続いていた第三世界における戦争の問題が浮上してきた。イラクによるクウェート侵攻(一九九〇年八月)が発生したことによって、何らかの形で一種の「伝統的な戦争」を蘇らせねばならないことを誰もが認識したが(思えば、まさしく第二次世界大戦の起源を連想させられていたのだ。あのときポーランドを侵略したヒトラーをすぐに叩いていれば云々、と)、しかし戦争はもはや二つのはっきり異なる戦線の間で戦われるものではないこと、あるいはそれだけではないことが、すぐに判明した。湾岸戦争(一九九一年一月一七日~三月三日)では、バグダッドにアメリカ人ジャーナリストがいること自体がスキャンダルだったが、それよりも遥かに大きなスキャンダルだったのは、イラクに対して戦争をしている国々の内部に親イラクの何百万ものイスラム教徒が住んでいることだった。

かつての戦争では、敵となりかねない人間は強制収容所に入れられ（場合によっては惨殺され）、同国人でありながら敵の領土から敵の言い分を訴えた人間は戦争が終わると絞首刑に処せられた。ファシストのラジオ放送で自国を非難したイギリス人ジョン・アメリ[*1]が絞首台に上ったことや、エズラ・パウンド[*2]が詩人としての高い名声と全世界の知識人の救援活動とによってようやく、精神病院に収容されるという高い代償を払った上で、死刑をまぬがれたことは、皆の記憶に残っているだろう。

ネオ戦争の新しい特徴とは何か。

まず、敵が誰であるのかが不明なことだ。敵とはすべてのイラク人か。すべてのセルビア人か。誰を破滅させるべきなのか。

次に、正面からの衝突ではないことだ。まさに多国籍資本主義が持つ性格のために、ネオ戦争は正面からの衝突であることが不可能になった。イラクを武装させたのが西洋世界の企業だったことは偶然ではないし、一〇年後、タリバンに武器を売ったのが西洋世界の企業だったことも同じく偶然ではなかった。それは、個々の国家の監視をまぬがれる、成熟した資本主義の論理だったのだ。ここで、一見些細な、しかし大きな意味を持つ事実を指摘しておきたい。それは、西洋の爆撃機がイラクの戦車や飛行機の格納庫を破壊したとされながら、実はその後、それらがおとりの模型であったことが判明し、そしてさらに、それらがイタリア企業によって製造され、正規のルートでサダム・フセインに売られていたことが判明したことだ。

旧来型戦争では交戦国それぞれの武器産業が利益を得たが、ネオ戦争では柵の両方の側(もし本当に「柵」がまだ存在していると言えたとして)と利害関係を持つ多国籍企業が利益を得始めた。それだけではない。旧来型戦争が大砲商人を肥やし、その利益があったことによって、通常貿易の一部が一時的に停止になっても、それがさほど重大視されなかったのに対し、ネオ戦争は、大砲商人を肥やしはしても、飛行機による輸送産業、レジャー産業、観光産業、そして広告収入を失ったメディア自身をも危機に陥れた(それも全地球規模で)。言い換えれば、建設業から自動車産業まで、現在のわれわれの経済システムの根幹をなす「余剰物資」の産業全体が脅かされるようになったのだ。ネオ戦争では、いくつかの経済勢力が他の経済勢力と競り合うことになり、経済勢力の競り合う論理の方が国家勢力の論理よりも優位に立った。

当時、私は、このような事情がもたらすせめてもの救いと評価すべき唯一の結果は、ネオ戦争が典型的な特徴として長続き不可能であることだ、なぜなら戦争を引き延ばしても、結局そこから利益を得るものが誰もいないからだ、とコメントした。

しかしネオ戦争の場合、交戦国はそれぞれ多国籍企業の論理に従わねばならなかったが、その一方で、同時に情報産業のニーズにも従わねばならない状況に置かれた。湾岸戦争で、史上初めて西洋のメディアは、教皇を始めとする西洋の平和主義の代表者の唱える疑問や抗議を伝えただけでなく、サダム・フセインを支持するアラブ諸国の大使や新聞記者の疑問や抗議さえも伝えた。

メディアは次々と敵の言葉を伝え(どの戦争政策でもその目的は敵のプロパガンダを封じ込めることだというのに)、それによって各参戦国の市民は自国の政府に対して士気を失っていった(勝利の条件はすべての戦争当事者の精神的結束であるとクラウゼヴィッツが説いていたのに)。

過去におけるすべての戦争が基盤としていた原理は、市民がその戦争の正義を信じ、何としても敵を破滅させねばという感情に駆り立てられることだった。しかし今度は、情報が市民の「信仰」を揺るがしただけでなく、敵の死という現状に対して——もはや遠くて曖昧な出来事ではなく、耐え難い、視覚的に明白な事実となった敵の死という現状に対して——市民を脆弱にしてしまった。湾岸戦争は、交戦している人間が敵を哀れんだ最初の戦争だった。

(これと同様の現象がヴェトナム戦争のときにも生じたが、しかしその当時声を上げたのはアメリカのラディカルなグループで、しかもそれは限られた、マージナルな場所や範囲でのことだった。当時はホー・チ・ミンやヴォー・グエン・ザップ将軍の大使がBBCで熱弁を振るうことなどなかった。そして、ピーター・アーネットがバグダッドのホテルから中継放送をしたのと違って、ハノイのホテルからニュースを流すアメリカのジャーナリストも目にすることはなかった。）

ネオ戦争の第三の特徴は、情報拡散によって、敵が自分の背後に置かれるようになったことだ。湾岸戦争とともに、今日のネオ戦争では誰もが自分の後方に敵を持つ状況になった。たとえメディアの口をふさいでも、通信の新技術が、止めることのできない情報の流れを可能にし、独裁者でさえそれを遮断できない。そうした情報の流れは、独裁者も放棄できない最小限の技術的インフラを利用しているからだ。この情報の流れの持つ役割は、伝統的な戦争で秘密情報組織が果たした役割と同じだ。つまり不意打ちを不可能にするのだ――となると敵の不意を突けない戦争などあり得ない。ネオ戦争はマタ・ハリを制度化し、その結果「敵との情報共有状態」をもたらした。

しばしば互いに対立する数多くの勢力を現場に引っぱり出すことによって、ネオ戦争は、もはや主要登場人物の打算や意図が決定的な重要性を持つ現象ではなくなった。ゲームに参加する勢力の増大化によって（それはグローバル化がまさに始まった頃だった）、ネオ戦争は成り行きも態勢も予測不能になった。その結果、最終的な態勢が、交戦者の一方にとって有利なものになる可能性もあったが、原則としてネオ戦争は双方の交戦者にとって敗北に終わった。

戦争がある時点で誰かに利益をもたらしたと断言することは、「ある時点」の利益が最終利益と同一だと認めることと等しい。しかし、クラウゼヴィッツが言っていたように、戦争がまだ「別の方法を用いた政治の継続」であるときだったならば、最終の時点も発生し得たろう(つまり、政治に戻ってもいいようにさせる均衡状態に到達したときに戦争は終わる)。だが、二〇世紀の二つの世界大戦によってすでにあらわになっていたのは、戦争の後の政治は、どのような場合でも必ずつねに、その戦争によってつくりだされた前提の(道具を問わない)継続になるということだった。たとえ戦争の結果がどうであれ、戦争は交戦者の意図と必ずしもそぐわない全体的な態勢変化を引き起こすのだから、その戦争がその後も何十年かの間、緊張に満ちた政治的、経済的、精神的不安として続くことになり、結局、一種の「戦争っぽい政治」しかもたらさないことになる。

考えてみれば、そうではない状況が今まであったろうか。「伝統的」な戦争は妥当な結果――つまり最終的な均衡状態――をもたらしてきたと決めつけるのは、歴史はある方向に向かうとするヘーゲル哲学的固定観念によるものだ。ポエニ戦争の後の地中海の態勢、あるいはナポレオン戦争後のヨーロッパの態勢を均衡状態と見なすべき科学的(そして論理的)証拠は存在しない。逆に、戦争がなかったら起こらなかっただろう不均衡状態と見なすことができる。人間は何万年もの間戦争を不均衡状態の解決方法として取り入れてきたという言明は、同じ期間において人間が酒その他の麻薬を精神的不安定の解決方法として利用してきたという言明と同じことで、確実な裏づけを持つわけではないのだ。

当時の私のこの考察がうわの空の考えでなかったことは、湾岸戦争の後に発生した出来事によって裏づけられた。西洋の軍隊はクウェートを解放したが、そこでストップしてしまった。敵の最終的壊滅にまで進むことは、許されることではなかったからだ。その結果生まれた均衡状態は、戦争の引き金となった均衡状態と、結局大して変わらなかった。その証拠に、どうやってサダム・フセインを倒すことができるかという問題が、その後も継続して何度も浮上した。

そこで、湾岸のネオ戦争によって、旧来型戦争を支配していた論理と力学ばかりか、心理の点でもまったく新しい問題が現れた。旧来型戦争の目的は、数多くの仲間が死ぬことを受け入れながら、できるだけたくさんの敵を殺すことだった。かつての偉大な指導者は勝利を収めた戦いの終わった夜、何千何万もの死体が転がる戦場を歩き、その死体の半分が自分の兵隊であることに驚かなかった。自国の兵隊の死は勲章や感動的な儀式で追悼され、英雄崇拝を生み出した。敵の死は広く宣伝され、誇張され、民間人は「葬り去られた」敵一人一人について満足し喜ばなければならなかった。

湾岸戦争によって二つの原理が定まった。(1) われわれの側の兵隊は、できるだけ誰も死んではならない。(2) 状況が許す限り、敵は殺さない。敵の死に関しては、故意に情報を言い落としたり、偽善的態度を示したりすることが多少は見られた。なぜなら、砂漠で大量のイラク人が死んだからだ。しかしこのような細部をできるだけ誇張すまいとすること自体が、すでに興味深い兆しだった。いずれにせよ、偶然でない限りできるだけ民間人を殺さないように努めること、あまり多くの民間人を殺すと国際メディアの強い非難を浴びることになるから、というのがもはやネオ戦争の典型となったように見えた。

そこから、インテリジェント爆弾の使用とその称賛が始まった。「有益だった」冷戦による五〇年の平和の後なので、数多くの若者にはこのようなすぐれた心配りはまったく普通と思えたろう。だが、V1ロケットがロンドンを破壊し、連合軍の爆弾がドレスデンを灰燼に帰していたときに、そのような「すぐれた心配り」が可能だったと想像できるだろうか。

また、自分側の軍隊について言えば、湾岸戦争は、たとえ一人でも兵士を失うことが受け入れられない最初の戦争だった。戦争国は旧来型戦争の論理、つまり勝利のために何千人もの息子たちに死を覚悟させることに耐えられなかっただろう。西洋側の飛行機一機の損失だけでも非常な苦痛と感じられたし、敵に捕らえられた後、自分の命を救うためにテレビを通して敵のプロパガンダを伝えることに同意した軍人が称賛されたほどだった(「かわいそうに、殴られて強制されたんだ」と言われたものだが、捕虜になった兵隊はたとえ拷問にあっても絶対口を開かないという聖なる原理がそこでは忘れられていた)。

旧来型戦争の論理なら、そのような人物は軽蔑され、後ろ指を指され、あるいは少なくとも彼らが出くわした不運の事故には慈悲に満ちたヴェールがかぶせられたはずだった。ところが逆に、彼らは理解され、温かい連帯感に包まれ、軍事当局ではないにせよメディアの詮索の的になって褒賞を与えられた。生き残ることができたからだ。

要するに、ボードリヤール[*3]が逆説的に、「戦争は起こらなかった、テレビで演じられただけだ」と言うことができたほど、ネオ戦争はメディアの産物と化していた。メディアはその性質上、苦痛ではなく幸せを売る。メディアは、幸福は最大限にという原理、あるいは少なくとも、犠牲は最小限にという原理を戦争の論理に取り入れざるを得なかったのだ。かくして、犠牲をともなってはならず、最大限の幸福の原理を維持しようと努める戦争は、短期間で終わらなければならない。湾岸戦争の場合がまさにそうだった。

しかし、あまりにも短かったのでほとんど何の役にも立たなかった。そうでなければネオコンたちが、サダム・フセインに息抜きを与えぬようにクリントンを、そしてブッシュを攻めたてることになどならなかったろう。もはやネオ戦争は、ネオ戦争を引き起こした原因と矛盾することになった。

コソボのネオ戦争

湾岸戦争のときに現れていたネオ戦争のすべての特徴は、コソボの戦争（一九九九年三月二四日〜六月一一日」のときに再び、しかもより濃厚な形で浮上した。

西洋側のジャーナリストたちがベオグラードに留まっただけではない。イタリアはセルビアに戦闘機を飛ばしていたが、それと同時にユーゴスラヴィアとも外交関係、通商関係を維持していたし、NATO諸国のテレビ放送は時間刻みでどの戦闘機がアヴャーノ[*4]から飛び立ったかをセルビア人に伝えていたし、セルビアのエージェントはわれわれのテレビからセルビア政府の言い分を説いていた——それをわれわれはこの目で見て、この耳で聴いたのだ。しかし、自国に敵を持っていたのはわれわれだけではなかった。彼らもそうだった。

セルビアの女性ジャーナリスト、ビリャーナ・スルビリャーノヴィッチが毎日、反ミロシェヴィッチ[*5]の記事をイタリアの「ラ・レプッブリカ」紙に送っていたことは記憶に新しいだろう。自らの国の政府に対し敵意を示し、敵陣に友好的な手紙を送る人々が住む町に、どうして爆弾を落とすことができるだろうか。もちろん、一九四四年のミラーノでも連合軍の助けを待つ数多くの反ファシストがいたが、だからといってそれは、十分な軍事的理由によって連合軍が野蛮にミラーノを爆撃する妨げにはならなかったし、またその爆撃を正しいと思ってレジスタンス活動家たちも苦情を言わなかった。それとは逆に、ベオグラードの爆撃では、ミロシェヴィッチにおいても、反ミロシェヴィッチのセルビア人においても、また爆撃していた西洋人においても、何かしら被害者意識の雰囲気が漂っていた。そこからインテリジェント爆弾の使用が広く宣伝された。たとえその爆弾があまり利口（インテリジェント）ではなく、標的を外したときでも。

この二番目のネオ戦争においてもまた、誰も死んではならず、いずれにせよイラク以上に死んではならなかった。つまるところセルビア人は、彼らに爆弾を落としていた人間と同じく、白人でありヨーロッパ人だったからだ。そして、アルバニア人をセルビア人から守るために戦争を始めたのに、最終的にアルバニア人からセルビア人を守らなければならない羽目にさえなってしまった。衝突は決して正面からのものではなく、ゲームに参加する勢力は一直線ではなく交差する数々の蛇行線によって分けられていた。

これほどまでに、幸福は最大限に、犠牲は最小限にという原理に基づく戦争を、かつて目にすることはなかった。だからコソボの戦争も非常に短期間しか続いてはならなかった。

アフガニスタン

九月一一日の同時多発テロ事件〔二〇〇一年〕によって、戦争の論理は新たな展開を見せる。しかしここで注意が必要だ。九月一一日の事件によってアフガン戦争が始まったのではなく、未だに継続している西洋世界とイスラム・テロリズムの対峙、より厳密に言えばアメリカ合衆国とイスラム・テロリズムの対峙が始まったのだ。

九月一一日を戦争対決のスタートとして見るなら、ネオ戦争のこの新しい段階において、敵同士の正面対決の原理は完全に消えてしまったと言わざるを得ない。この戦争を西洋世界とイスラム世界の対決であるとする人々も、その対決がもはやいずれにせよ領土的対決でないことは承知している。例の「ならず者国家」にしてもテロを支援するホットスポットであると言えるかもしれないが、しかしテロはもはや領土や国境を越えている。それればかりか、とりわけ敵が西洋諸国の中にもいる。今回は、そしてそれはまさに言葉通りの意味で、「敵は背後にいる」のだ。

ただ、湾岸戦争やコソボ戦争のときは、自分の側の「家」の中で行動している敵のエージェントが誰であるのか分かっていた(現に彼らはテレビに出たりしていた)。一方、現在の国際テロの場合、彼らの力は次の三つの点に由来すると言える。第一に、正体がつねに不明だ。第二に、ピーター・アーネットが西洋側の爆撃下にあるバグダッドの生活をモニタリングしたのと違い、われわれのメディアはこの「わが家の中の敵」を観察することができない。第三に、潜在的に敵となり得る連中のうちには、わが家に忍び込んだ民族的「異邦人」が含まれるだけでなく、場合によっては自分たちの同国人が含まれることもあり得る。というのも、炭疽菌入りの手紙[*6]はイスラム教徒のカミカゼによってばらまかれたのではなく、セクト的なグループ、例えばヤンキーだったりネオナチだったり、あるいは狂信的な、またはその他のタイプのグループによってばらまかれた可能性もあるし、少なくともそう考えて差し支えないからだ。

その上、メディアが果たした役割は、それ以前の二つのネオ戦争において果たした役割とかなり異なっていた。以前はせいぜい敵の意見を報じていたに過ぎなかった。

すべてのテロ行為は、まさに恐怖（テロル）、少なくとも不安を引き起こすメッセージを発信する目的で行われる。テロのメッセージは、たとえその打撃が最小限のものであっても安定性を脅かすし、ましてテロの標的が「強い」シンボル的な意味を持つものであれば、動揺の度合いはより高くなる。ツインタワーを撃つというビン・ラディンのもくろみは何だったのか。それは、大惨事を描く映画（ディザスター・ムーヴィー）でさえ想像できなかった「世界最大のスペクタクル」を創造すること、西洋権力のシンボルそのものへの攻撃を視覚に訴える形で具体化させること、そして、西洋権力の最大の聖域にも簡単に侵入できるのだと示すことだった。

ビン・ラディンの目的が、あの視覚的イメージによって世界の世論に衝撃を与えることだったのならば、その通り、マスメディアはニュースを流さざるを得ず、救助と発掘のドラマ、マンハッタンの引きちぎられたスカイラインを人々に見せることを強いられた。だが、毎日、少なくとも約一カ月の間、写真やヴィデオ、現場の目撃者の延々と続く話とともに、すべての人々の目の前にあの傷のイメージを繰り返しつつニュースを再三見せることを、マスメディアは本当に強いられたのだろうか。答えはきわめて難しい。

あの写真を載せた新聞が部数をのばし、何度もあのヴィデオを流したテレビ局が視聴率を上げ、また視聴者自身も、自分の憤慨を薄れさせないためであれ、ときには無意識的なサディズムのためであれ、あの恐ろしいシーンをもう一度見たいと求めていたのだ。他のやり方はなかったのかもしれないが、しかし結果的には、ああすることによってマスメディアは何億ドルもかかる宣伝広告をビン・ラディンに無料でプレゼントしてしまった。つまり、ビン・ラディンがまさに皆に見させるためにつくった視覚的イメージ——西洋人には不安に駆られるようにするため、ビン・ラディンの原理主義を信奉する者たちには誇りの種を見出させるため——を、マスメディアは毎日見せたのだ。

　こうして、ビン・ラディンを非難しながらも、マスメディアは彼の最もすぐれた同盟者となってしまい、ビン・ラディンは試合の第一セットを勝利した。

　一方、ビン・ラディンがアル・ジャジーラのテレビ局を通して発信していた声明を検閲しようとか、トーンダウンさせようとかいうさまざまな試みも、結果的に失敗に終わった。ペンタゴンよりも情報のグローバルなネットワークの方が強かったのであり、それゆえここでネオ戦争の基本的原理、「敵は自分の家の中にいる」という原理が再確認されることとなった。

　今回もまた、ネオ戦争は二つの「祖国」を対峙させるのではなく無数の権力を競わせることになったが、一つの違いがあった。これまでのネオ戦争においては、こうした無数の権力は戦争を短くさせたり、当事者を平和に誘ったりすることができたが、今回は逆に、戦争を長引かせる危険性があった。

CIAの元長官が、数カ月前の「ラ・レプッブリカ」紙のインタヴューで、爆撃すべき敵は逆説的に、例えばケイマン諸島にあるようなオフショア銀行、あるいは場合によってはヨーロッパの大都市にある銀行だと語った。

その数日前、ブルーノ・ヴェスパ[*7]の番組の中で、同種の発言(CIAの元長官による発言でなく、ノー・グローバル運動の代表者の発言だったので、インパクトが事実上弱かったのだが)に対し、憤慨したグスターヴォ・セルヴァ[*8]が、西洋の大銀行がテロリストの肩を持つなどと考えるのは正気でない犯罪的な意見だとして激しく反論した。このことは、十分定年を迎えてもよい年齢の政治家が、ネオ戦争の真の本質を思い描くことさえできないことを示すエピソードだ。しかし明らかにワシントンにはそれを思い描ける人間がいたのであり、最初の段階、つまり九月一一日からアフガニスタンへの軍事介入までの間の段階で、アメリカが、この戦争を大がかりなスパイ戦として遂行すること、すなわちテロの経済的拠点を撃つことでテロを麻痺させられると考えていたことはよく知られている。しかし、自尊心に深い傷を負ったアメリカの世論をただちに回復させなければならず、そのための唯一の方法が、もう一度旧来型戦争を提起することだったのだ。

こうしてアフガン戦争もまた、陸上における対決、野戦、伝統的な戦術方法に基づく戦争になり、一九世紀のイギリス軍によるカイバー峠の軍事作戦を思い起こさせるほどのものとなって、旧来型戦争のいくつかの原理を蘇らせることになった。

(1)　マスメディアに対して、軍事行動や作戦の有効性を内部から脅かすことが再び禁止された。それによって検閲にきわめて近い状態がもたらされた。とはいえ、情報のグローバル・システムによってアメリカのマスメディアが言おうとしなかったことをアラブ系のテレビ局が言うという結果がもたらされたことは、やはりインターネット時代には旧来型戦争がもはや不可能であるしるしだった。

(2)　敵がシンボル的な観点から第一セットに勝ってしまったので、第二セットでは敵を物理的に破壊しなければならなくなった。無実の市民に形式的な配慮をしなければならない(だから今回もインテリジェント爆弾を使う)という原理は残ったものの、西洋側の兵士でなく、現地の北部同盟の兵士が軍事作戦を行うときは多少の殺戮を避けられず、それが起こった場合はなるべく気にしないようにする、ということが受け入れられた。

(3)　自国の兵士の命が失われるかもしれないことが再び認められ、国民に対して新たな犠牲に心の準備をすることが求められた。ブッシュ・ジュニアは、第二次大戦時のチャーチルと同様、アメリカ国民に対して、まずもちろん勝利を約束し、しかしその上で涙も血も流されることになると告げた。父ブッシュは、湾岸戦争のときにそうしなかった。

アフガンの旧来型戦争は、おそらくその戦争自体が提示していた問題は解決した(つまり、タリバンは権力の座から退けられた)。しかしその原点にあった問題、つまり第三段階のネオ戦争の問題は解決しなかった。なぜなら、アフガン戦争の目的がイスラム国際テロの根絶とその拠点の無力化にあったとするなら、それらの拠点が別の場所に未だに存在していることは明らかだし、今や悩みはどこで次の行動を起こすべきかが決まらないだけなのだから。目的がビン・ラディンを葬り去ることであったとしても、それができたかどうかはとうてい明らかではない。もしそれができていた場合でも、ビン・ラディンはたしかにカリスマ的存在だが、イスラム原理主義テロリズムのすべてがビン・ラディンの存在に還元されてしまうわけでないことは、おそらく後になって分かるだろう。

メッテルニヒのような頭の鋭い人間は、ナポレオンをセント・ヘレナ島に追い払ってもボナパルティズムを排除できないことがよく分かっていた。メッテルニヒ自身、ウィーン会議によってワーテルローの戦いの仕上げをせざるを得なかった(ちなみに一九世紀の歴史が証明した通り、ウィーン会議の決定だけでは十分でなかった)。

だから九月一一日に始まったネオ戦争は、アフガン戦争によって勝利がもたらされたわけでなく、解決を見たわけでもない。そして、ブッシュが別の行動をとれたか、あるいはどんな別の方法がとれたかは、正直なところ分からない。しかし、焦点はそれではない。焦点は、ネオ戦争を前にして、それに勝つことができる軍事司令部がどうやら存在しないらしいことだ。

こうなると、矛盾は最大に達し、地球上の混乱も最大だ。戦争を遂行可能にするすべての条件は消えた。なぜなら、敵は完全に擬態で身を隠しているからだ。しかるに一方では、どうにか敵に抵抗することができると証明するために、旧来型戦争の似姿(シミュラークル)をつくらざるを得ない。しかしそれは、ただ単に内部の結束を図るのに役立つだけで、さらに、敵が今爆撃している場所ではなく自分たちの間に潜んでいるのを国民に忘れさせることにしか役立たない。

このような混乱を目の前にして、世論は(何人かの先導者たちが自分たちこそ世論を代表していると言い張っているが)、考え得る旧来型戦争のイメージをやけになって見出そうとした。そこで比喩として現れたのが、十字軍とか、文明の衝突とか、キリスト教徒と異教徒のレーパントの海戦の再現とかだ。小さなアフガン戦争で結果的に少なくとも軍事的には勝ったのだから、グローバルなネオ戦争でも、それを世界的規模の旧来型戦争に変容させ、われわれ白人対ムーア人という構図にすれば勝利を収めることができないこともないのではないかというのだ。[*9] こう表現するとまるで漫画の世界に見えるが、オリャーナ・ファッラーチの著書の成功ぶりは、漫画としてならそれを読む大人が多いことを示している。

十字軍支持者は、この場合においても、十字軍的な戦争は、結局、旧来型戦争の一種であることに変わりなく、ネオ戦争の条件と矛盾を生み出したグローバルな状況の中では遂行できないことに気づかなかった。

考え得る十字軍のシナリオ

キリスト教世界とイスラム教世界がグローバルに対峙した、つまり過去と同様の正面衝突をしたと想像してみよう。しかし過去には境界線のはっきりしたヨーロッパがあり、キリスト教徒と異教徒との間には地中海があり、そしてピレネー山脈が、まだ一部をアラブ人によって支配されていたヨーロッパ大陸の最西端部(イベリア半島)を隔離していた。そこでは、衝突は二通りの形態をとることができた。つまり、攻撃をしかけるか、相手の攻撃を抑制するかだ。

攻撃について言えば、それは十字軍遠征という形態をとったが、その結末は周知の通りだ。十字軍のうち、実際の領土占拠(および、その結果としての中東における独立した国の設立)をもたらすことができたのは、第一回十字軍のみだった。百年もたたないうちにエルサレムは再びイスラム教徒の手に落ち、一世紀半の間に七回もの十字軍遠征が行われたが、成果は皆無だった。ただ一つ成功した軍事的作戦は、十字軍よりも後のスペインの再征服(レコンキスタ)だった。しかしこれは海を越えた遠征ではなく、国家再統一の戦いであり、結果としてこの二つの世界の対峙をなくしたわけではなく、ただその境界線を移動させただけだった。

抑制について言えば、ウィーンの手前でトルコ人を食いとめられた。レーパントの海戦に勝った。サラセン人の海賊を遠くから見つけるための見張り塔が地中海沿岸につくられた。トルコ人がヨーロッパを征服することはなかったが、対峙する状態は残った。その後西洋は、東洋が弱体化するのを待って、東洋を植民地化した。軍事作戦としては成功したと言わざるを得ない。そしてそれはかなり長期間にわたった。しかしその結果は、今日われわれの目の前に現れている。対峙状態はなくならずに、むしろひどくなったのだ。

もしも今日、正面衝突が再び起こるとしたら、それは過去の正面衝突とどのように違うだろうか。十字軍の時代は、イスラム教徒の軍事能力はキリスト教徒のそれとさほど違わなかったし、剣も攻城兵器も両者にあった。今は、戦争テクノロジーに関しては西洋の方が勝っている。パキスタンが、もしも原理主義者の手に落ちたならばだが、原爆を使う可能性があるのは事実だ。それでも、例えばパリを壊滅させられるのがせいぜいで、それができた途端に、すぐさまパキスタンの原子爆弾は在庫分すべてが破壊されることになるだろう。アメリカの戦闘機が撃墜されても、アメリカはすぐに別の一機をつくることができるが、シリアの戦闘機が落ちたらシリア人は西洋から新しい戦闘機を買うのに骨を折るだろう。東洋がパリを破壊すれば、西洋はメッカに原爆を落とす。東洋が郵便を使ってボツリヌス菌をばらまけば、西洋は、アメリカ中西部の果てしない畑に殺虫剤をまくのと同じように、アラビアの砂漠に毒をまき、ラクダまでも死なせてしまう。まあいい。考えてみれば、さほど長い時間はかかるまい。せいぜい一年だ。その後は武器は何も残らず、石を皆で投げ合って戦い続けるだろうが、おそらく彼らの方が負けるだろう。

だが、過去と比較したときもう一つの違いがある。十字軍の時代には、キリスト教徒が自身の刀をつくるのにアラブの鉄を必要としたり、イスラム教徒がキリスト教徒の鉄を必要としたりすることはなかった。一方今日では、われわれの最先端のテクノロジーでさえ原油の上に成り立っており、原油を、少なくともその大部分を持っているのは彼らなのだ。彼らは、自分たちだけで原油を採掘することは、とくに油田を爆撃などしてしまえばできないが、するとわれわれは原油を手に入れられなくなる。その場合、西洋は原油を必要としないよう自分たちのテクノロジー全体を根底から再構築しなければならない。時速八〇キロ以上で走って充電に一晩以上かからない電気自動車がまだ製造できないところを見ると、こうした再構築を行うのにどれくらいの時を要することになるのか分からない。たとえ原子力を用いて飛行機を飛ばし、戦車を走らせ、発電所を稼働させたとしても、そもそもこれらの技術が危険をともなうのはもちろん、それを別にしても、かなりの時間が必要になるだろう。

さらに、セブン・シスターズ[*10]が、そのような状況を受け入れるかどうか見てみたいところだ。西洋の石油会社が、何としても利益を得続けるためにイスラム化した世界を承認するといったことが起こっても、驚くべきことではない。

しかしそれだけではない。古き良き時代、サラセン人はすべて片側、つまり海の向こう側にいたし、キリスト教徒は海のこちら側にいた。それに対し、今日のヨーロッパにはイスラム教徒があふれており、彼らはわれわれの言語を話し、われわれの学校で学んでいる。今日でさえ、すでにその一部が母国にいる原理主義者たちと同調しつつあるのだから、もしもグローバルな対決となった場合、成り行きは想像しやすい。それは、われわれの国の中にいるだけでなくわれわれの社会保障制度を利用している敵を相手にした、最初の戦争になるだろう。

ここで注意すべきは、イスラム世界も同じ問題に直面しなければならないことだ。彼らの領土内にも、西洋の企業、あるいはエチオピアのような、まさにキリスト教の「飛び地」とも呼ぶべき領地が存在している。

敵はそもそも「悪人」なのだから、海の向こうに住むキリスト教徒はすべて救えないと思っていい。しかたない、戦争は戦争だ。彼らが殺戮や報復の材料になることは初めから決まっている。事がすんだらローマのサン・ピエトロ広場で殉教者や聖人の列に加えればいい。

しかし、われわれの家の中ではどうするべきか。対決が過度に深刻になり、新たに二、三の超高層ビル、あるいはサン・ピエトロ寺院までが崩壊する事態にいたれば、イスラム教徒狩りが始まるに決まっている。サン・バルテルミーの夜の虐殺[*11]やシチリアの晩鐘[*12]の一種だ。口髭があり少しでも肌の浅黒い人間は、皆とっ捕まえられて、喉を掻き切られる。何百万人も殺さねばならないことになるが、軍隊を引っぱり出すほどのことではない。群衆がやってくれるからだ。

しかし理性が優位に立つことも、あるいはあるかもしれない。誰の喉も掻き切られないのだ。しかし、超自由主義者のアメリカ人でさえ、第二次世界大戦の初め、アメリカにいた日本人とイタリア人を、なるほど非常に人道的な方法と言わざるを得ないが、アメリカ生まれだったにもかかわらず強制収容所に入れてしまった。それならば、(ここでもあまり細かいことにはこだわらずに)イスラム教徒らしき人間をすべて探し出し(その中に例えばキリスト教徒のエチオピア人がいたとしてもしかたない。神はちゃんと自分の支持者を見分けることがきっとできる)、どこかに押し込んでしまえばいい。しかし、どこに? ヨーロッパ中をウロウロしている「異邦人」の数を考えると、十分な収容所をつくるためにはとても維持できないほどの場所、組織、監視や警備、食料、医療体制が必要になる。その上、こういった収容所は時限爆弾のような存在となるのだ。あるいは、彼らをとっ捕まえて一人残らず(これは容易ではない。だからといって一人でも残せば大変なことになる。しかも「直ちに」、一気にやらないといけない)、軍用輸送船団に乗せ、そして降ろす……。どこに? 「カダフィ大佐様、ムバラク大統領閣下、今ドイツから追い出そうとしているこれらのトルコ人三〇〇万人をどうか引き取ってくれませんか」と言ったりするのか。

唯一の解決策は、ゴム・ボートの船頭[*13]のやり方、つまり海に放り込むのだ。ヒトラーを彷彿させる「最終解決」だ。地中海に何百万もの死体が浮かぶことになる。そのようなやり方を決断できる政府はあるだろうか。「デサパレシード[*14]」なんてものではない。ヒトラーでさえ、殺戮は少しずつ密かにやっていたのだ。

もう一つのやり方が考えられるかもしれない。われわれは善良なる人間なので、彼らを動揺させずに自分たちの国内に居残らせるが、一人一人の後ろに見張りとして公安情報総局の局員を置くのだ。だが、それだけの数の局員をどうやって調達するのか。ヨーロッパ外の国から来た移民から雇うか。しかし、そのような協力者たちが信用できないという疑念が湧きおこったらどうするか。アメリカで、費用節約のために空港のセキュリティ・チェックを第三世界の移民にやらせていた航空会社があったが、それと同様のことが起こった。

言うまでもなく、頭のきくイスラム教徒ならこうした考察をバリケードの向こう側で行うことだろう。原理主義戦線が必ずしもつねに勝つとは限らない。次々と勃発する内戦によって彼らの国が血で染められ、恐ろしい殺戮にいたるかもしれない。経済的打撃の影響は彼らの上にも降りかかることになる。今日でさえ少ない食料や薬がますます少なくなり、殺虫剤をまかれたハエのように彼らは死んでしまう。しかし正面衝突という観点からものを考えるなら、われわれは彼らの問題ではなく、自分たちが抱えることになる問題を心配するべきだ。

そこで西洋に戻ると、われわれの陣営内部にさまざまな親イスラムのグループや団体が生まれることになるだろう。それは、信仰によるものではなく、たんに戦争に反対するグループだったり、西洋の選択を拒否するセクトだったり、仕事を放棄して自らの政府への協力を拒否するガンジー的グループだったり、ウェーコに立て籠もった教団[*15]のような狂信的グループだったりする。これらのグループは、イスラム原理主義の支持者でなくても、腐敗した西洋を浄化するためにテロを引き起こそうとすることになるだろう。ヨーロッパ中の街路に、世界の終末を待望して祈りをあげる、絶望に満ちた無抵抗な行進集団が形成されることになるかもしれない。

しかし、こういった「とりつかれた少数派」のことだけを気にかけていればすむだろうか。例えば、電気のかわりにオイル・ランプも使えないまま電力供給が減ったりすること、情報伝達メディアが不可避的に縮小され、それによってテレビ放送が一日せいぜい一時間に短縮されること、自動車ではなく自転車で旅に出ること、映画館やディスコが閉鎖されること、一日一人分の配給量としてレタス一枚付きの薄いふすまパン一枚をもらうためにマクドナルドの前に長蛇の列をつくること、つまり、豊かさと浪費からなる経済の停止を受け入れる心の準備が、皆できているだろうか。アフガン人やパレスチナ難民にとっては、戦争下の経済状態で生活することはちっとも構わないだろう。彼らにとっては何も変わらないのだから。しかしわれわれの場合は？　どれだけの集団的鬱状態やモチベーションの喪失が起こるだろうか。

ハーレム地区の黒人や、ブロンクス地区の貧困層や、カリフォルニアのチカーノ[*16]は、自分が西洋世界に属するとどれだけ思い続けることができるだろうか。

そして最後に、ラテンアメリカの国々はどうするだろう。イスラム教徒でなくても、中南米の多くの人々はグリンゴ[*17]に対して恨みの気持ちを抱くようになってきた。現に、同時多発テロ事件の後、中南米では、あれもグリンゴの自業自得だとささやかれているほどだ。

つまり、グローバル戦争によってわれわれが思うほど一枚岩ではないイスラム世界が現れる可能性はあるが、しかし、細分化した神経症的なキリスト教徒を目の当たりにすることになるのも明らかなのだ。そしてそこでは、自らテンプル騎士団の一員、つまり西洋世界のカミカゼ隊員になりたいと名乗り出るキリスト教徒はきわめて少ないだろう。

これはSF的なシナリオであって、決して実現されないことを祈っている。しかしこのシナリオは、もしも実現した場合、誰もが勝利者になり得ないことを証明するために描く必要のあるものだった。だから、第三段階のネオ戦争は、たとえグローバルな旧来型戦争に変わったとしても、映画『コナン・ザ・グレート』を思わせる荒廃したシナリオの中で永遠に続く戦争という結果以外、何ももたらさないことになる。

すなわち、グローバル化時代にはグローバルな戦争は不可能なのだ。言い換えれば、それはすべての人間の敗北をもたらすのだ。

平　和

湾岸のネオ戦争に関する考察を書いていた頃、「戦争はもはや不可能である」という結論によって、おそらく「戦争は絶対普遍のタブーである」と宣言するときが来たのではないかという考えに私は導かれていた。しかし今ではその後の経験によって、それが空しい錯覚だったことを認識している。今現在の私の感想は、ネオ戦争には勝者も敗者もなく、旧来型戦争はその時々の勝者の心理的満足以上に何の解決ももたらさないのだから、結果として現れるのは永久に続くネオ戦争という形態であって、その周辺に、再開しては一時的な終結を繰り返し続ける数々の旧来型戦争が散在する状態だ、というものである。

このような考え方が好まれないだろうことは推測に難くない。なぜなら、われわれは皆、「平和」という理想に魅惑されているからだ。ネオ戦争の空しさが平和への真摯な取り組みをもたらすことになる、という考え方はたしかに美しかったが、そもそも非現実的だった。というのも、ネオ戦争の展開そのものが、平和とは曖昧で特定しにくい概念であることをわれわれに考えさせるにいたるからだ。

平和について語ったり平和を念願したりするときはつねに、(もちろんわれわれ一人一人の視野の限りでではあるが)普遍的な、あるいはグローバルな平和のことを考える。少数者のための平和だったら、平和など語らないだろう。そうでなければ誰もがスイスに移住するか、永続的に征服状態に置かれていた暗黒時代において習慣だったように修道士になるかしている。平和とは、グローバルな概念として考えない限り、提唱してもその価値はないように思われる。

平和についてのもう一つの捉え方は、右の考え方を補うもので、平和とはそもそも根源的な状態だと考えるものだ。楽園状態というイメージから黄金時代のイメージまで、そこでは平和とは、あるときに憎しみと蹂躙によって破壊されてしまった人間本来の状態であり(そこには人間世界と動物世界との間の平和さえ含まれた)、だからこそ回復しなければならない状態なのだとつねに考えられてきた。しかしそこで忘れてならないのは、黄金時代の神話に対して、ヘラクレイトスが万物は流転するのであるからその結果として「争いは世界のルールであり、戦争は万物共有の生みの親であり支配者である」と宣言する明晰さを持っていたことだ。そしてそれに追い打ちをかけるように、ホッブズの「人は人に対して狼(ホモ・ホミニ・ルプス)と同様である」、そしてダーウィンの「生存競争」が現れる。

そこで、次のようなイメージを思い描いてみよう。エントロピー曲線は対決、破壊、死によって支配されているのであって、平和の「島」とは、プリゴジンが散逸構造と呼ぶもの、つまり秩序のひととき、エントロピー曲線の上にぷくりと現れる小さくて可愛い波形、戦争に対する例外、すなわち生き残るために非常に高いエネルギー量を消費するものなのだ、と。

科学からメタファー(平和についての「科学」は、私が知っている限り存在しない)へ移ると、平和という状態はわれわれが以前授かったものであって、それを回復させるだけでよいというものではなく、大変な苦労によって獲得することができるものなのだと言ってもよいのではないかと思う。まるで昔の塹壕戦のように、ほんの数メートルずつ、そして多くの犠牲者という代償を払って、入手できるものなのだ。

歴史の中には数々の大きな「平和」があった。それらは広大な領地を覆っていた。例えば、「パックス・ロマーナ(ローマの平和)」や今日の「パックス・アメリカーナ(アメリカの平和)」(しかし、「パックス・ソヴィエティカ(ソ連の平和)」というのもあって、現在沸騰して互いに戦争をし合っている国々や地域を七〇年もの間抑制することができた)があり、そして今われわれが哀惜の念を抱く「冷戦」と呼ばれていた第一世界の大きく祝福すべき平和もあった(場合によっては、「パックス・オットマーナ(オスマン・トルコの平和)」や「パックス・チネーゼ(中国の平和)」という概念があってもおかしくないかもしれない)。これらすべての平和は、征服とたえまない軍事的抑圧の結果だった。それによって中心部ではそれなりの秩序が保たれ対立状態を軽減することができたが、その代償として、周辺では数々の小さな旧来型戦争があった。過去の大きな「平和」は、軍事力の結果だったのだ。

こういったことは、台風の目の中にいる人々には好ましく思われるかもしれないが、周辺にいる人々は、システムの均衡を保つために欠かせない旧来型戦争を耐えなければならない。別の表現を使えば、平和があるとしたらその平和はつねにわれわれの平和であり、他人の平和ではないということだ。ここ何千年かの間で、残念ながら黄金律とは言えないが紛れもなく鉄則であるこの法則から外れた例があるのなら、ただの一つでも挙げてみてほしい。ノー・グローバル運動が掲げる主張の中で何か価値のあるものがあるとすれば、それは、平和的なグローバル化の利益がシステム周辺に住む人々の不利益によって支払われている、という確信なのだ。

ネオ戦争の到来によってこのような平和の法則が変わるだろうか。ノーと言わざるを得ないだろう。なぜなら、ここまで話してきたことを集約すると、旧来型戦争から第三段階のネオ戦争にいたるまでの間に、次のような変化が起こったからだ。

(1) 旧来型戦争は、対立する当事者二者間の一時的な不均衡を生んでいたが、中立的な立場を取る人々の周辺にはそこそこの均衡状態を残していた。

(2) 冷戦は、第一世界と第二世界の中心に、凍結状態の、強制的な均衡をつくりだしたが、その代償として、数々の旧来型戦争に悩まされる周辺すべてに数多くの不均衡をもたらした。

(3) 第三段階のネオ戦争は、日常的な不安と終わりなきテロの領域と化した中心部に永続的な不均衡を約束し、その抑制のために、周辺に数知れない旧来型戦争が起こり、とどまることのない出血となった。アフガニスタンはその第一例に過ぎない。

結果として、以前よりも疑いなく状況が悪化したという結論にいたらざるを得ない。なぜなら、冷戦によって与えられていた思い込み、少なくとも第一世界と第二世界の中心は平和状態にあるという思い込みも崩壊したからだ。結局のところ、アメリカ人が大きなショックを受けたのは、九月一一日にまさにこういった平和が失われたと自分たちの肌で感じたからなのだ。

自分の仲間に対して狼である人間が住むこの地球上で、グローバルな平和が達成できるとは思えない。歴史の終わりという考えによってフクヤマ[*18]も同じことを言っている。

しかし最近の出来事は、歴史が再開すること、しかも対立という形で再開することを証明している。

ローカルな平和

もしグローバルな平和が戦争の産物であるならば——そして、戦争が拡大して「戦争のための戦争」という存在となり、戦争の原因となった問題を戦争で解決することができなくなればなるほど、平和の実現は遠ざかっていくのだが——、平和とは勝ち取るべきものであって、天が当然与えてくれるものなどではないと信じている人々は一体どうすればよいのか。

残された手は、今後も次々と勃発し続けるであろう数々の旧来型戦争が果てしなく広がる周辺において、可能な限り、平和的区域をいわば「まだら模様」の平和としてつくりだすために働くことだ。

世界平和はつねに軍事的勝利の結果だが、一方、ローカルな平和は、交戦状態の停止によって生み出すことができる。ローカルな平和を獲得するのに、戦争をする必要はない。ローカルな平和は、疲れ果てた戦争当事者たちに対して交渉団体が調停者としてのりだすときに生まれる。調停成功の条件は、調停の対象となる旧来型戦争が周辺的なもので、それが開始してから、メディアの関心が薄れるくらいに時間が経過していることだ。その時点なら、調停を受け入れても国際世論の前で面目を失うことがない。

したがって、戦争が周辺的であることとメディアの記憶が短いことが、平和調停が成功するための不可欠な条件だ。今日の時点では、どんな交渉や調停も、中心にある不均衡を——その不均衡がもはやどこかの政府の意志によるものではない場合はとくにそうだが——修復することはできないように思える。だから平和計画を第三段階のネオ戦争に対して立てるのは不可能であり、それはネオ戦争が生み出したそれぞれの旧来型戦争に対してしか望むことができない。

瀉血をするのと同じで、長年にわたって少しずつ一連のローカルな平和を結んでいけば、恒常的なネオ戦争を存続させている緊張の条件を和らげることができるかもしれない。それがどのような意味を持つかといえば、(あくまでも一例であり、一例に絞ることによって、この考え方の持つ柔軟性と、それぞれに大きく異なる多様な状況への応用可能性が見失われる危険もあるが)今エルサレムで結ばれた平和がグローバルなネオ戦争の中心の緊張緩和に貢献することになるのは明白だ、ということである。

しかし、そのような結果が必ずしも得られなかったとしても、エントロピー的無秩序の曲線上に現れる小さな波形としての平和は、たとえその平和が最終目標でなくとも、あるいは明確な目標へと向かう途上の一段階でなくとも、一つの範例、一つのモデルとなり得る。

つまり、範例としての平和という概念。これはある意味で非常にキリスト教徒的な概念であることは認めるが、数多くの賢明な異教徒もこれを受け入れたいと思うに違いない。すなわち、われら二者間だけで平和を結ぼうということだ。キャピュレット家とモンタギュー家の間[*19]だけでもいいのだ。それでは世界規模の問題解決にはならないだろうが、交渉はいつでもどこでもまだ可能なのだという証明にはなる。

ローカルな対立を減らしていく仕事は、いつかはグローバルな対立も解決できるという自信を持たせることに役立つ。空しい望みかもしれないが、ときには模範的な行動によって嘘をつくことも必要だ。言葉による嘘は下手な嘘だが、実践的な行動によってまわりに自分たちも同じ行動をとることができるかもしれないと思わせる嘘は、上手い嘘だ。もっともこの嘘とは、限定的命題(いくつかの「p」は「q」となる)が不可避的に普遍的命題(すべての「p」は「q」となる)に変容し得ると思わせるという意味で嘘なのだが。

しかしそれこそが、倫理と修辞が形だけの論理ではないことの理由なのだ。われわれのたった一つの望みは、ローカルな平和のために尽力することなのである。

［初出］二〇〇二年七月、ミラーノのサンテジーディオ・コミュニティにおける講演。

(1)　ここで私は『倫理に関する五つのエッセイ』(*Cinque scritti morali*. Milano: Bompiani 1997)

（邦訳『永遠のファシズム』和田忠彦訳、岩波現代文庫、二〇一八年）の中に収録した一つのエッセイですでに考察したいくつかのテーマを再び取り上げざるを得ない。そのときの考察は第一次湾岸戦争についてだったが、その後起こったことと照らし合わせると、当時言及したことも新たな側面を持つことになる。

＊1　イギリスのファシズム信奉者（一九一二〜四五年）。ドイツのラジオ放送局からイギリス向けのナチス・ドイツのプロパガンダ放送を行った。

＊2　米国出身の詩人（一八八五〜一九七二年）。イタリア在住中にムッソリーニの支持者となった。戦後、米国に送還され、反逆罪に問われた。

＊3　フランスの思想家（一九二九〜二〇〇七年）。ここで言及されている発言については、ボードリヤールの著書『湾岸戦争は起こらなかった』（原書一九九一年、邦訳、塚原史訳、紀伊國屋書店、二〇〇〇年）を参照。

＊4　北イタリアのヴィチェンツァ近くにあるイタリア国内最大のアメリカ空軍基地。

＊5　当時のセルビア大統領。

＊6　二〇〇一年九〜一〇月、炭疽菌の封入された封筒が、二度にわたりアメリカ合衆国の大手テレビ局や出版社、上院議員に対して送りつけられた事件を指す。

＊7　イタリアのジャーナリスト、テレビ司会者、著作家（一九四四年〜　）。

＊8　元ジャーナリスト、ＲＡＩのアメリカ特派員。転じて保守側の政治家となった（一九二六〜二〇一五年）。

＊9　イタリアの女性ジャーナリスト、作家（一九二九〜二〇〇六年）。国際的な指導者や有名

人へのインタヴューでとくに知られた。同時多発テロ事件に衝撃を受けて急遽著した『怒りと自負』(二〇〇一年)は、イスラムに対する激越な非難の言葉に満ち、当時ベストセラーとなった。

＊10　ロイヤル・ダッチ・シェルを始め、一九七〇年代まで世界の石油の生産・販売をほぼ独占していた七大会社を指して使われていた表現。

＊11　一五七二年八月二四日の夜、フランス王シャルル九世の命令によって宮廷のユグノー(プロテスタント)貴族多数が殺害されたことに端を発し、パリ市内でもプロテスタント市民が襲撃され、さらに地方に虐殺が広がった事件。犠牲者の数は一万～三万人とされる。

＊12　シチリア王になったフランスのシャルル＝ダンジューの圧政に抵抗するシチリア貴族や島民の反フランス暴動。一二八二年三月三一日の晩禱の鐘の音を合図にパレルモでフランス人の虐殺が始まり、やがて反乱は全島に拡大した。

＊13　scafista. 共産主義体制の崩壊後、旧ユーゴスラヴィアやアルバニアからの難民を、高い金をとったうえで大きなゴム・ボートに乗せて、不法にイタリア沿岸まで輸送していた船頭のこと。沿岸警備隊に発見されると移民を海に落とすケースがしばしばあった。

＊14　desaparecido. スペイン語で「行方不明者」の意。中南米のアルゼンチンやチリの軍政下で政府機関や軍によって誘拐・暗殺された人々のことを指す。

＊15　終末思想を説くプロテスタント系の新興宗教教団「ブランチ・ダヴィディアン」を指す。武装化を進めていた教団は、一九九三年四月、米国テキサス州のウェーコでＦＢＩとの衝突にいたり、ほとんどの信者が焼死した。

＊16　メキシコ系の米国人。
＊17　白人の外国人、とくに英米人のことを指す。
＊18　アメリカの政治学者(一九五二年〜　)。著書『歴史の終わり』(原書一九九二年、邦訳、渡部昇一訳、三笠書房、一九九二年)で知られる。
＊19　シェイクスピアの『ロミオとジュリエット』に登場する対立する二家の貴族の名を踏まえている。

アメリカを愛し、平和行進には参加

悪は悪をもたらす。すべてのテロ行為とテロ活動の第一目的が、標的とする人々の領域を不安定状態に陥らせることにあることは周知の事実であって繰り返すまでもない。不安定状態に陥らせるとは、身も震えるほどの興奮状態に陥れ、落ち着いた対応を不可能にし、人々を互いに不信感を抱く状態にさせるということだ。イタリアの例を挙げると、右翼のテロも左翼のテロも、結局は国を不安に陥らせることに成功しなかった。[*1] したがって、それらは少なくとも最初の最も恐るべき攻撃の後、敗北したのだ。しかし、そもそもそれは垢抜けない現象だった。

ビン・ラディンのテロ(いやむしろ、彼が代表する幅広い原理主義者層のテロ)は明らかにもっと巧妙で、もっと浸透した、もっと能率的なものだ。彼は、文明と文明の対立、宗教戦争、大陸同士の衝突というかつての亡霊を呼び覚ますことによって、九月一一日以降、西洋世界を不安定状態に陥らせることができた。さらに現在、もっと大きな満足をもたらす結果を手にしつつある。つまり、西洋世界と第三世界の間の溝を深めた後、西洋世界自体の深い内部分裂を後押ししているのだ。そうではないという幻想を抱くのは無駄だ。現に、アメリカとヨーロッパの対立(武力対立ではないが、倫理的、精神的対立だ)が浮上しつつあるし、ヨーロッパの内部でも不和が生まれつつある。フランスにおけるある種の潜在的反アメリカ主義の声が以前より高く聞こえてくるようになったし、アメリカでは(想像もしなかったことに!)、かつてフランス人を指すのに使われていた軽蔑的表現「蛙喰い(フロッグ・イーター)」が再び人気を博している。

このような亀裂は、アメリカ人とドイツ人とを、あるいはイギリス人とフランス人とを対立させているわけではない。われわれは大西洋の両岸に湧き起こりつつある戦争反対の抗議行動を見ながら、「すべてのアメリカ人が戦争を望んでいる」わけでもなければ、「すべてのイタリア人が平和を望んでいる」わけでもないことを想起してみなければならない。形式論理学に照らせば、地球上に住むすべての人間のうちたった一人の人間でも自分の母親を憎んでいれば、「すべての人間は自分の母親を愛する」とは言えなくなる。その場合には「いくらかの人間は自分の母親を愛する」としか言えず、そのときの「いくらかの」は必ずしも「少数の」という意味ではなく、「九九パーセントの」を意味することもあり得るのだ。しかし九九パーセントであってもそれは飽くまで「すべての」ではなく「いくらかの」ということであり、まさに「すべてではない」にあたるのである。「すべての」といういわゆる全称量化子が使える事例は稀だ。確信をもって言えるのは、「すべての人間は死すべき運命にある」という言明しかない。なぜなら今日までのところ、蘇ったとされる二人、イエス・キリストとラザロも、ある時点で息を引き取り、死への道筋をたどったのだから。

したがって、亀裂は片方の側のすべての人間と、もう片方の側のすべての人間との間に起こっているのではなく、つねに二つ(あるいは三つ四つ)のグループのそれぞれ「いくらかの」人間の間で起こっているのだ。細かいことにこだわり過ぎると見えるだろうが、このような前提を置かないと人種差別主義に陥る。

出血にこそいたっていないが、生々しく血なまぐさいこの亀裂の中で、毎日のように、人種差別主義的としか言いようのない主張が聞こえてくる。「戦争を恐れるすべての人間はサダム・フセインの協力者だ」、「ときには武力に訴えることが不可欠だと考えるすべての人間は、ナチだ」。人間の理性はどこへ行ってしまったのだろうか。

数週間前、イギリスの評論家が、その少し前に英訳が出版された私の『倫理に関する五つのエッセイ』について、総じて好意的と言うべき意見を述べていた。だが、私が戦争は絶対普遍のタブーとなるべきだと述べた箇所になると、「アウシュヴィッツの生還者に向かってそう言ってみてはどうか！」と、皮肉たっぷりなコメントをしていた。つまり、もしも誰もが戦争を恐れて忌み嫌っていたら、ヒトラーの敗北もなかっただろうし、強制収容所に閉じ込められたユダヤ人の救出(残念ながら「いくらかの」人々だけだったが)もなかっただろうと彼は言いたかったのだ。

さて、私にはこのような推論は、いくら大目に見ても正しくないと思える。私が、殺人とは絶対に容認できない犯罪であり、生きている間は絶対に人を殺したくないと思っていたとしよう(実際にそう思っているが)。しかし、もしもナイフを持ったどこかの誰かがわが家に侵入し、私を、あるいは私の家族の誰かを殺そうとしたなら、私は可能な限りの暴力を使って可能な限りそいつを阻止する。それと同様に、戦争は犯罪であり、第二次世界大戦を引き起こした張本人はヒトラーという名の人物だった。そして、彼が戦争を引き起こした後、連合軍が動き出し、暴力に暴力で応えたのは、野蛮さから世界を救わなければならなかったのだから、言うまでもなく正しい行動だった。しかし、だからといって、第二次世界大戦が五〇〇〇万人もの犠牲者を生んだ残酷なものであったこと、ヒトラーがそれを引き起こさない方がよかったことに変わりはない。

それほど逆説的ではない反論は、次のものだ。「それでは、あなたはアメリカがヨーロッパを救うために、そしてナチがリヴァプールやマルセイユにまで強制収容所をつくることを阻むために、参戦したのはよいことだったと認めるのですか?」。もちろん、この問いに私はよいことだったと答えよう。それだけではない。一三歳の少年だった私にとって、疎開中の田舎町にやってきたアメリカの解放軍部隊(ちなみに黒人部隊だった)を見にいったときの感動は、生涯忘れることができない。すぐにジョゼフ伍長と友達になり、彼から生まれて初めてのチューインガムと、ディック・トレイシーの漫画をもらった。しかし、この私の答えに対してすぐに、もう一つの反論が来る。「すると、ナチ・ファシストの独裁政権を、生まれるや否やアメリカ人が叩きつぶしたのはよかったわけですね！」

真実は違う。アメリカ人も、そしてまたイギリス人もフランス人も、ファシズムとナチズムの二つの独裁政権を生まれるや否や叩きつぶしたわけではない。彼らはファシズムを一九四〇年の初めまで、(経済制裁のようなこれみよがしの措置や、それよりわずかに厳しい行動で)どうにか抑え、和らげ、はては仲介役として受け入れようとさえしていたし、また、ナチの拡大を数年の間放っていたのだ。アメリカが参戦したのは日本に真珠湾を攻撃された後のことであり、また、とりわけ忘れられがちだが、ドイツとイタリアが日本に続いてアメリカに宣戦布告をしたのであって、[*2]逆ではない(今の若い世代には何ともバカげた話に思えるかもしれないが、しかしまさにそうだった)。道徳的緊張が参戦を迫っていたにもかかわらず、アメリカがただちに凄惨な戦争に入らずにいたのは、慎重さゆえのことであり、準備が整っていないと思っていたのと、加えてアメリカにもナチのシンパ(しかも大物)がいたからだ。ローズヴェルトはアメリカ国民を戦争という事件に引きずり込むのに、なかなか繊細な作戦を講じる必要があったのだ。

フランスとイギリスが、ドイツの拡張主義はまだ食いとめられる望みがあるとして、ヒトラーがチェコスロヴァキアに侵攻するまで待ったのは、誤った政策だったのだろうか。あるいはそうかもしれないし、平和を守ろうとしたチェンバレンの必死の画策がかなりの皮肉をもって論じられたこともある。こうしたことが物語っているのは、ときには慎重さが過ぎて誤ることがあるとはいえ、平和を守るためには可能な限りのことをやってみなければならないということだ。少なくとも、結局、戦争をしかけたのがヒトラーで、すべての責任を負わねばならないのが彼であることは明らかになった。

したがって、フランスを救うために死んだ(これは本当だ)善良なるヤンキーたちの墓の写真を第一面に掲載し、今のフランスはその借りを忘れつつあるとしたアメリカの新聞は、正しくないと私は考える。フランス、ドイツ、そしてイラクに限定した現在の予防戦争を時期尚早と考えるすべての人々は、アメリカがいわば国際テロに囲まれている今このときに、アメリカに対する連帯の心を拒んでいるわけではないのだ。彼らはむしろ、常識を持つ数多くの人々と同じように、今イラクを攻撃してもテロを敗北に追いやることはなく、逆にテロに力を与えることにおそらく(いや、絶対にと私は思うが)なるし、また現段階でまだ慎重にかまえて多くの疑問を抱いている人々をテロ集団に導くことになってしまうと強調したいだけなのだ。テロは米国やヨーロッパ諸国に住む支持者を集めているし、彼らの金がバグダッドの銀行に預けられているわけではないが、しかし彼らは、化学兵器であれ何であれ、あらゆる国から武器を調達することができるということを考えているのだ。

もしもノルマンディ上陸作戦の前にド・ゴールが、自分の率いるフランス部隊が北アフリカに集結しているからと言って、上陸はコート・ダジュールにするべきだと意地を張って主張したと想像してみよう。アメリカとイギリスはおそらく、さまざまな理由を持ち出して反対したことだろう。ティレニア海にはまだイタリアの海岸を少なくともジェノヴァ湾から支配するドイツ軍が存在しているとか、あるいは、北から上陸すれば背後にはイギリスがあるから、イギリス海峡を渡らせる方が地中海を長々と横切らせるより上陸部隊は安全だといった理由で。そのような反論を前にして、われわれはアメリカがフランスを裏切っていると言っただろうか。いや、言わなかったろう。アメリカは戦略上の異議を唱えていただけであって、私にしても実際、ノルマンディ上陸の方で賢明だったと思う。要するに、不毛で危険な作戦を避けるよう、アメリカは全力でド・ゴールを説得しただろう。それ以上でも以下でもない。

よく耳にするもう一つの反論で、しかも何年も前から平和的ミッションに尽力しているさる重要人物から最近私に提起された反論は、次のものだ。「しかし、サダム・フセインは残忍な独裁者で、国民は彼の血なまぐさい支配下で苦しんでいる。かわいそうなイラクの人々のことを私たちは考えなくてよいのか？」。もちろん私たちは考えている。しかし同時に私たちは、かわいそうな北朝鮮の人々や、アフリカやアジアで多くの独裁者の足下に踏みにじられながら生きている人々のことや、南米で左翼革命をはばむために容認され支援されている三流右翼独裁者の支配下にある人々のことを考えているだろうか。スターリンが強制労働収容所（グーラグ）に送り込んでいたロシア、ウクライナ、エストニア、ウズベクの哀れな市民を解放するために、予防戦争をしかけようと一度だって考えられたことがあっただろうか。答えはノーだ。なぜなら、すべての独裁者に戦争をしかけねばならないとしたら、流血やさらには原爆の危険という意味で代償があまりにも大きくなるからだ。だから、政治――たとえ理想的な価値観に動かされたときでもつねに現実主義的である政治――においてはいつもそうなのだが、ぐずぐずと時間稼ぎをし、流血のない手段で最大の結果を得ようとしてきた。結局、西洋の民主主義国家は原子爆弾を落とさずにソヴィエトの独裁政権を消滅させることができたのだから、血を流さない手段こそよい結果をもたらすと言わざるを得ない。たしかに多少時間がかかったし、その間には気の毒にも殺されてしまった人々がいるのだが、数億の犠牲者が発生することは避けることができた。

わずかな考察だが、今われわれの置かれている状況にあっては、まさに重大な状況だからこそ、白黒の明確な割り切り、敵と味方の区別、「われわれと同じ考えでないなら、お前は敵だ」といったたぐいの糾弾は許されないことを理解するには、以上の考察で十分だと私は思いたい。それもまた一種の原理主義なのだから。米国を愛し、その伝統、その国民、その文化を愛していても、また、世界で最も力のある国という勲章を現場で獲得した者に対するしかるべき尊敬をもって、二〇〇一年にアメリカが負った傷に深く心を打たれたとしても、だからといって、彼らの政府は間違った選択をしており、われわれの声が裏切りではなく率直な異議であることを理解すべきであると彼らに忠告しなくてもよいことにはならない。さもなければ、異議を唱える権利は踏みにじられることになる。そしてそうなれば、一九四五年に解放者だった彼らが、当時、長年の独裁政権から自由になったばかりのわれわれ若者たちに教えてくれたことと、まるで反対になってしまうのだ。

［初出］「ラ・レプッブリカ」紙、二〇〇三年二月。

＊1　イタリア社会は一九六〇年代末から八〇年代半ばにかけて、極右、極左グループによるテロに見舞われた。

＊2　日本の対米宣戦布告は一九四一年一二月八日。それに続いて同年一二月一一日にドイツとイタリアもアメリカに宣戦布告をした。

ヨーロッパの展望

この論考は、私個人が書こうと決めて生まれたものではない。数週間前、ユルゲン・ハーバーマスが、ヨーロッパ各国の同僚に連絡をとり、それぞれの国の有力新聞に本日いっせいに論考を載せることを依頼してきたのだ。私は、ハーバーマスが自分の意図を伝えてきたときに交わした数回のやり取りを別にすれば、この文章を書いている現時点で、ハーバーマスとジャック・デリダが連名でドイツの「フランクフルター・アルゲマイネ」紙とフランスの「リベラシオン」紙に同時に載せる論考、フェルナンド・サバテルがスペインの「エル・パイース」紙に載せる論考、ジャンニ・ヴァッティモがイタリアの「ラ・スタンパ」紙に載せる論考、アドルフ・ムシュクがスイスの「ノイエ・チュルヒャー・ツァイトゥング」紙に載せる論考、リチャード・ローティがアメリカからの声としてドイツの「南ドイツ新聞」紙に載せる論考において、それぞれ今日何を言うことになるのか、詳しいところは知らない。もしかすると、各論考を対照することによって議論が生まれてくるかもしれない。いずれにせよハーバーマスは彼の友人と同僚たちに対して、欧州連合の現在の状況をめぐる幾人かのヨーロッパ市民の考えを伝えるべく文章を書き、それによってそれぞれの国の政府および現在ある(かなりのものだがまだ不十分な)ヨーロッパ政府に一連の刺激を送り届けることを依頼してきたのだ。

今は、統一ヨーロッパの未来について予測するのに最も不適切な時期のように思える。イラク戦争に対して各国がとった立場は、むしろヨーロッパの分裂を示しているし、また、東欧のいくつかの国が欧州連合に加入したことによって、主権の一部なら手放してもよいと思っている古くからの民主主義国家と、ヨーロッパの国境を越える同盟政策をとってでも、できたばかりの国家統治の形態を強化しようとしている若い民主主義国家とが一緒になっている。

このような背景の中で、一方にはヨーロッパであるという認識とアイデンティティが存在し、その一方で一連の出来事がこうした結束そのものを解体させようとしていると言えよう。

ハーバーマスも取り上げるはずの例を、ここで話そう。いわゆる西洋世界の基本的な原理、つまり、ギリシャ的およびユダヤ・キリスト教的遺産も、フランス革命から生まれた自由と平等の思想も、はたまたコペルニクスやガリレオ、ケプラー、デカルト、フランシス・ベーコンらによって生まれた近代科学の遺産も、資本主義的生産の形態も、国家の非宗教化も、ローマ法やコモン・ローも、そして階級闘争によって実現される正義の概念すらも(どれも、他と並び、西ヨーロッパの典型的な産物だ)、そのすべてがアメリカ、オーストラリア、そしてすべてではないにせよアジアやアフリカの多くの地域に根をおろし、浸透し、発展したところを見ると、今日ではそれらはもはやヨーロッパだけの財産ではなくなったのだ。そうなると、西洋文明(グローバル化の過程の中で最も成功するモデルと見なされる傾向にあるが)という言葉を用いても、それが必ずしもヨーロッパを特定しているとは限らないと言える。

同時に、西洋文明の内部では、ますますヨーロッパのアイデンティティが強まっているとわれわれは感じている。それは、われわれヨーロッパ人がヨーロッパ内の国々を訪れたときにはさほど強く表れてこないかもしれない。なぜならそのときは、むしろ差異に対する感覚の方がとびだしてくるからだ。しかしその差異は、ミラーノの人間がパレルモに行ったとき、カラーブリヤ[*1]の人間がトリーノに到着したときに感じるのと似たようなものだ。ヨーロッパのアイデンティティは、アメリカも含めたヨーロッパ外の文化と接触した途端に浮上してくるのだ。国際会議の折であれ、異なる国の友人同士の間で過ごす一晩の語らいの折であれ、さらには観光ツアーの最中でさえ、あるフランス人、スペイン人、ドイツ人の物事の見方や振る舞い、嗜好が、他の国の人々のそれよりも近しく感じられる、共通の感性というようなものの存在をにわかに覚えることがある。

フランスの哲学者で大臣も務めたリュック・フェリは、二〇〇二年一二月、パリで行われた平和会議の席上、冒頭の発言で、もはやフランス人にとって、ドイツ人と戦争になるかもしれないなどと考えることはまったく不可能である(もちろんイギリス人にとってイタリアと戦うことも、スペイン人にとってフランドルを侵略することも)、しかるに、そうした戦争や対立というものこそ、まさにこの二千年間の常態であったのだ、と指摘した(目新しい指摘ではもちろんないが、その劇的な語り口が印象深かった)。つまり、現在は歴史的に新しい、たった五〇年前においてすら考えられなかった状況なのだ。それは必ずしもはっきりとわれわれの意識にのぼっていないかもしれないが、今やわれわれのすべての行為に付いてまわっており、たとえさほど教養の高くないヨーロッパ人の場合でも、昔、自分の父親たちが銃を手にして越えた国境を、今や夏のバカンスを過ごすために意識もせずにのんびりと越えるその行為に付いてまわっているのだ。

フランス人が自分は依然としてドイツ人と違うと感じてしまう理由は無数にあるが、しかし両人とも、仏独双方の人と国に深い刻印を残した一連の出来事の今日における継承者だ。われわれは皆、成功の個人主義的倫理の恒常性(ホメオスタシス)のおかげではなく、組合闘争を通して得られた幸福と繁栄の概念を共有している。われわれは皆、植民地主義の失敗とそれぞれの帝国の喪失を経験した。われわれは皆、独裁制の下に服し、それを肌で知り、その兆候を見分けることができるようになり、おそらく(少なくとも大部分は)それに対する免疫力を持っている。

われわれは皆、国内での戦争を体験したし、延々と続く危機の状態を知っている。それゆえ、もしも二機の飛行機がノートル・ダムやビッグ・ベンに突っ込んだならば、それに対する反応はもちろん恐怖、苦悩、怒りの反応となるに違いないが、しかし、史上初めて自国に攻撃を受けたアメリカ人が襲われたような驚愕、さらに、抑鬱状態と何としても即座に反撃せねばという衝動とが代わる代わる現れる状態とは無縁だろうと言い切ってよいと思う。

つまるところ、ヨーロッパ人は多くの物事、喜びと苦悩、誇りと恥辱、守るべき伝統と消化しなければならない呵責を共有している。ヨーロッパはそれぞれの国が、大洋に隔てられずに隣にあるアジアやアフリカとの関係において異なった経験をしてきた。それは、ときには相互交流、ときには対立という関係だった。

これだけで真の統一ヨーロッパをつくるのに十分だろうか。実際、十分ではあるまい。ユーロがあるにもかかわらず、またこの共同体に加わりたがっている国々が数多くあるにもかかわらず、十分でない証拠は日々現れている。皆が加わりたいと望み、そこで何かを手放してもよいと認めているが、しかしすべてを手放すつもりはない。そして、例えばイラク戦争に対するそれぞれの立場を見れば分かる通り、いつ新たな対立の火種がまかれてもおかしくない。

実際はしかし、ヨーロッパが自分の内部から生み出せずにいるその統一が、今や物事の展開によって強いられている。第二次大戦から抜け出した(そして西と東に分裂した)ヨーロッパは冷戦の間、アメリカとソ連という大国の盾の後ろで生きていかざるを得なかった。この二つの大国はヨーロッパにおいて、それぞれ自己の運命を賭けていた。

アメリカにとって、中国は恐るべき敵となり得たが、それは未来においての話で、当時の中国は国内を安定させるために戦わなければならなかったし、直接対峙していたのは、アメリカではなくソ連だった。アメリカは朝鮮半島の膠着状態や、ヴェトナムでの敗北を耐えることができた。アメリカがゲームを行っていたのはヨーロッパだったのであり、ソヴィエト帝国の崩壊によってそのゲームに勝ったのもヨーロッパにおいてだった。

自分たちの力を超えたこのゲームの中心にあったヨーロッパの国々は、二つのブロックのうち自分が同化した方のブロックの外交政策に合わせて外交政策をつくるほかなく、統合された軍事的防衛(NATOまたはワルシャワ条約機構)を受け入れざるを得なかった。

この背景は、ベルリンの壁の崩壊後に変わったが、近年さまざまな問題が、おそらくアメリカがバルカン半島の問題にわずかな関心しか抱いていないことが分かったときから浮上してきた。五〇年来の敵に打ち勝ったアメリカは、領土的な境目こそ曖昧だが、たしかに中東や極東のイスラム世界に自分の新しい敵が潜んでいることに気づき、カブールやバグダッドに(あるいはもっと先に)自国の軍事力を向かわせていった。この新しい軍事介入は軍事基地の移動を強い、いずれにせよアメリカは、NATOをもはや安心できる拠点と感じられなくなった(そもそも、歴史的、地理的理由から、ヨーロッパ諸国がアラブ世界に対してアメリカの国益とそぐわないところのある関係しか持ちようがないことが判明したからでもある)。

一方、その間に、アメリカが直面の準備をしている大きな対立は中国との対立であることが明確になってきた。武力対立にいたるとは考えられないが、経済の点でも人口の点でも対立するのは確実だ。アメリカの大学を訪れてみれば、どれだけ奨学金、研究所のポスト、学生におけるリーダーシップ的存在がますますアジア系学生の手に渡っているかがすぐ分かる(遺伝的な観点からの考察はともかく、ヨーロッパ系の学生に比して、文化的にアジアの学生たちの方がすぐれたポストを獲得するために一日一八時間働くことに遥かに慣れている)。アメリカの科学の進歩はこれからもますますヨーロッパではなく、インドや中国や日本など、アジアからの才能の輸入に依存することになるだろう。

こうしたことから、アメリカの関心は大西洋から太平洋にシフトすることになる。すでにもう何年も前からアメリカの生産や研究開発の拠点がカリフォルニア沿岸に移るか、あるいはそこで生まれている。長期的に見ると、ニューヨークはアメリカのフィレンツエのような存在となり、ファッションと文化の中心としては残っても、大きな決定のなされる場所ではますますなくなるだろう。

アメリカは決定的に大西洋の国ではなく太平洋の国になりつつある。これはヨーロッパにとって、一つのはっきりしたことを意味する。つまり、一九二〇年代のWASP(ワスプ)がパリの神話に憧れていたのに対して、新しいアメリカの大物たちは「ニューヨーク・タイムズ」(大西洋的大新聞だ)が届きもしない、あるいは届いても翌日、しかも限られた場所にしか届かない州に住むようになるということだ。彼らが住む場所はヨーロッパのことがどんどん知られなくなる場所であり、わずかなことを知ったときでも、ハワイや日本よりも遥かに遠くて未知であるヨーロッパというエキゾチックな大陸の言う理屈を誰も理解できないことになる。

アメリカが、中東や太平洋という広大な「世界」に関心を移すと、ヨーロッパの存在価値がなくなるということもあり得る。いずれにしても、最もアメリカびいきの人間でも、もはやナチの戦車によっても、あるいはサン・ピエトロ大聖堂の聖水盤で馬に水を飲ませたくてしかたがないコサック隊によっても支配されるおそれのない大陸(アメリカ人が起源を持つ大陸ではあるが、しかしペレスやチョング・リーなどの名を持つアメリカ人の何人がそこにルーツを持っているだろうか)のために、アメリカ人が眠れぬ夜を過ごすわけにいかないことは認めざるを得ないだろう。

したがって、物事の成り行き上、(物事は、理性的であるところの現実が命ずるところに従って進むという準ヘーゲル哲学的規定に従って)独りぼっちにされてしまったヨーロッパは、真に「ヨーロッパ」となるか、バラバラになるか、そのいずれかしかないのだ。

バラバラになるという仮説はあまり現実的でないように見えるが、少々具体的に考えてみる価値があると思う。つまり、ヨーロッパのバルカン化ないし南米化だ。世界の新しい勢力(しかも未来において、中国がアメリカに取って代わることもあり得る)が自分たちの都合に合わせて、ヨーロッパの小さな国々を取り合うのだ。世界大国としての生き残りに都合がよければポーランドまたはジブラルタル、場合によっては北廻り空路確保のためにヘルシンキやタリンに自分たちの基地を置くことになる。そして、ヨーロッパが分断されればされるほど、ユーロが世界市場において競争力をなくせばなくすほど、彼らにとっては都合がいい(世界大国が何よりもまず自分の利益を考えることをとがめることはできない)。

もう一つの未来は、ヨーロッパがアメリカと東洋(東洋といってもそれが北京になるのか、あるいはもしかすると東京ないしシンガポールになるのかを見極める必要があるが)に対する第三の極となる活力を持つにいたるというものだ。

しかし第三の極となるためには、ヨーロッパにはたった一つの可能性しかない。税関と通貨の統一を実現した後、一本化した外交政策と固有の防衛システムを持たなければならないのだ。その防衛システムは、ヨーロッパが中国を侵略したりアメリカと戦ったりすることが常識的に見てあり得ないことからすると、最小限度の防衛システムで構わないが、それでも、もはやNATOが保障できなくなった防衛政策と緊急出動態勢を可能にする防衛システムでなければならない。

ヨーロッパ諸国の政府はこのような協定を結ぶことにたどりつけるだろうか。ハーバーマスの呼びかけが暗示するのは、拡大ヨーロッパ、つまりエストニアやトルコ、ポーランドや、場合によってはいずれロシアを含むかもしれないヨーロッパでは、ただちにこのような目標を達成することができないということだ。しかし、この考えに現在のEUをつくる「核」となった国々は興味を示すかもしれない。もしその「核」から提案が出されれば、少しずつ他の国も(もしかすると)ついて来るかもしれない。

これはユートピアだろうか。しかし、理性に従って考えれば、世界均衡の新たな体制の出現が不可欠とするユートピアなのだ。他に道はない。ヨーロッパは生き残るために共通の外交政策と共通の防衛政策の道具を見つけ出さなければならないよう、いわば「運命づけられている」のだ。さもなければ、こう言って侮辱するつもりはないが、グアテマラ状態に陥ってしまう。

何人かのヨーロッパ市民が、自分が生まれた大陸、そこに帰属することに誇りをもって生き続けたいと願っている大陸の諸政府に宛てて呼びかけた意味は以上のようなものだ。

［初出］「ラ・レプッブリカ」紙、二〇〇三年五月。

＊1　イタリア半島の最南部の州。

狼と羊――濫用の修辞学

これから述べようとすることが、本当に述べる価値があるかどうかは分からない。なぜなら、私は今、脳味噌が水に溶けてしまったど阿呆の連中に向かって話していることをはっきりと自覚しており、どうせ誰も何も理解するわけがないと確信しているからだ。

こんな出だしはいかがだろう。これは修辞学でいう「好意捕捉(captatio benevolentiae)」ならぬ「悪意捕捉(captatio malevolentiae)」、つまり、存在しないし、当然存在し得ない文彩、聴衆を敵に回し、聴衆がスピーカーに対して悪意を持つようにさせることを目的にする文彩の一例なのだ。余談だが、私はこの「悪意捕捉」を何年か前に自分で、とある友人の典型的な態度を定義するために発明したつもりだったが、その後、インターネットでチェックしてみると、この「悪意捕捉」を取り上げているサイトが多いことに気づいた。それが、私の発案が受け入れられて広まった結果なのか、それとも「文学的多元発生」(異なった人が、異なった場所で、同時に同じことを考え出す現象)の結果であるのかどうかは分からない。

もし私の出だしが次のようなものだったとしたら、全然違った状況が生まれたかもしれない。「これから述べようとすることが、本当に述べる価値があるかどうかは分からない。なぜなら、私は今、脳味噌が水に溶けてしまったど阿呆の連中に向かって話しているることをはっきりと自覚しているからだ。しかし、今日はここに来ている愚か者の大多数には属していない二、三の方に敬意を表してお話しすることにします」。こんな出だしならば、「好意捕捉」の一例(極端で、非常に危険ではあるが)であると言える。なぜなら、すぐさま聴衆の誰もが、自分はその二、三人の一人だと思うようになり、他の人間を軽蔑しながら、情愛のこもった共犯者意識をもって私の話についてくるかもしれないからだ。

もうすでにお分かりのように、「好意捕捉」とは相手の好感を直ちに獲得する修辞学的方策だ。その典型的形態は、例えば、「このようなすぐれた聴衆の前で話をさせていただけ、とても光栄に存じます」といった出だしだ。また、「私ごときがこのようなことを申し上げるのは僭越の極みですが……」のようなセリフも、ときには逆にアイロニーを込めて使われるほど慣習的な出だしになっている。このような表現を使うと、実際は相手が知らないか忘れてしまったことを教えてやっているのだが、当然あなたはそのことをよくご存じなのだから、私が口に出すのは申し訳ない気持ちです、と前置きしていることになる。

なぜ修辞学において「好意捕捉」という技法が教えられているのだろうか。ご承知の通り、レトリックとは、必要でもない言葉を使ったり、大げさな感情に満ちた呼びかけを乱発したりしてときにみっともないと思われるあのたぐいのことではないし、また、哀れむべき一般常識がそう思わせているようなソフィスト的技法でもない。もっとも、とんでもない教科書がしばしばわれわれに提示しようとしているのと違って、修辞学を使っていたギリシャのソフィストたちはならず者ではなかった。そもそも、よき修辞学の偉大な師匠はアリストテレス自身であったし、またプラトンも対話篇の中で非常に洗練された修辞学的技法を使っているが、それはまさにソフィストを非難するためであった。

修辞学は人を納得させるための技法であり、人に対して自身の利益に反したことをやらせるために、不埒な方法を使って納得させることができるとはいえ、人を納得させるということ自体は悪いことではない。納得させる技法が考案されつくりあげられたのはなぜかといえば、定言的論法によって相手を納得させることのできる物事がきわめて少ないからだ。角、辺、面積、三角形とはどういうものかを決めてしまえば、誰にとってもピタゴラスの定理の証明は疑う余地がなくなる。しかし、日常生活における物事は、大部分の場合、取り上げられる話題に関して、さまざまな意見があり得る。古代の修辞学は三つに分類されていた。法廷弁論の修辞学(裁判で、ある証拠が真の裏づけになるのかどうかを議論する)、議会弁論の修辞学(国会や集会で用いる修辞学、つまり、峠の道のバイパスを作ってよいか、分譲マンションでエレベーターの改修をすべきか、投票するときAさんでなくBさんに投票すべきか、等々を討議する場での修辞学)、および演示弁論の修辞学、つまり何かを褒めたり批判したりするための修辞学だ。三つ目に関して言えば、ゲーリー・クーパーとハンフリー・ボガートのどちらが人をうっとりさせるか、洗濯用洗剤としてより効果的な銘柄は「オモ」か「ダッシュ」か、イレーネ・ピヴェッティ女史はプラティネットより女性的か[*1]、等々を決定するための数学的法則などないことを誰もが認めている。

この世の中の討議は大部分、意見が異なる問題に関して議論をするのだから、修辞学の技法とは、聴衆の大半に賛同してもらえる意見を見つけ出すこと、反論されにくい考えを練ること、自分の出す提案が最もふさわしいものであることを納得してもらうための最も適した表現を使うこと、また、聴衆の心の中にわれわれの論証の勝利を支えてくれる感情を湧き立たせること、等々(もちろん、「好意捕捉」も含めて)を教えてくれるものだ。

当然ながら、説得力のある話に対して、より説得力のある話をもちだして相手の論理の限界を示し、それを崩すことができる場合もある。皆さんは誰もが(これは「好意捕捉」だ!)、多数意見だからといって必ずしも正しくはないことを証明するためにときおり使われる、「糞を喰らおう、何百万匹ものハエが間違うはずはない！」[*2]という架空の宣伝コピーをご存じだろう。この宣伝の論理は、ハエが動物の糞をとくに愛好するのは好み上の理由からなのか、それとも必要上の理由からなのか、と尋ねるだけで、その誤りが証明できる。そして、もし畑や道にキャビアや蜂蜜をふんだんにまいておけば、場合によってハエはそちらの方によけいに魅力を感じるのではないか、と尋ねることができる。さらに、「何かを食べる人たちは、それを好むから食べるのだ」という前提は、人が、例えば刑務所で、病院で、軍隊で、あるいは飢饉のときや攻略されているときに、そしてもちろんダイエットのときに、好まないものを食べることを強いられる数多くの場合があることに言及することで反論できる。

こうなると、なぜ「悪意捕捉」が修辞学の道具の一つになるはずがないかは明らかだ。修辞学のねらいはコンセンサスを得ることだから、すぐさま異論を巻き起こすような出だしを評価することはできない。したがって、修辞学は自由で民主主義的な社会でしか花開くことができない(古代アテネのように紛れもなく不完全だった民主主義の社会も含めて)。私がもし、武力で何かを人に強いることができるならば、コンセンサスを得る必要はない。現に、強盗や性犯罪者、略奪者、アウシュヴィッツのカポー[*3]が修辞学的技法を使う必要はいつだってなかった。

だとすると、簡単に線が引けるように思われるかもしれない。つまり、一方に権力がコンセンサスを基盤とする文化圏や国々があり、そこでは人を説得する術が使われている。もう一方に、力と濫用の法則しかない横暴な国々があり、そこでは誰も説得する必要などない。しかし事はそう簡単ではない。だからこそ、ここで濫用の修辞学について述べてみたい。

濫用とは、辞書に書かれているように、「相手の利益を犠牲にして自分が得をするために自分の権力を悪用すること」とか、「許される範囲を超えて正義に反する行動をとること」という意味である以上、濫用であることを承知の上で濫用をする人間は、しばしば自分の行為を何らかの方法で正当化しようとし、ときには——独裁政治体制の場合がそうであるように——その濫用に耐えなければならない人からコンセンサスを得ようとし、あるいはその濫用を正当化してくれる人を探し出そうとすることさえある。だから、権力濫用をしながら、同時に自分の権力濫用を正当化するために修辞学的論拠を使うこともあり得る。

濫用の擬似修辞学の典型的な例の一つは、ファエドルス[*4]の狼と羊の寓話だ。

喉の渇いた狼と羊が同じ小川にたどりついた。狼は上流で足をとめ、羊はそれよりも遥か下流にいた。するとそのろくでなしは、自分の果てしない食い気に突き動かされて、喧嘩を売る言いがかりを探した。

「俺が飲もうとする水を、なぜ汚すのか」と狼は羊に言った。怯えた羊は答えた。「申しわけないが、そんなことがどうして私にできるのか。あなたの場所から流れてきた水を飲んでいるのだから」。

ごらんの通り、羊には修辞学的狡猾さが欠けているわけではなくて、論理的に弱い狼の論法を前にどう反論すればいいのかが分かっている。しかも、水はゴミや不純物を上流から下流へと運ぶのであって、下流から上流へではない、という常識ある人々の共通認識をもとにした反論だ。狼は羊の反論に対して別の論拠をもちだす。

すると、事実の明白さに打ち負かされたそやつはこう言った。「半年前、お前は俺の悪口を言った」。羊はこう答えた。「何と、その頃はまだ生まれていませんでした」。

これもまた、羊のなかなかいい手だ。そこで狼はまたも口実を変える。

「何たることだ、俺の悪口を言ったのはお前の親父だ」と狼は言った。そして、すぐに狼は羊を襲い、嚙みついて、ついに不条理にも殺してしまった。この寓話は偽りの言いがかりをつけて無実な人を抑圧する人間のために語られている。

この寓話から二つの教訓が得られる。濫用する人間はまず第一に自分の行動を正当化しようとするということ。そして、その正当化が打ち砕かれると、問答無用の武力という論理で修辞学に対応するということだ。この寓話は非現実的なことを語ってはいない。今日の私の発表では、こういった状況が歴史の中でたびたび現れるとき、より洗練された形であるにせよ、どのような技法が使われているのかを探っていこう。

もちろん、ファエドルスのこの寓話が提供する濫用者の描写は、修辞学者としてはカリカチュアのようなものだ。哀れな狼は説得力の弱い議論しかできないからだ。しかしそれと同時に、この寓話には強い濫用者の強力なイメージが表されている。狼の議論の偽りは火を見るよりも明らかだが、ときどき論理がより巧妙に構築されている。巧妙というのは、その論理が、ギリシャの修辞学で「通念(エンドクサ)」と呼ばれるもの、つまり大多数の人々が共有している意見を出発点にしていて、そこから次の議論を展開しながらも、そこにおいてこっそりと、証明の必要なことを確かな前提であるかのように立てたり、あるいはある議論が反駁しようとしていた論拠を証拠に立ててその議論に反論したりするという「論点先取(petitio principii)」の技法を使う詐術を用いているからだ。

次の文章を読んでみよう。

ときに新聞や雑誌がプチ・ブルジョアの目にさらす(……)ニュースがある。どこかで初めて黒人が弁護士とか教師とか牧師とかその類のものになったというニュースである。愚かなブルジョアジーはそのような奇跡的な訓練を知って驚き、今日の教育学のこの嘘のような結果に尊敬の念でいっぱいになるが、一方、非常に狡猾なユダヤ人は、このようなニュースを使って、彼らが諸民族の頭の中に吹き込む人間の平等理論が正しいことについての新たな証拠につくりあげる能力があるのだ。退廃に向かうわれわれのブルジョア世界は、ここにおいて本当は理性に対する罪を犯しているのだということを疑ってみもしない。弁護士に仕上げたと人々が信じるよう、半分サルでしかないものを訓練する一方で、最も高等な文化人種に属する幾百万人もの人々がみすぼらしく恥ずべき地位にとどまっていなければならないということが犯罪者的荒唐無稽であることを考えもしない。永遠の造物主の創られた何百もの崇高な創造物がプロレタリアの泥沼の中で憔悴していることを無視し、代りにホッテントットやカフィールやズールー族を知的職業にまで訓練することによって、永遠の造物主の意思に反する罪を犯しているのである。というのも、それはまさに犬の場合と同じ、正真正銘の訓練であって、学問的な「研鑽」ではないからである。同じ熱心さ、同じ労力を知的人種に対して用いたならば、どんな人々も同じ仕事に千倍も熟達するようになるだろう。(……)実際、毎年まったく才能のない一〇万人のやつらが高等教育を受けるに値するとされる一方で、きわめて素質のある他の数十万人もの人々が高等教育を受けることができないと考えると、我慢ならない。そのために国民がこうむる損失は、はかりがたい。

この文章の著者は誰だろうか。ボッスィか。ボルゲツョか。[*5]われらが政府のどこかの大臣か。どの可能性もあり得なくもないが、右の文章はアドルフ・ヒトラーの『わが闘争』から引用したものだ。[*6]ヒトラーは、自分の人種差別主義的キャンペーンを用意するにあたって、いくつかの人種が劣るという考え方を否定するきわめて強い議論に反論しなければならなくなった。それは、アフリカ人でも教育を受ける環境に置かれればヨーロッパ人と同等の理解力や能力を示すということこそ、アフリカ人が劣等人種に属するのでないことの証明であるというものだ。ヒトラーはどのようにしてこの議論に反論したか。レヴェルの低い人間が学ぶということはあり得ないのだから、サーカスの動物と同じく機械的な訓練を受けさせられたに違いないと言って反論したのだ。つまり、「黒人は動物ではない」ことを証明しようとした議論が、ヒトラーの読者がきっと根深く同意していたであろう考え方、つまり「黒人は動物である」という意見によって反論されたわけだ。

ファエドルスの狼に戻ろう。狼は、羊に食らいかかるための言いがかり(すなわち「開戦事由(casus belli)」)を探している。つまり、羊を食べるのは、羊が狼に対して過ちを犯したからだと、羊を、あるいは居合わせた人たちを、あるいは場合によっては自分自身さえをも納得させようとしている。これは濫用の修辞学のもう一つの形態であり、この寓話から得られる二つ目の教訓だ。歴史に見られる「開戦事由」を見てみると、少しだけだがファエドルスの狼よりも賢い狼が登場する。典型的なのは、第一次世界大戦を起こした「開戦事由」だ。

一九一四年のヨーロッパは、戦争の前提条件がすべて揃っていた。第一に、最も強い国々同士の互いの激しい経済的競争が挙げられる。大市場に対するドイツ帝国の前進はイギリスに不安を与えていた。フランスは自国のアフリカ植民地に対するドイツの浸透を心配しながら見守っていた。ドイツは、自らの国際的野心が不当に圧力を受けていると思い、包囲されているのではないかという妄想に悩まされていた。ロシアはバルカン半島の国々を守る自らの立場を強調し、オーストリア＝ハンガリー帝国と対立していた。それらが原因となり、それぞれの国に軍備拡張競争、国粋主義運動、参戦運動などが出現した。各国が戦争をしかけたい理由を持っていたが、しかし今述べたような前提条件はどれも戦争を正当化する口実としては十分ではなかった。宣戦布告をしたら、どこの国であれ、国益を守り、他国の国益よりも有利になることを狙ったように見えるのだから、口実が必要だった。

そこに、一九一四年六月二八日、ボスニア出身の学生がサラエヴォでオーストリア＝ハンガリー帝国皇太子フランツ＝フェルディナント大公夫妻を射殺するというテロ事件が起こった。一狂信者の一行為が国全体を巻き込むことなどあるべくはずもなかったが、オーストリアはすかさずその思いがけないチャンスをつかんだ。ドイツの合意を得たオーストリアは、殺害の責任はセルビアにあると決めつけ、反オーストリアの陰謀を企てているとしてセルビア政府に対して七月二三日付で最後通牒を送る。すぐさまロシアがセルビアへの支持を約束する。セルビアは比較的控えめな態度で最後通牒に答えながらも、同時に総動員令を発する。この時点で、イギリスが出そうとしていた調停案を待たずにオーストリアがセルビアに対して宣戦布告する。あっという間にすべてのヨーロッパの国が参戦することになる。

幸いにも、五〇〇〇万人もの死者を出した第二次世界大戦があった。そうでなければ第一次世界大戦が、人類の歴史における悲惨でばかげた行為の第一位を占めていただろう。

文明的で啓蒙されたオーストリアは、強い口実を見つけ出そうとしていた。よくよく見れば、殺されたのは皇太子ではないか。これだけ明白な事実が目の前にあるのだから、殺害実行犯だったプリンツィプの行為は単独行為ではなくセルビア政府の後押しによるものだとする推論をもちだすだけで十分だ。真偽の証明ができない推論だが、オーストリア国民の感情を動かすにはそれなりの力があった。このことから、濫用を正当化するためのもう一つの手段、つまり陰謀症候群の利用ということにたどりつく。

戦争をしかけたり迫害を開始したりするためにまず使われる論拠の一つは、われわれ、わがグループ、わが国、われわれの文化に対して陰謀が企てられたことに対抗しなければならないというものだ。ユダヤ人の大量殺戮を正当化するために利用された『シオン賢者の議定書』は、陰謀症候群の典型的ケースだ。だが、陰謀症候群はかなり古い時代に遡る。カール・ポパー[*7]は、彼が「陰謀の社会理論」と定義するものについて、次のように語っている。

（……）この理論は、有神論の大部分の形態よりも素朴であり、ホメロスに見られる社会理論と似ている。ホメロスは神々の力を、例えばトロイアの前の平原で起こることはすべて神々がオリンポスの山の上で企てているさまざまな陰謀の投影に過ぎない、というように考えた。「陰謀の社会理論」は実際、この有神論の一種であり、神々の気まぐれや意図が万物を支配するという信仰の一種なのである。それは、神をよりどころとすることなく、そのかわりに「神の地位にいるのは誰か」と問うことから生ずる帰結である。そしてこの神の地位は、力を持つさまざまな人々や集団、忌まわしい圧力集団で、大恐慌や今われわれがこうむっているすべての悪を企てた張本人として非難できる集団によって占められることになる。陰謀の社会理論は広く浸透しているが、その内容は真理が乏しい。陰謀の理論家たちが権力の座に就いたときに初めて、それは現実の出来事を記述する理論の性格をまとうことになる。例えば、ヒトラーが政権を握ったとき、彼はシオン賢者の陰謀の神話を信じていたので、その陰謀に勝るとも劣らない自分の陰謀をつくって対抗しようと努めた。(1)

おおむね、独裁政権は、自分たちの決定に対する大衆のコンセンサスを維持するために、支配下の国民の安寧を脅かそうと陰謀を企てているある国、あるグループ、ある人種、ある秘密結社が存在すると宣言する。どのような形態のポピュリズムも、またそれが現代のものであっても、外からの、あるいは内部グループからの脅威を語ることによってコンセンサスを得ようとする。しかし、自身が発した「開戦事由」をもとにしながら、その上にきわめて効果的な陰謀理論をつくりあげることに成功したのはヒトラーだけではなかった。ヒトラーはユダヤの陰謀をもとに、ユダヤ人の虐殺だけでなく、当時のイタリアの新聞が「民衆ユダヤ金権支配」と呼んだものに対して征服政策全体を構築したのだったが、「開戦事由」と陰謀理論を混ぜ合わせることに長けたもう一人は、ムッソリーニだった。

典型例として、ムッソリーニがエチオピア征服の開始を宣言した一九三五年一〇月の演説を見てみよう。イタリアは統一間もない頃、他のヨーロッパの国を見習って植民地を手に入れようとした。この願望の正当性に関する論評はしないでおこう。そもそも一九世紀には、キップリング[*8]の言葉を借りれば「白人は文明をもたらす義務の重荷を背負う」というイデオロギーが支配的であったから、植民地を手に入れようとすることの是非は議論の対象にならなかった。イタリアは、ソマリアとエリトリアに腰を下ろしてしまってから、何回もエチオピアを支配下に置こうとしていただけだった。しかしそこで、大昔からキリスト教の文化が深く根づいていた国と衝突することになってしまった。それはかつてヨーロッパ人がプレスター・ジョン[*9]の伝説的な帝国と見なした国、近代になって自分なりにではあったが西洋文明に向かって扉を開こうとしていた国だった。

一八九六年のアードゥア[*10]の敗北の後、イタリアはアビシニア[*11]の独立を承認せざるを得なかったが、アビシニアを一種の保護領にし、領内にいくつかの橋頭堡を維持することはできた。しかしファシズム時代にすでにラス・タファリ[*12]は、自国を未だ封建的な状態からより近代的な形へと発展させようとしており、その後ハイレ＝セラシエ皇帝となってからも、アフリカ最後の独立国を救うための唯一の道が自国の近代化であることを認識していた。当然皇帝は、イタリアの技術者の侵入に対抗する目的で、フランス、イギリス、ベルギー、スウェーデンから技術者や顧問を呼び、軍の再編成、新しい武器の使用や空軍の訓練にのりだしていた。ファシズムにとっては、部分的とはいえ苦心しながら近代化の険しい道を歩みつつあった国に文明をもたらすということは目的ではなかった(しかも、繰り返すが、偶像崇拝の文化に対してキリスト教国が文明をもたらすという宗教的口実すらなかった)。ファシズムにとって目的は、経済的利益を守ることに過ぎなかった。だからエチオピアを侵略するという決断もまた、何らかの「開戦事由」からしか発生し得なかった。

格好の口実を提供したのはいわゆる「ウアル・ウアル事件」だった。ウアル・ウアルは、オガデン地方の遊牧民にとって不可欠な水源だった約二〇の井戸を管理下に置くためにイタリアによって要塞化されていた地域だった。この地域のイタリアの所有権をエチオピアは認めていなかったし、近辺に植民地を持っていたイギリスにとっても悩みの種だった。結局、そこで事件が起こる。一九三四年一一月二四日にイギリス・エチオピア合同委員会が武装した何百人かのアビシニア人をともなって井戸に近寄ってくる。イタリア人に陣地から去ることをアビシニア人が求める。イタリアの他の部隊が参入し、空軍も出動する。イギリス人は抗議して去っていく。アビシニア人が残り、衝突が勃発する。死者はアビシニア人が三〇〇人、デュバット(イタリア軍のソマリア兵)が二一人。イタリア人兵は一〇〇人ぐらいが負傷する。数ある国境沿いの衝突同様、これも外交ルートを通して解決することができるはずだったが(そもそも、死者の数からするとイタリアとアビシニアの割合は一対一四だった）、ムッソリーニにとってはこれこそが待ち望んでいた口実だった。彼がイタリア国民に対して、そして世界に対して、ヴェネツャ宮殿[*13]のバルコニーから行った一九三五年一〇月二日の演説で、どのような修辞学を使って自分の行動を正当化したかを見てみよう。

> 革命の黒シャツの諸君！　イタリア中の男たち、女たち！　世界中に散らばっているイタリア人、山の向こうのイタリア人、海の向こうのイタリア人！　聞き給え！　わが祖国の歴史において厳かな時の鐘が鳴ろうとしている。今この瞬間に**二〇〇〇万人もの人間**がイタリア中の広場を埋め尽くしている。人類の歴史においてこのような巨大な光景が見られたことはかつて一度もない。それは二〇〇〇万人もの人間だが、一つの心、一つの意志、一つの決意なのだ。
>
> 何カ月も前から**運命の輪**が、われわれの落ち着いた決意に導かれて、目標を目指して動いている（……）。この目標に向かっているのは軍隊だけではなく、四四〇〇万人の一つの国民だ。その国民に対して、今、最も悪辣な不正が行われようとしている。それは、日向の場所を**われわれから奪い取る**ことだ。
>
> 一九一五年当時、イタリアが賭けに出て同盟国と運命を一つにしたとき、われわれの勇敢さに対してどれだけの褒め言葉が、どれだけ多くの約束があったことか！

> しかし、共通の勝利の後、イタリアが六七万人もの死者、四〇万人もの戦傷者、一〇〇万人もの負傷者という至上の貢献を捧げたその勝利の後、強欲な和睦のテーブルでイタリアには植民地の豊かな戦利品の**かけら**しか回ってこなかった。
>
> われわれは一三年間も耐え、その間われわれの生命力を窒息させているエゴイズムの輪はますます締めつけられてきた。**エチオピアに対してわれわれは四〇年間も我慢してきた。もうたくさんだ!**
>
> (……)しかしこの私はここでもう一度、断固たる決意をもって、植民地的性格**しか帯びていない**この衝突がヨーロッパ全体に広がらないようにわれわれはできるだけの努力をすると、今、諸君の前で聖なる約束をする。
>
> (……)この歴史的時代においてイタリアの国民は、かつてなかったほど**自分たちの精神の質の高さ**と気質の力をあらわにしている。このような国民に対して、人類にとって最も偉大な成果を獲得してきたこの国民に対して、**数多くの詩人、芸術家、英雄、聖人、航海者、旅人を生み出したこの国民に対して、制裁措置をもちだそうとは何たることか。**

この演説の特徴的箇所を読み直してみよう(太字は私がほどこしたもの)。まず、正当化は「国民の意志」によるものだ。ムッソリーニは自分だけで決めようとしているが、イタリア中の広場を埋め尽くしている二〇〇〇万人(ムッソリーニの勝手な推測)のイタリア人の存在によって、戦争をしかける決定は彼らのものに変えられてしまう。第二は、決定が行われるのは、それが「運命の輪」の意志だからだ。つまり、ムッソリーニとイタリア人がやろうとすることをやるのは運命の命令を解釈したからだ。第三は、エチオピアを植民地として征服しようという意志が「窃盗」に対抗するものとして提示されている。彼らは日向のちょっとした場所をわれわれから奪い取ろうとしているのだ。実際には彼ら(すなわち、イタリアに対する制裁措置を宣言していた他のヨーロッパの国々)はイタリアに自分のものでないものを盗らないでほしかっただけだ。イタリアの侵略に対抗することによって他の国々が自国の国益を追求していたという問題については放っておこう。現実には、彼らはわれわれの所有物を盗ろうとしたのではなく、われわれが他人の所有物を盗むことに反対していたのだ。

ここで、陰謀症候群への呼びかけが現れる。「民衆ユダヤ金権列強」——言うまでもなくユダヤ資本主義の後ろ盾を持っている——の陰謀が無産者のイタリアを窮乏状態に陥らせているというのだ。現に、そのすぐ後に、「身体の一部をもぎとられた勝利[*14]」を再び引き合いに出しながら、「ナショナリズム的フラストレーション」への呼びかけが続く。われわれは戦争に勝ったのに、当然の権利として手に入れるべきものを得ていないのだ。

実際、われわれが参戦したのは、明らかにトレント地方とトリエステ地方を取り返すためで、事実、手に入れることができた。だが、それにこだわらず先へ進もう。共通のフラストレーション(陰謀症候群は必ず被害妄想を含む)に訴えることによってのみ、最後の場面の話の急転換が感情的に不可欠かつ理解しやすくなるのだ。つまり、エチオピアに対してわれわれは四〇年間も我慢してきた。もうたくさんだ! もちろん、われわれがエチオピア国内に侵入しようとしたのに対して、エチオピアはわれわれの国内に侵入しようとも思わなかったし、現にその能力もなかったことを考えてみると、エチオピアの方こそわれわれに対して我慢してきたのではないかという疑問も湧かないわけではない。しかし、いずれにせよ、話の急転換は成功し、大衆は大きな満足の声を発しながらうなずく。

締めくくりとして――これはなかなか気の利いた修辞学上の手口だが――「好意捕捉」が演説の最初ではなく、最後に現れる。侵略を正当化しなければならないこの国民は、迫害され軽蔑されているこの国民は、高度な精神と性格の力を持ち、詩人、芸術家、英雄、聖人、航海者の代名詞なのだ。まるで、シェイクスピア、ゴシック大聖堂を建てた人々、ジャンヌ・ダルクとマゼランは皆、ベルガモとトラーパニ[*15]の間で生まれたと言わんばかりだ。

ムッソリーニとヒトラーは、陰謀症候群をうまく利用した最後の人間ではない。今皆さんは、ベルルスコーニのことを考えているだろうと思う。しかしベルルスコーニはこの理論の下手な模倣者に過ぎない。より深い懸念を抱かせるのは、アラブのテロリズムを正当化するのに『シオン賢者の議定書』やユダヤの陰謀が再びもちだされていることだ。

悲しい話にしたくないので、さまざまな種類のセクトを研究しているマッスィモ・イントロヴィーニエ[*16]が最近書いた(二〇〇四年一月一七日付「イル・ジョルナーレ」紙)、「ポケモンだって？　それはユダヤ・フリーメーソンの陰謀だ」という論考から知ることのできた陰謀理論の数あるヴァリエーションの新たな一つをご紹介したい。サウジアラビア政府は、どうやら二〇〇一年にポケモンを禁止したらしい。二〇〇三年一二月に公開されたユスッフ・アル・カラダーヴィ師の長文のファトワー(法学裁定)を読むと、サウジアラビア政府の二〇〇一年の判決理由が分かる。アル・カラダーヴィはナセル大統領によって一九七〇年代に追放され、現在カタールに住んでおり、アル・ジャジーラ放送局を通して語る説教師の中で最も権威のある人物とされている。それだけでなく、カトリック世界の上層部においても多くの人がイスラムとの対話において彼を不可欠な存在だと考えている。

さて、この宗教指導者によれば、ポケモンを禁止しなければならない理由とは、それが「進化する」、つまり、ある一定の条件下でより強い力を持つ人物に変容するからだという。この仕掛けによって「若者の精神にダーウィンの進化論が注入されることになる」。まして登場人物が闘って、「その闘いでは、環境によりよく適応する者が生き残る。これまたダーウィンのもう一つの教理である」。さらに、コーランは想像上の動物の図像化を禁じている。ポケモンはまたカードゲームにも登場するが、こうしたゲームは、「イスラム以前の時代の野蛮さの残滓」なので、イスラム法が禁じているものである。

ポケモン・ゲームにはまた、「それを広めようとする人間には意味のよく分かっているさまざまなシンボルが見られる。その一つの例は六角星である。これはシオニストとフリーメーソンに関係する図像であり、ガンのごとく領地を奪しているイスラエル国家のシンボルともなっている。また、はっきりとフリーメーソンを指す三角形のような印や無神論と日本の宗教のシンボルなども見られる」。これらのシンボルは、イスラムの子供たちを正しい道から遠ざけるものであり、もちろんそれこそがこうしたシンボルの目的なのだ。それだけではない。漫画の中で早口で発せられる日本語のフレーズの中には、「俺はユダヤ人だ」とか「ユダヤ人になりなさい」とかいう意味のものが含まれている可能性すらある。しかしこの点はまだ「議論中」であり、アル・カラダーヴィも確信をもって言及しているわけではない。

いずれにせよ、狂信者にとって「他者」の陰謀や企みはいたるところに潜んでいるのだ。

第一次世界大戦の場合とエチオピア侵略の場合は、故意に拡大したものとはいえ、「開戦事由」が存在していた。しかし、それが新たに創り出される場合もある。私は——皆さんがそれぞれに持つ意見を尊重して——イラクへの攻撃を正当化させた大量破壊兵器をサダム・フセインが本当に持っていたか否かという進行中の議論に参加しようとは思わない。むしろ、新保守派(「ネオコン」)と言われるアメリカの圧力団体によるいくつかの文章を取り上げたいと思う。彼らは、正当な理由がなくもないが、アメリカは世界最強の民主主義国なのだから、一般に「パックス・アメリカーナ(アメリカの平和)」と言われている平和を保障するために介入する権利ばかりか義務すら負っていると主張する。

さて、彼らが作成したいろいろな文書の中では、アメリカが、第一次湾岸戦争のときにイラク全体の占領とサダム・フセインを権力の座から降ろすことを完遂しなかったために弱みを見せてしまったという考え方が、しばらく前から地歩を占めていた。そしてとりわけ九月一一日の悲劇の後は、世界第一の軍事勢力が敵を破滅させる能力を持っている証拠を示してその力を見せつけることこそがアラブ原理主義を食いとめる唯一の方法であると主張されていた。それゆえ、イラクの占領とサダムを権力の座から降ろすことが必要となった。それは、中東におけるアメリカの原油についての国益を守るためだけでなく、アメリカの力と恐ろしさを実例によって示すためだった。

この考え方には現実政策（レアルポリティーク）のそれなりの根拠もあるが、今日はここでそれについて論ずるつもりはない。だが、ネオコンの最も輝かしいグループである「新しいアメリカの世紀のためのプロジェクト」の中核メンバーは、一九九八年一月二六日にクリントン大統領に次の手紙を送った。そこには、フランシス・フクヤマ、ロバート・ケーガン、ドナルド・ラムズフェルドの署名もある。

制裁措置を引き続き守らせるために、また国連の査察を阻んだり避けたりした際にサダムを罰するために、もはやわが国は同盟国を当てにすることができない。したがって、サダム・フセインが大量破壊兵器をつくらないようにすることを確実にするわれわれの能力は著しく低下している。たとえ査察を再開したとしても(……)イラクの化学兵器や細菌兵器の生産を見張るのはきわめて難しく、むしろ不可能であることが経験から証明されている。長い間査察官がイラクの多くの工場や施設へのアクセスを拒まれたことを考えると、査察官によってサダムのすべての秘密を発見できる可能性はなおさら低い(……)。唯一受け入れられる戦略は、イラクが兵器を使ったり、それによって脅迫したりすることができるようになる可能性を排除することである。そのため、短期においては軍事的行動を起こす態勢を持つことが必要とされる(……)。長期においては、それはサダム・フセインとその体制を廃絶することを意味する。国連が採択した決定の範囲内において、湾岸地域におけるわが国の最重要の国益を守るために、アメリカは必要な手段を軍事的な意味においても取ることが許されるとわれわれは考える。

この文章は誤解の余地がないと思う。要約すれば、「湾岸におけるアメリカの国益を守るためにわれわれは手を出さなければならない。手を出すためには、サダム・フセインが大量破壊兵器を持っていることを本来ならば立証する必要がある。それを一〇〇パーセント立証することは絶対にできない。だから、ともかく手を出そう」という意味になる。署名した人は名誉ある人たちだから、手紙には証拠をでっち上げなければならないとは書かれていない。

一九九八年にクリントンに届いたこの手紙は、明らかにアメリカの政治政策に直接影響することはなかった。しかし、この手紙に署名した人の中の何人かは、二〇〇一年九月二〇日にブッシュ大統領宛にも手紙を書いた。そのとき、最初の手紙に署名したうちの一人はすでに国防長官になっていた。

アメリカを狙った最近の攻撃に対し、イラク政府が何らかの手助けをした可能性がある。しかし、かりに、この攻撃とイラクとを直接結びつける証拠がなかったとしても、テロとテロの支持者の根絶を目指すいかなる戦略も、サダム・フセインを権力の座から降ろすことを目的とした措置を含まなければならない。

その二年後、大量破壊兵器とイスラム原理主義に対する支援という二重の口実が使われたが、そこには、たとえ兵器があったとしてもその存在を立証することはできないということと、サダム・フセインの独裁体制は宗教と関係なく、原理主義的体制ではないという明確な認識があった。もう一度強調しておくが、私はここでこの戦争が政治的に賢明であったかどうかを論じているのではなく、武力行使の正当化のさまざまな形態を分析しているのだ。

ここまでは、濫用がはっきりした正当化の根拠、まさに「開戦事由」を探すいくつかのケースを検討してきた。しかし、先ほどのムッソリーニの演説の最後のフレーズにはもう一つの論拠、古い伝統を持つ論拠が潜んでいる。それは、手短に言えば「われわれはベストなのだから、濫用する権利がある」というものだ。修辞学の中途半端な独学者としてのムッソリーニは、イタリア人が詩人、聖人、航海者の民族であるというややキッチュっぽい断言しか用いることができなかった。より高度なモデルが存在していたのだが、それはムッソリーニが憎悪する民主主義を賛美していたので、使うことができなかったのだ。

そのモデルとはペリクレスの演説(トゥキュディデス『ペロポンネソス戦争史』第二巻三六〜四〇)だ。この演説は大昔から民主主義への称賛と見られてきたが、まずは、ある国家が、市民の幸福、自由な意見交換、法律の自由な審議、芸術と教育の尊重、平等の追求を保証しながら、いかに生きていくことができるかについてのこの上なく素晴らしい描写なのだ。

われわれの政体は隣国の法律を模倣するようなものではない。なぜならば、われわれは模倣者ではなく、むしろ他の人々の模範となっているからだ。そして市民の権利が少数者にではなく、多数者に属するがゆえに、この政体は民主制と呼ばれている。私的利益においては、法律の前で全員が平等な立場に置かれるが、一方、公職においては各人が、特定の社会階級に属することによってではなく、ある分野において秀でているがゆえに選ばれる。(……)また、貧困について言えば、もしある人間が、ポリスのために有益なことをなす能力があれば、貧しい身分の出であっても、それが妨げになることはない。(……)われわれは互いに害を及ぼしあうことなく私的交際をいとなみ、公的生活においては、とりわけ畏敬の念がわれわれが法律を犯すことを妨げる。その時々の統治をあずかる者に従い、不正を被った者を救済するための法律や、書かれてはいなくても違反者には公認の恥辱をもたらす不文律にこそ、とりわけわれわれは従うのである。(……)また、われわれは、精神のために労苦を緩和する慰安の場を多々与えてきた。われわれは、一年中定期的に競技や供犠をもよおしているし、私宅に美しい調度品を持ち、日々それを楽しむことで苦痛を追い払っている。また、われわれのポリスには、その大きさゆえに、さまざまな土地から数々の品々が届き、他国の恵みを、自国の恵みに劣らぬ楽しみで享受している。

(……)われわれは美を愛するが、節度をもってである。知に精神を注ぐが、柔弱にはならない。富を使うのだが、それは、愚かしい自慢話のためよりも、その富によって得られる行動の可能性のためだ。そして自己の貧困を認めることは誰にも恥ではなく、そこから抜け出そうと努力しないことこそ遥かに恥辱なのである。われわれのうちには私事と国事の双方に対する配慮があり、他の活動に従事していたとしても、公的利益の認識がわれわれの中に欠けることはない。

最大限に理想化されたアテネ民主制へのこの賛美のねらいは何か。ギリシャの近隣諸国および外国民族に対するアテネの覇権を正当化することだ。アテネの生活様式をペリクレスが魅力的な色彩で描き出すその目的は、おのれの覇権を強要するアテネの権利を正当化するためなのだ。

われわれの祖先は称賛に値するが、さらにいちだんとそれに値するのはわれわれの父たちである。彼らは祖先から残された領土に、多大な苦労を払って現在われわれが掌握している領土を加え、かくも広大な領土をわれわれに残した。しかし領土そのものの拡大は、今壮年期にあるわれわれ自身の働きであって、われわれはわれらがポリスを拡大し、平和のためにも戦争のためにも自足できる、あらゆる面で整備されたポリスにしたのである。

(……)われわれは軍事訓練においては次の点で敵と異なっている。われわれはポリスを万人共通のものとして公開しており、外国人を追い出すことによって誰かが学んだり見たりするのを妨げたりはしない(隠されていなければ、敵にはそれが見えるから、有利な点を引き出すであろう)。われわれは信頼を、防御の装備や策略よりも、行動に対してわれわれ自身が示す勇気(われわれ自身の中から湧きでる勇気)の方に置いているからだ。また、教育においても、他国では子供のときから苦しい訓練によって雄々しい性格を追求するのに対して、われわれは、ゆとりを持って暮らしながらも、だからといって、自軍と対等の敵に立ち向かう危険を拒むわけではない。その証拠として、スパルタ人でさえ、単独でなく、全同盟軍を動員してわれわれの国土に侵入するが、一方、われわれは独力で隣国の土地を攻め、自分の財産を守ろうと防戦する敵と敵国内で戦っても、通常さほど苦労せずに戦いに勝つという事実がある。われわれの全軍勢と交戦した敵は、かつて一度もいない。なぜならば、われわれは海軍を用いると同時に、地上でも自軍をいろいろな戦争に参加すべくあちこちに派遣しているからだ。敵はわれわれのわずかな一部分と交戦して勝ったりすると、全軍を撃退したと自慢するし、負けた場合はわれわれの全軍に負けたと言い張るのだ。われわれは、苦しい訓練によってよりも気楽に物事を捉えることによって、また、法律よりはわれわれの中に湧きでる勇気によって、いつでも危険に立ち向かう気構えがあるが、そこから将来の苦難を見越して苦労することもなく、苦難に直面しても、平素苦労を積んでいる者たちよりも弱気な態度を示さない、という利点がわれわれにもたらされる。こういったことやその他の理由によって、われわれのポリスは称賛に値するポリスとして見られる利点を持つのである。

これは濫用の修辞学の別な形態で、おそらく最も抜け目のない形態だ。つまり、われわれは最もすぐれた政治体制を持つがゆえに他人にわれわれの力を強要する権利があるというのだ。しかしトゥキュディデスは、濫用の修辞学のもう一つの、しかも極端な姿も提示してくれている。それは、もはや口実や「開戦事由」を探し出すのではなく、濫用が不可欠で不可避的なものであることを直接宣言する、というものだ。

スパルタとの戦いが繰り広げられているときに、アテネはメロス島へ遠征をする。そこはスパルタの植民地でありながら、中立を守っていた。メロスは小さなポリスで、アテネに宣戦布告もせず、アテネの敵と同盟を結んでもいなかった。それゆえアテネはメロスに対する攻撃を正当化する必要があり、なにより第一に、メロス人が道理と政治的リアリズムの原理を受け入れていないことを示す必要があった。そこで、アテネはメロスに使節を送り、メロスがアテネに服従するなら破壊しないと通告する。メロス人は、誇りと正義感から(今日なら「国際法に従って」と言うだろう)服従を拒否する。長期の包囲のすえ、紀元前四一六年に島は征服される。トゥキュディデスは、「アテネ軍は捕虜にした成年男子全員を殺し、子供と女を奴隷にした」と記述している。トゥキュディデス自身が(上述の『ペロポンネソス戦争史』で)最終攻撃の前に行われたアテネ人とメロス人との間の対話を再現している。

その主な要点を見てみよう。アテネ人は、自分たちはペルシャ人に勝ったのだから覇権を行使するのは正当だとかメロス人がアテネ人に害を及ぼしたから今は返報する権利を行使しているのだとか言って長い話――しょせん大して説得力のない話――をするつもりはないと言う。「開戦事由」の原理を拒否し、ファエドルスの狼のような下手な真似をしない。ただただ、互いの本当の意図を基礎にして交渉に入るようメロス人を誘う。

なぜならば、正義の原理が守られるのは両者が対等の力によって結ばれているときだけであり、そうでない場合は、「強者はやりたいことをやり、弱者はそれに順応する」のが習いだからだ。

ここで注目してほしいのは、アテネ人はこのようなことを言いながら、自分たちがこうした態度をとるのは、ペルシャに勝ったことによってギリシャ支配の権利を獲得したからだとか、メロスが敵の植民地だからだということではないのだと否定しつつ、実はそれを肯定していることだ。しかし現実としては、比類ない明晰さをもって——正直さをもってと言いたいところだが、もしかするとその正直さは対話を再現しているトゥキュディデスのものなのかもしれない——自分たちがやろうとすることをやるのは、権力とは武力によってのみ正当化されるものだからだと説明する……。

メロス人は、正義の原理に訴えることではうまくいかないと悟り、敵の論理に従って答える。そして功利主義の原理を引き、スパルタとの戦争でもしもアテネが負けたらアテネはメロスのように不当に攻撃されたポリスからの激しい復讐を受けなければならないリスクがある、と言って征服者を説得しようと試みる。アテネ人は答える。「その危険については、われわれに任せてくれればよい。むしろ、われわれがここに来たのはわれわれの支配の利益を得るためであり、諸君の国の安全を図るための提案を今からしよう。なぜならば、われわれの望みは、苦労なしに諸君を支配下に収めることであり、また、諸君とわれわれ双方の利益のために諸君の無事を図ることにあるからだ」。

　メロス人は言う。「諸君にとって支配するのが利益となるのなら、われわれにとって奴隷となることがどうして同等の利益となろうか」。するとアテネ人は、「諸君は最悪の結果をこうむる代わりに従属民となれるし、われわれは諸君を滅亡させずに利益を得られるからだ(……)」。メロス人は尋ねる。「それでは、われわれがどちら側とも同盟を組まず、中立を守るとすれば?」。アテネ人は反論する。「それはならぬ。諸君から敵意を受けてもその害は諸君の友誼から受ける害には及ばないからだ。諸君の友誼はわれわれの弱さの証拠になるが、諸君の憎悪はわれわれの力の証拠になるのだ」。言い換えればアテネ人は、申し訳ないが、君たちを生かすよりも君たちを服従させた方がわれわれにとって好都合だ、そうすれば皆に恐れられることになるからだ、と言っているのだ。

　メロス人は、自分たちがアテネの力に抗することはできないだろうが、にもかかわらず、敬虔なわれわれは神々を信じて不正に立ち向かうので屈服することはないと信じている、と答える。「神々だと?」とアテネ人が言う、「われわれの要求にもわれわれの行動にも、人間が神々を信じることと矛盾することは一切ない。(……)人間にせよ神々にせよ、支配する力を持っているならば、必ず自然の抑え難い衝動によってその力を行使する、とわれわれは確信している。この法則を課したのはわれわれではないし、この法則がすでに存在する中で、最初に従ったのもわれわれではない。それはわれわれが受け継いだときにすでに存在していたし、これからも永遠に存在し続けるのだ。諸君にせよ他の人々にせよ、われわれと同じ力を持っていれば、われわれと同じ行動をとるに違いない」。

トゥキュディデスは、正義と力の対立を知識人らしい正直さをもって描写しながらも、とどのつまり、政治的現実はアテネ側にあることに同意していると考えても間違いではないだろう。いずれにしても彼は、濫用が自分自身の外では正当化を見出そうとしないという、濫用の唯一の真の修辞学を生々しく描いてみせた。その説得は「悪意捕捉」と同一だ。つまり、「弱虫め、このスープを飲むか、それともあの窓から飛び降りるか[*17]」と言うことなのだ。

今日までの歴史は、まさにこのモデルの長く忠実で緻密な模倣にほかならないことになる。もっとも、すべての濫用者が必ずしもよきアテネ人と同じ明晰さと疑う余地なき正直さを示したとは限らないのだが。

［初出］「古典の存続」研究所が企画した「言葉のしるしの下に」という連続講演の中の一つとして二〇〇四年五月二〇日にボローニャ大学で行われた講演。やや異なるヴァージョンが、*Nel segno della parola*, a cura di Ivano Dionigi. Milano: BUR 2005 に所収。

（1）「合理的な伝統論に向かって」、カール・ポパー『推測と反駁――科学的知識の発展』（イ

タリア語版 *Congetture e confutazioni: lo sviluppo della conoscenza scientifica*. Bologna: il Mulino 1972)。

＊1　イレーネ・ピヴェッティ(一九六三年〜　)は、一九九四年にジャーナリストから下院議員となり、数カ月後に史上最年少で同院議長に選ばれたが、九七年に政界を捨ててジャーナリストに戻った。いかにも女性っぽいと評されていた時期があった。プラティネット(一九五五年〜　)は、イタリアのテレビに出てくる有名な女装男性。

＊2　イタリアの映画界・テレビ界で監督・脚本家・制作者・作詞家などとして幅広い活躍をしたマルチェッロ・マルケーズィ(一九一二〜七八年)が考案した数々の架空キャッチフレーズの一つ。

＊3　kapo. 収容所内で抑留者を監視し、その規律について責任を負っていた管理者。ドイツの刑事犯から選ばれることが多かったが、抑留者の中から選ばれることもあった。

＊4　ローマ帝政期の詩人(前一八頃〜後五五年頃)。『アイソポス風寓話集』で知られる。

＊5　ウンベルト・ボッスィ(一九四一年〜　)は、イタリアの右派政党「北部同盟」(現在は「同盟」と改称)の創始者・初代書記長。地方分権を主張し、南部イタリアを切り離して北部イタリアを独立させる分離主義を唱える。マーリョ・ボルゲツョ(一九四七年〜　)は、北部同盟の党員で欧州議会議員。人種差別的発言で知られる。

＊6　第Ⅱ部「国家社会主義運動」第二章「国家」より。

＊7　オーストリア出身のイギリスの哲学者(一九〇二〜九四年)。

＊8　二三三ページの訳注＊2を参照。

＊9　一二～一七世紀に流布された、伝説的な東方キリスト教国家の君主。一五世紀頃から、その領域は現在のエチオピアとほぼ一致していると思われるようになった。
＊10　エチオピアの都市。
＊11　エチオピア中部の名称。
＊12　エチオピア皇太子(一八九二～一九七五年)。即位(一九三〇年)後、ハイレ＝セラシエ皇帝となる。
＊13　ローマの中心部にある一五世紀のルネッサンス時代の建物。ファシズム時代にムッソリーニが自分の執務室を構え、しばしばバルコニーから演説を行った。
＊14　第一次大戦でイタリアは多大な戦死者を出したにもかかわらず、パリ講和会議(一九一九年)で領土要求がしりぞけられたために、国民の間にこのような言葉で不満が広がっていた。
＊15　ベルガモはイタリア北部の町、トラーパニはシチリア西部の町。
＊16　イタリアの社会学者(一九五五年～　)。
＊17　イタリアの諺。原文はO mangi questa minestra o salti dalla finestra. minestra(スープ)とfinestra(窓)は関係ないが、韻を踏んでいる。「嫌でも、しなかったら痛い目にあうぞ、もっと嫌なことが起こるぞ！」の意。

ノルベルト・ボッビョ ——学者の使命についての再考察

　タイトルにフィヒテ(『学者の使命』[*1] *Bestimmung des Gelehrten*)を彷彿させる見出しを選んだことによって、すぐさま困難に陥ってしまう。第一に、これから取り上げるボッビョ[*2]の論文(すべて『政治と文化』[1]所収)の中で、登場人物や議論の対象となっているのは「文化人」であり、これは「学者(Gelehrte)」というあまりにも重みのある言葉と比べて、より一般的で、漠然とした呼称だからだ。第二に、ボッビョの論争は一九五〇年代に繰り広げられたものだった。その頃、議論の対象となっていたのは、「社会参加(アンガージュマン)の知識人」であるにせよ、「有機的知識人」[*3]であるにせよ、ジュリアン・バンダ[*4]式の「裏切り者の知識人」であるにせよ、どちらかというと「知識人」という存在だった。この呼称もまたかなり漠然としたものに見え、知的職業一般をいとなむ人や、学者と呼ぶのがためらわれる作家や詩人も、そこには含まれている。

　フィヒテの言う「学者」は学識者あるいは科学者と解釈してもよいが、忘れてならないのは、ドイツ観念論哲学にとって真に科学者と呼ぶべき学者は哲学者のみだったということだ(この見方は、のちに観念論の最後の末裔たちが、現在なら科学者と呼ばれる人々のことを、たんに擬似概念をもてあそぶ者と見なすほど極端になる)。

哲学者としてフィヒテは、一七九四年に自分の学生たちに向かって、悩むことなく、老プラトンの不幸に終わった政治的冒険を彷彿させる姿を描き出している。そこでは哲学者が国家モデルを描出できる唯一の人間として現れているのだ。まだ無政府主義的と言っていい波に動かされていたフィヒテは、「あらゆる国家的結合が無用となる」時機が来るかもしれないとたしかに言っている。つまり、「力や策略に代わって、ただ理性のみが万人から最高審判者と認められることになる」時機だ。「ここで「認められることになる」というのは、そのような時機となってもやはり人間はあやまちを犯し、あやまちから同胞を傷つけることがあるだろうからである。しかし、人間は自分のあやまちを認め、得心したらすぐさまそのあやまちを撤回し、損害をつぐなう意志は持つに違いない」(2)。

しかしフィヒテはまだこの時機が到来していないことを知っていて、その後話題が再び一つの社会をどう導くかになったときには、自由に支配された集団の観点からではなく、倫理国家の観点からそれを取り上げる。ユートピア的実態が存在せず、社会的階層区分や、不可欠な労働分業の存在が確固として変わらぬ現状において、フィヒテが描く哲学者の姿とは、人類の具体的な進歩を見守り、それを促すべき存在というものだ。科学者はまず、科学の拡大を推進する義務を負い、その中でとくに自分が専門とする科学の分野の進歩を気にかけねばならないが（つまり、科学者の第一の使命とは、きっちりと、善意をもって自分の職業を果たすことなのだ）、それと同時に、人間を人間が真に必要とするものへの認識に導き、その必要をどのように満たすかを明らかにしなければならない。ここでの立場ははっきりしている。学者はその使命からして、人類の教師、人類の教育者、道徳的にその時代の最も完全な人間である、ということだ。

学者は「善」と「正義」という永遠の概念だけでなく、現時点における必要とその目的を達成するための手段を教授する義務を持つ。なぜならば、学者は現在だけでなく未来をも見るからだ。

その意味において、フィヒテの学者とは哲学者でしかあり得なかった。必要とそれを満たす手段を見出す任務を自らに負うまさにその段階で、哲学者だからこそ、必要と手段が意味を持つ思索の枠組みを設定することになるからだ。この一七九四年の講義の中で、フィヒテはあたかも開口一番、誇りをもって、「諸君、今日われわれは学者を創造するのだ」と言っているかのようだ。

どこか社会主義的色合いを帯びていると多くの人が感じ取ったその考え方にもかかわらず、少なくともフィヒテの思想のこの段階では、彼は事実上、後に倫理国家とその具体的な政策の師となり設立者となったジェンティーレ[*5]のような哲学者像、あるいは一九三三年の「総長就任演説」のハイデッガーのような哲学者像の道を開いている。

もしそうだとすれば、学者とその社会的機能についてのこの見方は、ノルベルト・ボッビョの姿勢とあまり繋がらない。ボッビョは『政治と文化』の冒頭で次のように主張する。「文化人の今日における役割は、つねにもまして、確実なものを寄せ集めることにあるのではなく、疑問や疑念をふりまくことにある」。また一九五四年には、「知識人が、自分たちは他の社会的、経済的階級から区別された独自の階級を構成し、あるいは構成するものと思い込み、それによってみずから自分たちに特異で特別な任務を付与するということは、社会有機体がうまく機能していないことを示すしるしである」(『政治と文化』一〇〇ページ)と書いている。

したがって、『政治と文化』が教える第一の教訓とは、謙虚さの概念だ。つまり最初のページからボッビョは、「知識人の裏切り」の真の問題は、「必然的に有限であるために非常な用心深さと非常な謙虚さを要する人間の知識というものを予言者的な知恵に変容しよう」と考える哲学者像、「ロマン主義的哲学者像と結びついている」と警告しているのだ(同書一五ページ)。

ボッビョが一九五一年から一九五五年の間に書いた論文は、学者像が、フィヒテによって与えられたプラトン的特性をすでに失っていた時代環境の中に現れた。学者は、右からは政治の闘技場に降り立ったことで本来の役割を裏切ったとがめられ、左からは階級を支えるために積極的活動を行う義務が課せられていた。この場合、何が必要で、それを満たすための道具一式がどのようなものかを決めて命令していたのは、むしろ党だった。党が階級を代表し、学者は有機的に党と結ばれていなければならなかった。そのために、人類の教師としての学者の理想化は放棄され、何が知識人の役割であり義務であるのかが探し求められた。

ここでいったん主題から離れて、ボッビョを巻き込まずに、記号論的とでも言うべき寄り道をする必要があるように思う。つまり、「知識人」というこの多用される言葉によってわれわれがしばしば陥る無数の罠に引っかからないために、「知識人」という語でわれわれが何を意味しようとするのかをここで決めなければならない。私はきわめて限定した定義を試みることにしよう。そうしても、ボッビョによるこの言葉の理解のしかたとさほど離れることはないと確信しているからだ。この確信の根底にあるのは、この問題に関する私の数少ない理念は、まさに私が二三歳のときにボッビョの本を読んだことから生まれているという考えだ。

日常的な話の中でときどき厳密さを欠きながら言ってしまうように、もし、知識人とは手でなく頭で仕事する人のことであるならば(そして、自由学芸と工芸との区別が未だに有効だとすれば）、哲学者や科学者や中学校の数学の先生だけでなく、銀行員も公証人も知識人であると認めざるを得ない。また、第三次産業化がかなり進んでいる今日では、現在「環境オペレーター」（昔のしがない「ゴミ屋さん」のことだ）と呼ばれている人も、担当地区全体の清掃自動化のためのプログラムをコンピューターに入力しているのなら知的仕事を行っていると言えるかもしれない。しかしこのような解釈は、奇妙にも、外科医や彫刻家などを排除することになる。そしていずれにせよ、知的仕事を行う人も、そしてもちろん手仕事を行う人も、自分の仕事を正しく良いやり方で行うというたった一つの機能しか持たないという推定にわれわれは導かれるだろう。銀行マンなら担当している計算書がウイルスで汚染されていないのをチェックする、公証人なら正確な証書を作成する。そして誰もがせいぜい、毎朝新聞を読みながら祈りの言葉をつぶやくとき、あるいは五年に一度市民として一票を投じるとき以外、政治の問題には絡まない。

それゆえわれわれは「知的仕事」という言葉を、手よりも頭を使って仕事する人の活動を指すのに用いることにした上で、それを「知的機能」とこれから呼ぶものから区別することにしよう。

「知的機能」とは、誰かが（必ずしもつねにとは限らないが）、「頭で働いて」であれ、「手で考えて」であれ、共有知識や集団の福利に創造的な貢献をすること、と定義される。したがって、四季の移り変わりを観察して新たな連作方法を考案した農民も（一生に一度だけかもしれないが）知的機能を遂行したことになるし、また、代替教育の技法を実行する小学校の先生、そして言うまでもなく、科学者、哲学者、作家、芸術家なども、何か新しいものをつくりだすたびに知的機能を遂行したことになる。

ここで、知的機能をわれわれがふだん「創造性」と呼んでいるあの不思議な活動と同一視しているのではないかと思う人がいるかもしれないが、創造性という概念は近頃かなり汚染されてしまった。インターネットで創造性または英語の creativity を検索すると、この概念を取り上げているサイトが約一五六万件見つかるが、そのすべてがひどくがっかりさせられるものだ。大部分が創造性を問題解決の産業的、経済的能力としていて、イノヴェーションつまり利益がもたらされる新しい考えを生み出す気質と同一視している。芸術的創造性に触れているサイトは少なく、触れたとしても、ビジネスマンに求められる能力をより明確に説明するためのものだったり、あるいは創造性という概念の中に狂気的なニュアンスを織り込むために用いている。こうしたサイトにあふれる数限りない定義を見ていくと、有名な人物でも、まったく意味をなさないバカげたことを言う場合があることを発見できる。いわく、「創造性は自由から遠くない」、「創造的であるとは、おのれを知ることを意味する」、「創造性とは音楽のないジャズだ」、「創造性とはエネルギーの流転だ」、「創造的であるとは勇敢であることだ」。

なぜわれわれは創造性のこのような商業的定義に満足できないのだろうか。なぜなら、こういった定義はたしかに創意の発見・発明を指してはいるが、その創意がたとえ一時的で長持ちしないものであってもまったく気にせず、まるで新発売の洗剤の新たな宣伝方法を見つけても、ライバル会社が素早く反応するからすぐにそれが古くなることをよく知る広告マンのアイデアと同じことだと見ているからだ。

それに対して私が創造的活動と考えるものは、共同体が、C・S・パース[*6]の言葉を借りれば、「長期にわたって(イン・ザ・ロング・ラン)」すすんで認め、受け入れ、自分のものにし、さらに発展させるような「新たなもの」を生み出す活動なのだ。それによって、この「新たなもの」は共同体の遺産となり、誰もが利用可能なものとなり、特定の個人のみが自分の利益だけのために利用することができなくなる。

そうなるためには、創造性は批判的活動を糧にして膨らまなければならない。ブレーン・ストーミングの最中に「何でもあり」から生まれて、ましなものがないので歓迎されたようなアイデアは創造的ではない。創造的であるためには、そのアイデアが篩(ふるい)にかけられなければならないし、そして、少なくとも科学的創造性について言うのなら、反証の試みに耐えられるものでなければならない。

したがって、知的機能は「革新」によって遂行されるが、それのみならず、先行する知識や慣習の「批判」や、何にもまして「自分自身の言説の批判」によって遂行されることになる。そうすると、すたれた様式の繰り返しであることにも気がつかずに詩集を自費出版する詩人の作品は創造的でないこともあり得るが、逆に、既知の史料であってもそれを新たな視点で読み直した歴史家の論争的な再構築が創造的であることもあり得る。自分では文章を書いていなくても、自分より前に、自分に代わって書いた人の文章を、新しい方法で読み直すことを教え、同時に自分自身の詩学をあらわにする文学評論家(あるいは、ただの高校の国語の先生)は創造的といえるが、大学時代に学んだ教科書的知識を、面白くもなく、生涯を通して弟子たちに繰り返し、それらの知識を疑わないよう弟子に強要するわれらが大学の同僚は決して創造的ではなく、知的機能を果たしてもいない。

私の定義は、長く有効で正しいものとされてきたけれども「長期にわたる」共通のコンセンサスが終わりを告げた新しい考え方(例としてプトレマイオスやティコ・ブラーエの天文学的概念が挙げられる)の創造者を排除しない。つまり、間違っていることが後に証明されても、しばらくの間世界の中でのわれわれの動きを助けてくれる仮説にも創造性があるのだ。しかし残念ながら、私の定義は異常な考えの創造者も排除しない。何世紀にもわたって「生粋の狂人」を知恵をもたらす人として重んじてきた集団のせいだが、結局、知的機能の創造性は許せるものと許せないものとの衝突においても現れるのだ。『わが闘争』を書いていたときのヒトラーは知的機能を遂行していたと言えるかもしれないし、世界の新しい秩序という彼の考えの中に何らかの不気味な創造性があったことは否定できない。怪物を生み出す理性の眠りもしばしば創造的なのだ。しかし、こうした不可避の災難を正すために、私が提案している知的機能という概念においては、革新的側面が、「批判的」かつ「自己批判的」側面から絶対に切り離されてはならないことをここで強調しておきたい。ヒトラーは自己批判的能力を提示することがなかったがゆえに創造的ではなかったのだ。

この意味では、自分の所属するグループの宣伝係を正しくもあっぱれに志願する人間は、知的仕事を行ってはいても、知的機能は果たしていない。政党のすぐれた職員としてのプロパガンダ係は、広告代理店のすぐれた広告マンと同様、自分が売らなければならない洗剤を使うと洗濯物が他社の洗剤を使ったときほど白くならないとは決して言えないのだ。そもそも、たいていわれわれはそのことが分かっていて、宣伝係の生み出すスローガンは真実ではないかもしれないが、なかなかよくできていると認める。つまり、美的感覚からすると、立派な嘘でも創造的に思うことがあるのだ。

知的仕事と知的機能の遂行とのこの区別は、ボッビョの言う「文化のための政策」と「文化的政策」の区別にほぼ対応すると私は思う。ボッビョは一九五二年にこう書いている。「文化が存在し発展する条件を守るために文化人が考える政策としての「文化のための政策」は、「文化的政策」つまり政治家による文化の計画化と対置される」(同書二二一ページ)。

彼はこの区別をもとに、知識人たち(文化人と呼んでもよい。つまり知的仕事だけでなく知的機能も果たす人たちだ)が何をなすべきかを自問した。この問いが知識人の政治的、社会的責務の色合いを帯びていたのはやむを得なかった。一九五〇年代の論争の中心点がそこにあったからだ。

知識人は特別な機能、予言者的で神託を告げるがごとき機能を持つとする考えは社会の機能不全を表していると主張したとき、ボッビョは、彼を取り巻く歴史的状況を考慮に入れていた。彼は、今のイタリアは機能的社会ではなく、戦争とレジスタンスの混乱からやっと抜け出たところで、今また新たな混乱に呑み込まれんばかりの状態であると指摘する。機能的でない社会においては、社会のそれぞれの構成部分は一つの目的に向かって互いに整い合うことがなく(フィヒテの語る学者のユートピアへの無意識的言及かもしれない)、バラバラになり、互いに衝突する。

このような引き裂かれた状況の中でボッビョは二つの二者択一に直面していたが、その双方にある不可避的な教条主義を否定していた。その頃のボッビョの議論を読み直してみると、それがつねに東側と西側の対立(すなわち、社会主義世界と自由資本主義世界の対立)、および政治的アンガージュマンと責務からの逃避との対立、という二つの対立をめぐっていることに気づく。

ボッビョはグラムシの『知識人と文化の組織化』およびバンダの『知識人の裏切り』

を考察し、ファシズム独裁の間に、知識人の反乱が、ときには無言のままだったものの果たした機能について言及しながら、そこには――ボッビョの言葉を引用するが――「進行中の革命過程」があったと認めた(同書一〇三ページ)。ボッビョは、この革命過程に魅力を感じ、それを悪魔呼ばわりする意図もなかったが(当然だが、「悪の帝国」という言葉は存在しなかった)、その一方で、進行中のどのような革命過程の前でも、文化人の使命とは正義と自由を調和させることにあると考えていた。だから、ビャンキ＝バンディネッリ[*7]やロデリーゴ・ディ・カスティーリャ(トリャッティ[*8]の筆名)との論争はすべて、文化の政治的機能とは自由を守ることだということに関わるものだった(同書九一ページ)。彼はクローチェにならって何度も、「自由の理論は政治理論ではなく、メタ政治理論である」つまり、「文化人の党」に内容を与える倫理的理想であると主張している(同書九三ページ)。しかし自分の論争相手である共産主義者に対してこの理想を掲げながらも、一方で、戦争が終わったときにこの「非政治的勢力」をその頃生まれた数多くの政党の一つと見なしていたクローチェをも彼は批判した(つまり、メタ政治的自由主義者のボッビョは、自由党を政治的に許したクローチェに反対したのだ)。

しかし、文化人の党が自由の原理を強く主張するために闘わなければならなかった反面、このメタ政治的党の中で活動する人間は政治的責務から逃れることができなかった。問題は、当時のボッビョの対話者が政治的責務を有機的知識人の概念に基づいて理解していたことだった。ここに新たな論争の種がまかれている。なぜならば、ボッビョは、知識人は革命のラッパを吹き鳴らすべきではないという後期ヴィットリーニ[*9]のスローガンに賛同していたと私は考えるからだ。

　ラッパを吹き鳴らさずにどうやって参加することができるのか。

　ボッビョは知識人を理念の創造者としてだけでなく、進行中の革新過程の導き手としても見ており、ジャイメ・ピントル[*10]の言葉、「革命は詩人や画家が準備するとき成功する、詩人と画家が自分たちの役割は何であるべきかを心得ているのならば」[3]を自分の言葉にしていた。しかし問題は、知識人の役割が、「政治化された文化」(「政治家から発せられる指示、プログラム、強要に従う文化」)とも、象牙の塔に引きこもる「非政治的文化」とも同一視されてはならないならば、その役割とはどのようなものであるべきかということだった(同書二〇ページ)。

　ここでボッビョは、「騒乱を超えた視点で」とか「こちらでもなく、あちらでもなく」とか「こちらにも、あちらにも」といったスローガンを同時に否定して、文化のための政策とは総合を任務とすること、両側の立場をともに批判する能力を持つことであって、第三の道を何が何でも模索することではないと主張する。ボッビョは(今日の言葉で言えば)第三の道の提唱者ではなかった。彼が提案したのは、立場をはっきりと選択することなのだが、その選択とは批判的な仲介という義務、敵だけでなくとりわけ味方に対して自分たちの矛盾を直視させることを何としても遂行する義務をともなった選択なのだ(この仕事を彼は、つねに真心をこめながらも、手心を加えずに遂行していた。プロレタリアートの歩哨役ビャンキ＝バンディネッリとの論争がその一例だ)。

文化人の務めとは、確実なものを寄せ集めることではなく、疑問や疑念をふりまくことであるというボッビョの一九五一年の論文を、私は先ほど引用した。今日となってはほとんど当たり前の発言に見えるのだが、ボッビョがこの主張をしたのは、進歩派の「インテリ」が知識人に対して確実なことを生産するように求めていた時代だった。したがって、再度この教訓を活用しなければならない。

だいぶ年月がたった後、私はミッテラン大統領とそのスタッフが企画したシンポジウムに参加するためにパリに呼ばれた。テーマは、知識人は現代世界の危機をいかに解決できるかだった。ミッテラン大統領は教養が高かったとはいえ、哲学者ではなかったから、彼の呼びかけの単純さを咎めるつもりはない。それはもしかすると、シンポジウムの企画者だったジャック・アタリに帰すべきものかもしれない。いずれにしても、私の発言はとても短かった(そして皆を失望させるものだった――そのことは未だにとても誇りに思う)。私は、知識人は危機を解決するのではなく、危機をつくるのだと言ったのだ。

しかし、誰の傍らで知識人は危機を起こさねばならないのか。そこでボッビョによる二番目の重要な教訓を取り上げたい。

第二次世界大戦後のイタリアが話題に上るとき、左翼のヘゲモニーについて、ボッビョを「悪の帝国」の言うまでもない支持者の一人と見なして未だに話されているたわごとを聞くと笑いたくなる――彼は人生の大部分を、ヘゲモニーを握っていると当時されていたあの左翼との論争に費やしたというのに。つまり、「仲間」という言葉を厳密に党派や派閥のような意味に解さないでおけば、ボッビョの教訓、少なくとも私が当時ボッビョを読みながら得た主要な教訓とは、知識人は「自分の仲間に反対して」話すときのみ(あるいは、そのときとりわけ)、おのれの批判的機能、プロパガンダに陥らない機能を果たしているのだということだった。社会参加(アンガージュマン)の知識人は、まず一緒に活動する人たちを危機に陥らせなければならないのだ。

ことわっておきたいが、これに関するボッビョの明確な文章を探しても、数はとても少ない。しかしその意義はきわめて深い。私が右に述べた教訓を、彼は次のように言っている。たとえあるグループと強く結ばれていると思っていても、文化人がまずしなければならないことは、黒を白とするやり方や不備なところのある議論に異を唱えることである(同書二四ページ)。「中立でなくても、つまりある側に立たないでその反対側に立っていても、公平という方法論に忠実であり続けることは十分できる」、なぜならば、「公平であるとは、争い合う二者のどちらの言い分も認めないということではなく、「十分な根拠をもとにして」、一方あるいはもう一方の言い分を認める、あるいはどちらの側も間違っているとすることである」のだから(同書一一七ページ)。「中立でなくても公平であることはできる」(同書一六四ページ)。「闘争に参入する義務とは無関係に、文化人には、闘争の前提を所与のままで受け入れない権利、それを疑う権利、それを理性による批判にさらす権利がある」、なぜならば、「協力する義務とは無関係に、調べる権利があある」のだから(同書五ページ)。そして最後に、「文化人が、自分の所属する政党または政治的グループの内部において、自由な決断に従って自分が選び取った政治的イデオロギー、また文化人として働いて支えようとしているその政治的イデオロギーの範囲内で文化の自律性を守れるならば、それが最初の一歩である」(同書三三ページ)。

これらの引用部分は、若い読者だった当時の私にとってアンガージュマンという概念に関する私個人の考え方の基盤を築くのに十分だった。事実、一九六八年にとある政党集会に、アンガージュマンの問題について、どこにも属さない人間として意見を述べるようにと呼ばれたときに、私は知識人の第一の義務とは、たとえその言葉を発した途端に銃殺される危険があっても、自分の属するグループに反対することだと主張した。つまり、ボッビョを読んで私が得たのは、知識人の機能の概念とは、「しゃべるコオロギ[*11]」

のようなものであり、今でも結局、その概念が唯一正しいものだと思っている。

当時私はあるメタファーを使ったが、それはボッビョではなく、カルヴィーノの使ったメタファーだった。つまり、知識人は木にのぼったまま参入しなければならないのだ。カルヴィーノの『木のぼり男爵』は一九五七年に出版されたから、ボッビョの『政治と文化』の二年後だが、いずれにしても、今ここでわれわれが取り上げているボッビョの諸論文が発表されていた五年間に執筆された作品だ。カルヴィーノ自身に私が質問したのかどうか覚えていないし、そして私の確信が彼の肯定的な返事から生まれたのかどうかも覚えていないが、小説の主人公であるコーズィモ・ピョヴァスコ・ディ・ロンドーという人物を考えたとき、カルヴィーノは、ボッビョが考えていた知識人の機能を意識していたのに違いないと思う。コーズィモ・ピョヴァスコは時代が彼に課している義務から逃げずに、木にのぼったままという状態が許す批判的距離(自分の仲間自身に対して)を保とうと努めながらも、その時点の歴史的大事件に参加している。彼は両足で土を踏みしめる利点を失うかもしれないが、視野を遥かに広げることができるのだ。自分の義務から逃れようとして木にのぼっているのではなく、半分に切られた子爵や存在しない騎士[*12]にならないために、身軽に木にのぼったまま生きていくことが自分の義務であると感じているのだ。

それゆえ、『木のぼり男爵』は童話的なファンタジー小説ではなく、もしもこのジャンルが存在したと言えるならば、「哲学的物語（コント・フィロゾフィーク）」なのだ。

ボッビョに戻ろう。知識人が「しゃべるコオロギ」のような機能を果たすためには、意志の、いや少なくとも理性の十分な悲観主義が必要とされる。そこで最後に、ボッビョとフィヒテのそれぞれの見方の違いを強調するためにフィヒテの『学者の使命』の末尾を引用したい。ルソーの悲観主義に反論してフィヒテは学生たちに対する呼びかけを、歴史的、弁証法的楽観主義の宣言で終える。

（……）諸君が気高くすぐれた人間であればあるほど、諸君を待ち構える経験はより深い苦悩をもたらすことになる。だが、その苦悩に負けてはならない。行動によって苦悩に打ち勝つのだ。苦悩は人類改善という壮大な計画の内に計算され想定されていることを忘れてはならない。人間の堕落について嘆くばかりで、それと闘うために指一本も動かさずにいるのは軟弱な人間のすることだ。よりよくなるための道を人間に示さず、ただ厳しく人を戒め、嘲笑するのは友としての振る舞いではない。行動だ、行動だ！　これこそわれわれの存在する目的である。われわれが人よりもほんの少し良いだけに過ぎないのに、人がわれわれと同じように完全な人間ではないからといって憤慨できる、どのような根拠があるというのか。われわれが人より完全さにおいてすぐれているのは、われわれこそ他人の感性のために働くべきであるという、われわれに発せられた召命であり訓戒ではないだろうか。われわれが耕すように召された果てしなき畑の眺めを喜ぼうではないか！　われわれが身の内に力を感じ、無限の課題を持つことを歓喜しようではないか！(4)

一方、ボッビョはこう語る。

私は悲観主義的な啓蒙主義者である。ホッブズ、ド・メストル、マキャヴェッリ、マルクスの教えを学んだ啓蒙主義者であると言ってもよいかもしれない。そもそも、理性の人間には悲観主義的態度の方が、楽観主義的態度よりも似合っているように私には思える。楽観主義は必ず、ある程度の熱狂をもたらすものだが、理性の人間は熱狂的となってはならないのである。歴史はたしかにドラマだが、ハッピーエンドのドラマだと考える人間も楽観主義的であると言ってよかろう。私は歴史がドラマであることだけは分かっているが、しかしハッピーエンドのドラマであるかは、それを知るすべを持たないので、分からない。楽観主義者とは他の、例えばガブリエル・ペリ[*13]のような人間だ。彼は、「あと少しで私は、歌を歌う明日を用意する」と書き残して名誉ある死の道をたどった。明日は来たが、歌は聞こえなかった。そしてまわりを見渡しても、私には歌ではなく怒鳴り声しか聞こえない。これは、このような悲観主義の宣言が、諦めの行為と解釈されないように望みたい。いつも悦に入過剰なほどの楽観主義を浴びせられた後の健康的な自粛行為なのだ。嫌悪感とっている修辞学者の宴会に参加することを拒むという熟考の結果なのだ。いうより満腹による行為なのだ。その上、悲観主義は活発な活動にブレーキをかけるのではなく、むしろそれをより緊張したもの、目的へとよりまっすぐ進むものにする。「動くんじゃない、すべては丸く収まるのだから」をモットーとする楽観主義者と、「ともかく、やるべきことをやるのだ。たとえ物事がこれからますます悪くなるとしても」と反論する悲観主義者のうち、私は後者を選ぶ。(……)楽観主義者が皆、軽薄であるとは言わないが、軽薄な人間は皆、楽観主義者である。歴史的あるいは神学的摂理への盲目的な信頼と、自分が世界の中心にあり自分の指示一つですべてがなされると思い込む人間のうぬぼれとが、もはや私の頭の中で区別できない。それに対して、世界がよくなる保証も要求せず、褒賞はおろか認知さえ望まず、善意を尽くす人間を、私は高く評価し尊敬する。よき悲観主義者だけが先入観なしに、確固たる意志をもって、謙虚な気持ちで、そしておのれの任務に全身全霊を捧げて行動できる状態にあるのである。(5)

再考察した学者の使命とはこのようなものだと私は思う。

［初出］　トリーノで二〇〇四年九月に行われたノルベルト・ボッビョに関する連続講演会で発表されたものの要約。

（1）　*Politica e cultura*. Torino: Einaudi 1955. 本文中の引用は二〇〇五年刊行の新版による。

（2）　「社会の中の人間の使命について」、『学者の使命』(*Sulla missione del dotto*. Roma: Carabba 1948: p. 52)。

（3）　Giaime Pintor, *Il sangue d'Europa*. Torino: Einaudi 1950: p. 247.

（4）　『学者の使命』(*Sulla missione del dotto*, cit., pp. 124–125)。

（5）　『政治と文化』(Op. cit., pp. 169–170)。

＊1　ドイツの哲学者フィヒテ(一七六二〜一八一四年)が一七九四年にイェーナ大学で行った公開講義。

＊2　二〇世紀イタリアを代表する法哲学者、政治思想史家(一九〇九〜二〇〇四年)。邦訳された著作に、『イタリア・イデオロギー』(馬場康雄・押場靖志訳、未來社、一九九三年)、『右と左――政治的区別の理由と意味』(片桐薫・片桐圭子訳、御茶の水書房、一九九八年)、その他がある。

＊3　アントーニョ・グラムシ(一八九一〜一九三七年)の用語。

＊4　フランスの哲学者(一八六七〜一九五六年)。主著『知識人の裏切り』で知られる。

＊5　二〇世紀前半のイタリアを代表する哲学者の一人(一八七五〜一九四四年)。行動的観念論を唱え、ムッソリーニ政府の教育省大臣として教育制度改革を遂行した。パルチザンによって暗殺された。

＊6　米国の哲学者(一八三九〜一九一四年)。

＊7　二〇世紀イタリアの代表的考古学者、美術史学者(一九〇〇〜七五年)。名門貴族の家に生まれたが、第二次大戦中に反ファシズム地下活動に従事し、共産党に入党した。

＊8　イタリア共産党書記長(一八九三〜一九六四年)。「ロデリーゴ・ディ・カスティーリャ」は、ニッコロ・マキャヴェッリの小説『大悪魔ベルファゴール』(一五二〇年)の中でベルファゴールが地上に送られたときに名乗る名前。

＊9　イタリアの作家(一九〇八〜六六年)。反ファシズムの立場を貫き、レジスタンスに参加。戦後も共産党との確執をへながら、創作・編集活動に重要な足跡を残した。

＊10　イタリアの文学者(一九一九〜四三年)。若くしてすぐれたドイツ文学者、翻訳家、批評家として知られた。地雷に触れて二四歳の若さで命を落とす。

＊11　カルロ・コッローディの『ピノッキョ』(一八八三年)に出てくる登場人物で、悪さをしようとするピノッキョに注意をし、正しい道に導こうとする。

＊12　『木のぼり男爵』とともに三部作「われわれの祖先」を構成するカルヴィーノの二つの作品『まっぷたつの子爵』、『不在の騎士』のタイトルを踏まえた表現。

＊13　フランスのジャーナリスト(一九〇二〜四一年)。第二次大戦中にレジスタンス運動に参加。ドイツ軍に逮捕され銃殺された。

啓蒙主義と常識

言うまでもなく、啓蒙主義に関する議論は私の熱意を引き起こしてきた。「ラ・レップブリカ」紙の文化欄に対して、啓蒙主義者スカルファリ[*1]はさほど影響を及ぼさなかったというマッフェットーネ[*2]の指摘に、私は苦笑してしまった(彼のそれ以外の指摘についてはまったく同意するのだが)。そんなことはない。クローチェ流の南北対立を多少強調し過ぎていた創刊時(二〇年も前のこと。だが当時はスカルファリもポスト・クローチェ主義者だった)の後、「ラ・レップブリカ」紙の文化欄は、ニーチェに関するものと一八世紀のサロンの雰囲気を思わせるものとが、ほぼ半々だった。つまり、多少の啓蒙主義精神は出現していたのだ。強いて言えば、「コッリエーレ・デッラ・セーラ」紙の文化欄の方が伝統を重んじている。しかし問題はそのことではない。今日において啓蒙主義者であるとは何を意味するかについて、私は意見を述べたいのだ。『百科全書』の時代からかなりの年月がたった今、当時のディドロのように「家具職人」の仕事に興味を注ぐ価値はもはやないと思うからだ。

当然ながら、啓蒙主義の知的倫理の欠くべからざる条件とは、あらゆる信念のみならず、科学が絶対の真理としてわれわれに差し出すものですら批判にさらす精神を持つことだ。だがその上で、さらにいくつかの放棄し得ない条件を割り出して、われわれが従うのはヘーゲル流の「強力な理性」という規準ではなく、人間的思慮分別という規準であると言えるようにする必要があると私は思う。なぜならば、啓蒙主義の根本的遺産は次のことに尽きるからだ。つまり、筋道を立てて考える、理にかなった考え方というものが存在し、現実から遊離した姿勢をとらないのならば、その人の言うことに誰もが賛同するはずである、なぜなら、哲学においても人は常識に従わなければならないから、ということだ。

このことが当然意味するのは、常識、別の呼び方をすれば共通の感覚が存在しているということだ。共通の感覚は、いわゆる「正しい理性」ほど強制力がないかもしれないが、いくらかの力は持つはずだ。あまりに形而上的な責任さえ負わせなければ、ライプニッツの勧める通り、テーブルに就いて、「さて、計算してみましょう〔＝考えてみましょう〕」と言ってみてもよいと思う。

さて、よき啓蒙主義者とは、物事は「ある一定のしかたで進むものである」と考えている人のことだと私は思う。このミニマリスト的現実主義は最近、ジョン・サール[*3]によって再び強調された。サールの言うことは必ずしもつねに正しいと思えないのだが、たまには明確で賛同できる発言もする。現実はある一定のしかたで進むものであると言明することと、われわれはその現実を知ることができる、あるいはいずれの日か知ることができるようになると主張することとは違う。しかし、われわれがその現実をいつになっても知ることがないとしても、物事が進んでゆくそのしかたに変わりはなく、他のようになることはない。もし誰かが、物事は今日はあるしかたで、明日は別なしかたで進む、つまり世界は奇妙で混乱していて気まぐれで安定しておらず、形而上学者や宇宙論学者の言っていることとはお構いなしにある法則から別な法則へと飛躍する、という考えを抱いていたとしても、世界のこの気まぐれな移り変わりこそが物事の進み方であると、その人さえ認めざるを得ないのだ。だとすれば、こうした腹立たしい物事の記述を提示し続ける意義もあるわけだ。

いつだったか、犬と犬を交尾させると生まれるのは犬だが、犬と猫を交尾させると何も生まれないか、あるいは生まれたとしても、きっとわが家で走り回ってほしくないものが生まれるのだから、自然の法則が存在するのかもしれないと、私はジャンニ・ヴァッティモ[*4]に言ったことがある。それに対して彼は、今日の遺伝子工学は種をつかさどる法則さえも変質させることができるのだと答えた。まさにその通り。犬と猫を交配させるのに何らかの工学(すなわち技術、技法)が必要であるのならば、この技術が人為的に作用を及ぼすことができる何らかの自然がどこかに存在することになる、と私は答えた。

このことは、ヴァッティモよりも私の方が啓蒙主義者であることを意味するのだが、これについてヴァッティモも異存はないだろう。

物事が進むしかたについてわれわれ皆が合意できる場合もあることを、常識はわれわれに教える。太陽は東から昇って西に沈むと言っても、それは共通の認識の問題ではない。その言明は天文学的な約束事の上に成り立っているからだ。さらに、回っているのは地球ではなく太陽であると言ったらもっとひどいことだが、場合によったら、ガリレオの宇宙論全体を再検証しなければならないかもしれない。しかし太陽が一方の側から昇り反対側に沈むのをわれわれは「見ている」と言明するなら、これは共通の認識の実態であって、それを認めることは理にかなっている。

この文章を書き出すほんの少し前に、クワイン[*5]の訃報が届いた。経験主義者がいたとすれば、それはまさに彼だった。ある言葉の意味は、つまるところ、ある刺激に対するわれわれの反応の規則正しさに結びついていると言っていたほどだった。しかし、いかなる真理もわれわれの前に単独では現れず、文化的な約束事の総体と結びついて現れると確信している人がいたとすれば、それもまた彼だった。一見矛盾するこの二つの立場をどのように融合させることができるのか。というのも、手の上に水滴が落ちていることがわれわれに分かるのは経験によってだが、おそらく雨が降っているのだと主張できるのは文化的な約束によってだからである。もし、「雨」とは気象学的に何を意味するのかを論ずる前に、ある二人の人が手の上に水滴が落ちていることを合意によって認めるならば、その二人はよきミニマリスト的啓蒙主義者だということになる。

クワインによる「ガヴァガイ」の話は有名だが、それをここで私なりに語ってみよう。現地の言語をまったく知らない探険家が、草の中を通り過ぎるウサギを自分の隣にいた先住民に指で示した。それに対して、先住民は「ガヴァガイ」という言葉を発して反応した。これは、先住民にとって「ガヴァガイ」はウサギの意味だということになるだろうか。そうとは限らない。もしかすると「動物」、あるいは「走っているウサギ」の意味かもしれない。まあよい。今度、犬が通り過ぎるとき、あるいはウサギがじっとしているときにもう一度実験してみればすむ。だがもし先住民が「ガヴァガイ」という言葉で、動物の動きで揺さぶられた草を見ている、と言いたかったのだとしたら？　あるいは、自分の目の前で時空に関連する出来事が発生していると、あるいは、ウサギが好きだと言いたかったのだとしたら？　結論として言えるのは、探険家はさまざまな仮説しか立てられず、それをもとに自分用の翻訳マニュアルをつくることしかできないということだ。しかも、そのマニュアルが他のよりもすぐれているとは限らないのだ(大事なのはある程度の一貫性があることとだ)。

したがって、よき啓蒙主義者はどのような翻訳マニュアルでもそれを批判の目で見ることになる。しかし、彼は先住民が「ガヴァガイ」という言葉を発したこと、しかも空を見ながらその言葉を発したのではなく、まさに探険家にウサギが見えたようにみえた空間を見つめながら発したことを啓蒙主義者は否定することが絶対にできない。

この姿勢は、最も超越的な論争の場合にも通用することに気づいてほしい。ヒトの胎芽はすでに人間であると宣言する教皇が正しいのか、それとも、胎芽は肉体の復活にあずからないと主張するトマス・アクイナスが正しいのか、これは文化の問題だ。しかし、胎芽と胎児と生まれたばかりの赤ん坊との物理的、肉体的差異を合意の上で認めるのは、健全な経験主義の問題だ。そしてその後は、「さて、計算してみましょう!」。

よきミニマリスト的啓蒙主義者の誰もが認めなければならない、非超越的な倫理はあるだろうか。あると思う。一般的に、人間は好きなものを全部欲しがる。しかしそのためには、同じものを好む別の人間からそれを奪い取っていかなければならない。後で相手がそれを奪い返すのを阻むための最も安直な方法は、その相手を殺すことだ。「人は人に対して狼である」、最もすぐれた者が勝てばよい。だが、この法則を一般化させることはできない。なぜなら、私がみんなを殺せば私は独りになってしまうからだ。人間は社会的動物なのだ。アダムは少なくともイヴを必要とし、それは性的欲望を満たすというより(そのためだけなら、メスヤギが一頭いれば間に合う)、子孫を残すため、つまり人間を増やすためなのだ。もしアダムが、イヴも、カインも、アベルも殺せば、彼は孤独な動物になってしまう。

したがって、人間は好意と互いの尊重に関する「取引」をしなければならない。すなわち、社会契約を結ばなければならない。隣人を愛しなさいと説き、自分にしてほしくないことを他人にしないようにと助言するイエスは、よき啓蒙主義者だ(イエスはほとんどいつもよき啓蒙主義者だ。自分が神の子であると言うとき以外は。なぜなら、神の子であることは彼にとっては明白な事実かもしれないが、他人にとってはそうでなく、したがってそれは思慮分別ではなく、信仰に基づくことでしかあり得ないからだ)。

啓蒙主義者は、「取引」を必要条件とする原理に基づいて倫理——たとえきわめて入り組んだものであれ、勇敢なものであれ(例えば、自分の子供の生命を守るために死ぬことは正義である)——をつくりあげることができると考える。

最後に、啓蒙主義者は人間には五つの基本的な必要(今の段階では私には五つ以上思いつかない)があることを知っている。食、睡眠、愛情(セックスも含まれるが、誰かと結ばれることも含む。たとえペットとでも)、遊び(つまり、それをすることが純粋に楽しくてそれをすること)、なぜと自問すること、の五つだ。私はこの五つを最も放棄できないものから順に並べたが、子供でも、授乳させた後、寝かせた後、遊ばせた後、お父さんとお母さんを区別することを覚えた後、大きくなるとすぐにすべてのものに対してなぜと尋ね始める。最初の四つの必要は動物も共有しているが、五番目は人間に特有のもので、言語があやつれることを必要とする。

基本的な「なぜ」とは、なぜ物事が存在するのかというものだ。哲学者は「無」ではなく「存在」があるのはなぜかと自問するが、それは普通の人が、世界をつくったのは誰か、世界がつくられる前には何があったのか、と自問するのと同じ問いだ。この問いに答えようとする中で、人間は神をつくる(あるいは発見する。ここで神学的な問題を論じようとは思わない)。

したがって、啓蒙主義者は人間が神を口にするとき、軽んじるべきでないことをしていると知っている。また、聖堂の形は文化的現象であり、それゆえ批判することもできるが、聖堂を建設するにいたった問いは自然によって与えられた事態であって、最大限の尊重に値することを啓蒙主義者は知っている。

というわけで、今日でもこのような放棄できない条件を前提にして、よき啓蒙主義者がいたならそれを認める用意が私にはある。皆さんにとってそれでよければ私も賛成だ。

[初出]「ラ・レプッブリカ」紙、二〇〇一年一月。エウジェーニョ・スカルファリが主催した啓蒙主義に関するシンポジウムのための論文。後に *Attualità dell'illuminismo*. Bari: Laterza 2001 に所収。

＊1 イタリアのジャーナリスト(一九二四年～)。一九六三～六八年に週刊誌「レスプレッソ」の編集長を務め、部数を飛躍的に増加させた。七六年に日刊紙「ラ・レプッブリカ」を

創刊して、イタリアのジャーナリズムに新生面を切り拓いた。

＊2　イタリアの政治哲学者(一九四八年〜　)。

＊3　米国の哲学者(一九三二年〜　)。

＊4　イタリアの哲学者、政治家(一九三六年〜　)。

＊5　米国の哲学者、論理学者(一九〇八〜二〇〇〇年)。

遊びからカーニヴァルへ

啓蒙主義に関する議論は、子供として(嫡出子かどうかはともかく)遊びに関する議論を産んだ。多少の不快感を覚えたと言わざるを得ない。そのときの議論の中で私は当然のこととして、人間の基本的な必要の一つに、食、睡眠、愛情、知ることと並んで、遊びがあると書いたのだが、私のこの考えは「挑発的」(一月六日付「ラ・レプッブリカ」紙の見出しから)として非難されてしまった。いやはや! まるで、子供も子猫も子犬も、まさに遊びを通して自分たちを表現していることに誰も気づいておらず、また、人間のことを指すのに「理性的動物」という定義と並んで、ずいぶん以前から「ホモ・ルーデンス(遊ぶ人間)」という定義が流通していることがまるで忘れられているかのようだ。

私はときどき、マスメディアはいつも「お湯を発見している」[*1]という印象を受けることがある。しかし、よく考えてみれば、お湯の「再発見」はマスメディアの基本的な役割の一つだと認めざるを得ない。新聞は、何の前触れもなくいきなり、マンゾーニの『いいなずけ』[*2]は読む価値があると書くわけにはいかない。『いいなずけ』の新版が刊行されるのを待って、その上で、「文化の流行。マンゾーニの回帰」といった大見出しをつけて取り上げるようにしなければならないのだ。そのような新聞のやり方はよろしい。なぜなら、新聞の読者の中にはマンゾーニを忘れてしまった人もいれば、マンゾーニのことをほとんど知らない多くの若者もいるからだ。言い換えれば、今どきの若者は「お湯」が自然に蛇口から出てくると思い込んでいるので、「お湯」を手に入れるためには水を沸かすか地下を探索しなければならないことを想起させるために、何らかの口実をときどき見つけ出す必要があるからだ。

それはそれとして、遊びに戻ろう。「ラ・レプッブリカ」紙上で展開された議論を読み直してみたところ、それぞれ方法こそ違え、どれも皆われわれに襲いかかりつつある大きな人類学的変動を暗示していることに気がついた。遊びは体に有益であり、昔の神学者が言ったように、労働による「悲しみ」を取り去り、紛れもなくわれわれの知的能力を高めてくれる。何の私心もない運動のひとときである遊びがそのようなものであるためには、「挿入句的」でなければならない。それは、日常のさまざまな用事——厳しくてつらい肉体労働の場合もあれば、ソクラテスとケベス[*3]の密度の濃い哲学的対話の場合もある——の中におけるひと休みの一瞬なのだ。

アダムの「幸運な罪[*4]」のポジティヴな面の一つは、もしアダムが罪を犯さなかったならば、彼は額に汗して生活の糧を得る必要もなく、日がな一日エデンの園でぶらぶらして遊び暮らし、次はどんないたずらをするかということしか頭にない子供のような存在でずっとあり続けたに違いない、ということだ。ここから、「蛇」の登場は摂理によるものだったことが明確に分かる。

とはいえ、どの文化も一年のうちの数日だけを完全に遊ぶということに当てた。それは自由奔放の時間であって、われわれはそれをカーニヴァルと呼ぶが、過去であれ現在であれ、他の文化にとってはまた違うものだった。人はカーニヴァルの間、ひっきりなしに遊ぶが、カーニヴァルが疲れをもたらさず楽しいものであるためには、それは短くなければならない(この「挑発」についてもまた論争を開始しないよう「ラ・レプッブリカ」紙にお願いしたい。カーニヴァルに関する文献はあまりにも多いからだ)。

さて、われわれが生きている今日の文明の特徴の一つは、生活が完全にカーニヴァル化していることだ。といってもこれは、機械に任せた結果われわれの労働が減ったということではない。なぜならば、独裁体制にせよ、自由・改革主義体制にせよ、余暇の奨励や計画化につねにきわめて深い関心を払ってきたからだ。問題は、労働の時間もカ、ー、ニ、ヴ、ァ、ル、化、さ、れ、た、ということなのだ。

生活のカーニヴァル化について語るのは、簡単で当たり前すぎるぐらいだ。平均的な市民がテレビの前で過ごす時間の長さを考えれば分かる。テレビ番組は、ニュースなどの情報番組に当てられた非常に短い時間を除けば、もっぱらエンターテインメントばかりだ。しかもそれらの大部分は、人生を永遠に続くカーニヴァルとして描きだし、道化師や若い美女が、カーニヴァルの紙ふぶきどころか、ゲームで誰もが手に入れられる何千枚、何万枚もの札の雨を降らせている(そのくせ、わが国のこのようなイメージに誘惑されたアルバニア人たちが、どんな手段を使ってでもこの永遠の遊園地にやって来ようとしていることに対してわれわれは喚くのだ)。

マスツーリズムに注ぎ込まれている金と時間を考えれば、これまた、カーニヴァルを語るのは簡単だ。そこでは、格安料金による夢のような島々やヴェネツィアへの旅が提示される。ヴェネツィアで観光的どんちゃん騒ぎをした後に残るのは、空き缶や丸めた紙くずやからし付きホットドッグの残飯で、まさに本物のカーニヴァルの後と同じ状態だ。

しかし、仕事が完全にカーニヴァル化されていることについては、十分に論じられていないように思う。そこではあの「多様形態の物体」、あの世話好きで可愛いロボットが、かつて人が自分でやらなければならなかった作業をやってくれるので、それを使用している時間が遊びの時間と感じさせられることになりがちだ。

上司に気づかれないように、こっそり会社のコンピューターでロール・プレイ・ゲームをやったり、「プレイボーイ」のサイトを見たりする会社員は、永遠のカーニヴァルを過ごしている。話しかけてくる車、走行ルートを教えてくれる車、あちこちのボタンを押して外部温度やガソリン残量や平均時速や走行時間の情報を得るよう強いてドライバーの命を危険にさらす車を運転する人もカーニヴァルを過ごしている。

携帯電話(まさしくバルテッツァーギ[*5]が言ったように、今日における「ライナス[*6]の安心毛布」のような存在)は、緊急出動を要する職業の人間、例えば医者や水道修理屋にとっては仕事の道具であり、他の人たちにとっては、きわめて例外的な状況に置かれたとき、例えば外出していて電車が脱線したとか、大洪水が起こったとか、交通事故に巻き込まれたとかいうように、突然の緊急事態によって約束に遅れることを誰かに伝えなければならないときにだけしか使う必要がないはずだ。だとすれば、不運極まりない人々以外、道具としての携帯電話は一日一回、多くて二回ぐらいしか使用されるはずがない。したがって、人がこの「移行対象[*7]」を耳に押し付けたまま過ごす時間の九九パーセントは遊び時間なのだ。電車の中で、われわれの隣に座って大声で携帯電話で金融取引をしているバカは、実は気取って頭に羽根の冠、ペニスに多彩色のリングをつけて見栄を張っているのだ。

スーパーマーケットや高速道路のサービスエリアの店に入って費やす時間も遊びの時間だ。どちらもほとんど不要な物のあふれる彩り豊かなパラダイスだが、それゆえに結局、コーヒー豆一袋を買うつもりで入って、一時間うろうろしたあげく、犬用のビスケット四箱まで買って出てくることになる。もちろん、犬など飼っていない。だがもし飼うなら、あの可愛らしい、最も流行のラブラドール・レトリーバーに決まっている。番犬なんてつとまらず、狩りにもトリュフ探しにも使えず、ご主人を刺そうとする人間の手を舐めてしまうような犬だが、素晴らしいおもちゃなのだ。とくに水の中に入れると。

一九七〇年代に「労働者権力（ポテーレ・オペラーヨ）」＊8が提唱した、労働を拒否せよという革命的な呼びかけを覚えている。彼らは、ますます進行する自動化によってつらい労働の必要はどのみち軽減されるのだからと言っていた。当時、それに対して、もし労働者階級が労働を拒否したら誰が自動化の開発に取り組むのか、という反論があった。しかしある意味では、「労働者権力」は正しかった。自動化は、一般に言われるように、自分で「自動化した」のだ。ただし、その結果はマルクスが夢見たユートピア的状態――皆それぞれが、同時にしかも自由に、漁師、ハンターその他になれる状態――を実現する労働者階級の向上には繋がらなかった。逆に、労働者階級は平均的利用者としてカーニヴァル化産業の一員になってしまった。労働者階級は革命において束縛の鎖の他に失うべきものを何も持たないはずだった。ところが今や、鎖に加えて、（もしも革命によってブラックアウトが起こったら）テレビ番組『ビッグ・ブラザー』＊9の何回分かが見られなくなるという、失うべきものを持つことになったのだ。それゆえ、労働者階級は番組を与えてくれる人たちに一票を投じ、自分たちを楽しませてくれる人に剰余価値を提供すべく働き続ける。

そしてあるとき、世界の数多くの地域には、楽しみがすごく少なくて飢えで死ぬ人間もいることを発見しても、われわれの偽善的な良心は、黒人の子供や下半身麻痺に苦しむ子供、骸骨のように痩せ細った子供を救う募金集めの大々的なチャリティ・イヴェント(これも遊びだ)によって慰められてしまう。

スポーツもカーニヴァル化された。どのように？ スポーツは遊びの代名詞だというのに、どのようにして遊びをカーニヴァル化できるのか。それは、挿入句的であるはずだったスポーツ(サッカーの試合は週に一回、オリンピックはときどきだけ)を垂れ流し的なものにし、することそれ自体が目的のはずだったスポーツを産業活動にしたことによってだ。カーニヴァル化したというのは、もはやスポーツにおいてはプレイする人のプレイ(そもそもこの「プレイ」自体が非常につらい、クスリにでも頼らなければとても耐えられない仕事になってしまった)が重要ではなくなり、イヴェントの「前」、「最中」、「後」のどんちゃん騒ぎが重要になってしまったからだ。実際、一週間の間ずっと遊んでいるのは、プレイする人間ではなく見ている人間の方だ。

政治もカーニヴァル化した。政治を指すのに、今や「劇場政治」という表現が普通になった。国会の権威はますます失墜し、政治はまるで古代ローマの剣闘士の戦いのようになって、テレビの画面上で繰り広げられる。首相であることの正当性はミス・イタリアと会見させることによって承認される。そのミス・イタリアがまた(せっかく多くの人にかなり知的に見えた女性なのに)普通の服装で現れず、ミス・イタリア・コンテストのコスチュームで登場する(そのうち首相も、首相としての正当性をアピールするには首相のコスチュームで登場する必要がある日が来るかもしれない)。

宗教もカーニヴァル化した。かつてわれわれは、映画の中で黒人男性が彩り豊かな聖職者の式服を着て、「オー・イエス、オー・ジーザス」と叫びながらタップダンスを踊る儀式を見て、あきれて笑っていたものだった(善行は? 善行は? 「踊る信仰」だけのこういうポスト・プロテスタント的カーニヴァルのどこに善行があるんだ? カトリック教育を受けて育ったわれわれはこう自問した)。それが今や、聖年を祝った多くのイヴェントがロックの伴奏付きで、言い方は悪いがディスコを思わせるものだった。

何人かのゲイたちは、ゲイ・プライドのカーニヴァルの中に、何千年にもわたってこうむってきた差別の賠償が見出せると考えた。結局彼らは受け入れられた。なぜなら、カーニヴァルの時期には何でも受け入れられるからだ――教皇ヨハネ・パウロ二世の前でへそを見せながら踊った女性歌手も含めて(忘れたふりをするのはやめてほしい。それは実際起こったのだし、あの不幸で気高い老翁を哀れんだ人は少なかった)。

本来が遊び好きな創造物である上に、遊びの度合いの感覚を失ってしまったわれわれは、それゆえ完全なるカーニヴァル化の中にある。人間という種にはさまざまな能力があり、もしかすると今は変化を遂げている最中なのであって、やがてこの新しい状況を受け入れ、そこから精神的利益さえ引き出すことになるのかもしれない。労働がもはや呪いではないこと、善き死を迎える練習に時間を費やさなくてもよいこと、労働者階級もついに笑いながら天国に入れること、これらはすべて正しいのかもしれない。陽気にやろう！

それとももしかすると、後は歴史がやってくれるかもしれない。劣化ウランをたっぷり放出するちゃんとした世界大戦と、「今までになく大きな[*10]」オゾン・ホールがあれば、カーニヴァルは終わる。しかしここで考察しなければならないのは、完全なるカーニヴァル化が欲望を満たさず、欲望をさらに刺激することだ。その証拠が「ディスコ症候群」だ。さんざん踊りまくって、さんざん高い音響にひたった後は、ディスコが閉まった後も、死にいたる夜のオートレースに挑みたくなるのだ。[*11]

完全なるカーニヴァル化は、男がいわくありげに隣の女の子に声をかける、あの古い小話が見事に描いた状況を生み出す危険があるのだ。「お嬢さん、この乱交パーティが終わったら、何します？」

［初出］「ラ・レプッブリカ」紙、二〇〇一年一月。

＊1　イタリア語で「お湯を発見する(scoprire l'acqua calda)」とは、まったく自明のことなのに一大真理を発見したと思い込んで騒ぎたてる、という意味の慣用表現。

＊2　アレッサンドロ・マンゾーニ(一七八五〜一八七三年)はダンテと並ぶイタリア最大の国民作家。小説『いいなずけ』はイタリア人の誰もが読んでいる作品とされる。

＊3　ソクラテスの弟子の一人。プラトンの対話篇『パイドン』の中では、ソクラテスと霊魂不滅をめぐって議論する。

＊4　felix culpa. 原罪のこと。「救世主の到来という幸せをわれわれにもたらした罪」という含意(トマス・アクイナス『神学大全』)。

＊5　謎解き遊びの問題作成で有名な一家の名前。父ピエーロが謎解き週刊雑誌「ラ・セッティマーナ・エニグミスティカ」で問題作成を始めるや同誌の部数が飛躍的にのびて有名になった。息子アレッサンドロとステーファノの二人も同誌で問題作成を続けている。

＊6　アメリカの漫画『ピーナッツ』の登場人物の一人。毛布を肌身離さず持っている。

＊7　イギリスの精神分析医ドナルド・ウィニコット(一八九六～一九七一年)が提唱した概念。乳幼児にとってかけがえのない愛着対象のこと。毛布、タオル、ぬいぐるみなど、おもに無生物の対象をいう。

＊8　イタリアの議会外左翼組織(一九六九～七三年)。

＊9　オランダで一九九九年に放送されたテレビのリアリティ番組『ビッグ・ブラザー』のフォーマットに従って各国で同様の番組が製作されたが、イタリアでは二〇〇〇年から放映が始まった。本書の次のエッセイ「プライヴァシーの喪失」を参照。

＊10　イタリアの有名な喜劇舞台役者エットレ・ペトロリーニ(一八八四～一九三六年)が、ローマ皇帝ネロを諷刺して演じたときに有名になったセリフの一部。

＊11　イタリアの地方都市ではディスコが町の郊外にあり、そこで踊った若者たちが、閉店後の深夜もそのまま車でくりだして路上を暴走することが社会問題となっている。

プライヴァシーの喪失

インターネットによるコミュニケーションのグローバル化が最初に脅かしたのは、境界線の概念だ。境界線の概念は人類、いやそれどころか、すべての動物の種と同じぐらいに古い。動物行動学によると、すべての動物は自分のまわり——そして自分の同類のまわり——に「立ち入り禁止区域」、その中にいる限り安心していられる領域を認識しており、その境界線を越えた者を敵と認識するという。文化人類学は、このような防御区域が文化によって異なること、そして、ある民族では相手の接近が親しみの表現として受けとめられる反面、別な民族ではそれが侵害行為、攻撃として感じられることも教えてくれた。

人間のレヴェルで、この防御区域は個から共同体へと広がった。境界線とは——町のであれ、州のであれ、国のであれ——防御区域が個人レヴェルから集団レヴェルへと拡大したものとつねに感じられてきた。古代ローマの精神がどれだけ境界線というものに取り付かれていたかを考えてみればいい。それは、境界線の侵害をローマ建設神話の出発点にしたほどだった。ロムルスは境界線を引き、それを守らなかった弟レムスを殺したのだ。ユリウス・カエサルも、ルビコン川を渡ったとき、ロムルスの引いた境界線を侵そうとするレムスがたぶん感じたであろうのと同じ苦悶に直面した。ルビコン川を渡るとは、すなわち武装してローマの領土を侵すことにほかならないことをカエサルは分かっていた。渡った後、実際に当初そうしたようにリーミニに陣を布くか、それともローマへ進撃するかは大した問題ではなかった。冒瀆行為は川を渡ることによってなされたのであり、それは元に戻せない行為だった。賽は投げられたのだ。ギリシャ人もポリスの境界線を認識していたが、その境界線は言語ないしさまざまな方言の使用によって引かれていた。ギリシャ語がもはや話されなくなる場所、そこから野蛮人(バルバロス)の土地が始まるのだ。

ときには、こちらにいる人とあちらにいる人とをはっきり区別するために、一つの町の中に壁を立てるほどまでに、(政治的)境界線の概念が妄想に取り付かれたこともあった。境界線を越えれば、少なくとも東ドイツ人は、神話の中でレムスに下されたのと同じ罰を受ける危険にさらされた。東ベルリンの事例はわれわれに、実はどんな境界線にもつねに関わりのあることを端的に教えてくれる。つまり、境界線は共同体を外敵の攻撃からだけでなく、その視線からも守るのだ。城壁や言語的障壁は、独裁体制にとって、自国の民が他所で起こることを知らないようにするのに役立つこともあるが、一般にはそれは、よそ者が入り込んでその国の人々の慣わし、富、発明、耕作方法などの情報を入手できないことを市民に対して保証しているのだ。万里の長城は天子の国の臣民を侵略から守っただけでなく、絹の生産の秘密も守っていた。

逆に臣民は、この社会的プライヴァシーの代償を、つねに個人のプライヴァシーの喪失を受け入れることによって支払ってきた。さまざまなたぐいの異端審問は、世俗のそれであれ、宗教的なそれであれ、臣民の行動ばかりか、しばしば思想でさえ監視する権利を有した。それどころか、関税や税務法の存在を考えると、市民個人の資産状態を国家が知るべきであることが、つねに当然で正しいことだとされてきた。

インターネットの出現によって徐々に脅かされることになるのは、国民国家の定義だ。インターネットは、国際的で多言語的なチャット・ラインの設定ができる道具というだけではない。今日では、ポーランドのポメラニア地方の町がスペインのエストレマドゥーラ地方の町とオンラインで共通の関心事を見つけ出して姉妹都市関係を結び、未だに境界線を横切らなければならない高速道路とは無関係に、商売を行うことを可能にしてくれる道具でもある。移民の波に歯止めのかからなくなっている今日、ローマのイスラム教コミュニティは、ますます容易にベルリンのイスラム教コミュニティと連絡がとりあえるのだ。

しかし、この境界線の崩壊は相反する二つの現象を引き起こした。今や、他国で起こっていることを自国民が知らないようにすることのできる国家は存在しないし、間もなく、どんな独裁政権であれ他所で起こっていることを臣民がリアルタイムで知るのを阻止することなど不可能になるだろう。その一方で、国家が市民の活動に対して行ってきた厳しい監視は、われわれが誰に手紙を書いたか、何を買ったか、どんな旅をしたか、知識のどんな分野に関心があるかについて、はては、われわれの性的傾向についてさえ知ることができる技術(それは必ずしもつねに合法的ではない)を持った他の権力中心に移行してしまった。かつてなら、自分が住む閉鎖的な村の中で、正気でないおのれの欲望を心の奥底に秘めようとしていた哀れな小児性愛者でさえ、今日では、自己露出をするように促されて、恥ずべき秘密をネット上に公開し、結果的に自分自身を危険にさらすことになる。自分の私生活をしっかりと守ろうとする市民が直面する最大の問題は、ハッカー――それはもはや、旅商人に盗みを働いたかつての山賊よりも数多くなく危険でもない――から身を守ることではなく、クッキーを始め、われわれ一人一人についての情報収集を可能にするその他もろもろの驚異的技術から身を守ることなのだ。

オーウェルの「ビッグ・ブラザー」[*1]的状況が生じるのは、何人かの人間が、他人の行動を大喜びで覗きたがる大衆に自分を覗いてもらおうと決めた(自分の意志による自由な、しかし嘆かわしい決意)ときだということを、最近、世界の視聴者に納得させているテレビ番組がある。しかしこれはオーウェルが描いた「ビッグ・ブラザー」とは違う。オーウェルの「ビッグ・ブラザー」は、大衆一人一人の行動を逐一監視するきわめて限られた特権階級が実現しているものだった。それは、何百万もの「覗き屋」がたった一人の自己露出欲にとりつかれた人間を見つめ続けるあのテレビ番組とは違い、姿の見えない複数の看守が自分は姿を見られることなく一人の囚人を監視するベンサム[*2]のパノプティコン(一望監視装置)だった。しかし、オーウェルの物語では、「ビッグ・ブラザー」が「ヨシフおじさん」スターリンのアレゴリーだったのに対し、今日われわれを見つめている「ビッグ・ブラザー」は顔を持たず、しかも一人の人間ではなく、グローバル経済の全体なのだ。それは、フーコーの「権力」と同じように、認識できる実体ではなく、ゲームを承認し合い、互いに支え合う一連の中心の総体なのだ。権力の中心の一つにいて、他の人々がスーパーで買い物をするのを監視している人間が、今度は自分がホテル代をクレジット・カードで支払うときに監視されていることになる。権力に顔がなくなると、その権力は無敵の力を持つ。少なくとも、その抑制はきわめて難しくなる。

プライヴァシーの概念の根源の話に戻ろう。私の生まれた町では、毎年『ジェリンド』という宗教的喜劇が上演される。劇の舞台は、羊飼いのいるベツレヘムで、時は救世主生誕の時代なのだが、同時にまた、私が生まれた地域、アレッサンドリヤ[*3]という都市近辺の村々に住む農夫が登場して劇が展開しているようにも見える。実際、劇は土地の方言で上演され、さまざまな混淆が素晴らしい喜劇的効果を生み出す。例えば、ベツレヘムに入るにはターナロ川を渡らねばならないと登場人物が語る。もちろん、ターナロ川はアレッサンドリャの近くを流れる川だ。あるいは、今のイタリア政府がつくった法律や規則を残忍なヘロデ王に帰したりする。また、人物のキャラクターに関していえば、伝統的に閉鎖的で、自分の生活や感情を他人に知られまいとするピエモンテ人の性格が、型にはまってはいるが生き生きと表現されている。

劇の中でしばらくすると東方の三博士が登場し、羊飼いの一人マッフェーオにベツレヘムへの道を尋ねる。年寄りで少しボケが来ている彼は知らないと答え、まもなく自分の主人のジェリンドが帰ってくるはずだから彼に聞いてくれと言う。はたして帰宅途中のジェリンドは三博士と出会い、三博士の一人がお前がジェリンドかと尋ねる。ジェリンドと三博士との間に交わされる会話はここでは重要ではない。問題はその後の会話、つまりなぜあの異邦人は俺の名前を知っていたんだとジェリンドが羊飼いたちに問いただし、マッフェーオが自分が言ったと認める会話だ。ジェリンドは怒って、棒で打つぞとマッフェーオを脅す。なぜなら、人から人へと渡っていく貨幣と違って、人の名前は流通させるべきものではないからだとジェリンドは言う。名前というものは個人の所有物だから、それを公表するとその名前の当人からその人間の私物の一部を奪い取ることになる。ジェリンドは「プライヴァシー」という言葉を知るはずもなかったが、彼が守ろうとしていたのはまさにその「プライヴァシー」という価値だった。もしジェリンドがもう少し豊富な語彙を持っていれば、自分は慎重さ、慎み深さ、自制心というものを表しているのだ、言い換えれば、自分の内心を守っているのだと言ったことだろう。

ここで、自分の名前を守る習慣が、古代だけの習慣ではないことを強調しておきたい。一九六八年の学生運動のときの集会の際、立ち上がって発言しようとする学生は、自分の姓名を名乗らず、たんにパオロやマルチェッロやイヴァーノと言って自己紹介をしていた。この習慣の背景にしばしばあったのは、集会に私服警官が入り込んでいて、発言者をチェックしているかもしれないという恐れだった。しかしむしろ多くの場合、その「慎み深さ」は習慣のようなものであって、遠く離れた家族に累が及ばぬよう自分のことをあだ名でしか呼ばせなかったレジスタンスのパルチザンのやり方から影響を受けていた。しかし、自分の素姓を明かしたくないという無意識の願望は、ラジオやテレビの番組に電話して、健全この上ない意見を言ったりクイズに答えたりする人たちの中に未だに存在している。もしかすると、本能的な羞恥心(そして、今では司会者がうながすようになった習慣)によって、こういう人々は自分のことを「パヴィーアのマルチェッラです」とか「ローマのアガタです」とか「テルモリのスピリディョーネです」と名乗ってしまうのかもしれない。

ときには自分の素姓を明かさないことが、臆病さや自分の行動に責任を負えないことと隣合わせのこともあり、そのため、人前に立ったときにすぐに自分の姓名を名乗る習慣のある国がうらやましくさえ思えてしまう。しかし、自分の姓名を明かすまいとすることは奇妙で、ときによって正当でないこともあり得るが、自分の私生活を守ろうとすることは決して奇妙でも正当でないわけでもない。昔の習慣通り、「汚いものの洗濯は内輪でやるべき」[*4]なのだが、「汚れていないもの」であっても内輪で洗いたい人もいる。自分の年齢、自分の病気、自分の収入を明かしたくない人もいるのだ——法律によってそうしなくてはならない場合以外は。

プライヴァシー保護の要求を出すのはどのような人か。もちろん、商取引の秘密を守ろうとする人、私信をあばかれたくない人、公表には時期尚早と思われる調査データを扱う人などだ。こうしたことならよく分かるし、実際、プライヴァシー保護の権利を要求する人々を守る法律もつくられている。しかし、この権利を主張する人たちが何人いるだろうか。私は、大衆社会、現在のマスメディア、テレビ、インターネットの社会の大きな悲劇の一つは、プライヴァシーの意図的放棄にあると思う。プライヴァシーの放棄、慎重さ、自制心、羞恥心の放棄の最大の状態が、病的に近い自己露出欲だ。自己露出欲の社会の中でプライヴァシー保護のために闘わなければならない人間がいるとは、まさにパラドックスと思わざるを得ない。

われわれの時代に起きた最大の社会的悲劇の一つは、何と言っても、安全弁としてかなり有益だった「噂話」の変容だ。

古典的な噂話、村や集合住宅の管理人室や居酒屋で交わされていた噂話は、社会的結合の一つの要素だった。元気で、運がよくて、幸せな人について話すのは噂話ではなかった。噂話の種は、他人の欠点、過ち、不運だった。しかしそれによって、噂話をする人々も、噂話の対象とされる人たちの不運を何らかの形で分かち合っていた。なぜなら、噂話はつねに軽蔑を含んでいるわけではなく、場合によっては同情を引き起こすこともあるからだ。しかしそれが機能したのは、噂話の犠牲者がその場におらず、噂の種になっていることを知らないときだけだった(彼らは知らないふりをすることで面子(メンツ)を保てた)。犠牲者が噂話のことを知ってしまい、もはや知らないふりもできなくなると、人前での大喧嘩が始まる(「このおしゃべりめ！　お前だろう、あちこちで俺のことを言い触らしやがって……」)。人前で喧嘩になってしまえば、噂だったものも公的なものになる。噂話の犠牲者は人々の笑いものになるか、あるいは社会的非難を浴び、一方、「死刑執行人」たちの方ももはや噂話の種がなくなってしまう。したがって、噂話という社会の安全弁が損なわれないためには、犠牲者も死刑執行人も皆、できる限り慎重さを保ち、秘密の領域を維持する必要があった。

現代の噂話とでも言うべきものは、まず出版物とともに登場した。かつては、仕事上意図的にカメラマンや新聞記者に自分をさらけ出す人々(俳優、歌手、亡命中の王、プレイボーイなど)のゴシップを取り扱う専門雑誌があった。ゲームのルールはあまりにも明らかで、読者の方でも、某俳優が某女優と一緒にレストランで食事している現場を見られたとしても、それが必ずしも二人の間に「親密な関係」が生じたことを意味せず、すべてはその俳優と女優のそれぞれのエージェントのしかけた企てであろうことを重々承知していた。こうした雑誌の読者は真実を求めていたわけではなく、娯楽を求めていただけで、それ以上でも以下でもなかった。

テレビに対抗しながら、同時に、生き残りのためにかなりのページ数を埋めて広告収入を得る必要上、いわゆる「真面目な」出版物も、日刊紙も含めて、ますます社会や風習の出来事、ニュースがない場合は、ヴァラエティ、ゴシップなどを取り扱わなければならなくなり、とりわけニュースがない場合は、それをでっち上げざるを得なくなった。ここででっち上げるというのは、実際には起こっていないのに報道を流すという意味ではなく、以前ならニュースにならなかったもの、例えば休暇中の政治家の失言や、芸能界の出来事などをニュースにするということだ。こうして噂話は報道ネタとして一般化し、それまでゴシップ記事のしつこい監視の目から除外されていた奥の院にまでたどりつき、ついに現役の君主や、政界・宗教界の指導者、共和国大統領や科学者にまで触れるようになった。

噂話の変容のこの第一段階で、昔はささやかれるものだった噂話が大声で叫ばれるようになり、噂の犠牲者と死刑執行人はもちろん、そもそもそれに興味がなかった人たちまでそれを知るようになった。秘密であることの魅力と力が失われたわけだ。しかし、噂話の犠牲者の新しいイメージがつくりあげられた。それはもはや同情すべき対象ではない。有名人だからこそ犠牲になったのだから。噂話(公然の噂話)の対象となることが、徐々に、社会におけるステータス・シンボルに見えるようになったのだ。

ここで第二段階に入ることになる。もはや死刑執行人が犠牲者の噂話をするのではなく、犠牲者本人が、俳優や政治家と同じ社会的ステータスが得られると信じ込んで、喜んで自分について噂話をするために出演するような番組をテレビが制作し始めるのだ。テレビの噂話では、そこにいない者について陰口が叩かれることは絶対ない。当人自身が、自分の秘められた出来事を暴いて、自分自身について噂話をするのだ。噂話の対象となっている人間がその噂話のことを知る最初の人間であり、彼らがそれを知っていることを誰もが皆知っている。彼らはひそひそ話の犠牲者ではない。もはや、秘密は存在しない。自分自身の弱みを告白することによって自分自身の死刑執行人になる勇気を示したからには、もはや彼らをより残忍に迫害することもできないし、かといって、告白によって公共の場に出て有名になるという、人もうらやむ地位を獲得したからには、同情するわけにもいかない。こうして、噂話は社会の安全弁という性質を失い、無益な見せびらかしとなった。

だが、精神科医のカウンセリングが必要なことが公にも証明されてしまう人間のリストに、自分自身の選択の結果として自己登録してしまう人々を、正しくも全国的覗き趣味の対象にするという刑に処す『ビッグ・ブラザー』ばりのリアリティ番組をまつまでもなく、もう何年も前から、誰が見ても精神的に不安定とは思えないような人が数多くテレビ画面に出てきて、結婚相手と互いの浮気について口論したり、姑とけんかをしたり、自分を捨てた恋人に絶望的な声で呼びかけたり、人前で自分自身を鞭打つようなことを言ったり、自分自身の性的不能を情け容赦なく分析される離婚劇を演じたり、といった番組があった。

昔は私生活はヴェールで包まれ、懺悔室で告白された秘密は、聴罪司祭が守るべき秘密の中の秘密だったが、今日では懺悔の概念そのものがひっくり返されてしまった。

しかし、もっと悪いことが起こった。自分の恥ずかしい心の内奥を露出することによって、一般の男も女も、視聴者を楽しませると同時に、人に見られたいという自身の欲望も満たすことができるようになったために、かつて「村のバカ」と呼ばれていた人物もさらし者の刑に処せられることになった。この人物のことを、当人の不幸に配慮し、聖書を思わせる控えめな言葉を使って、以後は「村の愚か者」と呼ぶことにしよう。

過ぎ去った時代の「村の愚か者」とは、身体的にも知的にも母なる自然にあまり恵まれず、心ない同郷人たちから酔っ払って下品で卑猥な行為をするよう酒を飲まされ、村の居酒屋に入り浸っている人物だった。ここで注意しなければならないのは、そのような村で「愚か者」は、自分が「愚か者」として扱われていることをぼんやりと分かってはいても、ゲームのルールに則って振る舞っていたことだ。なぜなら、それはただで飲ませてもらうための方法だったからであり、また、彼の愚かさの一部には一種の自己露出欲もあったからだ。

今日のテレビのグローバル村の「愚か者」は、テレビに出て妻の浮気を非難する夫のような平均的人間ではない。平均以下の人間だ。「愚か者」だからこそトーク・ショーやクイズ番組に招かれるのだ。テレビの「愚か者」は必ずしも無教養な人間ではない。場合によっては、風変わりな精神の持ち主かもしれない(失われた聖櫃の発見者とか、永久運動の新システムを発明し、何年も新聞や特許局のドアを空しく叩きまわったあげく、やっと真面目に耳を傾けてくれる相手を見つけた発明家のような)。あるいはまた、すべての出版社に断られた後、むりに傑作を書こうと頑張るよりも、テレビに出ていきなりズボンを下ろしたり、文化討論会で卑猥な言葉を連発したりする方が成功を収められると気づいた週末小説家かもしれない。あるいはまた、難しい言葉を発したり、超能力的な経験をしましたと語ったりして、やっと話を聞いてくれる人を見つけた田舎の

「青鞜派（せいとうは）」女史かもしれない。

昔は居酒屋の仲間たちが見るに耐えない真似を「村の愚か者」にさせたりして限度を超えると、市長や薬剤師や家族の友人が間に入り、哀れな「愚か者」を抱きかかえて家まで送り届けてやったものだ。それに対して、「テレビのグローバル村の愚か者」を守ってやり、家に送り届ける人はいない。彼の役割は、群衆の喜びのために殺されることになっていた古代ローマの剣闘士と同じになった。自殺者を悲劇的な決意から救おうとする社会、覚醒剤常習者を死にいたらせる欲望から守ろうとする社会、その社会が「テレビの愚か者」を守らない。それどころか、昔、小人や髭女を見世物小屋に出てみろとそそのかしたのと同様に、「テレビの愚か者」の背中を押している。

明らかにこれは犯罪以外の何ものでもない。しかし、私は今、「愚か者」の保護を心配しているわけではない(とはいえ、これは無能力者につけこむ罪であるから当局は心配すべきなのだが)。私が心配しているのは、テレビに出ることによって栄光を与えられた結果、「愚か者」が普遍的モデルとなることだ。あいつが出られたのだから、誰だってできるということだ。「愚か者」の自己露出によって、視聴者はどんなことも、たとえ最も恥ずべき不運でも、内心に秘めておく権利はないこと、そして醜さをさらけ出すことさえ褒賞の対象となることを納得するようになる。視聴率の力学によって、「愚か者」はテレビに出るや否や、すぐさま「有名な愚か者」となり、その名声の度合いは、コマーシャル出演の依頼、講演会やパーティへの招待、ときには性的行為の申し入れ(ヴィクトル・ユゴーも、美しい貴婦人が「笑う男」に入れあげることがあり得ることを教えている)[*5]の多寡によって測られる。結局、醜さという概念自体が変容し、テレビ画面の栄光を浴びさえすればすべてが美となり、奇形でさえ美しくなる。

聖書を思い出してみよう。「愚か者は心の中で言う、神は存在しない、と」[*6]。「テレビの愚か者」は誇らかに断言するのだ、「私は存在する」[*7]と。

インターネットにおいても似たような現象が起こりつつある。さまざまなホームページを調べてみると、サイトをつくった目的がしばしば、自分の惨めな平凡さ、それどころか自分の異常を見せびらかすことのみにあることが分かる。

しばらく前、自分の結腸の写真をネット上で提供していた(今でもそうしているかもしれない)男性のホームページを見つけたことがある。ご承知の通り、何年も前から、病院に行って先端に小さなテレビカメラの付いたゾンデで直腸を検診してもらうことが可能になっており、患者は自分の目で自身の最も秘められた深奥の中を行くゾンデ(とテレビカメラ)の旅をカラーモニターで見守ることができる。通常は、検診の数日後に医者が結腸のカラー写真を含む(極秘の)診断書を患者に渡す。

問題は、すべての人間の結腸は、末期ガンのある場合を除いて似ていることだ。だから、人は自分の結腸のカラー写真に何がしかの興味を持ったとしても、他人の結腸には無関心だ。さて、問題のこの男性は、自分の結腸の写真を皆に見せようとそれなりの労力を費やしてホームページを作成した。明らかに人生は彼に何も与えなかったのだ。自分の名前を継ぐ子孫もなく、自分の容貌に興味を示したパートナーもなく、休暇の写真を見せたい友人もいない。かくして彼は、ほんのわずかでも人の関心を引こうと最後の捨て身の自己露出に自分を委ねるのだ。この例に限らず、意図的にプライヴァシーを放棄するような場合、そこにはわれわれを哀れみと無関心に導いて当然の、絶望の底知れぬ深みが存在する。だが、自己露出欲のある人間はわれわれが彼の恥を無視することを許さない。それこそが彼の悲劇なのだ。

人が自分のプライヴァシーを喜んで放棄する例は、他にもたくさん挙げられる。道端で、レストランで、列車の中で、携帯電話を使って自分の秘密のビジネスのことを話したり、はては衛星回線を通じて恋愛悲劇を繰り広げたりするのをわれわれが耳にする何千人もの人たちは、何か大切なことを急いで人に伝えなければならない必要に迫られているわけではない。もしそうであれば、自分の秘密を大切にし、小さな声で話すだろう。彼らは、自分が冷蔵庫会社で決定権を握っていること、株式市場で株の売買をしていること、会議を企画していること、パートナーに捨てられたことをまわりの皆に知らせたくてたまらないのだ。人前で自分の私生活をさらすことを可能にしてくれる携帯電話を購入し、毎月高い通話料を払っているのだ。

ここまで大小さまざまな精神的、道徳的な奇形学的事例を取り上げてきたのは、面白がるためではない。われわれのプライヴァシーを見守る行政当局の義務は、保護を望む人たちを守ることだけでなく、もはや自分を守る能力を失ってしまった人たちを守ることにもあると思うからだ。

それだけでなく、自己露出したがる人々の行動こそが、どれだけプライヴァシーへの攻撃が犯罪となるにとどまらず正真正銘の社会的ガンとなり得るのかを、われわれに教えているのだと私は言いたい。中でもまず教育を受けるべきは子供たちだ。そうすることによって、風紀を乱す親たちの手本から引き離すことができる。

しかし、悪循環が生まれる。プライヴァシーへの攻撃は、プライヴァシーがなくなった状態に人々を慣れさせてしまう。われわれの中の多くの人たちが、すでに、秘密を守る方法はしばしばその秘密を公にすることだと決め込んでいる。彼らは、どんな盗聴者も人が隠そうとしない情報には関心を持たないだろうと安心して、言いたいことをあけすけに言うメールを書いたり電話で話したりする。もはや何も秘密にできないと学んだあげくに、人は徐々に自己露出欲にとりつかれていく。そして、秘密が何も存在しなくなったとき、どんな行動も風紀を乱す行動ではなくなる。だが、われわれのプライヴァシーを攻撃する者たちは、犠牲者自身が同意していることを確信し、もはやどのような侵犯についても絶対に足を止めないだろう。

私が言いたかったことは、プライヴァシー保護は法制度だけの問題ではなく、道徳的、文化人類学的問題でもあるということだ。われわれは、慎みということについて新しい感覚を構築し、普及させ、称賛することを学ばなければならない。自分自身、そして他人に対する慎みを教育することを学ばなければならない。他人に対する慎みについて言えば、最もふさわしい例を示してくれているのはマンゾーニだと思う。モンザの修道女について叙述を進めながら、彼女が邪悪なエジーディョに口説かれて自堕落と罪の底知れぬ深みに転落してしまったことを最後に認めざるを得なかったマンゾーニは、哀れな修道女の内心を犯すまいと思いながらも、読者に彼女の過ちを伏せておくことはできず、一言、「不幸な女は応えたのである」と書くにとどめた。もっと軽はずみな作家だったら、おそらく延々と何ページにもわたって、かわいそうなジェルトルーデが何をしでかしたかを、覗き屋的に事細かに描写しただろう。[*8] このマンゾーニの例は、他人の内心へのキリスト教的慈悲、世俗的尊重の素晴らしい例だ。

自分自身の内心に対する尊重について言えば、自殺する前にチェーザレ・パヴェーゼ[*9]が残した短い置き手紙の最後の文章を引用したい。「あまりいろいろと噂を立てないで下さい」。

［初出］二〇〇〇年にステーファノ・ロドタの呼びかけによりヴェネツィアで行われたプライヴ

アシーに関するシンポジウムでの報告。

＊1 G・オーウェルの小説『一九八四年』(一九四八年)に登場する全体主義国家の支配者。

＊2 イギリスの思想家(一七四八～一八三二年)。功利主義思想の代表者。彼が考案したパノプティコンは、フランスの思想家フーコーが『監獄の誕生』(一九七五年)の中で近代空間の例証として語って以来知られるようになった。

＊3 イタリア北西部のピエモンテ州の都市。

＊4 イタリアの諺。「恥ずべきものは、外へさらけだしてはならない」の意。

＊5 ユゴーの小説『笑う男』(一八六九年)の内容を指している。

＊6 Dixit insipiens in corde suo: Deus non est.「詩篇」一四章および五三章に見える文。

＊7 Ego sum.「出エジプト記」三章一四節に見える文 Ego sum qui sum の前半部。

＊8 マンゾーニ『いいなずけ』第一〇章参照。この「モンザの修道女ジェルトルーデ」は実在の人物。ミラーノ近郊のモンザで生まれ育った彼女は一六歳で修道女にされたが、貴族の男と恋愛関係に落ち、不義の子をもうけたことからさまざまな悲劇が始まった。しかしマンゾーニは小説の中で、ジェルトルーデがエジーディョ(の誘い)に「応えた」と書くにとどめ、その後何が起こったかについては語っていない。

＊9 イタリアの詩人、小説家(一九〇八～五〇年)。代表作は、『月とかがり火』、『美しい夏』など。

ポリティカリー・コレクトについて

「ポリティカリー・コレクト(politically correct 政治的に正しい)」という表現は、もはや政治的に正しくない意味合いで使われるようになったと私は思う。言い換えれば、言語の改革を目指していた運動が、逸脱した言語的習慣を生み出したのだ。ウィキペディア(ネット上の百科事典)の「PC」(今ではもうこのように呼ばれるが、もちろん、パーソナル・コンピューターのPCや共産党〈Partito Comunista〉のPCと混同しなければだ)についての記述を読んでみると、この用語の歴史も分かる。それによると、一七九三年にアメリカ合衆国の最高裁判所は(いわゆる「チザム対ジョージア州事件」の際)、国家は国民のために存在するのに、表現として「国民」の代わりに「国家」があまりにも使われ過ぎており、したがって、例えば乾杯の折りに「合衆国国民」と言わず「合衆国」と言うのは「政治的に正しくない」と論述したという。

その後、一九八〇年代の初めに、運動はアメリカの大学の間で(これもウィキペディアによれば)、言葉を取り換えることによって、不正な差別(実際にある、あるいはあるとされる差別)を正す運動として広まった。つまり、民族やジェンダーの違い、性的傾向、身体的障害、宗教、政治的思想などに関する日常的な言語表現に代わる婉曲的な代替表現を見つけ出すことによって、侮辱を避けようとしたのだ。

周知のように、PCの最初の戦いは、アメリカ黒人を指す侮辱的な言葉を廃止するために繰り広げられた。もちろん、悪名高き nigger だけでなく、negro も対象となった。negro は英語だと「ニグロ」と発音されるが、スペイン語からの借用語に聞こえ、奴隷制度時代の記憶を呼び起こすのだ。その結果、最初は black が採用され、その後の修正で african-american(アフリカ系アメリカ人)が使用されることになった。

修正ということは、PCの重要な一面を浮き彫りにするので大事なことだ。問題は、今話している「われわれ」の方が「他人」をどう呼ぶかを決めるのでなく、どう呼ばれたいかはその「他人」が決めるのに任せ、そしてもしも新しい呼び方がそれでも彼らにとって何らかの戸惑いの原因であり続けるならば、さらに違う呼び方の提案を受け入れる、ということにあるからだ。

自分がその状況になければ、そこに置かれた人たちに戸惑いや嫌な気持ちを引き起こす言葉が何であるかは知る術もない。したがって彼らの提案を認めるしかない。イタリア語における典型的な例が、cieco(盲)の代わりに non vedente(目の見えない人)を使うという決定だ。cieco という言葉に何ら侮辱的な要素はなく、それを使ってもこのカテゴリーに属する人たちに払うべき尊敬や連帯感を減らすどころか、むしろ強化するのであると正当に思うことはできる(現に、昔からホメロスのことを「偉大な盲の予言者」[*1]と呼んで、尊敬の念を抱いていた)。しかし、このカテゴリーに属する人たちが non vedente と呼ばれた方が居心地よく思うのならば、われわれは彼らの希望を尊重する義務がある。

道路の清掃というまっとうな仕事をしていた人たちは spazzino(道路清掃夫)という呼ばれ方に気分を害していたのか? それでは、彼らが望むなら、operatore ecologico(環境オペレーター)と呼ぼう。逆説的かもしれないが、もしも弁護士が avvocato と呼ばれることで気を悪くして(avvocato は、avvocaticchio〈藪弁護士〉とか avvocato delle cause perse〈屁理屈をこねる人〉を連想させるからかもしれないので)、operatore legale(法律オペレーター)と呼ばれることを望む日が来たら、この呼び名に従うのが礼にかなうことになる。

弁護士が夢にも自分の呼ばれ方を変えようと思わないのはなぜだろうか(ジャンニ・アニエッリ[*2]が自分のことを「ジャンニ・アニエッリ法律オペレーター」と呼ぶよう求めることを想像できるだろうか)。それは——あまりにも当然の答えだが——弁護士が高い社会的地位を享受し、経済的な豊かさに恵まれているからだ。したがって、問題は、より礼にかなったものの言い方をするというPCの決定によって、未解決の社会問題が隠蔽され、ＰＣが問題回避の一手段になってしまうことがしばしばあり得るということなのだ。車椅子に乗っている人たちを「身体障害者」でも、まして「身体の不自由な人」でもなく、「異なる能力を持つ人」と呼ぶことに決めておきながら、彼らが利用する公共施設にアクセスのためのスロープをつくることをしなければ、それは偽善的に言葉を排除しただけで問題解決になっていないことは明らかだ。同じことは、「失業者」を「無期限に何もしない人」とか、「首になった人」を「キャリア変換の計画的推移中の人」とかに置き換えることにも言える。この問題に関しては、エドアルド・クリザフッリ著『言語の衛生。ポリティカリー・コレクトと言語の自由』(ヴァッレッキ社)を参照していただきたい。この潮流をめぐるすべての矛盾、ポジティヴな面とネガティヴな面を赤裸々にしている本だ。

ここから、なぜあるグループが自分たちの呼び名の変更を求め、しばらくしてから、元の状況が変わらず、さらに新たな呼び名を強く要求するかが分かる。呼び方だけでなく、物事自体が変わらなければ、それは永遠の先送りになるだけなのだ。ときには、逆戻りすることすらある。新しい呼び名を求めるグループが、自分たちの内部では古い呼び名を維持したり、あるいは、挑戦的態度を示すためにそれを再び用いたりする場合だ(ウィキペディアによれば、アフリカ系アメリカ人の若者のギャングの中には、はばかることなく nigger が使われている例があるというが、もちろんメンバー以外の人間が使ったらただではすまない――これはある意味で、ユダヤ人やスコットランド人、クーネオ人[*3]についてのジョークと同じだ。そうしたジョークを語ることが許されるのはユダヤ人、スコットランド人、クーネオ人だけなのだ)。

ときには、PCが潜在的人種差別とすれすれになることもある。今でもよく覚えているが、第二次世界大戦直後、多くのイタリア人はユダヤ人に対してまだ不信感を持っていたが、人種差別主義者と思われたくなかったので、誰それはユダヤ人だと言いたいときに、一瞬戸惑った後、イスラエル人と言っていた。しかし、迫害者が「ユダヤ人」という言葉を侮辱の言葉として使っていたにもかかわらず(そして、ある意味ではそうであったからこそ)、ユダヤ人たちはまさに「ユダヤ人」として認められることを誇りに思っていたことを彼らは知らなかった。

もう一つ困ったケースはレズビアンだった。「政治的に正しい」と思われたい人は、長い間、ホモセクシュアルに対してふだん使用される侮蔑語を使わないのと同様、レズビアンという言葉を口にするのを躊躇して、おそるおそる「サッフォー的女性」と言っていた。やがて同性愛者の間で、男性たちがゲイと呼ばれたがる一方で、女性たちは何のためらいもなく自分のことをレズビアン(この語の文学史的背景も手伝って)と呼んでいることが判明し、それゆえ彼女たちをレズビアンと呼ぶことがまったく正しいことになった。

ときにはPCが大したトラウマも残さず、言語習慣を本当に変えてしまったこともある。一般的な話をする場合、イタリア語では男性形で単数形の名詞や代名詞を用いることが多いが、この頃はそうした習慣を避けて、essi(それら)という代名詞を使うことがますます多くなってきている。多くのアメリカ人教師はもはや“When a student comes to me...”と言わず、複数形で students と言うか(英語と違いイタリア語の studenti は、男性名詞の複数形なので、この頃では戸惑いを引き起こす可能性なきにしもあらずだ)、あるときは he(彼)、あるときは she(彼女)と、交互に使ったりする。また、chairman(議長)の代わりに chairperson、あるいはただの chair を使うことは広く受け入れられるようになった。もっとも、PCをジョークの種にする人が mail man(郵便集配人)を person person に変えるよう提案したことがある。mail(郵便)が male(男性、雄)に聞こえるからだ。

こういった諷刺は、PCがひとたび民主主義的で「リベラル」な運動として地歩を得て、たちまち左翼的(少なくともアメリカの左翼という意味で)な色合いを帯びるようになるや、変質した結果を生み出すことになった実態をふまえている。例えば、mankind(人類)は man(男)で始まるから性差別的で、人類から女を排除しているとされ、humanity(人間、人間性)に取り代えることが決められたが、これは語源についての無知を示していた。humanity もラテン語の mulier(女)ではなく、homo(男、人)から派生しているからだ。また、挑発のためとは言え、これまた語源に対する無知から、フェミニズム運動の一部がhistory(歴史)の代わりに(hisは男性代名詞だから)herstoryを使うべきだと提案したこともあった。

PCは他の国へ輸出されて新たなひねりを生み出した。イタリアで巻き起こった、女性弁護士をavvocatessaとavvocatoのどちらで呼ぶのが丁寧かという論争(未解決だが)のことは誰もが知っているだろう。[*4] また、アメリカの出版物の中で、女性の詩人をpoetessと呼ぶのは真にPCか、それではまるで詩人の妻であるに過ぎないようではないか、という問いかけを見たことがある(この場合も、過去に堆積した習慣が問題になる。イタリアではpoetessa〈女流詩人〉はもはやprofessoressa〈女の先生〉と同様、問題なく受け入れられているからだ。一方、banchieressa〈女性銀行家〉やbanchiera〈女性銀行家〉は滑稽だったり、場合によって侮辱的に聞こえるかもしれない)。

イタリア語で置き換えの難しい典型的な例は、negro(黒人)からnero(黒、黒人)への置き換えだ。アメリカではきわめて含意に富むnegroという語をblackに置き換えることは根本的変更だったが、イタリア語だとnegroからneroへの変更は多少無理があるように感じられる。そもそも、イタリア語のnegroという言葉は過去の多くの文学作品に見られる通り、背景に正当な歴史を持っている。例えば、われわれは皆、学校で読んだイタリア語訳のホメロスの中にnegro vino(黒い葡萄酒)という表現があったことを覚えているし、また、フランス語圏アフリカ出身の作家もnégritude(黒人性)という言葉を用いている。

アメリカではPCの変質が、膨大な数の、じつに愉快なウソのPC辞典を生み出した。それを見ていくと、あるところからは、その言い方が本当に提案されたものなのか、それとも諷刺のために創作されたものなのかが分からなくなる。そこでは、すでに実際に使用されるようになった言い方と並んで、次のようなものまであるのだ。「囚人」の代わりに「社会的に隔離された人」、「カウボーイ」の代わりに「牛管理担当官」、「地震」の代わりに「地質学的修正」、「浮浪者」の代わりに「住居にこだわらない人」、「性的不能者」の代わりに「勃起に関して限界のある人」、「尻軽女」の代わりに「水平方向にアクセス可能な女性」、「禿」の代わりに「毛嚢退化」、さらに白人を指す「メラニン不足者」という表現まである。

ネットを検索するとS.T.U.P.I.D.(ステューピッド)(Scientific and Technical University for Politically Intelligent Development の略)の広報ページが見つかる。それによると、同大学ではキャンパスに五カ国語プラス点字の道路交通標識が設置されており、さらに講座として、オーストラリアの先住民とアリューシャン列島のインディアンが果たした量子力学への貢献についての講座、身長の低さ(つまり「縦方向に不便さを強いられていること」)がニュートンとガリレオとアインシュタインの科学的発見をいかに促したかについての講座、ビッグ・バンという男性中心主義的、射精的メタファーに代わる「やさしい養育(Gentle Nurturing)理論」というフェミニズム宇宙論、すなわち宇宙の誕生はゆっくりとした妊娠によって起こったとする理論についての講座があるという。

さらに、ネット上には「赤頭巾」や「白雪姫」の物語のPCヴァージョンもあり(PC訳者がどうやって「七人の小人」に対処しているかはご想像にまかせよう)、また、「消防夫が木にはしごを掛けて、登って、猫を救った」という文章をいかにPCに翻訳できるかをめぐる長い議論も私は見つけた。「消防夫」を、少なくとも「消防士」にしなければならないという当然のPC原理はさておき、訳文はかなり長くならざるを得ない。なぜならば、消防夫が、今回はたまたま男性だったが女性であっても十分さしつかえなかったこと、行きたい場所に勝手に行く権利を持つ猫の自由に反する行動を消防夫がとったこと、はしごを木に掛けることによって樹木の健康を危険にさらしたこと、猫が飼い主の所有物であることを当然視したこと、さっさと木に登ることによって身体の不自由な人の感情を傷つけたこと、等々を明確にしなければならないからだ。

度を越した表現とそれが生み出したコミカルな結果はさておき、PCは当初から保守派の激しい反動を引き起こした。保守派はPCを左翼の盲信的態度の一つの表れであり、言論の自由を脅かす押し付けと見た。しばしば引き合いに出されるのがオーウェルの「ニュースピーク」[*5]であり、ときには直接的にスターリニズム下の公用言語と引き比べられる。これらの反動はその多くが同じぐらい盲信的だし、また左翼のPCと同じぐらい不寛容な右翼のPCも存在しており、そのことは、イラクのテロ活動を「レジスタンス」と呼ぶ人々に対する右翼の激しい非難を見ただけで分かる。

また、道徳上の判断と法的義務とがしばしば混同されている。同性愛者を「オカマ」と呼ぶことは倫理的に正しくないと発言し、また、もしそのような呼び方をしているのが政府の一大臣〔ミルコ・トレマーリャ〕で、しかも省のレターヘッドの入った紙にそう書いたのならば、これが下品で無作法な振る舞い以外の何ものでもないことを主張することと、このような表現を使う人間は牢屋に入れるべきだと言うこととは別問題なのだ（もちろん、トレマーリャ[*6]がブッティリョーネを「オカマ」と呼んだらその場合は別だ。そのときは、名誉毀損で訴えられて精神的苦痛に対する多大な損害賠償が請求されても当然だ）。トレマーリャの発言の下品さは別として、「環境オペレーター」の代わりに「道路清掃夫」と言った人を数年あるいは数カ月の懲役刑に処する法律は存在しないように思う。それは個人の責任、品格、他人の要望に敬意を払う、という問題なのだ。

しかし、政治的に正しくない表現を使ったことによって、テレビ番組が広告のスポンサーを失ったり、さらに番組自体が中止になったりするケースも、数多く起こっている。また、政治的に正しい言葉のみを使用することに注意を怠った講師が職を追われる大学のスキャンダルも稀ではない。したがって、リベラルと保守が互いに武装して論争の舞台に立っているだけでなく、しばしば論争自体がかなり複雑で入り組んだ境界線に沿って展開されていることが分かる。

しばらく前だが「ロサンゼルス・タイムズ」紙が、編集方針として、pro-life(生命を守る)という表現の代わりに、anti-abortion(中絶反対)を使用すると決めたことがあった。前者は言葉自体にイデオロギー的な判断が含まれているからだ。あるとき、寄稿者の書いた演劇批評の記事を校閲したデスクがpro-lifeという表現を見つけ、まったく別の意味で使われていたのに、それをanti-abortionに変えてしまい、記事の意味をめちゃくちゃにしてしまった。大騒ぎとなり、新聞社はミスを犯したデスクの名前を出して謝罪したが、そこで新たな問題がもちあがった。校閲担当記者のプライヴァシー保護のために、新聞社は名前を公表するべきではなかったからだ。

しかし論点が、とくにアメリカでは、単なる言語的問題(「人が呼ばれたいように呼びなさい」)から、徐々にではあるが、少数グループの権利の問題へと移ってきた。大学によっては、非西洋人の学生たちが自分たちの文化や宗教、自分たちの文学についての講座を求めたところもあるが、当然だろう。しかし、例えばアフリカ人学生が、シェイクスピアについての講座の代わりにアフリカ文学の講座を求めたとすればさほど当然ではない。そのような決定は、もしそれがなされたならば、一見アフリカ系アメリカ人の学生のアイデンティティを守るように見えて、実際は西洋世界で生きていくのに有用な知識を学生から奪うことになる。

学校は学生たちに、彼らが求めるものだけでなく、場合によってはまさに彼らが習いたくないもの、あるいは求めるべきことを知らないものを教えなければならないことが忘れ去られるようになってしまった(このままでは、どこの小学校や中学校ももはやラテン語や数学は教えられず、パソコンのロール・プレイ・ゲームしか教えないことになる——あるいは、猫の本能だからだといって、猫が高速道路上を駆け回ることを消防夫が認めてしまうことになる)。

ここで、話の最後のポイントにたどりつく。最近ますます、人種間・宗教間の相互理解、さらには、対立相手の側の精神や動機を理解する試みを重視する政治的姿勢がPCとされるようになってきた。その最も意味深い例がアメリカのあるテレビ番組に現れた。番組司会者のビル・マーが、九月一一日の同時多発テロ事件を取り上げて、ツインタワーを攻撃したテロリストを「卑怯者」と呼んだブッシュ大統領の発言に異議を唱えたのだ。マーは、「カミカゼ」については何とでも言えるが、勇気に欠けているとだけは言えないと断言した。とんでもない騒ぎとなった。番組の広告収入が激減し、結局番組は打ち切りになった。だが、マー事件は、左から見ても右から見ても、PCとまったく関係がなかった。マーはただ自分の意見を述べただけだった。同時多発テロによる深い傷がまだうずいている視聴者の前で発言すべきではなかったと言って彼を批判することはできただろう。精神的卑怯さと身体的卑怯さの違いを指摘して論ずることはできただろう(実際、そうした人間がいた)。カミカゼはおのれの狂信によって精神が朦朧としていたのだから、あの時点で勇気や恐怖を語ることはできないと言うことはできただろう……。とはいえマーは、たとえ挑発的とはいえ、あくまで自分の意見を述べていたのであって、政治的に正しくない言葉づかいをしていたわけではない。

イタリアでも同様に、パレスチナ人に好感を示してイラクからのイタリア軍撤退を求める人々や、あるいはEU域外からの移民の要求に対してあまりに寛容と見える人々が、政治的に正し過ぎると批判され、からかわれることがある。こうした場合、PCはまったく無関係だ。それはイデオロギー的、政治的立場の問題であって、それに対して異議を唱える権利は誰にでもあるが、言語とはまったく関係がない。保守派陣営がPCに汚名を着せ、「PC的だ!」という非難を、意見の対立する人間を黙らせる格好の道具にしているだけなのだ。こうして、PCは「平和主義」という言葉と同様、「よくない言葉」になってしまった。

お分かりの通り、ややこしい問題だ。少なくとも言葉は、「PC」という言葉も含めて、その言葉が持つ本来の意味に従って使い、その意味に沿って「PC的」でありたければ常識に従ってそれを使うのが政治的に正しいことであるという点について、合意するしかない(ベルルスコーニを「縦方向に不利に立たされ、毛嚢退化を未然に防ごうと頑張っている人」と呼ぶようなことはしないで)。同胞を苦しませる表現を日常の言葉の中から取り除くことは人道的で礼にかなう、という基本原理に従うだけでよいのだ。

［初出］「ラ・レプッブリカ」紙、二〇〇四年一〇月。

＊1　veggente cieco(盲の予言者)の veggente(予言者)は動詞 vedere(見る)から派生した語で、いわば「心で見る人」の意。したがって、veggente と cieco は相反する意味を持っているが、一緒に使うことによって修辞的な効果が生まれる。つまり「目では見えないが心で見る人」のような意味になる。

＊2　イタリアの企業家でフィアット社の社長(一九二一～二〇〇三年)。「弁護士」というあだ名で広く呼ばれていた。

＊3　クーネオはイタリア北西部ピエモンテ州の町。クーネオ人は田舎者で頑固であまり賢くないというイメージがある。

＊4　イタリア語で弁護士を指す avvocato は男性名詞。avvocatessa はそこから派生させた女性名詞形。

＊5　Newspeak. ジョージ・オーウェルの『一九八四年』(一九四八年)で描かれる架空の言語。

＊6　イタリアの政治家(一九二六～二〇一一年)。元ネオファシスト政党「イタリア社会運動」のメンバー。「国民同盟」の議員。当時、「外国に居住するイタリア人のための省」の大臣だった。二〇〇四年一〇月、ロッコ・ブッティリョーネ(旧キリスト教民主党を再建した

政党の党首)がカトリックの立場からホモセクシュアルを宗教的「罪」とする姿勢を表明していたために欧州議会議員に選出されなかったとき、「かわいそうなヨーロッパ。EUはオカマが過半数を占めているのだ」というコメントを省のレターヘッド入りの紙に書いて公表し、野党だけでなく与党内部からも批判を受けた。

私立学校とは何か

かつて作家のピティグリッリ[*1]は、自分が何を考えるべきかを知るために自分の寄稿する新聞の編集長が書く社説を毎朝読んでいると書いた。この考え方について、私は(本紙編集長エツョ・マウロには申し訳ないが)、数少ない場合を除き、同意できない。だが、何を考えるべきかを知るために、われわれ自身がときどき記事を書くことがあるのは確かだ。それは考えを整理するための方法だ。それゆえ、私立学校をめぐるさまざまな論争についての私なりの考えを——今国会で議論されているイタリアのケースとその細かな事情とは関係なく——述べたいと思う。

民主主義の国家においては、私立の教育組織の設立が誰にも許されるか、そしておのおのの家族は自分の子供に最もふさわしいと思う教育方法を選ぶことが許されるか、と人に尋ねてみよう。答えは当然「イエス」に決まっている。そうでないとしたら、それが民主主義と呼べるだろうか。

それでは次に、フェッラーリを購入するために大金を注ぎ込んだ人は時速二〇〇キロで高速道路を走る権利があるか、と尋ねてみよう。大枚を投じた人、そしてフェッラーリ社の社長ルーカ・コルデーロ＝ディ＝モンテゼーモロにはつらいだろうが、答えは「ノー」だ。また、もし私が自分の貯金をはたいて海辺の家を手に入れたとして、私の家の前の浜辺で人が騒いだり、紙くずやコーラの空き缶を捨てたりしたら、その人たちを来ないようにさせる権利が私にあるだろうか。この場合でも答えは「ノー」だ。法によれば国民全体が浜辺の持ち主であり、私は誰もが通れるよう浜辺を空けておかなければならないからだ(私にせいぜいできるのは、警察に通報して汚した人を告発することだ)。

つまり、民主主義においては誰もが自分の自由を行使する権利を持っているが、それは他人の自由に害を及ぼさない限りである、ということだ。人には自殺する権利さえあると私は思うが、とはいえそれは自殺率が無視してよいくらい低率であり続けている限りだ。もし自殺が蔓延することになれば、最終的に社会全体に害を及ぼすことになるその行為を食いとめるために、政府が策を講じるべきだと思う。

こうしたことが私立学校とどんな関係があるのか。アメリカ合衆国の例を見てみよう。アメリカは、国家が、市民に武器を所持する自由も含めて可能な限り広い自由を(とはいえ、あの国でも武器所持の自由は他人の自由を脅かすのではないかと自問し始めている人もいるのだが)保証することしか気にしていない国だ。そこでは自由に、公立学校か私立学校かを決めることができる。私の、世俗的なユダヤ系の友人のある家族は、カトリックのシスターが運営する紛れもなく高い学費の高等学校に自分の娘を通わせていた。その学校は歴史の授業でユリウス・カエサルが誰なのか教えることを保証していたからだ。公立学校だと、せいぜいジョージ・ワシントンまでしか遡らない。その娘はよい高等学校を卒業したので、当然ながらその後ハーヴァード大学に入学できたが、公立高校の子供たちはできなかった。なぜなら、公立高校の教育は、英語のおぼつかないプエルトリコ出身の子供たちのレヴェルに抑える必要があったからだ。

したがって、アメリカ合衆国の状況は次の通りだ。金のある人間は子供によい教育を与えることができるが、金のない人間は子供に半無学状態を強いることになる。言い換えれば、アメリカという国家は自国の国民に均等な機会を提供する能力がない。アメリカの大学が、公立であれ私立であれ、一般に高いレヴェルに達している理由は、大学の良し悪しが市場のチェックにさらされているからであって、多くの公立大学も高レヴェルを保つために最大限の努力をしている。しかし、大学についてはイタリアも、とくに最近大学に自治権が与えられてからは、同じことが言える。国家は、いくつかの私立大学が授与する学位を公認することと、すべての大学教授を任命するための全国審議会を制定することにしか関わらない。そして、ボッコーニ大学[*2]の卒業生なら将来何の心配もいらないし、名声がいささか乏しい私立大学の卒業生の場合は、当人の能力チェックを市場がしたり、あるいは判事や検事になるための採用試験や、教員免許試験がすることになる。

だが、幼稚園と小・中・高等学校の場合は、市場や採用試験のチェックが入らない。程度の低い学校に入った人にはそれが分かることもないし(もし分かれば、その人は教養レヴェルが低くないことになる)、別の人はレヴェルの高い学校に入って、幹部クラスになる。これで本当の民主主義と言えるだろうか。

次のように解決してみよう。国家は民間に小・中・高校教育を行う権利を認め、しかし、すべての国民に平等な経済支援を行うことにするのだ。すると、カトリック信者なら子供たちをスコローピ修道会系[*3]の学校に行かせるだろうし、過激な世俗主義者なら市立の学校に行かせるだろう。民主主義の下では、親が子供の教育を決める権利を持つのだ。しかしここで必要なのは、私立学校が、たとえきわめてすぐれたレヴェルの教育を提供する学校であっても、国家の支援額以上の高い授業料を取らないようにすることだ。さもないと、金持ちで教養の高い親を引きつけるために、学校が何らかの障害をもうけて、家庭でろくにイタリア語も学んでいない移民や失業者の子供が入ってこられないようにするのは明らかだからだ。

私立学校に対して、黒人で教育の遅れている子供を受け入れるように強制することができるだろうか。もし私立学校が、国が正規に支援するこうした生徒のレヴェルに合わせなければならないとしたら、どうしてエリート学校であり続けられるだろう。

たとえ今述べたような民主主義的平等が実現したとしても、何としてもすぐれたレヴェルを維持しようとする私立学校(例えば、ミラーノのレオ一三世校や、後のキャリアが示すようにあまりイデオロギー的な圧力を受けずにピエロ・ファッスィーノ[*4]が通っていたイエズス会運営の学校)がある一方で、「楽な卒業」を専門とするさまざまな傾向の私立学校もあることは周知の通りだ。かつて私の時代には、このような私立学校に対して国家が非常に厳格なチェックを行っていて、国が実施する高校卒業試験[*5]を受ける私立学校の学生たちがいかに厳しい試練をくぐり抜けていたかを私はよく覚えている。このようなチェック体制があるべきだとするならば、高校卒業試験は今日よりも遥かに、少なくとも私の時代と同じぐらい厳しいものにならなければならない。一名を除いてすべて外部の先生が構成する「検定委員会」を設け、高校三年間分の勉強全部を検定の対象にすること、さらに、われわれの世代が生涯忘れないあの悪夢が蘇えることが必要だ。さもなければ、無知な人間——もはやプロレタリア以下の人間しか通わなくなった公立学校出の人間と、金持ちでやる気のない子供が通う詐欺まがいの私立学校出身者からなる——が何世代もあふれかえることにもなりかねない。

それだけでは終わらない。そうしたマイナス面がすべて、裕福でない人間の権利も守る法律の力で解決されて、その結果イタリアで生まれたセネガル出身者の子供が国の経済支援によって入学枠の最も厳しい私立学校にも入学できるようになったと仮定してみよう。そうすると、すべての市民(そしてすべての思想、すべての信仰)は法の前に平等であるという原理に従って、誰もがそれぞれ国家の経済支援を得て、私立学校を設立する権利を有することになる。スコローピ修道会やイエズス会はもちろん、ワルド派[*6]の人たちもそうだ。あるいは世俗主義者の結社が、スィッカルディの名を冠した高校(カヴールやアルディゴーの名でもよい)[*7]を設立し、子供たちに健全な合理主義教育を植え付け、すべての宗教を平等に扱い、コーランや聖書や仏典をそれぞれ少しずつ読ませ、イタリアの歴史を世俗主義の観点から見直す教育を行うかもしれない。あるいは、共産主義再建党が宗教的偏見の批判に基づくフォイエルバッハ式学校を設立したり、フリーメーソンが、自分たちの結社の精神的、道徳的原理を子供たちに植え付ける「ヒラム高校」[*8]のたぐいを開くかもしれない。どのみち、金を出すのは国だから、こうした「企業」も(場合によってはスポンサーのバックアップも手伝って)、黒字に転換するかもしれない。

また、シュタイナー学校があるのだから、それと同じように、文鮮明やミリンゴ師[*9]が自分たちの高等学校を設立するというときに、それを禁ずることができるだろうか(われわれは民主主義の国にいるのだ)。あるいは、イスラム教の中・高等学校を禁じたり、南アメリカの宗教信者に対してアフリカ＝ブラジル混淆主義の原理を伝える「オシャラ[*10]

高校」を設立するのを禁じたりすることができるだろうか。そうした学校の設立に対して、誰が抗議できるだろうか。国家の主権の回復を政府に求めるヴァチカンだろうか。しかし、それではスタート・ラインに逆戻りだ。さらに国家による認可チェックの体制が実現できたとしても、もしも国語や歴史や地理の規定時間数を守っていたとすれば、宗教に対する全面的な懐疑主義を生徒に植え付ける学校や、コーランに基づく徹底的な原理主義を生徒に伝える学校の認可を取り消すことができるだろうか。

そこに生まれてくるのは、民族やイデオロギーによってそれぞれに区別された国民からなる国だ。それぞれのグループが独自の教育を持ち、互いに相容れることがない。これでは健全な多文化主義とは程遠い解決だ。多文化主義の社会は、市民が差異を無視するようにではなく、差異を知り、認め、受け入れるように教育しなければならないのだ。

教育の自由が絶対とされる国の例を挙げた人もいる。しかし、その正反対の例としてフランスが挙げられる。フランスでは、高級官僚になりたければ、ENA(フランス国立行政学院)かパリのユルム通りの高等師範学校に入学しなければならないし、高等師範学校に入りたければ、ルイ＝ル＝グラン高校や、デカルト高校やアンリ四世高校などのすぐれた国立高等学校を卒業しなければならない。そのような高等学校では、国家は、フランス人が「共和国」と呼ぶもの、すなわちアルジェ生まれの少年もノルマンディ生まれの少年もまったく平等——少なくとも理屈の上では——とする知識と価値観の総体を教え込むことに専念する。この「共和国」のイデオロギーは厳格すぎるかもしれないが、しかし、かといってそれを、カトリック教徒はカトリック教徒の学校へ、プロテスタントはプロテスタントの学校へ、イスラム教徒はイスラム教徒の学校へ、無神論者は無神論者の学校へ、エホヴァの証人はエホヴァの証人の学校へ、というような正反対のやり方によって修正することはできない。

わが国の憲法が規定するままでは、いくらかの不公平が残ることを認めざるを得ない。金持ちは子供を、たとえ外国であれ好きな学校へ行かせ続けるだろうし(最もバカな金持ちの中にはアメリカのハイスクールに行かせる者もいるかもしれない)、貧乏人は相変わらず、皆が行く学校に頼らざるを得ない。だが、より大きな不公平を避けるために多少の不公平を、それが我慢できる程度であるなら我慢すること、これも民主主義なのだ。

以上が、親は子供を好きな学校へ行かせることができなければならないという、それ自体は当然で痛みをともなわない主張から生まれてくるいくつかの問題だ。これらの問題に正面から向き合わない限り、論争はカトリック原理主義者と聖職者嫌いの世俗主義者との、醜い復讐合戦にしかなりようがなく、そうなれば明らかに不幸なことでしかない。

［初出］「ラ・レプッブリカ」紙、二〇〇一年八月。

＊1　イタリアの作家(本名ディーノ・セーグレ。一八九三〜一九七五年)。諷刺的な作品が多い。

＊2　企業経営関係の講座を中心としたイタリアのトップ私立大学。世界的にも大学ランキングの上位一〇位内に入る。

＊3　scolopi. エスコラピオス修道会のこと。一五九七年、聖ジュゼッペ・カラサンツョがローマ郊外に子供たちのための西欧で最初の無月謝の学校を開いたことに始まり、のち修道会として認可された。

＊4　イタリアの政治家(一九四九年〜　)。社会主義思想の強い家庭で育ち、二〇代で共産党に入党した。イタリア民主党の重要なメンバーの一人。

＊5　イタリアでは特殊な大学を除いて入学試験がないかわりに、国家試験として「高校卒業試験」がある。かつてはイタリア各地から集められた各教科の教師たちによって構成される外部試験委員会があり(当該学校からは教師一人のみが参加)、試験の対象も高校三年間分すべてだった。その後制度が緩められて、現在は試験委員会が当該高校の教師たちによって構成され、試験対象も高校三年目の内容のみとなった。現行の制度は甘すぎるとの批判が各方面から出されている。

＊6　中世ヨーロッパで生まれたキリスト教の教派の一つ。異端として扱われたが、宗教改革以後プロテスタントの一派として認められ、現在もイタリアなどに組織がある。

＊7　スィッカルディは、サルデーニャ王国の政治家(一八〇二〜五七年)。教会が有していた

さまざまな権利を廃止する法律を成立させた。カヴールは、一〇ページの訳注＊11を参照。アルディゴーは実証主義の哲学者、心理学者、教育学者（一八二八～一九二〇年）。エーコはこの三人を一九世紀半ばのイタリアの反教権主義、世俗主義の代表者として挙げている。

＊8　ヒラムは、旧約聖書に登場する都市ティルスの王（「サムエル記下」）。また、同じ名前の青銅職人がティルスから派遣されソロモンの神殿建築に貢献したという（「列王記上」）。フリーメーソンでは、青銅職人ヒラムは神殿建築を指揮した「親方」とされている。

＊9　文鮮明（一九二〇～二〇一二年）は、韓国の宗教家で「統一教会」の創立者。ミリンゴ師（一九三〇年～　）は、ザンビアのカトリック神父だったが悪魔払い師となり、二〇〇六年に教会から破門された。

＊10　ブラジルの民間信仰の一つカンドンブレの太陽神。

科学、技術、魔術

われわれは、アイザイア・バーリン[*1]が起点を特定した上で「理性の時代」と名づけた時代を生きていると思っている。中世の暗闇が終わり、ルネッサンスの批判的思考と科学的思考が始まり、今日では科学が支配する時代に生きていると考えているのだ。

しかし、実を言えば、今や科学的思考が絶対的に支配するというこの見方、詩人カルドゥッチ[*2]が「悪魔への賛歌」で少々無邪気に、一八四八年の『共産党宣言』がもっと批判的にその到来を告げたこの見方は、科学者自身というよりも、反動主義者、精神主義者、「過ぎ去った時代を称える人々（ラウダトレス・テンポリス・アクティ）」によって唱えられているのだ。ほとんどSF的なタッチで、他の価値観を忘れ、科学的真理と技術の力のみを基盤とする世界を描いているのは後者であって、前者ではないのだ。科学を敵とする人々の考えの中で、未だに科学が支配する時代の雛型となっているのは、カルドゥッチが「悪魔への賛歌」で高らかに提示していたものである。

聖水盤を捨てよ――司祭よ、そしてあなたの尺度を！
そうだ、司祭よ、悪魔は――逆戻りしない！……
ようこそ悪魔よ、ようこそ反乱よ――ようこそ勝利をもたらす理性の力よ！
（……）
賛美の言葉や供物は――あなたにあれ！
あなたは司祭たちの神を――打ち負かした。

一八六三年に書かれたこの詩を注意深く読むと、その中で悪魔を代表して宗教的思想の支配と闘っているヒーローとして、魔女や錬金術者、フスからサヴォナローラやルターまで偉大な異端者や改革者が挙げられていることが分かる。しかし、科学者は一人も挙げられていない。反聖職主義者で共和主義支持者だったカルドゥッチの心を震えさせたはずのイタリア人ガリレオでさえも。近代になると、信仰に対する理性の勝利を象徴するヒーローとなるのは汽車だ。

美しくも恐ろしい――怪物が驀進する
大洋を走り――地上を走る。
輝きを放ち煙を立てる――まるで火山のよう、

山々を越え——平原を貪り食う。
深淵を飛び越え——そして隠れる
未知の洞窟に——深い道に。
そして飛び出て、御し難いまま——岸から岸へ
竜巻のように——その叫び声を放つ。

つまり、古典を愛していたものの、まだロマン主義的な激情に動かされていたカルドゥッチにとっても、理性の勝利の象徴となるのは科学の理念ではなく技術の産物なのだ。したがって、こういったことにおいてまず区別する必要があるのは、科学と技術の区別だ。

今日、人は技術に期待を抱くばかりか、すべてを要求しており、破壊的技術と生産的技術を区別しない。パソコンでスター・ウォーズ・ゲームにふけり、エウスタキオ管の自然な付属物のように携帯電話を使い、インターネットでチャットする子供は、技術の世界の中に生きていて、別の世界があり得たこと、コンピューターはおろか電話すらもなかった世界があり得たことなど想像もしない。

しかし、科学の場合は事情が違う。マスメディアは科学の姿を技術と混同していて、この混同を読者に伝達する。実際、読者は、科学の本来の次元が何であるか——技術は

もちろん科学の応用であり結果であるが、決してその第一の本質ではない――を知らず、技術的なものがすべて科学的と思い込んでしまうのだ。

技術はすべてを即座に与えてくれるが、科学はゆっくり歩む。

ポール・ヴィリリオ[*3]は、われわれの時代はスピードに支配されていると説く(私なら、催眠状態に置かれていると言いたいところだ)。たしかに、われわれはスピードの時代に生きている。そのことは百年も昔に未来主義者がすでに理解していた。われわれは今では、コンコルドでたった三時間半でヨーロッパからニューヨークに飛ぶことに慣れているし、時差ボケに悩まされてさまざまなメラトニン・ベースの薬を飲むのも、まさにスピードの中に生きていることの結果だ。それだけではない。スピードに慣れた結果、メールがすぐにダウンロードされなかったり、飛行機が遅れたりするとイライラする。しかし、スピードへのこの「中毒」は科学への慣れとまったく関係がない。むしろ、人間がいつまでも魔術に助けを求めていることと関係があるのだ。

魔術とは何であったか。何百年かにわたって何であり続け、そして偽装された形ではあるが、今日なお何であるのか。それは、中間段階を踏まないで即座に、電気がショートするように、原因から結果へといたることができると想定することだ。敵の人形に針を刺すと敵が死ぬ。呪文を唱えると鉄が黄金に変容する。天使を呼び出し、天使を媒介にメッセージを送る。一五世紀のベネディクト会修道院長トリテミウス[*4]は、現代の暗号法の先駆者だった。彼は秘密の暗号を統治者や軍の隊長たちに教える目的でつくりだしたが、しかし、自分の発見や考案した方程式(今日なら、コンピューターで簡単につくれるが、当時にしてはなかなか非凡なもの)を魅力たっぷりなものに思わせるために、自分の技法は実は魔術的な技によるものにほかならないと言って、その技によって天使を呼び出し、天使が一瞬のうちに遠くの地まで、しかも秘密を保持しながらメッセージを送るのだと説明した。

魔術は原因と結果の長い連鎖を無視し、とりわけ、何度も何度も試行を重ねて原因と結果の間に再現可能な関係があるかどうかを確かめるということを気にしない。原始文化に始まってわれらが明るいルネッサンスまで、さらにその後、インターネットに蔓延する数限りないオカルト的セクトまで、魔術の持つ魅力はここに起因する。

実験科学の出現によっても、魔術に対する信頼、希望は消えなかった。原因と結果の同時性への渇望は、科学の自然な娘に見える技術へと移った。ペンタゴンの初期のコンピューター、そして一部屋を埋め尽くすほど大きかったオリヴェッティ社のコンピューター「エレア」――その巨大な怪物に映画『戦場にかける橋』のメロディを出させるまでにオリヴェッティ社のプログラマーは何カ月もの時を要したと言われるが、彼らはそのことをとても自慢にしていた――から、何でも一瞬で起こる今日の目の前にあるパソコンにいたるまでの道がどれほど険しかったことか！　技術は、原因と結果の連鎖を見えなくするためなら何でもやるのだ。

コンピューターの初期の利用者は、ベーシックを使ってプログラミングをした。ベーシックは機械言語ではなかったが、その神秘をうかがわせていた(パソコンの初期の利用者だったわれわれは機械言語を知らなかったが、チップにある経路をたどらせようとすれば二進数コードを使ってひどく厄介な指示を打ち込まなければならないことを知っていた)。ウィンドウズはベーシックによるプログラミングも覆い隠してしまった。クリックするだけで一瞬のうちにページが現れたり、遠くにいる知人と繋がったり、天文学的な計算結果を得られたりするのだが、その裏に何があるかが分からなくなった(それでもある)[*5]。利用者はコンピューター技術を魔術として経験しているのだ。

今の時代に、このような魔術的メンタリティが生き残っているのは奇妙に見えるかもしれないが、まわりを見渡せば、それはどこにでも誇らしげに現れている。今日では、数々の悪魔的なオカルト・セクトが復活しており、一昔前なら文化人類学者がブラジルの貧困街(ファヴェーラ)にわざわざ調査に行き、今ならミリンゴ師[*6]がサルヴァドール・デ・バイーア[*7]などころかローマで行う(少なくとも行っていた)混淆主義的儀式が蘇っている。伝統宗教でさえ、こうした儀式の大成功を前に脅えて、妥協をはかるために大衆に三位一体の神秘(神学論争は、基準は異なるものの、科学の方法論に似ている。少なくとも緻密な論理に従って一歩一歩進められるのだから)の話をするのを避けて、奇跡の瞬時の効用を提示する方が都合がよいと思っている。

神学はかつても今も、三位一体の神秘をわれわれに語るが、その論述は昔も今も、その神秘をいかに解釈すべきか、あるいはそれがいかに人間の理解力を超えているかを証明しようとするものだ。それに反して、奇跡という考え方は、超自然的なもの、聖なるもの、神的なものの顕現、あるいはそれがカリスマ的な声によって啓示されることをわれわれに示し、その啓示の声に(骨の折れる神学の演繹的推論の方にではなく)従うように大衆は指導されるのだ。

ときにマスメディアを通して科学の姿が漏れうかがえることがあるが、その姿は――残念ながら――魔術的な側面に限られている。そしてそれが漏れるとすれば、それは科学が奇跡的な技術を約束してくれるときなのだ。

ときによって、科学者とマスメディアとの間に「悪の密約（パクトゥム・スケレリス）」があって、科学者が目下進行中の研究を明かす誘惑に逆らえなかったり、あるいは明かすことを自分の義務と思ったりすることがある(資金集めのためという場合もある)。だが、そうするとたちまちそれが発見として報じられ、成果がまだ皿に載せて差し出されるような状態ではないことが分かった途端に失望が広がる。

紛れもなく時期尚早だった常温核融合の発表から、たえまなく報じられるガンの特効薬まで、そのさまざまな事例は周知の通りだ。ガンの治療をめぐるディ＝ベッラ事件[*8]は即座に結果が得られることへの魔術的信頼の勝利を示すものだった。

科学の研究は、仮説、確認実験、反証による検証から成り立つことを大衆に分からせるのは困難だ。正統な医療と代替医療の論争の焦点は、次の点にある。「代替医療がすでに結果を差し出しているように見えるのに、大衆はなぜ科学が約束する遠い将来の結果を信じなければならないのか」。

最近、ＣＩＣＡＰ[*9]の雑誌に載った記事で、ガラッティーニ[*10]は、薬を服用して短期間で病気が治ったからといって、その薬が効いた証拠にはならないと警告した。治った理由は他にも二つあり得るからだ。一つは、病気が自然に鎮静化し、薬は単なるプラシーボ（偽薬）の役割しか果たさなかったというもの。もう一つは、何と鎮静化はもっと早く起こるはずだったのに、薬が逆にそれを遅らせていたというものだ。だが、この二つの可能性の存在を一般大衆に分からせようとしてみるといい。不信の反応が返ってくるに違いない。なぜなら、魔術に魅せられた精神はたった一つのプロセス、すなわち推定された原因が直ちに期待された結果に繋がる連戦連勝のショート・カットしか見ないからだ。

ここまでくれば、研究費のカットが報道されても世論が冷淡なことがあり得るのも――実際そのような事態になっているが――驚くことはあるまい。もしも病院が閉鎖されたり、薬の値段が上がったりすれば世論は動揺するだろうが、科学研究が長くて費用のかかるものであることについては無関心なのだ。せいぜい、研究費のカットによってアメリカへ移住する原子科学者が出てくるかもしれない(いずれにせよ原子爆弾を持っているのはアメリカだ)と考えるくらいで、こうしたカットこそがインフルエンザに対するより効果的な薬の発見や電気自動車の実用化を遅らせることになることに気がつかず、研究費のカットと先天性心疾患やポリオに苦しむ子供とを関連づけて考えることをしない。なぜなら、原因と結果の連鎖が長い上に、直接的でなく、魔術的行為と違って瞬間的でないからだ。

テレビドラマ『ER 緊急救命室』の中でご覧になってはいないだろうか。ドクター・グリーンが長蛇の列の患者に向かって、インフルエンザにすでにかかっている患者には抗生物質は効かないので投与しないと告げるシーンがあった。たちまち蜂起のような騒ぎが巻き起こり、人種差別だという非難すら飛び交う。患者は抗生物質と治癒の関係を魔術的に見ており、マスメディアも抗生物質が病気を治すと大衆に告げてきた。すべてはそのショート・カットに還元されてしまう。抗生物質の錠剤は技術の産物であり、それゆえすぐに認識できる。それに対して、インフルエンザの原因と治療に関する研究は大学という遠い存在の中で行われている仕事であり、認識が難しい。

私は人を不安にさせ失望させるシナリオを描いたが、その理由は、一つには政府の人間自身が(まさにホワイトハウスでそうだったように、彼らはときには魔術師や占星術師に相談する）、研究者のようにではなく、普通の人のように考えることがよくあるからだ。目の前にある実態に基づいているのでこのシナリオを描けたが、その対策を見出すことは私にはできない。

マスメディアに対して、魔術にとらわれたメンタリティを捨てるように要求しても無駄だ。なぜなら、いわゆる視聴率や部数の論理というものに縛られているだけでなく、マスメディアが日々付与せざるを得ない原因＝結果の関係は、本質的に魔術的なそれだからだ。たしかに、真面目に科学を広めようとした人は昔もいたし今もいる。中でも最近他界した友人ジョヴァンニ＝マリーア・パーチェ[*11]をここで偲びたい。しかしそうした場合でも、記事の内容よりもつねに見出し（センセーショナルになることが避けられない）の方が優先され、そうすると、どんなインフルエンザでも治せるワクチンの研究が着手されようとしているという記事の内容が、たとえ慎重な書き方をされていても不可避的に、インフルエンザがついに撲滅されたという（科学によってか？　いや、そうではない。新しい錠剤を市場に提供する輝かしい技術によってだ）、勝利の報道に映ってしまうのだ。

さて、日々マスメディアが求めてやまない「魔術の約束」の要求に対して、科学者はどのように振る舞うべきだろうか。もちろん慎重に振る舞うべき、ということだが、それではここまで語ったことから分かるように、あまり役に立たない。かといって、科学に関するすべてのニュースに報道管制（ブラックアウト）をかけるわけにもいかない。科学研究はその性質上、公的なものだからだ。

私は、学校の机へと戻らなければならないのだと思う。科学的手順とはどのようなものであるのかを若者が正しく理解するようにゆっくりと教育するということは、学校そして学校に代わり得るすべての活動や企画――信頼できるインターネット・サイトも含めて――の義務だ。そして最も困難な任務だ。なぜなら、学校が教える知識も、往々にして魔術的な出来事の連続として記憶の中に沈殿していくからだ。ある晩、帰宅したキュリー夫人が一枚の紙の上に残された染みを見て放射能を発見する。フレミング博士が何気なくカビに目を向けてペニシリンを発見する。揺れているランプを見たガリレオが、どうやらいっぺんに地球が回ることも含めてすべてを発見する。そして、われわれはガリレオの伝説的な「苦難」に思いを馳せて、地球がどんな曲線を描いて回っているかは彼でさえ発見しなかったことを忘れてしまう。未だに多くの教科書や本には（立派なものも含めて）、コロンブス以前に人は地球は平らだと信じていたと書かれているが、これは歴史的誤りであって、地球が丸いことはすでに古代ギリシャ人も知っていたし、また、コロンブスの旅に反対したサラマンカ[*12]の知識人たちも、たんに地球の実際の大きさに関してコロンブスよりも正確な計算を行っていたからそれに反対したのであって、地球が丸いことは知っていたのだ。これではどのようにして、科学に関する正しい情報を学校に期待できようか。

それでも知識人の使命の一つは、厳密な科学研究にとどまらず、啓蒙精神に従って知識を普及させることにある。周知のように、他国に比してわが国では、科学者は普及活動をあまり名誉なことと考えない。ところが、アインシュタインもハイゼンベルクも、そしてついこの間永遠に旅立った友人スティーヴン・ジェイ・グールドも、科学の普及活動の大家だった。魔術的でない科学像を打ち立てたいのならば、マスメディアに期待を抱いても無駄だ。科学者自身が、若い人たちからスタートして人々の共通認識の中にそれを少しずつ構築していかなければならないのだ。

今日の私のスピーチの挑発的な結論はこうだ。科学者が今日享受しているとされる名声は偽りの根拠の上に成り立っており、それはいずれにせよ、多くの人々の心を未だに魅了している魔術の二つの形態——伝統的な形態と現代技術の形態——の影響によって汚染されている。

偽りの約束と裏切られた希望という悪循環から脱け出さない限り、科学が歩まなければならない道はなおいっそう険しくなるに違いない。

初期中世のセビーリャのイシドルス*13は、今では笑ってしまうような滑稽な語源（例えば、ラテン語 lucus〈聖なる森、密林〉は non lucendo〈光が通らない〉から、cadaver〈死体〉は caro data vermibus〈蛆虫に与えた、食われた、肉〉の頭の音節から、などのような)の書物を著した傑出したお人好しとして歴史に残る人物だが、それでもエラトステネスの時代から伝わる不正確なデータに基づくとはいえ、赤道の長さをほぼ正確な、しかもはっきり空想的でない方法で算出していた。しかし、そのイシドルスのまわりには一角獣や森の怪物がさまよっていたのであり、さらに知識人は地球が丸いと知っていたとはいえ、芸術家は——さまざまな理解できる理由によって——地球を、一般人だけでなく君主たちにも、真ん中にエルサレムがある丸くて平らな円盤として描き出したり、あるいは象徴的な理由や投影上便利なことから、完全に平らな形で示したりした(今日のデ＝アゴスティーニ[*14]の世界地図と同じだ)。しかしそれだけで、大半の人々に地球の本来の形がどんなものかを分からなくさせてしまうのに十分だった。

というわけで、啓蒙の世紀が続いた後、われわれは未だにイシドルスと同じ時代にいる。新聞は科学会議についてこれからも報じるだろうが、そこから現れてくるイメージが不可避的に魔術的であることに変わりはないだろう。

われわれはこのことに驚くべきなのだろうか。われわれは未だに手におえない原理主義や狂信に引きずられて、暗黒時代と同様、殺し合ったり十字軍を宣言したりしている。世界で飢えやエイズで死にかけている人が無数にいる一方で、われわれのテレビは自分たちの国を桃源郷のように(魔術の力で)描写し、そのイメージに魅了された多くの絶望した人間が、まるで黄金郷(エル・ドラド)を求めたかつての航海者たちのように、わが国の浜辺に押しよせ、大都市の荒廃した郊外に走り去る。そんな状況なのに、純真な人が、科学とはどのようなものであるかを未だに知らず、それをルネッサンスの魔術と混同したり、あるいは理由は知らないが市内電話と変わらない料金で、しかも電光のような速さで、オーストラリアに愛の告白メッセージが送れることと混同したりする、という実態を否定できるだろうか。

皆がそれぞれの分野において仕事をし続けていくためには、われわれがどのような世界に生きているかを知り、その帰結を引き出して、蛇のように狡猾になり、鳩のように純粋にはならず、せめてペリカンのように寛大になり、その上であなた方のことをまったく知らない人々におのれの一部を差しだすための新しい方法を編み出すことが有益だ。

いずれにせよ科学者は、科学者のことを真理の源泉であるがごとく敬う人々のことを信用しない方がよいだろう。彼らは科学者を魔術師と思っているが、目に見える効果をすぐに出さないと科学者はペテン師と見なされ、一方、検証できなくても人を沸かせる効果を生み出す女魔術師たちはテレビのトーク・ショーで敬意を表されることになる。だから、科学者はトーク・ショーに近づいてはならない。さもなければ、彼女たちと同一視されることになる。

最後に、今イタリアの政界・司法界で話題のモットー[*15]を使わせていただこう。「抵抗すべきだ、抵抗すべきだ、抵抗し続けるべきだ！」。それでは皆さん、よいお仕事を！

［初出］　二〇〇二年一一月、科学情報をテーマにしてローマで行われた「国際科学会議」（座長ウンベルト・ヴェロネーズィ）での講演。後に「ラ・レプッブリカ」紙に掲載。

＊1　イギリスの政治思想史家、政治哲学者（一九〇九～九七年）。
＊2　イタリアの詩人、文学史家（一八三五～一九〇七年）。イタリアで最初のノーベル賞受賞者。
＊3　フランスの思想家（一九三二～二〇一八年）。
＊4　ドイツの人文学者、聖職者（一四六二～一五一六年）。著書『ステガノグラフィア』は暗号法についての先駆的著作とされる。
＊5　Eppure ci sta. エーコはここでガリレオの言葉「それでも（地球は）動く（Eppure si muove）」をもじっている。
＊6　一九三ページの訳注＊9を参照。
＊7　ブラジル北東部バイーア州の州都。古い歴史を持ち、アフリカ文化の影響が強い。
＊8　一九九七年、イタリアの生理学者ルイージ・ディ＝ベッラ（一九一二～二〇〇三年）が発表した代替的な方法によるガン治療法がマスコミによって大きく取り上げられ、多数のガン患者が彼の研究所に押し寄せる事態にいたった事件。政府がその治療法を検証する専門委員会を設立したが、有効性は認知されなかった。
＊9　「超自然現象についての主張を検証するイタリア委員会（Comitato Italiano per il Control-

lo delle Affermazioni sul Paranormale)」の略称。一九八九年にイタリアの科学者や知識人によって設立された。二〇一三年に改称され Comitato Italiano per il Controllo delle Affermazioni sulla Pseudoscienza(偽りの科学の主張を検証するイタリア委員会)となった。三六一ページのエッセイ「超能力者を信じる」も参照。

＊10　イタリアの薬理学者(一九二八年〜　)。ＣＩＣＡＰの設立メンバーの一人。

＊11　イタリアの医学者(一九三八〜二〇〇二年)。多くの新聞・雑誌に科学(とくに医学)に関する記事・エッセイを著した。

＊12　スペイン西部の都市。コロンブスはサラマンカ大学の地理学者を前に自分の計画について熱弁をふるったが受け入れられなかった。

＊13　セビーリャ司教(五七〇頃〜六三六年)。著書『語源』は古典古代の知識の集大成。

＊14　イタリアの大手出版社。地理を中心に、教科書や学校関係の出版物で知られる。

＊15　二〇〇二年の司法年度開始祝賀会議で、ミラーノの検察庁長官が、司法界を非難し続けるベルルスコーニ政権に対してこのようなセリフで挨拶を始め、論議を呼んだ。

Ⅱ　グレート・ゲームへの逆戻り

ワトソンとアラビアのロレンスとの間で

この話はどこかで聞いたことがある

アメリカとイギリスの軍事当局がアフガニスタンでの出来事に関するニュースをあまり漏れないようにしているのは当然かもしれないが、注意深く新聞を読めば十分だ。例えばこれから話そうとすることも、去る九月二〇日付の「ラ・スタンパ」紙が取り上げていて、それは軍事作戦の舞台がカンダハル周辺に移るかなり前だった。

さて、私がお話ししたい人物は、アフガニスタンへのイギリス派遣軍に軍医士官として、選りすぐりの部隊であるあの第五ノーサンバーランド・フュージリア連隊に入隊する。しかしその後、ローヤル・バークシャー連隊に転属となり、その一員としてカンダハルの北西、ほぼムンダバッドの近辺で、残酷なアフガン兵と衝突することになる。そこで情報収集に関わるアクシデントが起こる。イギリス軍は当初、アフガン兵は思ったほど武装されていないし、携えている武器は旧式で劣悪という情報を入手する。イギリス軍は攻撃するが、クシュク・イ・ナクッド峠で部隊の少なくとも四〇パーセントがアフガン兵に殺戮される(アフガンという国の峠はきわめて危険な場所で、また記者によってしばしば報じられているように、アフガン人は敵の兵を捕虜にすることを普通しない)。

わが軍医は、時代遅れだが殺傷力のあるジェザイル銃の弾丸に肩を撃たれる。弾丸は肩の骨を砕き、鎖骨下動脈を破ったが、死ぬはずのところを勇敢な従卒兵に助けられる。回復しつつロンドンへ戻るが、この悲劇的な事件がどれだけ人々の記憶に残っていたかは、次の小さな出来事から分かる。

彼はある人物と出会い、その後その人物と同居することになるが、彼から「アフガニスタンにいらしたことがあるようですね」と言われる。後に、どうやってそのことが分かったか尋ねられたその人物は、次のように考えたとわが軍医に答える。「この男は何となく医者にも見えるし、軍人にも見える。熱帯地域から帰ってきている。なぜならば、顔はかなり浅黒いが、手首の肌は白いので、あの顔色は彼のふだんの顔色ではない。さまざまな物不足や栄養失調に耐え、病気もした。それは、あの痩せこけた顔が証明している。その上に左腕に怪我をした。左腕が曲げにくそうで、不自然な形で動かしている。熱帯地域のどの国でイギリス軍の軍医が大変な苦労と物不足を強いられただろうか。当然、アフガニスタンだ」。

この会話の交わされる場所はベイカー街で、その軍医はワトソン医師、話し相手はシャーロック・ホームズだ。ワトソンはマイワンドの戦いで一八八〇年七月二七日に負傷した。ロンドンでその事件を「ザ・グラフィック」紙が八月七日に報じている(当時はニュースが届くまで時間がかかった)。その話をわれわれは『緋色の研究』の初めの方の章でうかがい知ることができる。

アフガンの体験はワトソン氏に深い刻印を残した。短編「ボスコム渓谷の惨劇」の中で、彼はアフガンの経験から機敏で疲れの知らない旅人になることを学んだと言っている。しかし、『四人の署名』では、ホームズがワトソンにコカイン(七パーセントの溶液)を勧めるときに、ワトソンはアフガン遠征の後自分の体はもはや新しい体験には耐えられないと宣言するし、その少し後に、気温が変わるたびに痛くなっていた腕の怪我を座って治療する習慣があったことを回想する。「マスグレーヴ家の儀式」では、アフガン遠征がどれだけ深い痕跡を残したかについて考察している。

実を言うとワトソンは、できることならつねにあのアフガン遠征について語り続けたいのだが、たいていの人は彼に耳を貸さない。やっとのことで(「ライゲートの大地主」で)ワトソンは、戦友ヘイター大佐を訪問するようにホームズを納得させることに成功する。「海軍条約事件」では、自分のアフガニスタンでの冒険に関して、フェルプスなる悲しげで神経質な人物の興味を引き出そうとするが、その努力は空しく終わる。『四人の署名』では、ミス・モースタンという女性にあの戦争のことを一所懸命語ろうとするが、たった一回だけ彼女の好奇心を引き出すことに成功する。退役軍人は、とくに負傷している場合、退屈の種となる人間なのだ。

しかしアフガニスタンの思い出はつねに鮮明だ。「空き家の冒険」では、ホームズの宿敵モリアーティに関する会話の中で、カブールで兵役を務めた「ロンドンで二番目に危険な人物」モーラン大佐なる人物の記録カードが浮上するし、また、「背の曲がった男」の中にもアフガン戦争の匂いがうかがえる。

やっと「ボール箱」と「入院患者」の両方において、ホームズは、間違って「演繹法(ディダクション)」と呼んでいるが(パースが説明しているように「アブダクション」が正しい[1])、傑作とでも言うべき考察を行う。

静かに自分たちの下宿で座っているときに、ホームズがいきなり言い出す。「ワトソン君、君は正しい。それは、争いを解決するための最もばかげた方法だとぼくは思う」。うわの空で自分の考えを追っているワトソンだが、どうやってホームズは自分の考えを当てることができたのだろうかと自問する。部屋の何カ所かに目を向けていたワトソンの動きをキャッチして、ホームズは友人の考えの流れを正確に再現することができたのだ。そして、友人ワトソンがさまざまな悲惨な戦争の出来事を考えていることを察知し、彼が昔の傷跡に手を触れたのを見て、ワトソンが戦争は国際問題を解決するための最も不合理的な方法だと悲しげに考えていることを推察したのだ。
簡単なことだよ、ワトソン君。なぜブレアがこんな些細なことをブッシュに知らせなかったのか、解明できない不思議なことだ。

［初出］「レスプレッソ」誌、二〇〇一年一二月。

（1） *Il segno dei tre*, a cura di U. Eco e T. A. Sebeok. Milano: Bompiani 1983 参照。

まず資料をそろえる

日本に関する最も魅惑的な本の一冊は、ルース・ベネディクトの『菊と刀』だ。この本が出版されたのは一九四六年、したがって戦争の終結後のことだが、まだ戦火の真っ只中にあった一九四四年にアメリカ軍の情報機関から依頼された調査研究を再編成したものだった。その目的は明らかだ。当時は、著者自身が序文で述べているように、戦争を終わらせ、さらに(すべてがうまく運べば)その頃アメリカ人がわずかしか知らなかった文明を相手に長期間の占領を行わなければならない状況だったのだ。アメリカ人は自らが直面しているのは軍事的に鍛えられ、技術的に整ったが、西洋文化の伝統に属していない国家であることだけは感じていた。日本人とは何者なのか、また「もしもわれわれが日本人の立場に立ったとしたらどのように振る舞うかではなく、日本人ならどのように振る舞うか」を理解するよう注意を払いつつ、彼らに対してどのように振る舞うことが必要だろうか。日本へ行くことができないまま、過去の文化人類学の書物を読み、日本文学や映画に接し、とりわけ日系アメリカ人の協力を活用することで、ルース・ベネディクトは魅力的な縮図を描くことに成功した。彼女はすべてを正しく理解しなかったかもしれないが、当時の日本人がどのように考え行動するのかを、「嫌悪も好意も持たずに」理解するようにさせることに貢献したのは確かだ。

言い伝えによると、最初の原子爆弾をどこに落とすかを決定する際、軍司令部は京都を考えたようだ。もしそうだとすると、これは彼らがルース・ベネディクトの本を読んでいなかった証拠だ。なぜなら、京都に落とすことはローマを占領するためにヴァチカンに原爆を落とすことと同じだからだ。しかし実際、京都に原爆は落とされなかった、つまり、司令部の高官のうちの誰かはこの本を読んでいたのだ。広島と長崎に原爆を落とすことが日本人に気に入られる卓抜な方法だったとは言わないが、その後の歴史が実証したように、たしかに終戦後の関係は賢いやり方で方向性が決定づけられた。

ローズヴェルトやトルーマンの時代のアメリカとブッシュのアメリカが異なることは理解できる。しかしイラクへの圧力は、文化人類学の綿密でかつ包括的な研究に先立たれたものだったのだろうか。もちろん、ハーヴァード大学の図書館へ行くとか、アメリカのさまざまな雑誌に掲載され発行されているすぐれた評論を読むとかすれば、アメリカでイスラム世界に精通した研究者が不足していないことが明らかになると分かっているが、問題はブッシュと彼の取り巻きたちがどのくらいそれらの文書を読んだのかということだ。

例えば、サダム・フセインがミサイルを持っていないと言ったり、いやそれは破壊したと言ったり、はたまたそれは今後破壊するつもりだと言ったり、さらにミサイルはたったの二、三個しか保持していなかったと言ったりというふうにやり口を変えるたびにホワイトハウスのとる、苛立った憤慨した対応を目の当たりにして、さてアメリカ政府高官は、バグダッドとそのカリフ紛いの指導者たちに深く関係のある物語『千夜一夜物語』を読んだことがあるのだろうかと私は思案する。サダム・フセインのやり方が、毎夜王に違う物語を話し続け、それによって首を切られずに二年九カ月もの間生き延びることができたシェヘラザードのそれと同じであることは疑いの余地のないことだと思う。

この文化的に根深い起源を持つ引き延ばし作戦を前にして、解決策は二つしかない。一つ目は、ゲームのルールに乗らず、シェヘラザードに語りをやめさせ、即座に彼女の首を切ること。こう書いている今の瞬間に、これが本当に最終的にブッシュが選ぶ策であるかどうかは分からない。しかしそうなった場合でも、突如語りを中断させることが、何か別のやり方で語りをまたさらに千夜もだらだらと続けるという他の形の引き延ばし作戦を引き起こさせることにならないかどうか、議論の余地がある。

二つ目の解決策は、シェヘラザードの引き延ばし作戦に対称的な方法で対抗することだ。もしかするとこのような策をとろう(もちろん、ライス国務長官がカリフたちの物語を読んでいることが前提だが)と決定されたかもしれない。つまり、それは、シェヘラザードと化したサダムのあらゆる語りに対し、どちらの神経が先に参ってしまうかを見るために徐々にエスカレートする威嚇や脅しの語り物で対抗することだ。

ヨーロッパの多くの国々が約一五〇〇年の間、イスラム世界との平和的共存と武装衝突とを経験して深い知識を有していることをブッシュがまったく考慮に入れないで、そうした国々の慎重さに反発している狭量さの根本にも、人類学研究の不足があるのではないかと私は懸念する。フランス、ドイツ、ロシアは、現在のルース・ベネディクトとなり得るかもしれない。現に、これらの国々はアラブ世界について、イスラム原理主義テロリストたちから痛ましい攻撃をうけてイスラムのその側面だけしか見ない国(=アメリカ)よりも、いろいろ知っているからだ。

戦争中に文化人類学者の声など聞いてはいられないと言わないでほしい。古代ローマはゲルマン人と対決したが、そのゲルマン人を理解するためにタキトゥスの手助けを必要とした。文明の衝突の解決は、ただ大砲をつくりながらだけでなく、科学的調査研究に資金をつぎ込みながらでもなされ得るということを、ヒトラーがすぐれた物理学者たちを大量虐殺の収容所に送り込もうとしたときに、それらの頭脳を獲得することができた国(＝アメリカ)ならばよく心得ているはずだ。

［初出］「レスプレッソ」誌、二〇〇三年四月。

戦うには文化を要する

ブッシュには、戦争でまず打ち負かしてから、その後民主主義体制への移行を助けるべき市民について、彼らのメンタリティを理解させてくれるルース・ベネディクトのような存在が欠けていたと前に記述した。イラク戦争が続けば続くほど、この考察はさらに裏づけられる。

英米両国の司令部の高官たちが驚愕した原因の一つは(現在彼らは、電撃戦争のはずだった戦争が、今や時間とコストのかかる大事業へと変化しつつあることを認めている)、激しい攻撃をかければ、イラク軍の師団が次々と降伏し、将軍たちは同盟軍と合流し、イラク市民は独裁者に反乱を起こすだろうと確信していたことにある。しかしそうはならなかったし、ならなかったのは軍人も市民も政府の残忍な抑圧を恐れていて反抗する勇気がないからだと言っても説明にはならない。そのような論法に従っていけば、ドイツ軍がパルチザンを絞首刑にしていたのだからイタリア人はレジスタンスを起こすはずはなかったと言うのと同じことになる。ところが逆に、この抑圧があったからこそ、多くのパルチザンが山中に集まり、ゲリラ的なレジスタンスをすることを選んだのだ。

歴史(ときおり歴史はまさに人生の手本となる)からわれわれが学ぶべき第一の原則を、彼らは見逃していた。つまり、独裁政治はコンセンサスを生み出し、そしてそのコンセンサスの上に独裁政治は成り立つのだ。イタリアでは、人々はデ＝フェリーチェ[*1]の次のような主張に空しい抵抗を試みた。「ファシズムは、鉄のかかとによって四〇〇〇万人の反対派を押さえつけた少数の熱狂的ファシストの力のみによってなされたのではなく、広く行き渡ったコンセンサスが何らかの形で存在していたからこそ、二〇年間もファシズムは持ちこたえることができたのである」。それは熱狂というより無頓着が行き渡らせたコンセンサスだったのだろうが、しかしそれは存在したのだ。

歴史の第二の教えは、独裁政治下では、たとえ反対勢力が存在するときでも、異国の敵との正面衝突が起こると、自国との一体化が出現するということだ。ヒトラーは残虐きわまる独裁者だったが、すべてのドイツ人がナチズムの信奉者であったわけではない。しかしドイツ軍は最後の最後まで戦った。スターリンはいまいましい独裁者だったが、すべてのソヴィエト人民が共産主義の精神に同意していたわけではない。しかし、彼らはドイツ軍やイタリア軍に激しく抵抗し、最後に勝利まで収めた。そして、イタリア人でさえも、一九四三年以後[*2]、連合国軍の上陸を祝い、パルチザンとして丘で戦っていたが、それ以前、例えばエル・アラメインの戦いではファシスト軍として勇敢に振る舞ったのだ。

外国軍の攻撃が国内戦線で、少なくともわずかな間だけでも結束を生み出すことを理解するのが、それほど難しいことだったのだろうか。繰り返すが、ハーヴァード大学やコロンビア大学の大物教授たちをわずらわすほどの必要もまったくなかったのだ。アメリカ西部、地の果ての無名大学を訪ねるだけで十分だった。そこには、この初歩的真実を説明してくれる二、三人の歴史学や文化人類学の若い助手がいたに違いない。

戦争が文化を生むとは思わない。とはいえ、たまには(ヘーゲルの言葉を借りれば)「理性の狡知」が風変わりなこともある。例えば古代ローマ人は、おそらくローマ化する目的でギリシャに戦争をしかけたが、敗北したギリシャは、残虐な勝者ローマを文化的に占領した。[*3] しかし、戦争をしかけたそのお返しに戻ってくるのは野蛮さしかないことの方が多いのだ。戦争が文化を生まないのであれば、少なくとも文化的省察をもとにしてからしかけるべきだ。

ユリウス・カエサルの偉業の裏には文化的な省察があったに違いないし、そしてナポレオンも、少なくとも皇帝になる前までは、ヨーロッパ中を遠征している際、革命軍を率いて訪れたそれぞれの国に期待感が流布していることを承知していた。ガリバルディはブルボン家の軍隊の弱点について、またシチリア社会のいくつかの階層から支援を得られるかもしれないことについて何らかの推察をしていたのだろうと思う。[*4] にもかかわらず、結局ガリバルディにしてもカヴールにしても、攻め込まれた南部がその後、頑強なブルボン王家支持者の抵抗運動や、山賊行為という形をとったイタリア南部市民の拒絶現象を生み出すとは予測しなかった。

一方で、哀れなピサカーネ[*5]は目算を誤り、自分を熱狂的に歓迎してくれると思っていた人々によって惨殺された。今再び、第七騎兵隊が話題にのぼっているが、先住民であるインディアンの心理に関する情報の欠如がおそらくカスター将軍の悲劇のもとにはあったのだろう。

文化の貢献を軽蔑せず、あるいは無視せずに行われたのはどの戦争だったか、一方、無知な行いによって発端から危険にさらされたのはどの戦争だったのかを考えるのは興味深いことではなかろうか(おそらくそれはすでになされているのだろうが、ただ私はこれに関して専門家ではない)。

イラク戦争は紛れもなく、軍部が大学に意見を求めたりせずに始まった戦いのようだ。それは、かつてスピロ・アグニュー[*6]が「なよなよした気取り屋（エフィート・スノッブズ）」と呼んだ「たまご頭」、つまり「実行をともなわない理論家」に対して右派アメリカ人が持つ先祖代々の不信感のせいなのだ。

世界一強力な国アメリカが、膨大な金額を自国のすぐれた頭脳に勉強させるために使っていながら、それらに耳を貸さないのは本当に残念なことだ。

［初出］「レスプレッソ」誌、二〇〇三年四月。

＊1　イタリアの歴史家(一九二九〜九六年)。ムッソリーニ伝を長年にわたって書き継いだ。
＊2　二二八ページの訳注＊1を参照。
＊3　ホラティウスの有名な一節「ギリシャは敗れたが、粗野な勝利者を敗北させた。そして芸術を野卑なローマに持ち込んだ」(『書簡詩』)を踏まえている。
＊4　ガリバルディはイタリア統一を実現すべく、一八六〇年に「千人隊」を組織して北イタリアのジェノヴァを出港してシチリアに上陸。戦闘に勝利した後、イタリア半島南部に渡り、軍を北に進めていった。また、二五一ページの訳注＊6も参照。
＊5　イタリアの革命家(一八一八〜五七年)。
＊6　米国の政治家(一九一八〜九六年)。ニクソン大統領の下で副大統領を務めた。

正義の側に立たなくても勝てる

戦争において人々はマニ教徒になる。戦争は正気を失わせる。分かりきったことだ。しかし、イラク戦争の際に出現し、われわれが目の当たりにしたものの考え方のさまざまな表れは――おそらく戦争が生み出した集団的悪化に基づいたものであったかもしれないにしても――不誠実さに帰すべきものと思わざるを得ないことは確かだ。

例えば、まず言い出されたのは、この戦争に反対する人はサダム・フセインの味方をしているということだった。まるで、病人にある薬を処方するのが適切かどうかを論じようとする人は病魔の味方だとでも言うかのようだ。

サダム・フセインが冷酷な独裁者であることを否定する人は一人としていない。むしろ問題は、あのような乱暴なやり方で彼を追い出すと、たらいの水と一緒に赤子を流すことになりはしないかということだった。次に、ブッシュの政策に反対する人間は本能的な反米主義者だと言われた。まるで、ベルルスコーニの政治に反対する人間はイタリアをうらんでいる人間だと言うようなものだ。むしろ、その逆だろう。

最後に、誰もが皆このようにあつかましいわけではなかったが、平和行進をする人々は独裁政治やテロリズム、もしかしたら白人女性売買の支持者ではないかとほのめかされた。もう放っておこう。しかし、最も興味深い症候群は、イラク戦争が少なくとも形式上、勝利した後に浮上した。「そら見ろ！　平和を呼びかけていた連中は間違っていたではないか」という勝ち誇った発言があらゆるテレビに登場したのだ。

とんでもない論理だ。戦争の勝者に戦争をするだけのもっともな理由があるとは限らない。ハンニバルはカンネでローマ軍に勝った。なぜなら当時のインテリジェント・ミサイルだった象を持っていたからだ。だが、ハンニバルにはアルプスを越えてイタリア半島に攻め入るもっともな理由があっただろうか。その後、ローマ軍はハンニバルをザマで破ることになるが、ローマが地中海における政治勢力の均衡を保つ方途を探ることなく、カルタゴを中心とした地域を根こそぎ破壊する根拠を持っていたことは、未だに実証されていない。さらに、シリアとビテュニアまでハンニバルを追い込み、服毒自殺までさせる根拠をローマは持っていただろうか。そうとは限らない。

また、「そら見ろ！　勝ったじゃないか」という言い方であくまで通そうとするのは、何のためだろうか。あたかも、この戦争を批判していた人々は英米軍は勝てないものと疑っていたと言うかのように。イラク人が英米兵を海に追い払うことができると信じていた人がいただろうか。サダムでさえそう信じていなかった。彼がイラク国民にそう話したのは民を励ますためだったに過ぎない。そもそも問題は、英米軍が二日で勝利するか、はたまた二カ月で勝利するかだった。戦場では毎日たくさんの死者が出るのだから、六〇日よりも二〇日で終結する方がいい。

テレビ画面から嘲笑する人々が言うべきことがあるとすれば、それはただ一つ、「皆さん、分かりましたか？　皆さんは戦争によってテロの危険を排除することはできないと言っていましたが、排除することに成功したではありませんか」ということだ。しかしこれは唯一、彼らが断言できないことだ。なぜなら、それがその通りだという証拠はまだないからだ。予防戦争という概念についての道徳的、倫理的根拠はさておき、戦争を批判していた人たちは、イラクでの戦闘は、おそらく世界中のテロリズムの恐怖を軽減するのではなく、増加させるのではないかと主張していた。なぜならイラク戦争は、開戦以前に穏健な態度を保っていた多くのイスラム教徒に西洋諸国への憎悪を抱かせ、さらにはジハードへの新たな付着力を生み出すことだろうと考えていたからだ。

今のところこの戦争がもたらした唯一明白な産物は、エジプト、シリア、サウジアラビアからバグダッドの塹壕に向かった、潜在的カミカゼ隊員の自発的な集団だ。まさに憂慮すべき兆しだ。かりにこの戦争は逆効果だと信じていた人々が間違っていたことを認めたとしても、今まで起こったことも今現在起こっていることも、まだそれを実証していないし、それどころか対応しにくい、しかも中東における力の均衡を脅かしかねない民族的、宗教的憎悪がイラクで勃発しようとしているように見受けられる。

最後に、英米軍がバグダッドに侵攻してイラク軍が崩壊するより前に書いて「レスプレッソ」誌に送った前回の記事で私は、イラク軍がまだバラバラになっていない理由は、残念ながら独裁政治がコンセンサスをも生み出すことがあり、また、侵略者として感じられる外国軍を前にしてこのコンセンサスが、少なくとも最初の段階では強化されることがあるからだ、と記述した。

その後イラク軍はバラバラになり、群衆(しかし、本当はどのくらいの人数なのか？)は西洋人を歓呼の声で迎えた。そこである人が私に「そら見ろ」と書いた手紙をよこした。見ろとは何を？　右の記事で私は、九月八日以前、[*1]ファシズム政権がエル・アラメインやロシアで戦ったあの惨めなイタリア兵士のコンセンサスによってでも支えられていたことを書いた。その後、九月八日の敗北を見てすぐさま大衆はムッソリーニの像を台座から引きずり落としたりして、イタリア全国民が一夜で反ファシストとなった。だが、三カ月たつとイタリア人の一部は、ファシズム政権のシンボルだった古代ローマの権標の旗のまわりにまたも結束し、パルチザンを撃つ準備をする。

イタリアでは、この複雑な絡み合いが解かれるまでに二年弱かかった。今度のイラクではどうだろう。西洋人から邪魔されずに国を先導したがるさまざまな派閥間で起こっていることを見ると、サダム・フセインに対するコンセンサスは消え去ったが——第二次世界大戦終結前後のイタリアと違って——外国人に対する不信感や不快感は消えていないように思う。

これこそここで証明したかったことだ。その反対はまだ実証されていない。

［初出］「レスプレッソ」誌、二〇〇三年四月。

＊1　一九四三年七月にムッソリーニが失脚した後の九月八日、政府が秘密裏に連合軍と結んでいた休戦協定が公表され、ドイツ軍の攻撃を恐れた政府はローマを棄てて南部イタリアに逃れた。南部イタリアに連合軍が上陸し始め、北部イタリアはドイツ軍の占領下に入った。

ムッソリーニはドイツ軍に救出され、北部イタリアに新たなファシスト政府、いわゆる「サロ共和国」を樹立した。対独・対ファシストのレジスタンス運動が始まり、四五年四月二五日にイタリア全土が解放されて終戦を迎えた。

グレート・ゲームの記録

終わったばかりの夏休みの間に読んだ本の中で最も興奮に駆りたてられた本は、ピーター・ホップカーク著の『ザ・グレート・ゲーム』[*1](アデルフィ刊)だった。六二四ページにも及ぶ大作だからといってぎょっとすることはない。もちろん一気に読めるものではないが、われわれがまったく何も知らなかった実在の数多くの魅惑的な登場人物が行き交う一大冒険小説のように、毎晩少しずつ楽しんで味わうことのできる著書だ。

著者が再現している当時の状況とは、コーカサス地方からチベットや中国領トルキスタンまで延び、インドとアフガニスタンを――ウズベク系やカフカス系の諸小国を含んで――隔てている山の尾根のあたりで、ロシアとイギリスの工作員や軍隊の間で繰り広げられたさまざまな複雑で入り組んだスパイ・ゲームや包囲、戦争やゲリラ戦に関するものだ。ここ数年、新聞の第一面にときどき掲載されるあの場所の地図を見ているような気がするならば、まったくその通りだ。さらに、キップリングは『キム』[*2]を書きながら新しいことを創作したわけではないことに気づく。せいぜい彼は、ナポレオン時代に始まり二〇世紀の初めに終わった(本当に終わったと言ってよいか?)歴史の一ページを見事に要約しただけだったのだ。この歴史の一ページに登場する人物は、野心ある士官や心臓に剛毛が生えた山師であり、彼らはアルメニア商人や巡礼者に変装して、ヨーロッパ人がかつて一度も訪れたことのない砂漠や山を歩き回っていた。その目的は、ロシア人はインドに向かって領土を拡大するための方途を見つけ出すこと、イギリス人は自分の帝国の植民地を守り、国境周辺の緩衝国とするために首長(エミール)や汗(ハン)の率いる傀儡政権をつくることだった。この歴史には、待ち伏せ、斬首、王宮での暗殺などがあふれている。

この中でとくにまず印象深いのは、一九世紀のさなか、地球全体の地図がもう完璧にできあがったものと思われていた頃に、ヨーロッパ人はこの地域の山の峠のことや、川が航行可能かどうかなど、つまりこの地域の地理の知識をほとんど、いや全然持っておらず、スパイや旅する地理学者の仕事に頼らざるを得なかったことだ。これらのスパイや地理学者は、帰ってから自分の目で見ることができた数少ないものを口頭で説明したり、あるいは走り書きのような簡単なメモを残したりしただけだった。次に判明するのは、伝説的な王国(出現するのはブハラ、サマルカンド、ヒヴァ、チトラル)の君主やちっぽけなサルタンたちは、イギリスやロシアとときには致命的ともなるゲームに取り組んでいたのに、これらの国に関して実に浅い知識しか持たず、ときには自分の王国の隣の部族だと思っていたこともあったことだ。あるときなど、王ぶっているこれらの汗（ハン）の一人が、ヴィクトリア女王も自分と同じく二〇門の大砲を持っているのかと、胸を張ってイギリス公使に尋ねたくらいだった。それだけではない。悲惨な殺戮の話もある。例えば、軍人や女子供を含む民間人一万六〇〇〇人のイギリス人が、平和な状態に戻したと思っていたアフガニスタンの山中で虐殺された。これもまた、愚かな、あるいは野心に満ちた将軍が峠の困難さ、部族間の争い、裏切り芸の東洋的巧妙さを分析し正しく評価していなかったからだ。このあたりにいた首長（エミール）たちは皆不実で裏切り者に見えるが（実際にそうだった）、ロシアやイギリスから派遣されていた人間たちも、首長（エミール）たちと友好関係を結んだ後、彼らを裏切ろうとしていたのだから、同じ穴のムジナだった。

　そこで、すぐさま思い浮かぶのは、ブッシュもプーチンもこの本を読むべきだということだ。そうすれば、最も強力でしっかりと組織化された軍隊でさえ、すべての山道をきめ細かく知る部族に対して歯が立たない地域がこの世界にはあるということが分かるだろう。レジスタンスのとき、他所（よそ）からやってきたドイツ人よりも、戦いの場となった丘を、結局パルチザンの方がよく知っていたことを理解するためには、フェノーリョ[*3]を読めば十分なのだ。そのときから事態は大きく変わった、もはやグレート・ゲームは隠れたところで行われない、険しい道について無知の霧を晴らすためなら地図を持って戦争に行けば十分だという反論があるかもしれない。そうではない。ピーター・ホップカークのこの本を読むと、グローバル化されたとわれわれが思い込んでいるこの世界(つまり、「歴史の終わり」の世界)におけるお互いの無知の深さは計り知れないという印象が残る。

現在、ジャーナリストを拉致しているイラクの傭兵隊は、イギリスが大砲を二〇門以上持っていることを知っているが、彼らが出す要求は、彼らがヨーロッパに関してかなり曖昧な知識しか持っていないことを証明している。右翼の政府を恐喝するために左翼のジャーナリストを拉致することもあれば、フランスを脅せば今までイラク戦争に対して距離を置いていたこの国をイラクに引っ張りこんでしまう可能性があることに気づいていない。イタリア人の人質をテレビで見せて、イタリアで平和のためのデモを行うことを要求したが、そういうデモがすでに行われていることを知らなかったようだ。二人の女性平和運動家を誘拐したが、それによって、西洋人はイラクから去るべきだと圧力をかけている西洋の人たちを困らせている。一言で言えば、西洋の政策に影響を与えようとしているが、西洋において意見のどこが割れているか、明確に分かっていないことを示している。

では、われわれはどうか。シーア派とスンニー派の違いについて、家の門番どころか、どこかの大学の先生(もちろんアラブ文化の専門家でない先生)に尋ねてみればいい。おそらくその先生には、百年前のブハラの首長が持っていた大英帝国のサイズに関する知識ほどの知識もないことが分かる。また、その先生には失踪したイマーム(導師)はどこにいるのかと尋ねない方がいいだろう。『誰かその人を見たか?』[*4]に聞いた方がいいと言われかねないからだ。グローバル化の真っ只中で、鳥肌が立つほど混乱した知識が未だに存在している。そして、われわれの知識がどれだけ少ないかを理解するためには、ホップカークにともなわれて、グレート・ゲームの時代にアジアとヨーロッパが互いのことをいかに知らなかったかを発見しにいかなければならないと思うと、本当に寒気がする。

〔初出〕「レスプレッソ」誌、二〇〇四年九月。

＊1　邦訳は、『ザ・グレート・ゲーム――内陸アジアをめぐる英露のスパイ合戦』(京谷公雄訳、中央公論社、一九九二年)。

＊2　イギリスの詩人、小説家のキップリング(一八六五〜一九三六年)の冒険小説『キム』は、みなしごキムがインドからチベットを転々と放浪して歩きながら、ときにスパイ活動に従事し冒険を重ねていく物語。

＊3　イタリアの小説家(一九二二〜六三年)。パルチザンの戦いを描いた作品を残した。

＊4　失踪した人を探すイタリアのテレビ番組。

言葉は石のようなものだ

言葉の戦争

九月一一日の同時多発テロ事件が象徴(シンボル)的な意味において大きなウェイトを持つことは誰もが言っている。乗っ取られた飛行機が、同規模あるいはそれ以上の犠牲者を出したとしても、オクラホマの二つの高層ビルに激突していたら、世界はきっとあれだけ大きなショックを受けなかった。だから、象徴は重いものなのだ。その中でもとくに重いのが、われわれが出来事を定義しよう(または引き起こそう)とするときの言葉だ。

まず、「戦争」という言葉によって何を意味させているのかがはっきりしない。いずれにしても、一九世紀に遡る意味を持っている。あのような事件は、大惨事を描く映画(ディザスター・ムーヴィー)が先取りしていたと思われがちだが、実は植民地ヘルメットをかぶるイギリス士官と、岩の上からその士官たちを狙う、決して捕まらないアフガン人が出てくる古い映画の中ですでに語られているのだ。

しかし、それはまず、戦争軍事行為だったのか、あるいはテロ行為だったのか。誰かが言ったことだが、ツインタワーにはテロ行為があった場合も含めて何億ドルもの保険がかけられていたが、戦争行為に対する保険はなかった。したがって、大保険会社が得をすることになるのか、それとも損害を受けた会社が得をすることになるのか、それはブッシュが使う言葉次第で異なる。ブッシュが、ときに戦争と言い、ときにテロと言うのはそのためかもしれないし、彼だって、誰に得をさせたいのかはっきり分かっていないかもしれない。

しかし、これが戦争であるとして、「十字軍」と解釈すべきだろうか。ブッシュがそのような言葉を漏らして、大騒ぎが起こった。ブッシュは、十字軍はキリスト教徒が(キリスト教徒自身が音頭をとって)、イスラム世界に対してしかけた「聖戦」(ところが、イスラム世界が最終的に侵略者を追い返すのに成功したことは周知の通り)であることを知らない数少ない人間の一人だった。

ブッシュがその失言を否定して、その後「無限の正義」という言葉をもちだして、状況がさらに悪化した。言葉が重いことを認めるなら、哲学者に世界を統治させるべきではないにしても(国を治めるというプラトンの試みは悲惨な結末に終わった)、少なくとも歴史や地理においてより深い知識を持つ人間を政府に送るべきだろう。

また、「アラブ人」という言葉も多少の考察を要するだろう。アラブ人ではないイスラム教徒も多いし(そしてイスラム教徒ではなくキリスト教徒のアラブ人もかなりいる)、原理主義者ではない、ましてテロリストでもないイスラム教徒が多いことは言うまでもない。アラブ人でもイスラム教徒でもないイタリアへの移民も多く、逆に白い肌を持つキリスト教徒のならず者も多い。しかし、重要なのは象徴なのだ。飛行機に口髭をした浅黒い男性が乗ると他の乗客は震えるし、アメリカではターバン(イスラム教の紛れもないしるしだと思い込まれている)を巻いていた人が殺されたが、その人はおそらくブラフマーとシヴァとビシュヌを信仰するヒンドゥー教徒あるいはシク教徒(アラブ人でもイスラム教徒でもない)だった。いやいや、少なくともサルガーリ[*1]だけでも読み直そう。

意味の曖昧な言葉のリストはこれで終わらないし、ビン・ラディンが使った危険な言葉も皆よく知っている。これらの言葉が全部合わされば、さらなる無実な犠牲者が生み出されることになるかもしれない。

［初出］「レスプレッソ」誌、二〇〇一年一〇月。

＊1 イタリアの作家(一八六二〜一九一一年)。イタリアの冒険小説の始祖。とくにインドや東南アジアを舞台とした作品が多い。イタリア人の子供ならほとんど例外なく彼の作品を読んでいる。

ビン・ラディンを「理解している」人たち

今われわれは、まさに暗い時代を生きている。それは悲惨な出来事がさまざまに起こっているからだけでなく、何が起こっているかを理解するためにはきめ細かく物事を見てとる必要があるのに、今の時代がどうやらきめ細かさの時代ではないように見えるからでもある。われわれのまわりは、ナタで大根をぶった切るような人間ばかりだ。ビン・ラディンは最近のメッセージでは、出発点にあった区別(一方にアメリカ人とイスラエル人からなる悪の西洋世界、もう一方に、とりあえず言及してはいないがその他の人々のいる世界)までやめてしまい、「キリスト教徒」全体(彼の目には、ユダヤ人、無神論者、ソヴィエトの元唯物論者、そしてもしかすると中国人さえ、そこに含まれるに違いない)との衝突を語るようになった。

しかし、少なくとも言葉の点で、われわれの側の状態の方がすぐれているとは言えない。もしビン・ラディンはろくでなしだと言ったりすると、すぐさま「カブールの子供たちを殺したいのか」と反論されるし、逆にカブールで子供たちが死なないことを切望していると言えば、ビン・ラディンの支持者だとされる。とはいえ、ビン・ラディンの策略に巻き込まれないための唯一の方法は、白か黒か的な十字軍を否定し、われわれの文化がわれわれに伝えてきたあの奥深い知恵、つまり物事を見極めて区別するという能力を発揮させることなのだ。

何週間か前に、ある調査結果が発表された。それによると、左翼の大部分はビン・ラディンの言い分や動機を「理解できる」ということだった。大騒ぎが起こった。そのように答えた人々はツインタワーの破壊を容認したのか。そうは思わない。むしろ私は、どんな形で質問が出されたにせよ、そのような場合に人々は、例えば「説明」、「理解」、「正当化」、「共有」とがちゃんと区別できていないのだと思う。

エリカという女の子が、母と弟をナイフで刺し殺した容疑で逮捕された。[*1] この事件を「説明」することはできるか。もちろんできる。そしてそれは心理学者や精神科医の仕事だ。エリカを「理解」することはできるか。彼女が激昂して精神錯乱状態に陥っていたことが説明されれば、理解はできる。なぜなら、狂気の発作時に理性は働かないからだ。彼女の行動を「正当化」することはできるか。もちろんできない。それどころか、裁判で彼女の行動に対し何らかの有罪判決を下し、彼女が二度と人に危害を加えることができないようにすることが必要だ。彼女のとった行動をわれわれもとるかもしれないという意味で、その行動を「共有」することはできるか。連帯感にあふれたとんでもないメッセージを彼女に送っている人ならばともかく、そうならないことを心より願っている。

サロ共和国[*2]に同調した人々をめぐる論争は、ついこの間のことだ。なぜあのような選択をした人々がいたのかを歴史的に「説明」することはできるか。もちろん説明できるし、実際に説明がされた。多くの人々がなぜあのような選択をしたかを「理解」することはできるか。容易に理解できるし、さらに誠実さをもって同調した人を理解することができるだけでなく、他にどうしようもなかったからそうした、あるいは何らかの利益のためにそうした人についても理解することができる。あのような選択を、歴史的観点から見て「正当化」することはできるか。できない。少なくとも民主主義世界の価値観をもって見る限りは。人は理解されてもその選択は正当化されないのだ。「共有」することはできるか。私は一九四三年にはまだ一一歳だったが、もし二〇歳だったらどうしていただろうかとしばしば自問することがある。しかし少なくとも今、後知恵をもって、同調しなかったであろうと思いたい。

カトリック派が大量のプロテスタントを殺害したサン・バルテルミーの夜の虐殺[*3]を「説明」することはできるか。言うまでもない。なぜあのような事件が起こったかを説明してくれる何千何万もの書物が存在する。虐殺を行った人々の言い分――もしかするとこれで天国にいけると思い込んだ――を「理解」することはできるか。五百年も前の彼らの心理状態や、当時の宗教戦争の血なまぐさい雰囲気や、その他のさまざまなことを勉強することによって理解できると思う。あの虐殺を「正当化」することはできるか。

現代人のわれわれの観点からすれば、紛れもなく正当化できないし、ましてや、今日同じことが行われたとしたら、正気の人間なら誰しもがそれを犯罪と思うだろうという意味で「共有」することはできない。

すべてが分かりやすいと思う。ビン・ラディンの行動を説明するならば、それは彼の最初のメッセージにおける説明通り、つまりオスマン帝国の崩壊後のイスラム世界がフラストレーションを抱いていることによって部分的に説明できるし、また彼の政治的、経済的利益(サウジアラビアの原油に手をつけたい)を考慮することでも部分的に説明できる。彼の信奉者たちを理解することはできるか。彼らが受けた教育、今述べたフラストレーション、その他もろもろの理由を考慮すれば、もちろん理解することができる。彼らの行動を正当化することはできるか。できないのは明白だ。現にわれわれは彼らを強く非難しているし、ビン・ラディンが害を及ぼさない状態に追い込まれることが皆の願いなのだ。

ここで注意しなければならないのは、ビン・ラディンが行ったことを説明できないのなら、また、彼と合流するためにパキスタンから何百何千もの「ボランティア」がなぜ出発したかを理解できないのなら、彼に対抗しようとするにあたって、つまり彼が象徴する危険を無化するには何をすべきかを理解しようとするにあたって、非常に難しい問題に直面することになるということだ。要するに、イスラム原理主義を「正当化」することも「共有」することもできないからこそ、それが引き起こされる動機、原因、衝動を「説明」し「理解」することが必要なのだ。

ビン・ラディンの行動を「理解」できると宣言する人は、何を言おうとしているのか。説明できるということか。あるいは理解できるということか。あるいは正当化か。それとも共有か。

区別することを許し、区別することを推し進める精神状態にわれわれが戻らない限り、われわれはビン・ラディンと同じであり続けるし、彼が思うがままの姿となるのだ。

［初出］「レスプレッソ」誌、二〇〇一年一一月。

＊1　二〇〇一年二月に北イタリアで起こった事件。
＊2　二二八ページの訳注＊1を参照。
＊3　五一ページの訳注＊11を参照。

原理主義、十全主義（インテグラリズム）、人種差別主義

この数週間、イスラム原理主義について多くが語られている。キリスト教原理主義がとりわけアメリカに存在していることを忘れさせるほどの勢いだ。といっても、キリス

ト教原理主義者の方は日曜日のテレビに出て劇を演じているが、イスラム原理主義者の方はツインタワーを破壊しているではないかと言う人もあるだろう。したがって、われわれが気にかけなければならないのは後者の方だ。

しかしながら、彼らがやっていることは原理主義者だからなのか。あるいは十全主義者だからなのか。あるいはテロリストだからなのか。さらにまた、アラブ人でないイスラム教徒、イスラム教徒でないアラブ人がいるのと同じく、テロリストでない原理主義者もいるのだろうか。十全主義者でない原理主義者もいるのだろうか。原理主義の概念と十全主義の概念は密接に結びついており、これらは不寛容の二つの形態であると、普通は考えられている。ここから、すべての原理主義者は十全主義者であり、したがって不寛容であり、だからテロリストであるという考えにわれわれは導かれる。しかしたとえそれが本当だとしても、そのことによってすべての不寛容な人々が原理主義者や十全主義者だということにも、すべてのテロリストが原理主義者だということにもならないだろう(イタリアの赤い旅団やバスク地方のテロリストは原理主義者ではない)。

歴史的観点から見ると、原理主義は聖典の解釈と結びついている。一九世紀アメリカのキリスト教原理主義(今日まで生き残っている)はとくに宇宙論的概念において、聖書の字義通りの解釈を信条とする特徴を持ち、そのため進化論に対してと同じく、聖書の信頼性を損なわせる恐れのある教育をどんな形であれ拒否している。同様に、イスラム原理主義も聖典の字義通りの解釈と結びついている。

原理主義は必然的に不寛容なのだろうか。例えば、次のような原理主義的な教派を思い描くことができる。その教派のメンバーのうち選りすぐりの人間だけが聖典を正確に解釈する特権を授けられているのだが、だからといって、勧誘などのいかなる運動も推進しないし、それゆえ外部の人間に自分たちの信仰の共有を押しつけることもせず、自分たちの教義に基づく政治的共同体を実現するための闘争も望まない、というような教派だ。

一方、十全主義とは、自分たちの宗教原理が、政治活動のモデルとも国家の法の根拠ともならなければならないとする宗教的、政治的信念のことを言う。

原理主義は原則的に保守的だが、一方、十全主義には進歩的で革命的であろうとするものもある。十全主義的でありながら原理主義的でないカトリックの動きもある。彼らは完全に宗教原理に導かれる社会のために闘いながらも、聖書の字義通りの解釈を強要することはしないし、ひょっとしたらテイヤール・ド・シャルダン的な宗教思想を受け入れる用意もあるかもしれない。しかし、過激な形態の十全主義もあり、これは神権政治体制に成長し、もしかしたら原理主義に走ってしまうことになるかもしれない。コーランを説く神学校をもとにしたタリバン政権はその一例と言えるかもしれない。

どんな形態の十全主義にも、その原理を共有しない人々に対してある程度の不寛容さが存在する。しかし原理主義や神権政治的十全主義では、この程度が最も高くなるのだ。神権政治体制は宿命的に全体主義体制にならざるを得ないが、必ずしもすべての全体主義体制が神権政治体制であるとは限らない(ただしナチズムやソ連共産主義のように、支配的哲学が宗教に取って代わるような場合は除くが)。

では、人種差別主義はどうか。不思議に思われるだろうが、イスラム十全主義は大部分が反西洋的、反ユダヤ主義的でありながら、ナチズムのように人種差別主義的であるとは言えない。なぜなら彼らは、たった一つの人種(ユダヤ人)を憎んだり、単一の人種で構成されていない国家(アメリカ)を憎んではいるが、自分たちが一つの人種として神に選ばれたとは思っておらず、同じイスラム信者だけを、たとえ人種が異なっていても、神に選ばれた人々であると認めているからだ。

ナチスの人種差別主義は確実に全体主義的だった。しかし彼らの人種原理には、原理主義的要素がまったくなかった(似非科学的アーリア人理論が聖典に取って代わってい ただけだ)。

では、不寛容はどうか。これは今まで述べたような原理主義、十全主義、人種差別主義、神権政治、全体主義との間の相違や類似に還元されるものなのか。人種差別主義的でない不寛容もある(例えば、異端迫害や独裁体制における反対勢力への不寛容など)。また不寛容でない人種差別主義の形態もある(「私自身は黒人たちが嫌いではない。彼らがちゃんと働き、自分たちの本分をわきまえているのなら、われわれと一緒にいてもいい。しかし私の娘には、彼らの一人と結婚してほしくない」)。さらに、神権政治、原理主義、十全主義のいずれでもないと思われがちな人々の中に拡がっている不寛容や人種差別主義の形態もあり、今日ではその証拠を目にしている。

原理主義、十全主義、似非科学的人種差別主義は、信条を必要とする理論的思想だ。だが、不寛容と大衆が抱いている人種差別主義は、信条以前の状態にある。それは生物学的な根源を持ち、動物界における縄張り争いのような形で現れ、感情的反応(われわれと異なる者たちは嫌だ)の上に成り立っているのだ。

私が今述べてきたわずかな解説によって、それぞれの考えが明らかになるどころか、むしろ混同させられてしまったと言う人があるかもしれない。しかしながら考えを混同させているのは私ではない。私たちは、もともとすでに混同した考えについて議論を行っている。混同していることが分かった上で初めて、それらの考えについてよりよい考察をめぐらすことができるのだ。

［初出］「レスプレッソ」誌、二〇〇一年一〇月。

内戦、レジスタンス、テロリズム

最新号の「レスプレッソ」誌で、エウジェーニョ・スカルファリ氏[*1]は彼のコラムをこう締めくくった。「イラク・レジスタンスという言葉を口にするだけで、すぐさま過激派と見なされるか、またはバカだと言われる」。相変わらずスカルファリは大げさな話をする、と大半の人が思うかもしれない。しかし、同日付の「コッリエーレ・デッラ・セーラ」紙でアンジェロ・パーネビャンコ氏[*2]はこう書いている。「……「レジスタンスの人々」と彼らを名づける西側諸国のある無邪気な人々……」。もし火星人がこの有様を見たら、まわりの国ではいたるところで首を切ったり列車やホテルを爆弾で吹っ飛ばしたりしているのに、われわれイタリア人は言葉遊びをしていると言われてもおかしくない。

その火星人は、言葉はさほど重要ではないのに、と言うかもしれない。シェイクスピアの中で、バラはたとえ何と呼んだとしてもバラであることに変わりはないということを読んでいるからだ[*3]。しかし往々にして、ある言葉を他の言葉の代わりに使うかどうかが重要になることがある。イラク・レジスタンスという言葉を使う人々の中には、国民全体が戦争していると捉えてそれを支持しようとしている人が明らかにいる。一方、それと正反対のことを考える人々は、虐殺を行っている人間にレジスタンスの名を与えるのはわれらの「敬うべき」レジスタンスの名に泥を塗るのと同じだと言いたいようだ。興味深いのは、「レジスタンス」という用語を使うことを非常識だと考える人々の大部分が、まさに長い間、パルチザンのことを首斬り集団だと言って、われわれのレジスタンスの正当性を非難しようとしていた人々だということだ。これ以上は言うまい。しかし、そこで忘れられているのは、「レジスタンス」はテクニカル・タームであり、道徳的評価の入る余地はないということだ。

まず初めに、「内戦」[*4]の存在がある。それは同じ言語の市民同士が発砲し合う状態を言う。ヴァンデの反乱は内戦だったし、スペイン内戦もしかり。われわれイタリアのレジスタンスもそうだ。当時、戦争をしていた両側にイタリア人がいたからだ。ただしわれわれのレジスタンスは、内戦でありながら真の「抵抗(レジスタンス)」活動でもあった。なぜならばこの「レジスタンス」という用語は、自分の国を占領している勢力に対して市民が反乱を起こすことを意味するからだ。もしも、シチリアやアンツョ[*5]に連合軍が上陸した後に英米兵を攻撃するイタリア人の連隊が結成されていたとしたら、連合軍を「善玉」と思っていた人々も、それを「レジスタンス」という言葉で呼んだことだろう。イタリア南部の匪賊行為[*6]でさえ、ブルボン王家支持者たちの起こしたレジスタンスの一つの形態だった。ただし、そのとき「善玉」とされていたピエモンテ人が、今のわれわれの記憶には匪賊としてしか残っていない「悪玉」すべてを葬り去ってしまったのだ。そもそも、ドイツ人もパルチザンのことを「匪賊」と呼んでいた。

内戦が野戦の規模にいたるのは稀で(しかしスペイン内戦はそうだったが)、たいていの場合、それはゲリラ的な戦いだ。そしてゲリラ戦は、言わば「鞨って逃げろ」[*7]という襲撃の形のレジスタンスでもある。ときおりゲリラ戦には、「将軍」たちが自分の私的な部隊を引き連れて乗り込んでくるし、またイデオロギーなど持たず、ただ混乱に乗じるだけの部隊が入り込むこともある。

さて、イラクでの戦闘は内戦の様相(イラク人がイラク人を殺している)を呈しているようでもあり、またあらゆるタイプの部隊が加わったレジスタンスの動きでもあるようだ。これらの部隊は外国人を攻撃し、その外国人が正しい方の側かそうでない方の側か、さらに彼らが一部のイラク国民に求められてイラクに来て歓待されていたのかどうかなど、一切問題にしない。一般市民が外国の占領軍に対して戦っているのなら、たとえ何と言われようとも、これはレジスタンスと呼ぶほかない。

最後に、「テロリズム」というものが存在する。これはまた別の性質、別の意図、別の戦略を持っている。イタリアでは、レジスタンスも内戦も存在しないところにテロリズムがかつて存在したし[*8]、現在でも一部に存在する。イラクにもテロリズムが存在し、それはレジスタンス部隊、内戦の戦士たちの双方を貫いて存在している。内戦やレジスタンスの場合には、敵が誰で、そして(およそ)どこにいるのかが分かるが、テロリズムにおいてはそうではない。つまり、電車でわれわれの隣に座っている紳士がもしかしたらテロリストかもしれないのだ。ということは、内戦やレジスタンスに対しては直接衝突や掃討作戦で戦えるが、テロリズムと戦うためには秘密情報機関を使うしかないということだ。

内戦やレジスタンスと戦う場所はそれらが起こっている現場だが、テロリズムと戦う場所は場合によって別のところ、つまりテロリストたちの聖地や彼らの隠れ家がその場所となる。

イラクの悲劇は、これまで述べてきたすべてのことがそこでは混交していることだ。つまり、レジスタンス・グループがテロリズムのやり方を使うこともあるだろうし、また、外国人狩りだけでは満足しないテロリストたちがレジスタンス戦士のように振る舞うこともあり得るのだ。この状態は事を複雑にしているが、用語を正しく使うことを拒否することはさらなる混乱を招くことになる。かりに映画『現金(げんなま)に体を張れ』は素晴らしく、登場人物の「悪玉」たちでさえ感じがいいと思った人がいて、銀行強盗のことを武装強盗と呼ぶのを拒否し、「巧みなスリ」という言葉を使って呼びたがったとする。しかし、スリに対抗するためなら、駅とか観光スポットに私服刑事を巡回させるだけでいい。たいがい刑事はその地域の小物のプロたちを知っているからだ。一方、銀行強盗を防ぐには、どこの誰だか分からない敵に対して、金のかかる電子装置や機動隊のパトロールを必要とする。つまり、誤った名前をつけることは誤った解決法を導くことになるのだ。

レジスタンスを倒すのに通常用いられる掃討作戦によって敵のテロリストを倒せるだろうと信じるのは空しい幻想だが、テロリストに対抗するために使う方法によって「齧って逃げる」人々を倒せると信じることも、また間違いだ。

つまり、激情に流されたり強要に屈したりすることなく、必要なときにテクニカル・タームを正しく使うことが必要なのだ。

［初出］「レスプレッソ」誌、二〇〇四年一〇月。

＊1　一三八ページの訳注＊1を参照。

＊2　イタリアの政治学者（一九四八年〜　）。

＊3　シェイクスピア『ロミオとジュリエット』第二幕第二場のジュリエットのセリフ「名前っていったい何？　みんながバラと呼んでいるあの花も、他の名前で呼ばれてもその甘い香りに変わりはないはず」を指す。

＊4　フランス革命期に発生したカトリック王党派の反乱（一七九三〜九六年）。

＊5　イタリア中部のティレニア海に面した町。一九四四年一月、アメリカ軍がここに上陸し

た。

＊6　南部イタリアでは、新生イタリア王国（一八六一年成立）の実態に失望した人々が山岳地帯を拠点にして反政府ゲリラ活動を行った。政府は彼らを匪賊と見なして苛酷な弾圧を行った。

＊7　mordi e fuggi. イタリア語で「使い捨てにする」を意味する言い回し。すばやく襲撃してすぐ退く戦法を指しても用いられる。

＊8　六一ページの訳注＊1を参照。

カミカゼと暗殺者

少し前、もちろんあの運命的だった九月一一日の同時多発テロ事件以前のことだが、インターネットのいくつかのゲームの中に、なぜ日本軍の神風特攻隊はヘルメットをかぶっていたのか、という質問が出回っていた。いったいなぜ敵の航空母艦に突っ込んでいこうとする人間が頭を守る必要があったのかということだ。本当にヘルメットをかぶっていたのか。彼らは額に儀式的な鉢巻を巻いていたのではなかったのか。いずれにしても常識が提供してくれる答えは、ヘルメットはエンジン音で耳が聞こえなくならないためにも役立ったこと、死への急降下を始める前にあるかもしれない敵の攻撃から自らを守るためでもあったこと、そして何にもまして(と私は信じているが)、神風特攻隊員は儀式を守り規則に従う人たちだったので、手引書に飛行機に乗りこむ際はヘルメットを着用せよと書かれてあればそれに従ったのだ、というものだ。

冗談はさておき、この質問は他人を殺すために自分の命を冷静に放棄する者の前で、われわれ一人一人が感じる戸惑いをあらわにしている。

同時多発テロ事件以降、われわれは(当然ながら)新しいカミカゼ隊員がイスラム世界の産物であると考えている。これは多くの人を、原理主義＝イスラム教という方程式に導くし、またカルデローリ大臣[*1](テレビで彼を拝見するのはいつも楽しい。ファントッツィ[*2]の会社の同僚みたいだから)に、これは文明の衝突ではない、なぜならば「あいつら」は文明などではないからだ、と言わせてもいる。

その上に、中世においてイスラム教の異端的な一派が、生きて帰れないことを知っている刺客を送り込んで政治的暗殺を行っていたことを、歴史家が教えてくれる。伝説によると、当時のカミカゼ隊員は、首謀者の言いなりになるよう、ハシッシュ(大麻。ハッサッシン一派(＝暗殺者教団)はここから派生している)で判断力を鈍らせるように処置されていた。マルコ・ポーロ以来の西洋の記述者たちがこのことに関して少し誇張したのは事実だが、しかしアラムート城砦の暗殺者教団という現象については真面目な研究もあるし、それらをもう一度読み直せば役に立つことがあるかもしれない。

しかしこの頃、私はインターネットでロバート・ペイプの著書『勝利のための死――自爆犯たちの戦略的論理[*3]』について幅広い議論が交わされているのを見つけた。ペイプは、豊富な統計的資料をもとに二つの基本的な説を提出している。一つは、自爆テロは占領された地域で、しかもその占領に対する反発としてしか生まれないということ(議論の余地のある説かもしれないが、しかしペイプは、例えばレバノンでそうだったように、占領が終われば自爆テロはなくなるのではないかと言う)。もう一つは、自爆テロという現象がイスラム教に限るものではないということだ。例としてペイプは、スリ・ランカの「タミールの虎」や、誰一人イスラム教徒ではなく世俗的だったり共産主義者だったり社会主義者だったりしたレバノンの二七人の自爆テロリストを挙げている。

歴史におけるカミカゼ隊員は、日本人やイスラム教徒だけではない。ウンベルト一世を拳銃で撃つよう、実行犯ガエターノ・ブレーシ[*4]にアメリカからイタリアへの旅費を払ったアメリカ移民のイタリア人無政府主義者たちは、ブレーシに片道切符だけしか買ってやらなかった。ブレーシ自身、自分の冒険から生きて帰れないことをよく分かっていた。キリスト教の初期の数世紀の間には、殉教者となる名誉を得るために旅人を襲撃していた「無頼の徒(キルクムケリオネス)」がいたし、さらに後のカタリ派の信徒は「耐忍礼(エンドゥーラ)」と呼ばれる儀式的自害を行っていた。そして最後に今日のさまざまな宗教的セクト(そのすべては西洋世界にあるが)にいたるが、これらのセクトについては、集団自殺を選ぶことがときどき新聞で報じられるのを目にする(人類の歴史の中で他の民族が行った「攻撃的」自殺の形態について教えてもらえないか、人類学者にお願いしたいところだ)。

結局、歴史も世界も、宗教、イデオロギー、その他何らかの理由で(その上、言うまでもなく、適合的な心理構造を持っていることが助けとなったり、あるいはきわめて洗練された方法で精神的隷属状態に置かれたりして)、人を殺すために自分が死んでもよいと思う人で、かつても今もあふれているのだ。

したがって、われわれの安全に取り組まなければならない人々に注意を払わせ、対策の研究を促すべき真の問題は、イスラム原理主義という現象だけでなく、攻撃的自殺一般の心理的側面なのではないかと問うてみる必要があると思う。自分の命を犠牲にすることを人に納得させるのは簡単ではないし、自己保存本能はイスラム教徒でも、仏教徒でも、キリスト教徒でも、共産主義者でも、偶像崇拝者でも、皆持っている。この本能を乗りこえるには、敵に対する憎しみだけでは十分でない。潜在的カミカゼ隊員の心理をよりよく理解する必要があるように思う。私がここで言いたいのは、カミカゼ隊員となるには、興奮して狂ったイマーム(導師)が聖戦を唱えているモスクに通うだけでは十分ではないし、そしておそらく、ある人たちの中に潜在している死への衝動を鎮めようとしてそのモスクを閉鎖するだけでも十分ではないだろう。実際、そのような人たちが出歩き続けることの歯止めにはならない。

どうすればそのような人たちを見出すことができるのか、つまり一般市民にとって悪夢とならずに、どのような捜査や監視を行えば見出せるか、これはとても難しい問題だ。しかしこのような方向においても作業する必要があるだろうし、またこの死への衝動が、必ずしもイスラム教徒ではない他の人間グループにおいても出現する可能性のある(エイズや肥満と同様の)現代世界の病気となりつつあるのではないかと自問する必要があるように思う。

［初出］「レスプレッソ」誌、二〇〇五年八月。

＊1　イタリアの政治家（一九五六年〜　）。当時、第三次ベルルスコーニ内閣の行政改革大臣を務めていた。間抜けな人物との評判がある。

＊2　人気を博したイタリアの喜劇映画シリーズの主人公。大会社の社員だが哀れな間抜け者で、仕事でも家庭でもバカにされてばかりいる。

＊3　Robert Pape, *Dying to Win: The Strategic Logic of Suicide Terrorism*. New York: Random House 2005.

＊4　一九〇〇年七月二九日、ミラーノ近郊の都市モンザを訪問中のイタリア国王ウンベルト一世を銃弾三発で暗殺したイタリア系アメリカ人の無政府主義者（一八六九〜一九〇一年）。

III 十字軍への逆戻り

聖戦、感情、理性

わが国の首相〔ベルルスコーニ〕が数日前に、西洋文化の優越性に関して不適切な言葉を発したことは、二次的な事実と言って差し支えないだろう。正しいと思っていることを、しかし間違ったときに誰かが口にしても、それは二次的な問題であり、不正な、あるいは何にせよ誤ったことを誰かが信じていても、それもまた二次的な問題だ。なぜなら、不正なこと、誤ったことを信じている人はこの世に数多くいるからだ。そしてその中には、わが国の首相よりもおそらく金持ちで、より名声の高い大学で勉強したビン・ラディンという名の男性さえいるのだ。

しかし、二次的でなく、そしておよそすべての人々、政治家、宗教界の指導者、教育者が心配しなければならないのは、ある種の表現や、あるいはそうした表現を何らかの形で正当化する感情的な記事までが、広く一般的な議論の材料となり、若者の精神を占領して、あげくのはてに彼らを一時的な心の動きが引き起こす感情的な結論へ導くことになることだ。ここでなぜ若者のことを気にかけるかというと、年寄りの頭はもはや変えることができないからだ。

何世紀にもわたって世界を血に染めてきた宗教戦争はすべて、短絡的な対比――われわれと彼ら、善い人間と悪い人間、白人と黒人など――への感情的同意から生まれた。西洋文化が実りの多い文化であったのは(啓蒙主義の時代から今日にいたるまでだけでなく、それ以前、例えばフランシスコ会のロジャー・ベーコンが、異教徒からも学ぶべきことがあるからと言って外国語の勉強を人に促していた頃から)、探求や批判的精神によって有害な単純化を「解消する」ことに努力を注いだからでもある。

もちろん、西洋文化がつねにそのようにしていたわけではない。ヒトラーもファシズムも西洋文化に属している。前者は本を燃やし、「退廃」芸術を強く非難し、「下等」人種に属する人々を殺していた。ファシズムは子供の頃の私に、「神よ、イギリス人を罵倒したまえ」というセリフを唱えるように学校で教えていた。イギリス人は「一日五食の民」、つまり食道楽の人間であり、質素で厳格なイタリア人より劣るからだと言って。

だが、若者が生きていくことになるわれわれよりも後の時代に、またどこかのタワーが崩壊させられることを望まないのならば、われわれが若者(しかも肌の色を問わず)とともに議論しなければならないのは、われわれの文化の最もすぐれた側面についてなのだ。

混乱が生まれる原因の一つは、自分自身の「根」を認識することと、異なった「根」

を持つ人間を理解することと、何が善か悪かを見極めることとの違いを感知することができないことにある。「根」について言うなら、モンフェッラート地方[*1]の村と、アブルッツォ国立公園の荘厳な環境の中と、スィエーナ地方のなだらかな丘の上のうち、最も好んで老後を過ごしたい場所はどこか、と尋ねられれば、私はモンフェッラート地方を選ぶだろう。しかしだからといって、それは私がイタリアの他の地方のことをピエモンテより劣っていると判断したことを意味しない。

したがって、首相が自分の言葉(西洋世界に向けて発せられたが、アラブ世界向きの報道の中では消された)によって、カブールよりもアルコレ[*2]に住みたい、バグダッドの病院で治療を受けるよりもミラーノの病院で治療を受けたいということを意味したかったというならば、私も彼の意見にいつでも賛成しよう(アルコレのことは別として)。たとえバグダッドに世界で最もすぐれた医療機器を備えた病院が開設されたと言われたとしても、やはりそうだ。なぜなら、ミラーノにいた方が居心地よい感じがするからで、これはまた私の回復力にも影響するだろうからだ。

「根」の意味が、地方あるいは国よりも広いこともあり得る。例えばの話だが、モスクワに住むよりも、リモージュ[*3]に住んだ方が私には合うと思う。なぜ？　モスクワだって素晴らしい町ではないか。まったくその通りだが、リモージュなら少なくとも住民の言葉が分かるからだ。

結局、われわれは皆、育った文化に同一化しているし、完全な「移植」の事例は、存在してもきわめて稀だ。アラビアのロレンスは服までアラブ人と同じものを着ていたが、最後は自分の家に戻った。

では、文化の対比に移ろう。これこそ焦点だからだ。西洋世界は、しばしば経済の拡大という理由だったとはいえ、他文化に対して好奇心を抱いた。そして多くの場合、軽蔑をもってそれらの文化を片づけた。例えば、ギリシャ人はギリシャ語を喋らない人々を「バルバロス」と呼んだ。今は「バルバロス」を「野蛮人」と訳すのだが、厳密に言えば「吃音」の人、つまりギリシャ語によって意思の疎通ができない人のことだった。ギリシャ人にとってギリシャ語で意思の疎通ができないことは、まったく喋れないのと同じだった。しかしストア派のような、より成熟したギリシャ人(おそらく、彼らの何人かがフェニキア出身だったからかもしれない)は、「野蛮人」がギリシャ語と異なった言葉を使いはしても、同じ考え方をしていることに気づいた。マルコ・ポーロは大変な尊敬をもって中国の風俗習慣を描写しようとした。中世のキリスト教神学の大先生たちはアラブの哲学者、医学者、占星術師の文献を翻訳させようとした。ルネッサンスの人たちは、失われた東洋(カルデア人からエジプト人まで)の知識を取り戻そうとして、ときにはやり過ぎるくらいの試みをした。モンテスキューは、ペルシャ人ならどういうふうにフランス人を見るかを探ろうとした。[*4] 近代の人類学者は、サレジオ会の宣教師たちが本部に送っていた報告書をもとに初期の研究を行った。その宣教師たちがボロロ族[*5]のもとを訪れたのは、もちろん彼らをできることなら改宗させるためだったが、彼らの考え方や生き方がどのようなものであるかを理解するためでもあった(サレジオ会の宣教師たちは、数世紀前の宣教師たちがアメリカ先住民の文化を理解できず、先住民の殲滅を促進していたことをおそらく忘れていなかっただろう)。

私は今、人類学者を引き合いに出した。一九世紀半ば以降、文化人類学は「他者」、とくに野蛮人、歴史のない社会、原始人とされていた「他者」に対する西洋人の呵責を癒す試みとして発展してきたのだとここで指摘しても、新しいことを言ったわけではない。未開人に対して西洋世界は寛大ではなかった。彼らを「発見」し、改宗させようと試み、数多くを、アラブ人の手も借りて奴隷にしてしまった。実際、奴隷船の「積荷」はニューオリンズに着くと洗練されたフランス出身の紳士によって降ろされたが、アフリカの沿岸で船にその「積荷」を詰め込んだのはイスラム系の悪徳商人だった。

植民地拡大のおかげで栄えることができた文化人類学は、それらの「他者」の文化が正真正銘の文化、特有の信仰、儀式、風俗習慣を持った文化であること、その信仰、儀式、風俗習慣はそれらが発展してきた枠組みの中では完璧に合理的で完全に体系的であって、つまりそれなりの内部論理の上に成り立っているものであることを示すことによって、植民地主義の罪を何とか償おうとしていた。文化人類学者の課題は、西洋の論理とは異なる論理が存在すること、そしてそれらは軽蔑したり抑制したりするべきものではなく、真剣に受けとめられるべきものであることを示すことだった。

だからといって、いったん「他者」の論理を説明したら、人類学者がその「他者」と同じ生き方を送ることを決心したという意味ではない。逆に、数少ない例を除けば、海外での数年がかりの仕事が終わると、人類学者はたいていデヴォンシャーやピカルディに安らかな老年を過ごしに帰った。しかし彼らの本を読んだ人の中には、文化人類学は相対主義的思考を支持していた、言い換えれば、すべての文化は同等だという考え方を持っていたと思う人がいるかもしれない。しかし私は決してそうではないような気がする。

人類学者がわれわれに言っていたのはせいぜい、「他者」が自分の家に留まっている限りは、彼らの生き方を尊敬すべきだということだった。

文化人類学から学ぶべき真のレッスンは、むしろ、ある文化がもう一つの文化より勝っているかどうかを断言するためには、パラメーター（測定基準）を定める必要があるということだ。ある文化がどのようなものであるかを説明するのと、その文化をどのようなパラメーターによって評価するのかを語るのとはまったく違う。ある文化はある程度客観的に記述することができる。例えば、その人たちはかくかくしかじかの行動をとるとか、神霊を信仰するとか、あるいは自然全体にあまねく内在する一つだけの神を信仰しているとか、かくかくしかじかのルールに従って家族的クランを形成しているとか、鼻にリングを通すのが美しい(西洋の若者文化の記述にもなり得るのだが)と思っているとか、豚肉は不純なものだと考えているとか、割礼をするとか、祝日に鍋で煮込む目的で犬を飼っているとか、等々。

人類学者は、言うまでもなく、客観性とはさまざまなファクターによってつねに脅かされるものであることを知っている。私は去年、アフリカのドゴン族の地を訪れたが、そこである男の子に、彼がイスラム教徒であるか尋ねた。彼はフランス語で、「いいえ、私はアニミスト(アニミズム信仰者)です」と答えた。信じていただきたいのだが、アニミズムの信仰者は、少なくともパリの社会科学高等研究院を卒業していない限り、自分のことを「アニミスト」とは定義しない。したがって、この男の子は人類学者が定義した言葉を使って自分の文化のことを語っていたのだ。

アフリカの人類学者が語ってくれたことだが、もはやとてもずるくなっているドゴン族は、ヨーロッパの人類学者が到着すると、第二次世界大戦前にグリオール[*6]という人類学者が書いたことを彼らに語るそうだ(とはいえ、少なくとも博識のアフリカの私の友人たちが強調していたところでは、グリオールは、現地の情報提供者たちからかなり支離滅裂な情報を与えられていて、その後その情報を魅力的ではあっても真実味の疑わしい体系にまとめ上げたという）。とはいっても、「他者」の文化についてのあり得る誤解を差し引けば、それなりに「中立的な」像を手にすることはできる。

だが、パラメーターは別だ。それはわれわれの「根」、われわれの好み、われわれの習慣、われわれの感情、われわれの価値観の体系によって左右されるのだ。事例を挙げてみよう。平均寿命を四〇歳から八〇歳に引き延ばすことは価値があるとわれわれは思っているだろうか。価値があると私は個人的に思っているが、八〇歳まで生きた大食家と二三歳で亡くなった聖ルイージ・ゴンザーガ[*7]とを比較すれば、より豊かな人生を生きたのが後者であることを多くの神秘主義者が私に言いたがるだろう。しかしともかく、かりに寿命を引き延ばすことが価値あることだと認めることにしてみよう。だとするなら、西洋の医学や科学は、他の医学的知識や医学的行為よりも紛れもなくすぐれていることになる。

技術発展、貿易拡大、輸送の迅速化は価値あることだとわれわれは信じているだろうか。多くの人々がそう考えているし、その人たちがわれわれの技術社会の勝っていることを評価することは構わない。しかし、まさにその西洋世界の内部で、汚染されていない環境と調和した生活を最も価値あるものと考え、オゾン・ホールは絶対嫌だから、そのためなら飛行機や自動車や冷蔵庫を諦めてもいい、そのかわりに籐で籠を編み、村から村へ徒歩で移動しても構わない、と思っている人がいるのだ。ある文化が他の文化よりもすぐれていると評価するには、その文化を記述する(人類学者のように)だけでは不十分で、われわれが放棄できないと思う価値観に関連づける必要があることは明らかだ。その時点で初めて、われわれの文化は「われわれにとって」勝っていると言えるようになるのだ。

この何日かの間、必ずしも同意できないパラメーターをもとにした、多くの文化に対するさまざまな弁護が見られた。つい何日か前にも、大手の新聞に載ったある投書を読んだ。筆者は嫌味たっぷりに、なぜノーベル賞は西洋人ばかりに与えられて、東洋人には与えられないのだろうと自問していた。その筆者が、肌の黒い人や偉大なイスラム文学者にどれだけノーベル文学賞が与えられたか知らない無知な人であることはさておき、また、一九七九年のノーベル物理学賞がアブドゥス・サラームというパキスタンの物理学者に授与されたことはさておき、科学研究に対する褒賞は当然ながら西洋科学の分野で働く人間に与えられると断言するのは、まるでお湯を発見したと騒ぎ立てるようなものだ。[*8] なぜなら、西洋の科学と技術が今日では先端を走っていることを、いつだって誰も疑ったことはないからだ。何の先端か? 科学と技術の先端だ。

技術開発というパラメーターはどれだけ絶対的だろうか。パキスタンは原子爆弾を持っているがイタリアは持っていない。したがって、われわれの文化は劣っているのか。アルコレよりもイスラマバードに住む方がいいのか。

対話の必要性を主張する人たちは、イスラム世界がアヴィケンナ(ちなみに、彼はアフガニスタンからそう遠くない、現在のウズベキスタンの都市ブハラで生まれた)やアヴェロエスのような人物を世に送りだしたことを挙げ、イスラム世界への尊敬を呼びかける。しかし、まるでこの二人しか存在しなかったかのように、彼らだけがつねに取り上げられ、アル・キンディ、アヴェンパーケ、アヴィケブロン、イブン＝トゥファイル、あるいは西洋で社会科学の先駆者とさえ評価されている一四世紀のあの偉大な歴史学者イブン＝ハルドゥーンなどが話題に上らないのはとても残念だ。[*9] 対話の主唱者たちは、スペインのアラブ人が地理学、天文学、数学、医学を研究していた頃、キリスト教世界が遥かに遅れていたことをわれわれに訴える。このようなことは、もちろん紛れもない事実ではあるが、議論の論拠にはならない。なぜなら、このような線に沿って論じていけば、トスカーナ地方の高貴なヴィンチ村がニューヨークに勝っていることになるからだ。ヴィンチ村でレオナルドが生まれた頃、マンハッタンでは地面に胡坐(あぐら)をかいた数人のアメリカン・インディアンが二四ドルでマンハッタン半島をまるごと買い上げてくれるオランダ人が来るのをもう一五〇〇年間も待っていたのだから。だが、違う。侮辱するつもりはないが、今日、世界の中心地はニューヨークであってヴィンチ村ではない。物事は変わっていく。われわれの世界においてユダヤ人の住むゲットーが襲われていた頃、スペインのアラブ人はキリスト教徒とユダヤ人に対して非常に寛大だったことを強調したり、エルサレムを奪回したサラディンは、キリスト教徒に対して、エルサレムを征服したときにキリスト教徒がサラセン人に対して取った行動よりも慈悲深かったことを言い張ったりしても、何の役にも立たない。どれも皆正しいことだが、しかし今のイスラム世界にはキリスト教徒を容認しない原理主義的、神政主義的政治体制が存在しているし、ビン・ラディンはニューヨークに対して慈悲深い態度を見せたわけではない。バクトリア地方は偉大な文化の十字路だったが、今日のタリバンは大仏像を大砲で破壊している。逆に、フランス人はサン・バルテルミーの夜の虐殺[*10]を行ったが、だからといって今日のフランス人が野蛮人だと言うことが許されるわけではない。

「歴史」は引き合いに出さない方がよい。両刃の武器だからだ。トルコ人は人間を串刺しの刑にしていたが(もちろんそれはよくないことだ)、正統派のビザンティン教徒も危険な親戚の目玉を抉り取っていたし、カトリック教徒はジョルダーノ・ブルーノを火刑に処していた。サラセンの海賊たちはありとあらゆる悪事に手を染めていたが、イギリス国王陛下の海賊たちは立派な許可証[*11]まで持ってカリブ海のスペイン植民地を荒廃に追い込んでいた。ビン・ラディンやサダム・フセインは西洋文化の仇敵だが、われわれ西洋文化の中にもヒトラーやスターリンという名の紳士がいた(スターリンはあまりの悪党だったため、神学校で勉強してマルクスも読んでいたにもかかわらず、つねに「東洋人」と見なされた)。

そう、パラメーターの問題は歴史の観点から考えるべきではなく、同時代の観点から考えるべきなのだ。西洋の諸文化(自由で、多元的で、われわれはこれこそが放棄し得ない価値観だと思っている)に関して褒めるべきことの一つは、一人の同じ人間が異なった問題に関して、異なった、しかも互いに矛盾したパラメーターを操作する傾向を持ち得ることを、だいぶ前に気づいたことだ。例えば、寿命が長くなるのはよいこととされ、大気汚染は悪いこととされるが、寿命を延ばす研究が行われる大きな研究所を持つためには、おそらくコミュニケーションやエネルギー供給のシステムを持つ必要があり、このシステムが、それはそれで汚染の源となることをわれわれは紛れもなく感じている。西洋文化は自分自身の矛盾を自由にあらわにする力を発達させた。それらの矛盾が解決されるとは限らないが、存在ははっきりと分かっていて、隠そうとしない。つまるところ、「イエス・グローバル」、「ノー・グローバル」の論争の核心は――何でも壊そうとするイカれた「黒シャツ」[*12]たちにとっては違うが――まさにここにあるのだ。がむしゃらなグローバル化がもたらすリスクや不平等を避けながら、ポジティヴなグローバル化の部分はどれだけ耐えられ得るのか、エイズ患者を餓死させ、われわれに汚染された食物を食わせるグローバル経済を受け入れることなく、エイズで死ぬ何百万ものアフリカ人の寿命も(同時にわれわれの寿命も)どうやって延ばすことができるか、ということなのだ。

しかし、西洋世界が追求し奨励するこのようなパラメーターの批判的検討こそが、パラメーター問題がいかにデリケートなものであるかを分からせてくれる。銀行の秘密保持は正当でわれわれの文明にふさわしいか。多くの人はそう思う。だがこの秘密主義によって、テロリストたちがロンドンの銀行街に自分たちの資金を保管できるという結果がもたらされた場合はどうか。それならば、プライヴァシーと称するものの保護はポジティヴな価値か、それとも疑問を抱かせる価値か。われわれはたえまなく自分たちのパラメーターについて議論し続ける。西洋世界におけるその議論は、自分たちの市民が、技術発展というパラメーターをポジティヴなものと見ないで拒否し、仏教徒になったり、あるいは馬車にもゴム・タイヤを使わないコミュニティに入って人生を送ったりすることを許してしまうほど、幅が広い。学校が教えるべきなのは、われわれの感情的な主張が根拠にするパラメーターを解析し議論するやり方なのだ。

文化人類学が解決しなかった問題とは、ある文化について、その原理を尊重すべきことは学んだかもしれないにしても、もしその文化に属している人がわが家に居座ったときにはどうすべきかという問題だ。事実、西洋世界における人種差別主義的な反発の大部分は、マリにアニミズムを信仰する人々が住んでいることによるものではなく(現に、自分の国に留まればよいのだと北部同盟[*13]は言っている)、アニミズムを信仰するその人々がわれわれのところに住みに来ることによるものだ。アニミズム信仰者やメッカに向かってお祈りをしたい人ならまだ許せるとしても、もしチャドルを頭にまとって歩きたいという場合、もし自分たちの女の子の性器を縫い合わせたいという場合、もし病気になった子供への輸血を拒んだ場合(西洋のあるセクトがそうしているように)、あるいはもしニューギニアの食人種の最後の一人(そのような人間がまだ存在していると仮定して)がわれわれのところに移民してきて、少なくとも毎日曜日に若者を一人丸焼きにして喰いたいという場合は、どうするべきか。

食人種については牢に入れてしまえばすむ(とくに、一億人にのぼるわけでもないから)とおそらくわれわれは皆合意するだろうし、チャドルをまとって学校へ通いたいという女の子については、もし彼女がそれを好むのならば大騒ぎするほどの必要が私には見えない。性器縫合については、議論がまだ決着していない(手術を地方の各保健所の管理下に置けば衛生的に行えると提案した寛大な意見の持ち主すらいる)。だが、例えば、ブルカを身にまとったままでパスポートの写真を撮ってほしいと望む女性たちに対しては、どうすればよいだろうか。われわれの国には万人に対して平等な法律があって、その法律によって市民の身分を確認するための基準が定められているのだから、その法律を曲げることはできないと私は思う。私はあるモスクを訪れたとき、靴を脱いで入った。なぜなら、訪問した国の法律や習慣を私は守ったからだ。では、ヴェールをかぶった写真についてはどうすればよいだろうか。このような場合においてはある程度の交渉ができると思う。そもそもパスポートの写真というものはいつだって正確ではないし、現実の場面でそれがどこまで有効かについては議論の余地があるのだから、親指の指紋に反応する磁気カードなるものを開発しておいて、特別扱いを望む人については、追加料金が発生した場合にそれを支払ってもらうことにすればよいのだ。また、もしこれらの女性がわれわれの学校に通うことになった場合、彼女たちは自分が有するとは思いもしていなかった権利について知ることができるようになるかもしれない。それは、コーランの学校へ通って自由にイスラム教徒になることを決めた西洋人が多くいるのと同様だ。

われわれのパラメーターについて考察するということは、われわれにはすべてを許す準備ができていないこと、ある種の物事はわれわれにとって許し難いものであることを決定するという意味でもある。

西洋は「他者」の風俗習慣の研究に金と労力を注いできたが、「他者」に対しては、海外で白人が経営する学校で勉強すること、あるいは富裕層にオックスフォードやパリに留学させることを除いて、本当の意味で彼らに西洋の風俗習慣を研究することを許したことはない。その結果は誰の目にも明らかだ。彼らは西洋で勉強した後、自国に戻ると原理主義的運動を編成するのだ。なぜなら彼らは、そうした勉強ができない自分の同国人との間に深い絆を感じているからだ(そもそも、その話は古い。インド独立のために闘った知識人は、イギリスに留学していたのだ)。

昔のアラビアや中国の探険家は太陽が沈む方向にある国々のことを少しは勉強していたが、そのことについてわれわれはわずかな知識しかない。同国人に対してだけでなく、われわれ西洋人に対してもどのように西洋世界が見えるかを語るために西洋世界を勉強しにきたアフリカや中国の人類学者が何人いるだろうか。数年前から「トランスカルチャー」という国際組織が存在し、「オルタナティヴ人類学」という学問のために闘っている。この組織は、西洋に一度も来たことのないアフリカの人類学者を、フランスの地方やボローニャの社会を記述するために招いた。信じていただきたいのだが、彼らが観察していて最も驚いたことの二つとは、ヨーロッパ人が自分の犬に散歩をさせること、および浜辺で裸になることだ、とわれわれヨーロッパ人が読んだとき、まさしくそのときに、互いに視線を交わすことが機能し始め、興味深い議論が生まれたのだ。今、一一月にブリュッセルで行われる予定の会議を目指して、三人の中国人(哲学者と人類学者と芸術家)がそれぞれに、逆マルコ・ポーロの旅を完成させようとしているのだが、この「東方見聞録」ならぬ「西方見聞録」を、文字化するだけでなく話を録音し映像も撮ってつくっている。終わったら、彼らの観察によって中国人に何が説明されることになるか私には分からないが、われわれには何の説明となり得るのかは分かる。

イスラム原理主義者がキリスト教原理主義についての研究に招かれることを想像してみてほしい(この場合のキリスト教原理主義とは、カトリックではなく、アメリカのプロテスタントの一派のことで、イランのアヤトラー〈法学者〉たちよりも狂信的で、ダーウィンと関係のあるどのような些細なことでも学校の教科書から消し去ろうとしている人々のことだ)。他人の原理主義を人類学的観点から研究することは、自分自身の原理主義の性質をよりよく理解するのに役立つと私は思う。聖戦についてのわれわれの概念を研究しにきてもらえば(私はいろいろな面白い論文を彼らに推薦することができる、最近の研究も含めて)、彼ら自身の世界における聖戦についての考えも、より批判的な目で見ることができるようになるかもしれない。そもそも、われわれ西洋人がわれわれの考え方の限界について考察できたのも、まさに「野生の思考」[*14]を解析しながらのことだった。

西洋社会がよく話題にする価値観の一つは、差異の受け入れだ。ある人について、公の場では「ゲイ」と言うのが「政治的に正しい」ということについて、誰も理論的には異を唱えない。しかし家に帰ると、くすくす笑いながら「オカマ」と言う。差異を受け入れることを、どのようにして教えることができるだろうか。「世界文化アカデミー[*15]（L'Académie Universelle des Cultures）」が立ち上げたインターネット・サイトでは、自分と異なる人間をどのようにして受け入れるかを生徒に教える世界の教育者に提供するために、さまざまなテーマ（肌の色、宗教、風俗習慣、等々）に関して教育素材を作成している。その際、われわれがまず決めたのは、人間は皆同じだなどというようなことを主張して子供に嘘を言わないことだった。子供は、家の隣人や学校の同級生の中に、自分と同じでなく、肌の色が違っていたり、切れ長の目をしていたり、髪の毛にカールが多かったり少なかったり、不思議な物を食べていたり、教会に行かなかったりする人がいることにしっかりと気づいている。また、子供に人間は皆神の子だと言うのも十分ではない。なぜなら、動物も神の子だが、それなのに子供は自分たちに綴り字法を教えるために山羊が教壇に立っているのを見たことがないからだ。

したがって必要なのは、人間がそれぞれ、互いにかなり異なっていることを子供に伝えた上で、どのようなことにおいて違っているかをよく説明し、その違いこそが豊かさの源になり得るのだと示すことだ。イタリアのとある町の学校の先生はイタリア人の生徒に対して、なぜ他の子供たちは違う神に祈りを捧げているのか、なぜロックとは思えないような音楽を奏でているのか、理解を促さなければならないだろう。言うまでもなく、中国の教育者も、キリスト教徒のコミュニティの近くに住んでいる中国人の子供たちに対して同じことをしなければならない。その上で次のステップは、われわれの音楽と彼らの音楽との間には何らかの共通点があること、そして彼らの神が命じていることの中には善良なこともあると示すことだ。

ここで次のような疑問が湧いてくるかもしれない。「われわれはフィレンツェでそうすることにしよう、だが彼らは、例えばカブールで同じようにするだろうか」。まあ、このような疑問ほど、西洋文化の価値観からかけ離れたものはない。われわれの文化は、自分たちの国の中でモスクが建設されることを許すからこそ多元的なのであり、したがって、カブールでキリスト教伝道者が牢屋に入れられるからといって、その多元性を放棄するわけにはいかない。もしそのようなことをしたら、われわれもタリバンになることになる。差異に対する寛容というパラメーターは紛れもなく最も強い、最も議論の余地のないパラメーターの一つなのであって、われわれは差異を容認するからこそ、われわれの文化が成熟していると評価し、われわれの文化に属しながらも差異を容認しない人のことを野蛮な人と判断するのだ。それ以上でも以下でもない。さもなければ、もしこの地球上のどこかにまだ食人種が存在するとして、われわれが彼らを食べに行けば彼らにとっていい教訓になると決めつけてしまうのと同然のことになる。

われわれが自分たちの国の中にモスクを許すのだから、いつの日か彼らの国の中にキリスト教の教会が建設されたり、あるいは仏像が大砲で破壊されなかったりするようになることをわれわれは望んでいる。これはあくまでも、われわれが自分たちのパラメーターの正しさを信じている限りでのことだ。

この世は混沌としている。この頃は妙な出来事が多い。西洋の価値観の保護が右翼の旗印になったように見える一方で、左翼は変わりなくイスラムに共感を抱いている。さて、断固として第三世界やアラブの味方をしている一部の右翼や十全主義的カトリック派の存在はさておき、皆の目の前に広がっているある歴史的現象が考慮に入れられていないと私は思う。

つまり、科学、技術発展、そして近代西洋文化全体の価値観を守ることが、つねに世俗派、進歩主義派の特徴であり続けてきたことだ。それだけでなく、すべての共産主義体制は、技術や科学の進歩というイデオロギーをつねに引き合いに出してきた。一八四八年の『共産党宣言』は、ブルジョアの拡大を偏見なく称賛する言葉で始まる。マルクスは、方向転換をしてアジア的生産様式に移行しなければならないなどとは言っていない。彼が言っているのは、これらの価値観やこれらの成功をプロレタリアが自分のものにしなければならないということだけだ。

その反面で、少なくともフランス革命を拒絶することから始まり、「伝統」の価値観に戻らなければならないと主張して進歩の世俗主義的イデオロギーに反対してきたのは、つねに反動主義思想(この言葉が持っている最も崇高な意味で)だった。西洋の神話思想を引き合いに出し、ストーンヘンジですべてのイスラム教徒の喉を掻き切る態勢を整えているのは、ネオナチの数限られたグループだけだ。「伝統」派の最も真面目な思想家(国民同盟[*16]に一票を投じている多くの人も含めて)は、原始民族の儀式や神話だけでなく、未だに役に立つ代替的な精神性として、つねに仏教の教訓や、あるいはまさにイスラムに目を向けてきた。彼らは、われわれが優越しているのではないこと、進歩のイデオロギーによって枯渇してしまっていること、スーフィズム[*17]の神秘家や踊るダルヴィーシュ[*18]の中に真実を探しに行かなければならないことをつねに思い出させようとしてきた。このようなことは私が言っているのではなく、彼らが言い続けてきたのだ。本屋へ行って、しかるべき本棚の中を探せば、その証拠は見つかる。

そうした意味において、現在、右派の中に不思議な割れ目が発生しようとしている。しかしもしかすると、これは大いなる混迷の時代(われわれが今混迷の時代に生きていることはたしかだ)のしるし、誰も自分がどの側に立っているのか分からなくなっていることを示すしるしに過ぎないのかもしれない。

だが、混迷のときだからこそ、われわれの迷信に対しても、そして他人の迷信に対しても分析や批判の武器を操ることができるようにならなければならないのだと思う。このような問題について、記者会見の場だけでなく、学校で論じられるようになることを希望している。

［初出］「ラ・レプッブリカ」紙、二〇〇一年一〇月。

＊1　イタリア北西部、ピエモンテ州の一地方。エーコは一九三二年、その中心都市アレッサンドリャで生まれた。

＊2　ミラーノの北約五〇キロの小さな町。ベルルスコーニがこの町にあった一八世紀の大邸宅を購入して自宅としたことから有名になった。

＊3　フランス中部の町。

＊4　モンテスキューの書簡体小説『ペルシャ人の手紙』(一七二一年)のこと。

＊5　ブラジル内陸のマトグロッソ州に居住していた先住民。サレジオ会の宣教師たちは一九〇二年から彼らへの布教を始めていた。

＊6　フランスの民族学者(一八九八〜一九五六年)。ドゴン族の研究で知られる。

＊7　名門貴族ゴンザーガ家出身で、イエズス会士(一五六八〜九一年)。アロイシウス・ゴンザーガとも。伝染病に倒れたため、伝染病罹患者の守護聖人とされる。

＊8　一四八ページの訳注＊1を参照。

＊9　いずれも九世紀から一五世紀にかけてのイスラム世界の知識人。

＊10　五一ページの訳注＊11を参照。

＊11　イングランドが発行した「私掠免許」のことを指す。
＊12　三〇八ページの訳注＊4を参照。
＊13　一〇七ページの訳注＊5を参照。
＊14　フランスの人類学者クロード・レヴィ＝ストロースは、著書『野生の思考』(一九六二年)において、西欧近代の「科学的思考」と対比される知的実践としての「野生の思考」(＝神話的思考)の論理性を明らかにした。
＊15　一九九二年にフランスで文化人・知識人(エーコもその一人)が中心になって創設した組織。
＊16　ネオファシスト政党「イタリア社会運動」を前身とする政党。
＊17　イスラムの神秘主義。
＊18　スーフィー教団の成員。音楽や舞踊をともなう修行法を持つ。

多民族社会における交渉のしかた

争いや誤解、あるいは役に立ちそうもない幻想を避けようと思えば、人と人との関係、人間同士の関わり方を統制する――少なくとも統制することになるべき――基本原理は「交渉」というものになる。そのモデルは中東のバザールの交渉だ。売り手は一〇を要求するが、あなたは最高でも三しか払いたくないので三を提案すると、相手が九で再提案する。あなたは四まで上げ、相手は八に下げる。あなたはしぶしぶ五まで上げ、相手は七まで下げる。最終的に六で互いに妥協すると、あなたは自分が三だけしか上げなかったことに対して相手が四も下げたので勝った気分になるが、売り手の方でも品物の価値が五だと分かっているので、同等に満足する。あなたがその品物を手に入れたくて、売り手は売りたかったのならば、結局二人ともそれなりの満足感を得ることができたわけだ。

交渉の原理は、市場経済や労使闘争、(物事がうまくいっているときの)国際的な出来事を統制するだけでなく、文化的生活の基盤にもなっている。上手な翻訳には交渉があるし(翻訳することによって元のテクストの何かが失われてしまうのは不可避的だが、それを補うために何らかの解決策を練ることができる)、われわれが言葉に関して行う「取引」にも交渉がある。というのも、あなたと私はある言葉に異なった意味を与えることもできるが、まあまあ満足のいくコミュニケーションにたどりつく必要がある場合には、共通する最低限の意味の「核」において妥協し、それをもとに互いに意思の疎通を図ることができるからだ。ある人は、バケツをひっくり返したような雨でなければ「雨が降っている」と言わず、別な人は、最初の数滴が降り出したら「雨が降っている」と言うとしても、浜辺に行こうか行くまいかということが問題となったときには、「行く」と「行かない」の境界線となる「雨」の量は協議で決めることができる。交渉の原理は、テクスト(詩であれ古文書であれ)の解釈においても有効だ。なぜなら、たとえそれについて何をどう言おうと、われわれの目の前にあるのは「その」テクストであって別のテクストではなく、テクストは一つの事実だからだ。つまり、今日雨が降っているという事実を変えられないのと同様に、マンゾーニの『いいなずけ』が、「コーモ湖の峡谷の一つ」で始まる事実は変えられず、もしも「コーモ湖」のかわりに「ガルダ湖」と言ったり、そう理解したりしたら、別な小説のことになるのだ。

もしある人たちが言うように、この世には事実ではなく解釈のみが存在するというなら、交渉は不可能になる。なぜならば、私の解釈があなたの解釈よりもすぐれているということを決めるための基準が存在しないことになるからだ。異なった解釈を対比させ、それについて議論することができるのは、まさにその解釈とその解釈が説明しようとする事実とを照らし合わせるからだ。

いくつかの大衆紙によると、情報を欠いたさる聖職者が最近、私のことを「悪い先生」と定義したそうだ。「事実は存在せず、解釈のみが存在する」と私が主張しているからだというのだ。「悪い先生」と呼ばれることに問題はないが(私は悪魔的な精神からすれば「悪い先生」でありたいと思っているが、とはいえ年齢と知性が増すごとに、自分がますます「最悪の生徒」であることを自覚しつつある)、しかし、私は多くの著述でまさにその逆、つまりわれわれの解釈はつねに事実という堅い基盤にぶちあたってしまうのだと主張しているのだ。そして、事実は(たとえ、ときによっては解釈が難しいものであっても)紛れもなくそこにあり、頑固に、浸透し蔓延した形で、裏づけを欠く解釈に挑んでくるのだ。

私の言う交渉の概念から話が少々遠回りになってしまったことは分かっているが、しかしそれは必要だと思ったからだ。交渉をするのはなぜかというと、誰もが事実について自分なりの解釈に執着すると議論が永遠に続くことになり得るからだ。交渉するというのは、かけ離れているわれわれの解釈を、たとえ部分的であっても一点に収斂させ、それをもって「事実」、つまりそこにあって取り除くことの難しい何かに一緒に立ち向かうことができるようにするためなのだ。

以上の長い話(不可避的なものと合理的に妥協をせざるを得ないという原理にいたる話)は、イタリアに移民してきた親たちの要求に従ってミラーノのある高等学校が下した、イスラム教徒の生徒のみのクラスを編成するという決断をめぐって生まれたものだ。この出来事には奇妙な感じを受ける。なぜなら、理性を働かせて考えれば、その生徒たちの半分をあるクラスに、残りの半分を別のクラスに入れれば、イスラム教徒の生徒たちが他文化に属する同級生たちと解け合える状況づくりを促すことにもなるし、また、他文化に属する同級生たちには自分たちの文化と違う文化の友達を理解し受け入れることができることにもなり、その実現にはさほどの努力も要しないだろうからだ。もしわれわれが最良の世界に生きていたなら、異なった文化同士が互いに理解し受け入れ合うようになることを望むだろう。しかしわれわれの住んでいる世界が、われわれが望み得る最良の世界でないことは「事実」だ。もっとも、ある神学者や哲学者たちの意見では、神ご自身もこの世界よりもよい世界を創造することができなかったので、結局われわれはこのような世界で何とか満足しなければならないのだが。

友人クラウディオ・マーグリス[*1]が記事やエッセイで述べる意見に私はいつも一〇〇パーセント同意しているが(いや、自分の身を危うくしないためや、彼を当惑させないためにも九九・九九パーセントと言うことにしよう)、先週の月曜日に「コッリエーレ・デッラ・セーラ」紙に載った彼の記事に対しては、少々の異議を述べさせてもらいたいと思う。「物事のあるべき姿」という問題についての彼の論理は申し分のないものだ。ミラーノの高校のあの決定は、結局、子供たちの親が二者択一を迫った、つまりそうしない限り子供を学校に行かせないと迫ったことによって取らざるを得ない決定だったことに言及しながら、マーグリスは次のようにコメントする。「反イスラムの憎しみにとりつかれた人種差別主義者なら出せたかもしれない、このような、ゲットーに閉じこもりたいという要求は、すべてのものに対する侮辱、とくにまずイスラムに対する侮辱である。これによってイスラムは、その最もひどく退化した形態と、またしても同一視される危険にさらされることになる。(……)これらのイスラム教の子供たちにとって、カトリック教徒、ワルド派教徒、ユダヤ教徒、あるいは洗礼を受けてもいなければ割礼も受けていない男女の同級生がいるということが、なぜ恐ろしい、良識に反する、嫌悪感を抱かせることでなければならないのか。(……)人生、民主主義、文化の源である多元主義は、互いを無視し合う閉じられた世界の数々からなるのではなく、出会い、対話、対比からなるのである」。

言うまでもなく、このような考察に私は完全に同意している。というのも、何年も前から他の友人や協力者と一緒にインターネット・サイトを立ち上げて(このサイトはKatawebで、または「世界文化アカデミー(L'Académie Universelle des Cultures)」で見つけられる)、互いの理解や差異の受け入れへと子供を導くための助言や忠告をすべての人種や国の先生たちに提供しているのだ。言うまでもなく、互いに理解し合い差異を受け入れるためには一緒に住まなければならない。こういったことを、自分の子供たちのために「自己隔離」を強く要求した親たちに分からせる必要はあるが、その事件の詳細を知らないので、彼らの親たちが私が完全に同感しているマーグリスの考察を吸収することができるかどうかは分からない。

マーグリスの記事の中で唯一私に異論のある点というのは、彼があの親たちの要求は「受け入れ得ない」ものであって、「話し合うどころか、ただちにゴミ箱に投ずるべきであった」と言及している箇所だ。われわれの信念に原則の上で反する要求に、われわれは耳を貸すことができるだろうか。われわれの信念とは、「物事のあるべき姿」に関わる信念のことだ(「あるべき姿」だからこそ、まだ形に「なっていない姿」であり、それゆえ終わりのない論争や無数の解釈が引き起こされる)。しかし、今取り上げている事件において、この「物事のあるべき姿」についての論争はある「事実」とぶつかっており、その「事実」は、すべての「事実」と同様、論争の対象とするべきではないのだ。火山の噴火や雪崩のような事実に直面したら、良し悪しの評価をするのではなく、対策を講じるものだ。

われわれが直面しているその「事実」とは、親たちのあるグループが(伝えられたところによるとエジプト人のようだが)、学校に対して「そうしない限り、子供を学校に行かせない」と言った、ということだ。子供を学校に行かせない代わりの措置が、エジプトの学校に行かせることなのか、まったく勉強させないことなのか、あるいは何らかの私的な形でイスラム教的教育を受けさせることなのかは分からない。一番目の選択(これは場合によって北部同盟[*2]を喜ばせるかもしれない。「このはなたれ小僧どもを一掃し、自分たちの国に帰す」こと、いわば「小さいうちに殺した方がいい」という露骨な考えのより柔らかいヴァージョンだからだ)はともかくとして、二番目の選択は非難すべきものだ。なぜなら、この若い移民たちから完全な教育への権利を奪うことになるからだ(国家ではなく、親たちのせいでとはいえ)。

当然、残るのは三番目の選択だが、この選択には欠点が三つもある。子供たちをゲットーに隔離するようなものであること、自分たちの住む国の文化と接するチャンスを彼らから奪い取ること、そして、おそらく原理主義的隔離を促進させるだろうこと、の三つだ。さらに、ここでの問題が初等教育でなく――初等教育だったら熱心な親たちがグループを組んで教育を行うことができるかもしれない――高校教育なので、事態はより複雑で入り組んだものとなる。カトリック系の私立学校が存在することを考えれば、公的学校と等価のイスラム教系の学校を設立することも不可能ではないだろうが、そのようなことは、少なくとも私の個人的な意見ではあまり勧められるものではない。またもう一つの形のゲットー化になりかねないからだ。

こうしたことが事実であり、取れる選択がこれらであるならば、分別ある交渉の結果として、あのミラーノの学校の決断を理解することができる。「ノー」と答えたらあの子供たちは違うところに行ってしまうか、あるいはどこにも行かないということを考慮して、原則の上では同意できなくても要求に応じ、それが一時的な解決策であることを望みながら、より少ない悪を選ぶ。そうすれば生徒たちは自分たちだけのクラスに留まるが(これは彼らのためにも損なのだが)、しかしその代わりにイタリア人の子供と同じ教育を受けることができるし、われわれの言語、場合によってはわれわれの歴史までより深く知ることができるようになる。その上、幼児ではなく高校生なのだから、自分の頭を使って考察することもでき、それなりの物事の比較もすることができるようになるし、また、自発的にイタリア人(や中国人やフィリピン人)の同級生との接触さえ試みることもできるようになる。彼らが、自分たちの親とまったく同じ考え方を持つとは決まっていないからだ。

また、高等学校だから、さまざまな科目、さまざまな考え方を勉強しなければならないので、先生たちが優秀で思慮深ければ、生徒たちがわが国で大半の人が共有している信念、習慣、考え方の存在を学ぶこともできるようになるが、それだけでなく、彼らにコーランの何カ所か、例えば以下のような教えの書かれている箇所を読むように勧めることもできるのだ。「われわれは神を信じ、神がわれわれに啓示したものを信じ、神がアブラハム、イシュマエル、イサク、ヤコブ、支族に啓示したものを信じ、モーセやイエスに言われたこと、神の預言者に与えられたものを信じる。われわれは彼らの間に何の区別もしない。(……)ユダヤ教を信じる人たち、キリスト教徒、サービア教徒、神や最後の審判を信じ、善良なる行いを成し遂げるすべての人は神のもとで褒美を授かることになる。(……)それゆえ、善良なる行いに励んで競い合うがよい。汝らは皆神のもとへ戻ることになり、そこで神は汝らが何において互いに異なるかを告げることになる。(……)また、最も親切な振る舞いをしない限り、啓典の民と——彼らの中で不正な行動を取る者を除いて——論争してはならない。また次のように言え。「われわれは授かったものを信じる。あなた方に授かったものも信じる。あなた方の神とわれわれの神は一体である」と」。

これらの子供たちが、隔離はされたものの、いずれにしても彼らが住んでいる文化圏の中で生活を何年か送った後、どのように何を考えるようになるかは分からない。未来はアッラーのみぞ知りたもう。しかし結果はおそらく、彼らが私立学校で、しかも二重にゲットー化された学校で勉強する場合よりも面白くなるに違いない。

われわれは皆よりよいものを求めるが、ときによって、「よりよい」が、ただの「よい」の敵となることを学んだはずだ。したがって、交渉することによって「悪のより少ない」ものを選ばなければならないのだ。そして未来において、多民族社会で流血を避けるためにこのような交渉をどれだけたくさんやらなければならないのかは、知る由もない。習慣とならないことを望みながら「悪のより少ないもの」を受け入れるということは、「よりよいもの」の実現のために闘わなければならないことを排除するという意味ではない。とはいえ、「よりよいもの」とは、当然ながら事実ではなく目的であるから、さまざまな解釈の対象とはなるのだが。

〔初出〕「ラ・レプッブリカ」紙、二〇〇四年七月。

＊1　イタリアの文学者、ドイツ文学研究者、政治家（一九三九年〜　）。

＊2　一〇七ページの訳注＊5を参照。

エルサレム陥落——生中継

七月一四日、朝。もしもし、スタジオ、聞こえますか？　はい、こちらにはそちらの声がよく届いていますよ。ＯＫです。ここはエルサレム、城壁のすぐ外、シオン山からの生中継です。夜明けとともに町への攻撃が始まりました。私の今いるところからほぼ四角形をしている町の城壁を見下ろすことができます。東の方は昔の神殿の平地で、現在は岩のドームがあります。北西にはヘロデの門、北東には、城壁の外ですが、オリーヴ山、南西にはダヴィデの塔が見えます。城壁は頑丈で、それだけでなく、東にセドロン川の谷に面した絶壁があり、西の方もまた他の谷に面しているのです。したがって、キリスト教同盟軍は南西から、または北からしか攻め入ることができません。

今は太陽が上がってきて、木造の巨大な櫓（やぐら）や、城壁に近寄るために大堀を越えようとしているさまざまな種類の投石機や弩砲がよく見えてきました。攻城兵器がどれだけ決定的意味を持っていたかは、皆さん覚えているでしょう。町はすでに六月七日から包囲されており、一二日に、勝利は間近だと予言した狂信的な隠遁者の言葉を信じて最初の攻撃が試みられましたが、それは大失敗に終わりました。結局、キリスト教徒の軍隊は城壁をよじ登るための十分な設備を持っていないことに気がついたのです。指揮官たちはそのことをよく分かっていたのですが、この戦争にはいろいろな圧力がかかっています。戦争をうまく行うには休戦や敵との妥協や駆け引きも必要であり、そして何にも増して落ち着きが必要だと貴族や騎士たちはよく分かっているのです。しかし今、膨大な数の巡礼者が軍団の後に付いてきています。彼らは、貧乏で恵まれない人たちばかりで、神秘主義にとりつかれていたり、略奪の欲望に駆り立てられています。エルサレムに向かう途上で、ライン川やドナウ川沿いに来たときにユダヤ人のゲットーを襲ったり燃やしたりしていた、まさにその人たちなのです。危険な人たちで、彼らを抑えるのは困難です。

これがおそらく、六月一二日の敗北の主な原因だったと私は思います。その敗北のせいで一カ月もの飢餓状態が過ぎてしまいました。真の飢餓です！　なぜなら、エルサレムを統治しているイフティハール・アル＝ダウラが、町の外のすべての井戸に毒薬を投じるように指示していたからです(町の内部には貯水槽のすぐれたネットワークがあります)。その上に、キリスト教徒、とくに重い鎧に押しつぶされそうな兵士は、この季節の地獄的な暑さに耐えられませんでしたし、水、しかも汚れた水を、やっと少しだけしか手に入れることができませんでした。よい飲み水は南の方にしかなく、そこは敵の城壁に近すぎる場所なのですから。また、その間に攻城兵器をつくるための木材や道具を探し出す必要もありました。しかしこのあたりは不毛な丘ばかりなので、木材を遠くから運ばなければなりませんでした。それから道具なんですが、六月の半ば頃になってやっとヤッファの港に入港した、ジェノヴァからのガレー船二隻とイギリスからの戦闘帆船四隻がロープや釘やボルトなど、戦争用の大工道具を運んできました。おかげで今、高度な技術による一式の武器を使って攻撃することができるようになりました。

たった今、城壁に近づこうとしている三台の四階建ての巨大な櫓が見えてきました。武装した兵士であふれています！　それぞれの櫓から跳ね橋を城壁に引っかけることができます。問題は城壁までたどりつく、つまり大堀を埋めることですね。何の防御もなく敵の射撃の的になったまま……。大変な仕事で、数多くの犠牲者が出るでしょう。しかし、それが戦争なのです。

わが軍団は何人ぐらいに上るのでしょうか。あり得ないと思われるかもしれませんが、確定することができませんでした。キリスト教同盟を構成している軍隊はさまざまで、そのおのおの指揮官も異なっていますし、指揮官同士は名誉ある地位を得ようと互いに争っていますので、結果的にはっきりしたデータを入手することができません。そして巡礼者の群集もいます。全部合わせて五万人ぐらいに上るだろうと言っている人もいますが、これは少々誇張された数字なのではないかと私自身は思っています。大めに見積もると、歩兵が一万二〇〇〇人と騎馬兵が一三〇〇人、少なめに数えると騎馬兵が一〇〇〇人と歩兵が五〇〇〇人と言われています。ムーア人は、職業軍人に限って言えば、数千人のアラブ人とスーダン人だけですが、町に住んでいる人々もいます。彼らは皆、戦いに備えています。その上に、エルサレムの総督イフティハールはなかなかの名案を生み出し、町からすべてのキリスト教徒を追い出しました。その結果、今これらのキリスト教徒を養わなければならないのはわが軍隊となり、イフティハールは扶養する必要のある人間を減らせただけでなく、潜在的にサボタージュを引き起こし得る人間も厄介払いすることができたのです。イフティハールは町の中にユダヤ人を残しましたが――かなりの額の身代金と引き換えにと推測されます――それは、もしユダヤ人を町から追い出したら、キリスト教の巡礼者が彼らを虐殺したに違いないからです。

この番組をお聞きの皆さんの大部分は、聖地をキリスト教信仰に取り戻すために今回の遠征が行われているという考えをすでに受け入れているだろうと思います。ですから、今まででもキリスト教徒は問題なくエルサレムで生活をいとなみ、エルサレムに自分たちの教会を持っていたことを聞いたら皆さんは驚くかもしれません。そもそも、キリスト教同盟軍がごく最近、ベツレヘムを占領したことを皆さんは覚えているでしょう。その占領は現地のキリスト教徒コミュニティの要請に応えるために行われたわけで、それこそがそのようなコミュニティが存在していた証拠です。実を言いますと、このサラセンの土地では、キリスト教徒と彼らの信仰が、ユダヤ教もそうですが、どうにか容認されていたことが、少しずつ明らかになりつつあります。つまりわれわれはキリスト教徒がこの町を訪れることができるようにしようとして、異教徒にあふれるこの町を包囲しているのですが、もたらされた第一の結果は、町に住んでいたキリスト教徒が追い出されたということなのです。このような事実だけが、この戦争の逆説的な側面ではありません。この戦争は、ある人たちにとってははっきりした原理(つまり、聖地をキリスト教徒に取り戻すこと)に基づいていますが、他の人たちにとっては征服のきっかけであったり、また別な人にとっては、何でしょうか、一種の残酷な祭りに過ぎなかったりということなのです。

情報を提供してくれている人が、攻撃は北西側、つまりヘロデ門の近辺の方が面白いと言っています。これからロバに乗って、城壁の反対側に行こうと思います。では、このへんでいったん中継を終わります。

七月一四日、夕方。もしもし、スタジオ聞こえますか。では話しますよ。ヘロデ門にたどりつくまで数時間かかりました。ひっきりなしに石が降ってくるので城壁から少し離れて歩く必要があったからです。あちこちの火事から出る煙の中を通り過ぎてきました。夜の闇に立ち上る炎。魅惑的ですが恐ろしい炎です。ムーア人は、「ギリシャ火薬」

というビザンティン技術を心得ており、ひっきりなしに櫓に火の玉を降らせています。ああ、今少し遠ざかる必要が出てきましたね。われわれの機械に火をつけようとするムーア人の突撃が始まりましたので……。櫓の一つに火がつきました。わが軍は地面に飛び降りて逃げようとしていますが、雨のごとく放たれる敵の矢にやられています。櫓の上の部分は火の粉を上げながら地面に崩れ落ちましたが、幸運にも城壁の中に逃げ込もうとしていたムーア人に打撃を与えることができ、しかも門の扉にも火をつけることができました。しかし、なぜわが軍はすべての破城槌を扉の方向に動かさないのでしょうか。人から聞いた話によりますと、他の機械もギリシャ火薬にやられたそうです。今日のところ、試合は負けに終わりました。夜中を利用して機械を修理しなければなりません。では、今日はこのへんで中継を終わりにします。

七月一五日、朝。よく聞こえませんが……。いや今は大丈夫、聞こえます。戦闘用の機械の大部分を何とか修理することができたようです。攻撃が再開され、雹(ひょう)が降るようにたくさんの石が城壁の上に落とされていて、わが軍の破城槌はすでに堀を越えました。亀の甲羅型の昔の盾は有効なのですが、絶対に確実なわけではありませんので、数多くのわれわれの勇敢な兵士が上から降ってくる攻撃に打たれてしまいます。しかし、すぐさま新たな兵士が取って代わりますし、われわれの機械はエルサレムの土台そのものを揺さぶっています……。

　私が今いるこの新しい位置からは、櫓の上から最終攻撃を指揮しているゴドフロワ・ド・ブイヨンがよく見えています。あっ、最初のキリスト教の兵士たちが城壁の上に飛び移っているところです、あれはレトルドとジルベル・ド・トゥルネーだと私のまわりの人たちが言っています、ゴドフロワ・ド・ブイヨンと他の騎士たちが二人に続きます、彼らの攻撃を受けて多数のムーア人が倒れています、何人かのムーア人が城壁の上から飛び降りて、地面に激突、即死しています。ヘロデの門は崩れました、いや、もしかすると城壁の上に飛びついて町に侵入した兵士たちが中から門を開けたのかもしれません、今キリスト教同盟の兵士たちが、徒歩や馬に乗って町に流れ込んでいます。

　シオン門あたりの戦いは激しくまだ続いているそうです……。いや、ちょっと待ってください……。最新情報によりますとレーモン・ド・サン＝ジルが率いるプロヴァンスの兵士たちもシオン門を突破することができたそうです。レーモンはダヴィデの塔を陥落させ、イフティハールとその守備隊を捕えましたが、身代金と引き換えに彼らの命を助けました。レーモンはすぐに、まだサラセン人の手中にあるアスカロンという町にイフティハールを護送させました。敵は壊滅状態です、勝ちました！　歴史的瞬間です！　奇跡的とでも言うべきか、午後三時です、わが主の受難の時刻!!!　何と魔法のような偶然の一致です!!　私も、町の中に駆け込んでいるわが兵の群にまじろうとしていますが、簡単ではありませんよ、馬に押し倒されそうになります……。聞こえますか？ こちらにはスタジオの声が届きませんが、このまま続けますね……。

私もエルサレムの城壁内にいます。陥落後、抵抗がなくなったはずなのに、肌の黒い死体の山々をまたいでいかなければならないような状態です。キリスト教徒軍側の陣地に戻ろうとしている、血まみれの貴重な布を手に一杯抱えている軍曹に訊いてみましょう。「抵抗だって？ なかったね。わしらが入った途端に、やつらはさっさと逃げて、岩のモスクに駆け込んで閉じこもった。しかし、やつらが防御を整える前に、偉大なタンクレード・ド・オートヴィルが不意を襲って、やつらは降伏したよ。タンクレードはやつらを自分の保護下に置くためにモスクの上に自分の軍旗を立てたんだ」。では、死体のあれだけの山は何を意味しているのか、さらに尋ねてみます。「ね、旦那、あんたはどこから来た？ ここでわしらは町を占領したんだよ。しかも異教徒の町だよ。だから皆殺しさ。老いも若きも、男も女も子供も。これはルールだろう？」。すると、タンクレードが守っている彼らは？ と軍曹に尋ねますと、彼は私には意味の分からないしぐさをして、「さあね、君主たちは突飛な考えを持っているものさ」と答えてくれました。

わが兵に追われてあちらこちらへ逃げまどうさまざまな年齢のムーア人の群集に圧倒され、私はなかなか先へ進むことができません……。お許しください。今目の前に現れている光景を伝えようとして声が震えてきましたが、キリスト教同盟の男たちは情け容赦なしに皆の喉を掻き切っています、ああ神様、小さい子供を壁に投げつけて頭を砕いている兵もいます……。でも、そうしているのは兵士たちだけではありません。兵士だったら戦いの緊張の発散ということもあり得るのでしょうが、負傷者に執拗に襲いかかっているギャングみたいな巡礼者のグループも見えます……。や、ちょっと待ってください……。町に残ったユダヤ人が駆け込んで集まっていたシナゴーグから、たった今情報が入りました。シナゴーグに火がつけられて、エルサレムのユダヤ人コミュニティ全員が焼死しました。年老いた修道士が泣いています。「たしかに悪党のユダヤ人だったけど、地獄の炎が彼らを待っているのだから、今さら火で焼くこともなかっただろう？ああ、わがキリスト教徒たちは狂った獣になってしまった、もう自分たちの指揮官にさえ従わなくなった……」。

もしもし？　私の声が聞こえませんか？　無理もないですね、いたるところで火がつけられた建物が音を立てながら崩れていっていますし、刀で切られている人たちの叫び声が聞こえてきます。キリストよ、主よ、これ以上耐えられません、明日またにして、今日はこのへんで終わりにします。

七月一六日。スタジオ、聞こえますか。言うべきことはあまり残っていません。ときによって、記者をやっているととても恥ずかしく思うことがあります……。タンクレード・ド・オートヴィルはモスクに集まっていたムーア人たちに命は助けてやると約束していましたが、正気を失った別の人たち(フラマン人だったと言われていますが、私にはよく分かりません)のグループが、今日、その命令に従わなかったので、そこでも殺戮が起こってしまいました。騎士たちの中でさえ、何人かがレーモン・ド・サン＝ジルを、イフティハールの命を助けたのは裏切りだと非難しています。ここでは、皆が狂ったように見えます、血が頭に上っています。今、レーモン・ド・アギレーと話しています。「モスクのまわりでは膝まで血につかっているよ。タンクレードは憤慨している、約束を守れなかったので自分の名誉が失われたと感じているんだが、彼の責任ではないな。エルサレムには、もう生きているムーア人やユダヤ人は一人もいないよ」。犠牲者が全部でどのぐらいになるのか、彼に推定する数を尋ねてみます。七万人ぐらいだろうかと彼は示唆していますが、少し大げさな数字だと私は思います――彼は動転しています。情報を入手できた限りでは、キリスト教徒が追い出された後、町には数千人の守備兵士の他におおよそ五万人の住人が残っていました。城壁にできた割れ目を利用して逃げ出すことができた者があったと噂されています。全体的に、この二日間でおよそ四万人が殺されたと思います。いつの日か未来には、殺された人はこれよりも少なかった、二日間でこれだけの規模の虐殺ができるはずはないと言われるようになるかもしれません。しかし現に、私のまわりの台地は死体で覆われていて、照っている太陽の下での悪臭は酷いものです。

今朝ほど話した修道士が私に言っていましたが、この殺戮は敗北同然のものです。この地でキリスト教の王国が設立されることになれば、イスラム教の住人の受諾やまわりの王国の寛大さを当てにすることが必要になるだろうと思います。しかし、このような殺戮によってムーア人とキリスト教徒との間に憎しみの溝が掘られてしまいました。この憎しみの溝は何年も、いや何世紀も続くだろうと思います。エルサレムの占拠は終わりではなく、長い長い戦争の始まりです。

ああ、ここでいったんストップです。たった今情報が入りましたが、昨日、殺戮の真っ最中にですが、タンクレード・ド・オートヴィル、ロベール・ド・フランドル、ガストン・ド・ベアルン、レーモン・ド・トゥルーズ、ロベール・ド・ノルマンディ、そしてその他のすべての指揮官たちが大々的に列をなしながら聖墳墓に行き、敬虔に武器を置き、礼拝をし、ゴドフロワ・ド・ブイヨンの言葉を借りれば、聖都奪回の約束を守れたことを報告しました。非常に感動的な儀式、皆が自分の心がより善いものとなったと感じた儀式だったようです。

スクープできなかったことをお許しください。しかし、あの死体の山の中では、もはや「正しい道」[*1]を見つけることができませんでした。ここ、解放されたエルサレムから[*2]

でした。スタジオどうぞ。

［初出］「ラ・レプッブリカ」紙、一九九九年七月。エルサレム陥落およそ一〇〇〇周年を機に。

＊1　キリスト教の決まり文句。

＊2　イタリアの詩人トルクァート・タッソの叙事詩『解放されたエルサレム』（一五七五年）のタイトルをそのまま使っている。

ミス、原理主義者、ハンセン病患者

「レスプレッソ」誌のこの号が店頭に並ぶときには、読者の大部分はナイジェリアでの出来事、ミス・ワールド・コンテストのために二〇〇人以上が殺害されたこと[*1]を忘れてしまっているかもしれないだろう。だとすれば、この話を放っておかないよい理由になる。

それとも、場合によってはコンテストの開催地がロンドンに移された後の今日でも、状況は悪化しているかもしれない。なぜなら、ミスたちのナイジェリア到着が、緊張を引き起こすための、あるいは大々的な陰謀工作を促すための口実に過ぎなかったことは、誰が見ても明らかだったからだ。実際、企画した責任を司教たちに帰すことはできないのだから、美人コンテストに対する抗議としてキリスト教徒を殺害したり教会を燃やしたりする必要がどこにあったのか分からない。しかし、事態がもしもさらに進んでいたら、原理主義者たちによるこの酷（ひど）い反応を引き起こしたその口実について考察する、よりもっともな理由があると私は思う。

ウォーレ・ショインカは、[*2]自分の不幸な祖国ナイジェリアにおいて基本的な自由の権利を守ろうとして牢獄に入れられる羽目に陥ったノーベル文学賞受賞者だ。彼は「ラ・レプッブリカ」紙にも掲載されたある記事を書いたが、その中で、ナイジェリアでのさまざまな紛争に関して納得させられるいくつかの考察だけでなく、(要旨をまとめて言えば)彼自身は数々の美人コンテストに関して、ローカルなそれであれグローバルなそれであれ、何の好意的気持ちも抱いていないが、イスラム原理主義者の怒りを目の当りにすると、身体や美の権利を弁護する義務を感じたと書いている。私がナイジェリア人だったらおそらくウォーレ氏と同じ考えを持ったと思うが、ナイジェリア人ではないので、われわれ西洋人の観点からこの問題を考えてみたいと思う。

信心に凝り固まった結果、水着姿のお嬢様を披露するコンテストに対する抵抗として二〇〇人以上もの人々、しかもそのコンテストとまったく関係のない人々を殺してしまうことが正当化できないのは確かだ。そういう目で物事を捉えるなら、皆がお嬢様方の味方となるのは明らかだ。しかしミス・ワールド・コンテストをナイジェリアで開催するという主催者側の決定は、正真正銘の悪行だったと私は思う。あのような反応の起こることを予測できたはずだから、あるいは予測しなければならなかったからというよりも、虚栄の祭り(そもそも、その開催費用はいくつもの部族を一カ月養うことができるほどの額なのだ)をナイジェリアのような貧しい国、子供たちが飢餓で死に、姦通した女性が投石による死刑にされる国で開催するということは、まるで、目の不自由な人のための救援施設へポルノ映画や喜劇映画の売り込みにいく、あるいはハンセン病患者の収容所にナオミ・キャンベルの写真を使って宣伝しながら美肌のための化粧品を配りにいくも同然だからだ。

ビューティ・コンテストだって父祖伝来の風習や慣習を変えさせるための一つの方法だと言い張るのは意味がない。なぜなら、そのような刺激は、たとえ効果があったとしても、今回のような大がかりな挑発によってではなく、少量ずつの投薬と同じやり方によって効果を発揮するものなのだから。

今回の出来事は、明らかに宣伝効果をねらった、まったくのシニカルな精神で行われた悪行だという考察は別にしても、われわれに大いに関心を抱かせる。なぜなら、グローバル化と呼ばれる今どきの一連の問題と関係があるからだ。私は、グローバル化の現象が一〇個あるうち、少なくとも五個については何らかのポジティヴな結果がもたらされ得ると考える人間の部類に属するが、グローバル化のネガティヴな側面を挙げるとすれば、それは、開発が遅れている国々にとってとうてい無理な消費や希望を引き起こそうとして、そのような国に西洋的なモデルを暴力的に強いるということだ。つまるところ、水着姿のミスたちを見させるのは、西洋風の水着――それも、飢えている子供たちが香港で縫ったかもしれない水着――のセールスを促して、それをナイジェリアでも飢えていない人間たちに買わせるためであり、その飢えていない人間たちが余っている金を持っているとしたら、それは飢えている人々を搾取してつくった金で、しかも彼らはその人々を搾取し、植民地時代以前の状態に留まらせておくために西洋人と協力している人間なのかもしれないのだ。

したがって、私は、ノー・グローバル運動家の最も過激な人間たちがコンテストのまっ最中に、非暴力的なホワイト・オーバーオール・グループ[*3]と暴力的なブラック・ブロック・グループ[*4]に分かれてナイジェリアに集まっていれば、好ましくなくもなかったろうと思う。ホワイト・オーバーオールたちは平和的に(しかし力強く)コンテストの主催者たちの尻を蹴ってから、主催者を(彼らのミスたちと同様に)パンツ一丁にさせて、蜂蜜を彼らの体に塗り、ダチョウ(または、現地で手に入る他の鳥類)の羽をまぶして、町中を行進させながら、しかるべき方法で彼らをあざけるようにしてしかるべきだったのだ。かたやブラック・ブロックたちは、ナイジェリアなどが未開発のままであり続けることが好都合な西洋の植民地主義者と結託する現地の原理主義者に立ち向かい、あらん限りの闘争能力を行使しながら、あのような虐殺が行われることを阻止すべきだったのであり、そうすればわれわれは皆、この平和の戦士に拍手喝采を送っただろう(しかし今回限り、断じて今回一回限りだ)。なぜなら、暴力的であるならば、同レヴェルの相手とわたり合う勇気を持つべきだからだ。

では、ミスを目指した女の子たちはどうするべきか。おそらくノー・グローバルの最も穏健な一派に説得され、可愛いお尻を振りながら(もちろん服を着たままで)、肉缶や石鹸、それに加えて多少の抗生物質とミルク・パックを配りにいくようにリサイクルされてもよかっただろう(これもまた一回限りだ)。そうすれば誰もが彼女たちをとても美しいと思ったに違いない。

［初出］「レスプレッソ」誌、二〇〇二年一二月。

＊1　二〇〇二年のミス・ワールド世界大会は、前年にナイジェリア代表が優勝したことを受けて、一二月七日にナイジェリアの首都アブジャで開催される予定だったが、開催に反対するイスラム教徒らが一一月二二日、北部の都市カドゥーナで大規模な暴動を起こし、イスラム、キリスト両教徒がそれぞれ教会やモスクを焼き討ちにして多数の死傷者を出す事態にいたった。暴動は大会参加者がすでに集まっていた首都にも広がり、主催者は急遽、ナイジェリアでの開催を中止し、ロンドンに変更して同じ日程で開くことを発表した。暴動の発端は、カドゥーナの地元紙が、預言者ムハンマドは生きていればきっと大会参加者の中から妻を選んだに違いないと書いたことがあったという。また、ナイジェリアでの開催についても賛否両論があり、同国北部のイスラム教裁判所が婚外子を出産した女性に姦通罪で石打ちの死刑判決を出したことに対して各国代表が大会参加をボイコットする表明が続出する一方で、そのような状況であるからこそ、女性問題に対する認識を高めるために開催すべきであると

する強い意見もあった。

＊2　ナイジェリアの作家、演出家(一九三四年〜　)。八六年にノーベル文学賞を受賞。

＊3　イタリアのノー・グローバル運動の一グループ。非暴力を旨とし、白い作業服を着て密集したブロックをつくってデモ行進した。

＊4　黒い服装に身を包み、反資本主義・反グローバリゼーションの抗議デモなどに加わって、しばしば暴力的行為に走るグループ。

アダム以前の人間の存在をどう取り扱うか

一八年も前のことだが、このコラム〔ミネルヴァの走り書き〕の連載当初から、必ずしも今日的な話題、現代人の注目を集めているニュースだけを取り上げるつもりではないことを書いた。言い換えれば、ある晩『イリアス』の一節を読み返したところ湧いてきた考察も、「現代物」と見なすつもりだということだった。すると、戦争の風がわれわれの世界に衝撃を与えている今、とある古書店のカタログの中に、大分前から見つからないのではないかと思いつつ探していた小さな本を見つけた。見つからないと思っていたのは、以下で詳しく語るが、その本が火炙りの刑を申し渡されたから、というより、火炙りの危機にさらされていたのは著者で、それゆえ著者自身も版元も、持っていた本の部数すべてをあわてて隠して消失させただろうと思っていたからだ。雀の涙同然の金額でその本を手に入れることができたが、安かったのは、古書店がその稀少価値を知らなかったからだとは思わない。むしろ、サイズが小さく、図柄や印刷上の楽しさがまったくなく、少数の研究者以外にそのような本を自分の本棚に飾りたくてたまらない人など誰もいないからだと思う。

それは一六五五年に出版された本で、二つの短い学術的論考が含まれている。イザアーク・ド・ラ・ペイレール[*1]というプロテスタントの書いた『アダム以前の人間について』と『アダム以前の人間が存在したという仮説をもとにした神学論』だ。著者は、命を助けてもらうためにカトリックに改宗し教皇に服従することを強いられたほどだった。どのような並外れたことを言っていたのだろうか。

当時は、すべての文明の基となった言語(普通はアダムのヘブライ語と同一視された)に関して数多くの研究論文が出版された時代だった。しかし同時に、アメリカ大陸の発見からすでに一世紀半もたっており、遥か遠いアメリカのさまざまな人種に関する、以前にも増して豊かな情報、それどころか、中国を含むさまざまな異国でますます増えつつあった探険や航海の成果が次々にヨーロッパに伝えられた時代でもあった。そして、「自由奔放な」知識人の世界では、エピクロス(ヘロドトスに宛てたエピクロスの手紙)に帰され、後にルクレティウスが取り上げることになる仮説が定着しつつあった。それは、物の名前とは、世界の始まりのときに特定の言語において一回だけで、つまり一回で恒久的に付けられたのではなく、それぞれの種族が自分たち特有の経験に反応するさまざまなやり方から生まれてきたものであるという仮説だった。したがって、異なった種族が、異なったやり方で、異なった時代に、異なった言語(と文化)のグループを生み出したのだ。

そのようなところにカルヴァン教徒であるラ・ペイレールの提案が現れた。彼は著作の中で、紛れもなくかなり議論の余地が残る方法で聖書の何カ所かを解釈しながら(少々正統から外れた自己の論説のために正統性のある何らかの基盤を見つけざるを得なかったからだ)、民族や人種の多元発生的理論を提唱することになる。ラ・ペイレールは、天地創造から始まって六千年そこそこしかたっていないとする聖書の年代記述は、カルデア人、アステカ人、インカ人、中国人などの年代記述に比して、とくに世界の起源について語る場合、短すぎると認識していた。したがって、アダム以前に、ある人類が存在していたに違いない。しかしもしそうであるならば、その文明(彼はそれをユダヤ人でない人々と同一視していたのだが、他の人種であると解釈しても差し支えない)は原罪と無関係の文明であって、原罪にせよ大洪水にせよ、それはアダムとユダヤの土地におけるその子孫にしか関係がなかったことになる。

そもそも、この仮説はイスラム世界にもすでに存在していたし、また一〇世紀頃、コーランを解説しながらアル・マクディーシは地上にアダム以前に他の人間がいたことを示唆していた。

この提唱がどれだけ異端的に見えたかは理解できる。この提唱によって大洪水は疑われるようになった。なぜなら、箱舟によってノアとその家族だけが生き残ったのならば、大洪水は他のすべての種族を全滅させたはずなのに、一方で、一七世紀当時の大航海による新しい人類学的発見は、こうした他の種族が栄え続けていたことを立証していたからだ。その上この提唱は、人類の歴史において中心的役割を果たすキリストの受難にも疑いをかけていた。原罪にまみれていて、それゆえ救われるためにキリストによる救済を必要としたのは、人類のほんの一部だけだったのだ。結局、聖なる歴史の六千年は、ただただ地中海における小さな事件に過ぎないことになる。火炙りの刑には十二分すぎるぐらいだ。

ここで強調したいのは、ラ・ペイレールの理論は人種差別主義的に解釈される可能性があることだ。なぜなら、彼が語るアダム以前の人間は、ユダヤ人種よりもすぐれた民族であると考えることができるからだ。実際には、彼はまったく逆な立場を取っていた。それは非常に興味深い、ユダヤ人の伝統よりも広い、全教会的な立場だ。つまり、世界全体そして文明は、「われわれ」だけのものでなく、むしろユダヤ・キリスト教文明よりも長い歴史を持った「他の人たち」のものでもあることを立証しようとすることによって、ラ・ペイレールは、端的に言えば、きわめて面白い、反自民族中心主義的論説を組み立てようとしていたのだ。

こうして私のこの小さな発見の偶然性は、私が最初思っていたよりも偶然的どころか、われわれほど(とわれわれが思う)歴史や功績を持たない人々に対する十字軍という考えに煽り立てられて分別が失われてしまっている今日にあっては、まさに摂理の賜物として評価すべきものだということが分かった。

ラ・ペイレールの立証について言えば、それはほとんどすべて間違っていたが、しかし、少なくとも他の異なった文明に対する精神の伸びやかさや寛容さに関して言うならば、迫害されたかわいそうなラ・ペイレールと、さんざんな目に遭わされたその著作は、まだまだわれわれに十分な考察の材料を与えることができるのだ。

［初出］「レスプレッソ」誌、二〇〇三年四月。

＊1　フランスの千年王国主義者、神学者（一五九六～一六七六年）。

Ⅳ 『神学大全』その他

ヨーロッパの根源

この夏、新聞紙面は、欧州憲法をつくるのなら、その中でヨーロッパ大陸のキリスト教的起源について記載すべきか否かの議論でにぎわった。記載を望む人々は、ヨーロッパがローマ帝国の滅亡よりも前、少なくともミラーノ勅令[*1]の時代からキリスト教文化の上に誕生していたという明白な事実をよりどころとする。東洋世界を仏教ぬきで語ることができないのと同様、教会の役割、信仰の篤かったさまざまなキリスト教徒の王たち、スコラ神学、また偉大なキリスト教聖人たちの行いや模範を度外視してヨーロッパを語ることはできない。

記載に反対するのは、近代民主主義の基礎となっている世俗主義を支持する人々だ。記載賛成派は、世俗主義とはつい最近になってヨーロッパが獲得したものであると強調する。それはフランス革命の産物であって、修道院制度や聖フランチェスコの運動の中に深く根ざしていた精神と何ら関わりがない。記載反対派は、とりわけ運命的に多民族大陸となりつつある明日のヨーロッパのことを考える。憲法にヨーロッパのキリスト教的起源を明記することになれば、流入者の同化プロセスを滞らせ、異なる伝統や他の信仰(それは大きな存在になるかもしれない)を、ただ存在が許されるだけの少数派的文化や宗教にしてしまうことになりかねない。

要するに、お分かりのように、この議論はただ単に宗教の戦いではない。そこには政治的もくろみや人類学的展望、そしてこれからのヨーロッパの民族の構想を過去を基盤にすべきか、未来を基盤にすべきかの決定が絡んでいるからだ。

過去について考えてみよう。ヨーロッパはキリスト教文化だけを基礎として発展したのだろうか。ここで私が考えているのは、ヨーロッパ文化が歴史を通じて恩恵を受けてきたもの、つまり、インドの数学やアラブの医学、マルコ・ポーロの時代以降のみならずアレクサンドロス大王の時代からあった遠方の東洋との接触など、そうしたものの積み重ねのことではない。どの文化も、遠くや近くの文化の要素を吸収し消化するものだが、その吸収のやり方によって、おのおの自らの文化の性格をつくりあげていく。ゼロという数字の概念をインド人あるいはアラブ人からもらったと言うだけでは十分ではない。なぜなら、「自然は数学の言葉で書かれている」という主張が最初に現れたのはヨーロッパだったからだ。すなわち、問題はわれわれがギリシャ・ローマ文化を忘れかけていることにある。

ヨーロッパは法律の面においても、哲学的思考の面においても、ひいては大衆の信仰の面においても、ギリシャ・ローマ文化を吸収した。キリスト教は、異教である多神教の儀式、神話、形式をしばしばさほど気にせずに組み入れたのであり、これらは今でも庶民の宗教心の中に生き残っている。ヴィーナスやアポロンなどのギリシャの神々が登場したり、古代世界について遺跡や写本が再発見されたりしたのは、ルネッサンス時代だけではない。中世キリスト教は、アラブ世界を介して再発見されたアリストテレスの思想をもとに神学を構築した。プラトン思想はほとんど知られていなかったが、新プラトン主義はよく知られており、教父たちに多大な影響を及ぼした。プラトン思想の流れを受け入れずして、キリスト教思想家の中で最も偉大な聖アウグスティヌスの出現は考えられない。ヨーロッパの諸国同士、また諸国とローマ教会との間で一千年以上も衝突の原因となった帝国の概念も、古代ローマを起源としている。キリスト教ヨーロッパは、宗教儀式、宗教思想、法律、大学での論争のための言語としてラテン語を選んだ。

一方、ユダヤ教という一神教なくしてキリスト教の伝統を語ることはできない。ヨーロッパ文化の基本となった文書、最初の印刷業者が印刷した最初の文書、ルターが翻訳したことによってドイツ語がつくられたと言っても過言ではない文書、プロテスタント世界の基本となっている文書、それは聖書だ。キリスト教ヨーロッパは、詩篇を歌い、預言者の言葉を引き、ヨブやアブラハムについて考察しながら誕生し成長していったのだ。それればかりかユダヤ一神教は、キリスト教とイスラムという二つの一神教の歩み寄りを促す唯一の接着剤だった。

しかしそれだけではない。実際ギリシャ文化は、少なくともピタゴラスの時代以降については、エジプト文化を抜きにして考えることはできない。ヨーロッパの最も典型的な文化現象だったルネッサンスは、エジプト人やカルデア人の教えから着想を得た。また人々が持つヨーロッパについての共通認識も、オベリスクの初期の解読からシャンポリオンによるロゼッタ・ストーンの解読まで、帝政様式から超近代的で実に西洋的なニューエイジの空想にいたるまで、すべてはネフェルトイティ[*2]やピラミッドの神秘、ファラオの呪いや黄金のスカラベなどを糧にして成長してきたのだ。

欧州憲法の中でヨーロッパ大陸のギリシャ・ローマ的、ユダヤ・キリスト教的起源に触れることがあってもよいのではないかと私は思う。そして、そのような起源があるからこそ、古代ローマが諸種の神々を受け入れ、皇帝の座に肌の黒い人を座らせたのと同様に(聖アウグスティヌスはアフリカ生まれだったことも忘れてはならない)、今のヨーロッパ大陸があらゆる文化や民族からの貢献を吸収する準備ができていること、その姿勢をまさにヨーロッパ文化の最も奥深い特徴の一つと考えていることを、併せて明記してもよいのではないだろうか。

［初出］「レスプレッソ」誌、二〇〇三年九月。

＊1　ローマ帝国がキリスト教を公認した勅令。コンスタンティヌス一世とリキニウス帝が三一三年、ミラーノで発した。

＊2　紀元前一四世紀中葉のエジプト王妃。

キリストの十字架像、風俗と習慣

私は数年前、部分的にはこの「ラ・レプッブリカ」の紙面でも、われわれのヨーロッパ大陸を変容させつつある移民の波(単純な散発的移住ではなく集団による移民)について触れながら、今後三〇年間のうちにヨーロッパは多色大陸になり、そこから変化、適合、和解や衝突が生ずることになると書き、またこの変化が苦痛なしに進行することはないだろうとも警告した。学校の教室の壁にキリストの十字架像をかけるべきか否かという問題について起こった議論は、フランスで起こったチャドルをめぐる論争と同じように、摩擦をともなうこうした変化の一つの例だ。

変化にともなう苦痛とは、その流れの中で政治的、法的、ひいては宗教的な問題が持ちあがることだけを指すのではない。そこには感情的な衝動が発生するのであり、それについては法律を制定することもできないし、議論で収めることもできない。学校におけるキリストの十字架像の問題はこうした問題の一つなのであり、事実、信者であれ信者でない人間であれ、異なる考えを持つ人々が、問題に対する反応(賛成、反対とも)の点では共通している。

感情的な問題に対して理性は働かない。それは、恋人に捨てられて自殺しかけている人に向かって、人生は素晴らしくて世の中には他にも愛すべき人はたくさんいるし、あなたの不実なパートナーは結局のところあなたが思っていたほど美徳を持っていなかったのだと説得しようとするようなものだ。骨折り損であり、悩み苦しんでいる人は悩み苦しむし、かけてやれる言葉もない。

法律的問題もまた無関係だ。過去において学校にキリストの十字架像を飾ることを命じたどの勅令も、王の肖像も飾ることを命じていた。だから、もしもわれわれが勅令に忠実に従っていたなら、教室にヴィットーリョ・エマヌエーレ三世(息子のウンベルト二世は正式に戴冠されなかった)の肖像を飾らなければならない。イタリア共和国が国家の世俗性を保つために十字架像を教室から取り去るどんな新しい法令を出しても、それは大部分の国民の共通感情と衝突することになる。

フランス共和国は、国の教育機関において宗教のシンボルとなるもの、つまりキリストの十字架像であれチャドル(もしチャドルが宗教的シンボルなのだとしたら)であれ、顕示することを禁じている。理性的にはこの姿勢を受け入れることもできるし、法的にも申し分はない。近代フランスは世俗的な革命から誕生した。アンドラ公国はそうではないが、しかしこの国は興味深いことにフランス大統領とウルヘル司教によって共同統治されているのだ。イタリアでは、トリャッティが憲法第七条[*1]に関して賛成票を共産党員に投じさせた。フランスの教育機関は厳格に世俗主義を守っているが、それでも現代カトリックの大きな流れのいくつかはまさに共和国たるフランスで花開いた。それは左においても右においてもそうであり、例えば、シャルル・ペギー、レオン・ブロワを始めジャック・マリタン、エマニュエル・ムーニエなどの人物や、さらに労働司祭[*2]もいる。また、ファティマはポルトガルにあるが、ルルドはフランスにある[*3]。つまりお分かりのように、学校から宗教的シンボルを取り去っても宗教的感情の生命力には何ら影響を与えないのだ。われわれイタリアの大学には教室にキリストの十字架像はないが、多くの学生たちが「共有と解放（コムニョーネ・エ・リベラツョーネ）[*4]」に属している。逆に少なくとも二世代のイタリア人が、国王の肖像とムッソリーニの肖像の間にキリストの十字架像が掲げられた教室で子供時代を過ごし、およそ三〇人のクラスのうち一部は無神論者になり、他の生徒はレジスタンスを行い、さらに他の生徒(過半数だと思うが)は共和国を選んで投票した[*5]。これらはそれぞれ小さなエピソードに過ぎないかもしれないが、その歴史的重みは大きく、学校に宗教的シンボルを飾ることが生徒の精神的発達に影響を及ぼさないことをわれわれに伝えている。

　そこで、宗教の面から見てもこの十字架像問題はさして重要ではないと言う人がいるかもしれない。しかしこの問題は、原理原則から言えば重要でないことはない。なぜなら、教室に十字架像を飾ることはわれわれの国が伝統的にキリスト教の国でカトリックの国であることを想起させるからだ。したがって、教会の反発も理解できる。しかし原理原則をもちだしても、それは社会学的とも言うべき考察と衝突する。というのも、ヨーロッパ文化の伝統的象徴であるキリストの十字架像はとんでもない形で世俗化しており、それは今日に始まったことではないからだ。冒瀆的なまでに宝石がちりばめられた多くのキリストの十字架像が、罪深い女や高級娼婦の大きく開いた胸元に横たわったこともあったし、また美しい婦人の豊かな胸にかかる十字架を見ながらゴルゴタの丘に向かう道の甘美さについて辛辣で好色な話をしたランベルティーニ枢機卿[*6]のことは誰もが思い起こすだろう。へそを出し、鼠径部すれすれのミニスカートで町を歩く女の子が、十字架のアクセサリーをつけている。われわれの社会が犯した十字架像の殺戮とでも言うべきものは実に冒瀆的だが、とくにそれを騒ぎ立てる人はいない。イタリアの町は十字架が鐘楼の上にあるだけでなく、いたるところに散らばっているが、われわれはそれを町の風景の一部として受け入れている。また、道路の十字路がロータリーに改造されつつあるのは、世俗性を強調するためでもなかろう。

最後に、半月(イスラム教のシンボル)が、アルジェリア、リビア、モルディヴ、マレーシア、モーリタニア、パキスタン、シンガポール、トルコ、チュニジアの国旗にデザインされているのと同様に(公式には政教分離国であるトルコの国旗には半月がデザインされているが、ＥＵへの加盟が取り沙汰されている)、十字架や十字形が、世俗性について疑いのない国、例えばスウェーデン、ノルウェー、スイス、ニュージーランド、マルタ、アイスランド、ギリシャ、フィンランド、デンマーク、オーストラリア、イギリスなどの国の国旗に見られる。多くのイタリアの都市の紋章には、たとえ左翼行政に統治された都市の場合でも十字架がデザインされているが、しかし、だからといって誰もそれに苦情を言ったりしない。こうしたことは教室にキリストの十字架像を飾ることを許してよいもっともな理由になるかもしれないが、今までお話ししたように、そのような理由は宗教的感情に触れるものではまったくない。信者には冷酷に聞こえるだろうが、今や十字架は世俗的で普遍的なシンボルになったのだ。

もちろん、大司教の部屋でも見かけることがあるような、キリスト像のないただの十字架を教室に飾ることを提言することもできる。これはある特定の宗教への明瞭すぎるくらいの言及を避けるためには有意義だろう。だが今のところ、このような行動は譲歩として理解されてしまうかもしれない。

問題は別のところにあるのであり、感情的効果の考察に戻りたいと思う。この世の中には風俗風習というものが存在し、これは信仰やあらゆる信仰への反抗よりも根が深く、尊重されなくてはならないものだ。それゆえキリスト教会を訪れる女性無神論者は挑発的な服装を避けるべきなのだ。それに従いたくないというのなら、美術館だけを見学すればいい。私は世界で一番迷信的でない人間で、はしごの下を通るのも大好きなのだが、友人の中にはばりばりの世俗主義者で、その上反聖職主義者でありながら、迷信深くて、テーブルで塩をこぼしでもしたら頭が真っ白になってしまう人がいる。私にとってはそれは彼らの心理学者(または彼ら専属の悪魔祓い師)が扱うべき問題のように思えるが、もし私が夕食に友人を招かなければならず、総勢が一三人になったならば、どうにかして人数を一四人にしようとするか、メインテーブルを一一人にし、脇の小テーブルに二人の席をつくる。こんなことで悩むなんてと、われながら微笑んでしまう。それでも私は、他人の感性や風習や習慣を尊重する。

最近耳にする、悲しみや怒りに満ちた反発――そこには信仰に無関心な人たちからの反発もある――がわれわれに告げているのは、十字架の問題とは文化人類学の範疇にある問題なのであり、その成り立ちが共通の感性に根ざしているということだ。イスラム教徒がイタリアに住みたいのであれば、あらゆる宗教的原理を脇に置いて、かつまた、その人の宗教性が尊重されるように、受け入れ国であるイタリアの風俗風習に従わなければならない。このことにアデル・スミス[*7]は気づいてしかるべきだった。

私がイスラム教の国を訪れたら、アルコールは限られた場所(西洋人向けのホテルなど)だけで飲み、モスクの前で水筒に入れておいたウイスキーをぐいぐい飲んで地元の人を挑発したりはしない。もしもカトリックの聖職者がイスラム教の環境で講演をするように招待されたなら、コーランの文章で装飾された広間で話すことに応じなければならない。

ＥＵの外から人々が続々押し寄せてきているヨーロッパの統合は、互いへの寛容を基礎としてなされなければならない。そこでこの場を借りて、わが同僚エリザベッタ・ラーズィ[*8]に反論を唱えたいと思う。彼女はつい最近「コッリエーレ・デッラ・セーラ」新聞社発行の週刊誌「セッテ」で、「寛容(tolerance)」という言葉は人種差別的表現のように思えると述べたのだ。私は、哲学者ロックが寛容について書簡を、またヴォルテールが寛容について小論文を書いていることを指摘したい。おそらく今日では、「容認する(tolerate)」という語が蔑みの意味(つまり、私は君が私より劣っていると思っていても、君を容認する。なぜなら私がまさに君よりすぐれているからだ)でも使われているのかもしれないが、寛容という概念にはそれなりの歴史と哲学的品格があり、大勢の人たちにお互いへの理解を投げかけているのだ。

将来の学校教育は多様性を隠すことを基礎としてはならず、教育学的手法によって多様性を理解し受け入れるように仕向けるべきだ。ずいぶん前から繰り返し言われていることだが、学校で(非カトリックの生徒たちのための選択科目ではなくて)宗教の時間と並んで、最低でも週一時間の宗教史の時間が設けられたら素晴らしいことだろう。そうすればカトリックの子供もコーランが何を語っているか、仏教徒が何を考えているかを理解することができるし、ユダヤ教徒、イスラム教徒、仏教徒(さらにカトリック教徒まで)は聖書がどのようにして生まれ、何を語っているかを知ることができるようになる。

アデル・スミスと狭量な原理主義者への提言。「受け入れ国の風俗風習を理解し、受け入れなさい」。そして受け入れ国への提言。「あなたたちの風俗風習が、あなたたちの信仰の押しつけとならないように努めなさい」。

大いなる慰めとなり心を休めてくれる、理性のスポット・ライトを浴びない影の部分への尊敬も必要なのだ。

[初出]「ラ・レプッブリカ」紙、二〇〇三年一〇月。

＊1 「国家とカトリック教会とは、おのおのその固有の領域において、独立であり、最高である。両者の関係は、ラテラノ条約によって、規定される。(……)」。ラテラノ条約は一九二九年、ムッソリーニと教皇庁との間に結ばれた政教協約で、これによって教皇庁はヴァチカン市国として独立と主権が認められ、またカトリックがイタリアの宗教において特別な地位を有することが認められた。共産党書記長トリヤッティは、一九四七年にイタリア共和国憲法が憲法制定会議で可決されるに際して、イタリア政府と教皇庁の間の一九二九年以来のこの関係を追認した。

＊2　肉体労働者とともに働きながら、宣教や信者の司牧を行う司祭。
＊3　ファティマもルルドもカトリックの聖地。ともに聖母マリアが現れたと言われている場所。
＊4　カトリックの学生組織。数多くの学生が参加しており、大きな影響力を持つ。
＊5　第二次大戦直後の一九四六年六月二日に行われた、君主制か共和制かを選択する国民投票のことを指す。共和制支持が僅差で勝利し、イタリア共和国が成立した。
＊6　のちの教皇ベネディクトゥス一四世（一六七五〜一七五八年）。美食家で機知にとんだ人柄で知られた。後世、映画やテレビドラマの題材としても取り上げられ、教会の重苦しい雰囲気とは正反対の人物として親しまれた。
＊7　エジプト生まれのイタリア人（一九六〇〜二〇一四年）。原理主義的な考え方に近いイスラム教徒で、自分の子供が通う小学校の教室からキリストの十字架像を取り去るように強く求めた。
＊8　イタリアのジャーナリスト、小説家（一九四七年〜　）。

胎芽の霊魂について

最近物議をかもしている人間の胎芽(エンブリオ)*1の尊厳に関する議論では、異なる意見が対立している。しかし、何世紀にもわたる論争、つまりキリスト教神学の偉大な学者たちの幾人かが打ち込んだ論争が取り上げられることはまったくない。この議論は非常に古くてオリゲネスまで遡るが、彼は神が最初から人間の霊を創造したものと考えた。この見解は、「創世記」(二章七節)の「主なる神は土の塵で人を形づくり、その鼻に命の息を吹き入れられた。人はこうして生きる者となった」という記述に照らし合わせても成り立たないので、すぐに反駁された。つまり聖書では、神は初めに肉体をつくり、そして次に霊を吹き込んだわけだ。だがそうなると、原罪がどのようにして遺伝されるのかということが問題になる。そこでテルトゥリアヌスは親の霊は精子を通じて父から子へと「引き継がれる」と主張したが、この説もまた即座に異端的見解と判断された。なぜなら霊の物質的起源を前提にしているからだ。

これに戸惑いを覚えたのは聖アウグスティヌスだった。彼は原罪の遺伝を否定するべラギウス派に手を焼いていた。解決方法として聖アウグスティヌスは、一方で創造論（肉体による遺伝論に反論して）を主張しながら、また一方で一種の霊遺伝論を認めたりした。しかし、すべての注釈者たちは彼の説にはかなり無理があると判断している。後にトマス・アクイナスは完全に霊創造論者となり、原罪に関する問題を巧みに解決することになる。つまり彼によれば、原罪は自然感染のように精子を通じて受け継がれるが（『神学大全』I－II、八一、一）、これは理性的霊の遺伝と何の関連もない。霊は創造されるものである。肉体的物質に由来することはあり得ないからだ。

周知の通り、トマス・アクイナスによると植物は植物的霊をもち、その霊は、動物において感覚的霊によって吸収統合される。一方、人間においてこの植物と感覚の二つの機能は理性的霊によって吸収統合され、これにより人間には知性が授けられる。さらに、とここで私は付け加えたいが、この知性こそが人を人とし、人格を持たせる。なぜなら、昔からの伝統的思想によれば、人格とは「理性的本性を持つ不可分の実体」であるからだ。

胎児の形成に関しては、トマス・アクイナスはきわめて生物学的な見方をしている。つまり神は、胎児が徐々に、先ず植物的霊を、そして次に感覚的霊を獲得したときになって初めて霊を注ぎ込む。その時点で初めて、すでに形成された肉体の中に理性的霊が創造されるのだ（『神学大全』I、九〇）。胎芽は感覚的霊しか持たない（『神学大全』I、七

六、二およびI、一一八、二)。トマスの『異教徒論駁大全』(II、八九)には、「胎児はその発端から最終的形態までの間に、いくつかの中間的形態を持つがゆえに」、人間の発生には順序や段階があるのだと繰り返し記述されている。

あらゆる意味において人間を人間たらしめる知性的霊は、胎児の形成のどの段階で注ぎ込まれるのだろうか。この点に関して伝統的な学説はきわめて慎重だった。教皇レオ一三世の命により出版された聖トマス・アクイナスの『著作大全集』をもとにマリエッティ社が刊行したピエトロ・カラメッロの注釈付き聖トマス・アクイナス全集の中で、カラメッロは、受精卵は「十分に準備された有機組織」に支えられるようになったときに霊が吹き込まれるとトマスの学説が主張していることを認めながらも、「最近の著者たちによれば、受精卵の中に」すでに「有機的生命の始まりが存在している」と注釈を加えている。しかしこの注釈はきわめて用心深いものだ。なぜならば、有機的生命の始まりというものは植物的霊や感覚的霊を指すこともあり得るからだ。

また『神学大全付録』(八〇、四)には、胎芽の中に理性的霊が吹き込まれない限り、肉体の復活の際に胎芽が蘇ることはないと書いてある。つまり、最後の審判の後、われわれの肉体も天の栄光を共有することができるよう死んだ人の身体が蘇るときに(アウグスティヌスによれば、死産した子供だけでなく、自然のいたずらとでもいうべき体を持つ人も、身体の一部を失った人も、腕や目など欠いた形で受胎した人も、人間の完全な形で成人の体の美しさと完全さを再び享受すべく蘇るときに）、その「肉体の復活」に胎芽は加わることができないのだ。胎芽には理性的霊がまだ吹き込まれていなかったので、人間ではないからだ。

教会はその長年の歴史の中で、しばしばゆっくりかつ密かに自身の見解を変えてしまったことがたびたびあるので、この問題に関する見方も変えたのかもしれないと言うこともできるだろう。だが、われわれがここで対面しているのはどこかそこいらの権威ではなく、権威の代名詞とでも言うべき、カトリック神学の大黒柱トマス・アクイナスの考え方が言外に含んでいる前言撤回なのだ。

このことに関して湧いてくる考察は、奇妙な結果をもたらす。周知の通り、カトリック教会は長い間進化論に対抗していた。それは、聖書が語る七日間の創造という話と矛盾して見えるからというよりも、どちらかというと、進化論が根本的な跳躍、つまり人間以前の生命の形態と人間の出現との間にある奇跡的な違いを消したからであり、ただの動物に過ぎないサルと、理性的霊を享受した人間との違いを無にしたからだ。

そこで、胎芽は将来、人間になる能力を持っているゆえにすでに人間であるという考え方を根拠にしながらネオ原理主義的と間違いなく定義できる人たちが行っている生命を守ると称する闘いは、最も厳格な信者を、かつての進化論的唯物主義者の立場と同じ立場に立たせているように見える。つまり、植物から動物、そして人間への進化においては中断(聖トマス・アクイナスが言う中断)が存在せず、生命はそのすべてが同じ価値を持つというのだ。すると、最近「コッリエーレ・デッラ・セーラ」紙にジョヴァンニ・サルトーリ[*2]が書いていた通り、生命の擁護と人間の命の擁護、この二つの概念が多少混同されているのではないかという問いが出てくる。なぜならば、どのような場所であれ、どのような形態であれ、出現した生命ならばたとえどんな代償を払ってでも守ろうとすることは、受精という目的以外に自分の精子をばらまくことだけでなく、鶏を食べることも蚊を殺すことも、そのすべてを殺人と定義せざるを得ないことになり得るからだ。ましてや植物に対して払わなければならない尊厳を忘れてはならない。

結論。現在のカトリックのネオ原理主義的な姿勢は、プロテスタントから派生しているだけでなく(それだけならさほど問題ではない)、キリスト教を、唯物的であると同時に汎神論的な姿勢に平準化させ、また呼吸によって微生物を殺さないように口にマスクをあてているあのグルたちを彷彿させるある種の東洋的汎心論に平準化させている。

疑いなくきわめてデリケートである問題に関して、私は価値判断を下しているわけではない。ただ、奇妙な歴史的、文化的現象、立場の奇妙な逆転を指摘しているだけだ。ニューエイジの影響であるに違いない。

[初出]「レスプレッソ」誌、二〇〇〇年九月、二〇〇五年三月。

＊1　妊娠後、胎盤形成が開始されてから八週目までを「胎芽」といい、出生までを「胎児」という。

＊2　イタリアの国際的に有名な政治学者（一九二四〜二〇一七年）。

偶然と知的設計論

古くて完全に埋もれてしまった話（あるいは、アメリカの「バイブル・ベルト」[*1]、つまり最も反動的で世界から離れて孤立していて、自分たちの野蛮な原理主義にしがみついている諸州、ブッシュ大統領だけがおそらく選挙を念頭に置いた計算のために真剣に見ている諸州に限られた話）だと思われていたのに、思いがけず最近、ダーウィンの進化論に関する論争が再び浮上してきている。そしてそれはわれわれの学校制度、ほかならぬカトリックの伝統を重んじるイタリアの学校制度の諸改革案に影を落とすほどのものなのだ。

ここで私はあえてカトリックという言葉を強調したい。なぜなら、キリスト教原理主義はプロテスタントの環境から生まれたものであり、その特徴は聖書を字義通り解釈するという決意だからだ。そもそも、聖書の字義通りの解釈が存在するには、聖書を自由に解釈することが信者に許される必要があるが、これはプロテスタント教会の典型的な特徴だ。カトリックに原理主義は存在し得ない。なぜなら、カトリック教徒にとって聖書の解釈とは教会の仲介によってなされるものだからだ。これこそが宗教改革派と反宗教改革派との戦いの種だった。

すでに教父たちのもとで、さらにそれ以前にアレクサンドリアのフィロンのもとで、聖アウグスティヌスが唱えたような、より柔軟性のある解釈学が発展していた。聖アウグスティヌスは、聖書がしばしば隠喩(メタファー)や寓喩(アレゴリー)を使って語っていると認めるにやぶさかではなかったのだ。したがって天地創造の七日間がたとえ七千年間だったとしても、それはおかしくない。教会は、聖アウグスティヌスのこの解釈学的姿勢を基本的に認めてきた。

ここで指摘したいのは、天地創造の七日間が詩的物語であって、字義通りの解釈から踏み出すことがあってもいいと一度認めると、「創世記」がダーウィンを支持するように見えてくることだ。つまり、最初に一種のビッグ・バンが起こり、爆発的な光が現れる。その後惑星が少しずつ形成され、地球上に壮大な地質現象が起こる(陸と海が分離する)。そして植物、果実、種子が現れた後、最後に海という海が生き物でごった返すようになり(生命が水から出現するから)、鳥たちが飛び立つ。この後、やっと哺乳類が現れる(爬虫類の位置が系譜学上はっきりしないが、「創世記」にそこまで求めるのはあんまりだ)。

この長いプロセスが終わってクライマックスにたどりついたときに初めて(おそらく

大きな類人猿よりも後だと推測するが）人が現れる。人は——忘れてはならないことだが——無からではなく泥から、つまりそれ以前に存在していた物質から創造される。きわめて叙事詩的な語り口ではあるが、これ以上進化論的な話があり得るだろうか。

カトリックの神学が、唯物的進化論と同一視されないためにつねに主張してきたものは何か。それは、右の流れが言うまでもなく神による行いの結果であるということだけでなく、進化の段階で神がある有機物の中に不死の知性的霊を吹き込んだときに質的な跳躍があったということだ。唯物論と唯心論との闘いはこの一点を軸にしてのみ繰り広げられている。

今、アメリカの学校の教育プログラムにダーウィンの「仮説」と並んで（ガリレオが審問裁判のときにもし自分の主張を「発見」ではなく「仮説」だと認めていれば、罰をまぬがれることができたはずだということを忘れてはならない）、霊創造説を再導入すべきか否かについて行われている論争の面白い側面は、神による創造という言葉よりも——宗教的信仰が科学的理論と対峙しているという印象を与えないために——「知的設計」という言葉が使われていることだ。

言い換えれば、次のように言わんとしているのだ。われわれは何も、深い髭の、人間の形をしたヤハウェの存在を押しつけようとしているわけではない。ただ、かりに進化的な発展があったと認めた場合、それが偶然に起こったわけではなく、あるマスター・プラン、ある設計図に従って起こったことを受け入れてほしいだけだ。そしてその設計図とはもちろん、何らかの形態の「知性」によるものであるほかはあり得ない(つまり、「知的設計」論では、超越神の代わりに汎神論的な神の存在さえ認められることになる)。

私が不思議に思うのは、「知的設計」論が、ダーウィンが提示したような偶然的プロセス、いわゆる試行錯誤のプロセス、生存競争の中で環境に最も適した者だけが生き残るというプロセスを排除していないということが、まったく考察の対象になっていないことだ。

われわれが抱く知的設計の最も高貴な姿、つまり芸術的創造ということを考えてみよう。ミケランジェロが自身で書いた有名なソネットの中でわれわれに語っていることだが、大理石の塊の前に立つ芸術家は、その塊からどのような彫刻が生まれてくるかを最初から頭の中に描いているわけではなく、まさに試行錯誤的な方法で、素材の抵抗を探りながら、石塊の中に閉じ込められていた彫刻が少しずつ外に出てくるように「過剰」なものを捨てながら進んでいく。そして、そこに彫刻があったこと、その彫刻がモーセだったのかあるいは「囚人」[*2]の一人だったのかは、試行の連続であるこのプロセスが終わったときにしか芸術家は発見することができないのだ。

だから、「知的設計」は、偶然が提供する物事の受け入れと拒否の連続を通して現れてくることもあり得る。もちろん、選んだり拒んだりする「設計」が先にあるのか、それとも選んだり拒んだりすることによって「知性」の唯一の形態として「偶然」が現れてくるのか——後者の場合は「偶然」が「神」に変容するといってもよいのだが——それを決めなければならない。

些細な問題ではないし、ここでその問題の解決を図ることもできない。ただただ、哲学的にも神学的にも、原理主義者たちが思い込んでいるより少しばかり入り組んだ問題だということだ。

［初出］「レスプレッソ」誌、二〇〇五年一一月。

＊1　聖書の教えを厳格に守ろうとする人々の多い米国南部地域。

＊2　ミケランジェロの有名な彫刻作品。

わしの息子から手を引け

告白する。質問の連発を恐れて、そして問題をきっぱり片づけるためにメル・ギブソンの監督した『パッション』を見にいった。イタリアで公開される前に、外国へだ(そこでは少なくとも若年者は入場禁止になっていた)。どのみちセリフのほとんどはアラム語だし、理解できる言葉があるとすればせいぜい、ローマ人が「失せろ!」と言いたいときに叫ぶラテン語「イ!」ぐらいなのだから。

まず言わなければならないのは、技術的にとてもすぐれたこの映画が、ここ何週間かしばしばでたらめに議論されてきたのと違って、反ユダヤ主義の表現でもなければ、血なまぐさい生贄の神秘にとりつかれたキリスト教原理主義の表現でもないということだ。ただのスプラッター映画に過ぎず、この映画と比較すれば『パルプ・フィクション』が幼稚園の園児用のアニメ映画に見えるぐらいたくさんの流血や暴力のシーンを観客に提供して荒稼ぎすることを目的にした映画だということだ。

この映画は、言うならば、登場人物が地均(じなら)しローラーに押しつぶされてCDのように薄くなったり、高層ビルから落ちて無数の破片に砕けたり、ドアの後ろに押しつぶされたりする、『トムとジェリー』風アニメ映画にあるエピソードの教えを活用しているのだが、しかしその上に大量の血、トランシルヴァニアの全吸血鬼を動員して掻き集め、何台ものタンクローリーでセットに運び込んだ何千リットルもの血が注ぎ加えられる。

この映画はまた、宗教映画でもない。イエスについては、われわれが初聖体拝領式の前に覚えさせられる程度の簡単な事柄が軽々しくほのめかされ、当然、善人であったことが暗示される。イエスと主たる父との関係はヒステリックで完全に世俗的で、チャールズ・マンソン[*1]とサタンとの関係にたとえてもいいくらいだ。サタンもまた、小柄なオカマを装ってところどころに現れるが、これだけの赤血球のばらまきを目の当たりにして気分を害しているようだ。そもそも、映画の最も納得いかない場面は最後の復活場面で、これまた『神学大全』よりも解剖学の図鑑を彷彿させる。

福音書の崇高な節度は、この映画の中にまったく見受けられない。歴史上最も偉大な生贄について信者の沈思黙考を促すために福音がはっきりと語らないすべての物事を、この映画は見せびらかすのだ。福音書がイエスは鞭打ちの刑に処せられたとだけ言うにとどめているところ(「マタイ伝」、「マルコ伝」、「ヨハネ伝」はそれぞれ三語、「ルカ伝」は記述なし)を、ギブソンはまずアシの棒で、それから鉄の丸い先端の付いたベルトの束で、最後に鉄槌でイエスを打たせ、その結果、イエスの体は、極限まで砕かれてぐちゃぐちゃになった肉とはこんなものかと観客がイメージするものになる。つまり、火の通りの悪いハンバーガー同然になるのだ。

イエスに対するギブソンの嫌悪感は、口では言い表せないほど強いに違いない。ますます血まみれになっていくイエスの身体に、ギブソンは自分の過去のどのような抑圧を発散しているのだろうか。幸いにも時代考証が許さなかったが、さもなければ睾丸に電極も付けただろうし、おまけに石油の浣腸も施したかもしれない。このような光景を見ることによって救済の神秘を前にして健全な震えが感じられるはずだ、と言っている人がいる。何とも言えない。

反ユダヤ主義の映画なのだろうか。もちろん、西部劇を下敷きにしたスプラッター映画をつくりたかったのならば、登場人物の立場をはっきりさせる必要がある。善玉と悪玉が対決しなければならないし、悪玉たちはこれ以上あり得ないほどの悪者でなければならない。ところが、神殿の司祭たちが最高の悪者であるとしても、ローマ人の方がもっと悪者になっていて、まるで拷問椅子に釘付けにしたミッキー・マウスを、にやにや笑いながら苛めるライバルのブラック・ピートそのままだ。

ローマ人を悪者として描写しても(そもそもアステリックス[*2]がもうそう言っている)ローマのカピトルの丘が焼き討ちにされる危険はないが、ユダヤ人については、とくに今のような時代は、より慎重に事を運ばなければならないとギブソンは考えるべきだったのではないかと私は思う。しかし、スプラッター映画をつくる人間に向かって、繊細であってほしいとは頼めまい。不幸中の幸いだろうか、彼は少々の悔悟を感じたようで、善人に近い三人のユダヤ人と三人のローマ人を登場させている。この六人は、ところどころで疑問を感じているようだが(観客に向かってまるで「俺たちはちょっとやり過ぎているんじゃないだろうか」と言うかのような目をする)、しかし彼らのこうした懐疑的な態度ですら、すべてが耐え難いというこの映画の印象(もし、脇腹から噴出するものを見てすでに嘔吐していなかったとしても)をさらに強調することになる。

ギブソンは、イエスがおそらく苦しんだに違いないという考えをすぐさまキャッチし、最も心を動かす場面とは美しい女性の死であるとポーがロマン主義的に考えたのと同様に、最も収益を生み出すスプラッター映画とは、神の息子を挽肉器に入れる映画だと直感しているのだ。その出来は見事であり、イエスがとうとう死んでわれわれの苦しみ(あるいは法悦)がやっと終わって、嵐が荒れ狂い、大地が揺れ、神殿のヴェールが引き裂かれると、それなりの感動を覚えることになると言わざるを得ない。なぜならそのとき、映画にどうしようもなく欠けている超越性の息吹が、気象学的現象としてではあるが垣間見えるからだ。

そう、その瞬間に、主なる父は自分の声を聞かせる。しかし常識ある観客は(そしてまた信者も、と私は思いたい)、その瞬間に、主なる父がメル・ギブソンに対して憤慨していることを感じ取るのだ。

追記

今回のこのコラム「ミネルヴァの走り書き」は、「レスプレッソ」誌のインターネット・サイトで広い論争を巻き起こした。想像していた通り、賛成した人もいたし、反対した人もいた。しかし数多くの反対した人のうち(ユダヤ系ロビーの回し者だとまで私を非難した人は考慮に入れなくても)、その大半は、私がメル・ギブソンの『パッション』ではなく、イエス(歴史上の人物としてのイエス)の「受難(パッション)」を皮肉って見せたと思っていた。

言い換えれば、このような人たちは映画のキリストと福音書のキリストの区別がつかないということだ。彼らはイエスを演じる俳優ではなく、生身のイエスを見ていたつもりだったのだ。

事物の描写を事物それ自体と見るのは、偶像崇拝の現代的な形の一つだ。

それはともかく、「親愛なるウンベルト、あんたが映画の結末をバラしてくれたことは、絶対に許せない」というメッセージを寄せてきた読者に感謝の意を表する。

［初出］「レスプレッソ」誌、二〇〇四年四月。

＊1　米国のカルト指導者(一九三四〜二〇一七年)。一九六九年、信者を教唆して女優シャロン・テートを殺害させた。この事件は、アメリカ犯罪史上稀に見る凄惨さによって知られる。

＊2　フランスの人気コミック『ガリア人アステリックス』の主人公。古代ローマ時代のガリアを舞台とし、悪者のローマ人があらゆる形でからかわれる。

神を信じなくなった人間は何でも信じる(1)

ゼロ年を信じる

西暦二〇〇〇年の終わりが近づいてきて、新聞や、日常会話の中でさえ、第三「千年紀」は二〇〇〇年一二月三一日午後一二時を一秒過ぎたときに初めて始まるという考え方が、もはや当然のこととして受け入れられている。

マスメディアの記憶ほどはかないものはないので、おそらく多数の読者が去年の激烈な論争を覚えていないかもしれない。旅行代理店からレストランやシャンペン・メーカーまで、巨大な営業組織が、一九九九年一二月三一日をもって第二「千年紀」が終わり、二〇〇〇年が第三「千年紀」の最初の年であると決めつけていたのだ。一から数え始めるのだから、ゼロ(〇)で終わる数字は一〇の単位、一〇〇の単位を「開く」のではなく「閉じる」のだと説いた数学者たちの論拠はまったく役に立たずに無視された。最近「コッリエーレ・デッラ・セーラ」紙で、アルマンド・トルノ[*1]が再びその話を取り上げて真理を語ったが、ダブル・ゼロ(〇〇)の魅力は、それが常識と数学に反していても、例えば、数知れぬ人々に一九〇〇年の最初の一秒に二〇世紀の始まりを祝うことを納得させたほどの強い力があることを認めていた。

それでよかろう。ダブル・ゼロの力は常識を打ち負かす。消費社会がそれを利用して利益追求に走ったのは当然だし、われわれが皆一九九九年の終わりに第三「千年紀」のスタートを祝って喜んだのも当然だし、今になって例年の正月を迎えるような控えめな興奮状態で来る正月を待っているのもまた当然だ。

人は皆こうしたものだ。しかし、私の記憶にはまだ残っているが、去年の「レスプレッソ」誌で第三「千年紀」にはまだ入らないのだと記述したために、私は埋もれるほどの数多くの手紙を浴びせられた。それらの手紙は、ディオニュシウス・エクシグウス[*2]を引き合いに出しながら、そして、「ゼロ年」の存在を想定せざるを得ない不思議な普遍的カレンダーを仮定しながら、非常に複雑な計算式を使って第三「千年紀」は正しくも西暦二〇〇〇年に始まっていることを証明しようとしていた。もっとも、おそらく彼らの誰も気づいていなかったのだろうが、「ゼロ年」が存在しなければ成り立たないその不思議なカレンダーに従うと、不可避的な論理の結果として、イエスは生まれて一二カ月たった時点で満ゼロ歳になることになってしまうのだ。興味深いことに、こうした手紙の差出人の中には、何でも鵜呑みにする人、「ビッグ・ブラザー[*3]」の弟子の予備軍、パネットーネ喰い[*4]の人々、太平洋の島々のレミング[*5]だけでなく、一流の学者、哲学者、言語学者、古文書解釈学者、警句家、ロマンス語研究者、昆虫学者、考古学者などがいた。

これだけの博識の人たちが、否定できない明白な事実に反して、たとえ彼らが二四時間以内に二回続けて正月を祝うために南太平洋やアリューシャン列島の方角へ旅立たなかったにしても[*6]、新しい「千年紀」が二〇〇〇年で始まることを心より願うなどということが、なぜあり得たのだろうか。

このような現象を理解するために、私は、子供のときサルガーリ[*7]や他の作家の小説を読みながら二〇〇〇年の驚異に思いを馳せて、「自分は二〇〇〇年を見ることができるだろうか」と自問したことを思い出すことにした。当時、計算すると二〇〇〇年にたどりつくには六八歳まで生きなければならないことを発見して、私は、「無理だ、それだけ年を取れる人なんていない」と自分自身に言い聞かせた。しかしよく考えると、七〇歳ぐらいの人に出会ったことがあることを思い出したので(しかも、「人生の旅路の半ば[*8]」は三五歳だと聞いたこともあった)、すべてがうまく行ってだが、もしかするとたどりつけるかもしれないという結論にいたった。ここで告白しておけば、去年の秋頃から、突然の交通事故や心臓発作、あるいは過失ないし不本意ないし故意の殺人によって、ほんの数週間の差で第三「千年紀」に向かっている凱旋的行進が止められてしまうのではないかと私は恐れるようになっていた。

その心配は去年の一二月三一日の二三時四五分まで残っていたが、そのときになって壁を背にして座り、花火の恐ろしげなビッグ・バンが見える窓から顔を出すことさえ控えて運命的な時を打つ音を気長に待ち、それが本当に過ぎてしまった後になって初めて、無分別な痛飲に身をまかせることにした。たとえそのすぐ後に死んだとしても、二〇〇〇年には間に合ったからだ。

そうだ、これが説明なのだ。数的な理由から、少なくとも古い世代の人たちにとっては、二〇〇〇年まで生き残るということは死との競走に勝つことを意味していた。したがって、ゴールを前倒しするためならば手段を選ばない状況だったのだ。ずる賢い行為ではあったが(たとえ無意識的とはいえ)、人は死に勝つためならどんなことでもやるし、映画『第七の封印』では死神との絶望的なチェスの試合まで行われるほどだったのだ。

［初出］「レスプレッソ」誌、二〇〇〇年一月。

(1) この警句はチェスタートンに帰されているが、この警句のさまざまなヴァージョンを記載しているアメリカ・チェスタートン協会(The American Chesterton Society)によれば、これはより詳細な、類似したいくつかの警句を要約したものだという〔チェスタートンはイギリスの作家、評論家(一八七四〜一九三六年)。推理小説のブラウン神父シリーズで有名〕。

＊1　イタリアのジャーナリスト、エッセイスト（一九五三年〜　）。
＊2　古代ローマの神学者、教会法学者（五世紀後半〜六世紀半ば）。イエス・キリスト誕生の年から年数を数え始める今日の西暦の考案者。
＊3　一六八ページの訳注＊1および当該のエッセイを参照。
＊4　イタリアの伝統的な菓子パンの一つ。クリスマス前に親族や友人で贈り合う習慣がある。
＊5　ネズミ科の小動物。ときとして大発生し、集団で大移動する。
＊6　日付変更線を越えれば元日が二度迎えられる。
＊7　二三六ページの訳注＊1を参照。
＊8　イタリア人なら知らない人はいないダンテ『神曲』第一行目の引用。

錬金術を信じる

ニューエイジ精神でイライラさせられるものとは何なのか。誰かが天体の影響を信じているからといって、さほどイライラはさせられない。今までにもたくさんの人々がそう信じてきたからだ。また、ストーンヘンジが星魔術の驚異だと思われていることも、あまりイライラの原因にはならない。すでに日時計を発明した人がいた時代に誰か他の人が日の出と日没に合わせて石を並べておいても、たしかにそれはさほど途方もないことではない。われわれよりもしっかりと太陽を眺めている人がいたと思うと何となく動揺はするが。いや、そうではない。ニューエイジ精神についてイライラさせられるのは混淆主義だ。混淆主義(最も粗野な形の混淆主義)とは、ある一つのことを信じるのではなく、すべての物事(たとえそれらの物事が互いに矛盾していたとしても)を信じることだ。

混淆主義の危険はつねにわれわれのまわりで待ち伏せていて、(二〇〇一年)二月二三日の「コッリエーレ・デッラ・セーラ」紙が同じページで隣り合わせに掲載したチェーザレ・メダイユの二つのエッセイ[*1]にも姿を現していた。ここで強調したいのは、その二つのエッセイが別々に読めばそれぞれ正しいものだということだ。最初のエッセイは、最近リッツォーリ社が出版したマイケル・ホワイト著『ニュートン』について語っている。この本は、センセーショナリズムにだいぶ擦り寄っていたり、学者たちがすでに知っていることをまったく新しいものとして紹介したり、有名な本のタイトルを間違って引用したり、コルネリウス・アグリッパやヨハンネス・ヴァレンティン・アンドレーエが英語で書いていたと思わせたり、聖トマス・アクイナスが錬金術にたずさわっていたという伝説を真実と思い込んだり等々しているのだが、現代科学の父ニュートンが、今日のわれわれなら「神秘的」とでも定義するであろう物事に対して深い興味を持っていたことだけでなく、世界が神秘的な力に支配されていると信じたからこそニュートンが偉大な物理学的、数学的発見にたどりついたことを(これはまさにその通りだ)、とても魅力的な語り口で論じている。

一方、この記事のすぐ横のコラムで、メダイユは錬金術についての昔の本に対して最近再び関心が高まっていることを取り上げ、こうしたテーマ再来の証拠として、エディツョーニ・メディテッラーネエ社が出版したいくつかの本に触れている。この出版社は何年も前から、今日でもまだ錬金術を信じている人たちの期待に添った本を出版し続けている(あの少々イカれた老人フルカネッリ[*2]の著書を再版しているのがその証拠だ)。ときには真面目な研究者の本を出版することもあるのだが、混淆主義の作用によって、真面目な本ですら一緒くたにされるとあまり真面目でない本が言っていることの裏づけをしている感じがするようになるのだ。

この二つの記事の隣り合わせが生み出す混淆主義の印象とは、どのようなものだろうか。それは、オカルト主義者はニュートンの科学的研究に着想を与えたのだから、それゆえオカルト主義者の述べていたことは今日のわれわれにも真面目な関心を起こし得る、というものだ。これこそが純真な読者を魅了してしまうショート・カットだ。

アメリカ発見は、西に向かって航海すれば東洋の国々にたどりつくことができるという確信から生まれた。間違った根拠から生まれたよい発見は、まさに「掘り出し物(セレンディピティ)」だ。しかし、コロンブスがアメリカにたどりついたことが、西方の道を通って簡単に東を

「手に入れる」ことができることの証拠にはならない。その逆だ。コロンブスの発見は、東洋の国を目指すなら、東への道を通った方が早いことを教えてくれている。アフリカへのポルトガル人の探険は、エチオピアに絶大な権力者プレスター・ジョン[*3]の伝説的な王国があるという確信に突き動かされたものだった。この王国はアビシニアと同一だと考えられていたが、実際に行ってみることによってプレスター・ジョンが存在しなかったことが判明した(むしろ、エチオピアにあった国は、バドーリョ元帥[*4]の軍隊でも占領できたほど力のない国だった)。「南方大陸（テッラ・アウストラリス）[*5]」の神話についても同じことが言える。この神話はオーストラリア発見のきっかけとなったが、同時に地球の南半球全体に広がっていると思われていた大陸が存在しないことを確信させることにもなった。

二つのことが同時に真実であることが、必ずしもあるとは限らない。錬金術者のおかげで錬金術者が正しくないことをニュートンは証明してくれた。だからといって、錬金術者が相変わらず、私やメダイユや、そして数多くの他の人々を魅了し続けていることは否定できない。そして、私はファントマ[*6]、ミッキー・マウス、マンドレーク[*7]が存在しないこともよく分かっているが、彼らの魅力を感じ続けているのだ。

〔初出〕「レスプレッソ」誌、二〇〇一年三月。

*1 イタリアの作家、ジャーナリスト(一九四三〜二〇〇五年)。

＊2　一九二〇〜三〇年代に錬金術についての書物を著したフランスの著作家のペンネーム。正体はいまだ不明。
＊3　一〇八ページの訳注＊9を参照。
＊4　イタリアの軍人、政治家(一八七一〜一九五六年)。一九三五年に始まったエチオピア戦争の際、アディス・アベバ陥落までイタリア軍を導いた。
＊5　南極を中心にして南半球の大半をおおうとされていた想像上の大陸。キャプテン・クックの航海によって、存在しないことが明らかにされた。
＊6　マルセル・アラン、ピエール・スヴェストル共作の『怪盗ファントマ』(一九一一年)の主人公。爆発的な人気を呼んで次々と続編が刊行され、また映画化、テレビドラマ化もされた。
＊7　米国で一九三四年に登場したリー・フォーク、フィル・デイヴィス共作の連続漫画の主人公。

アーモルト神父を信じる

ハリー・ポッターに関して二年近く前、この「ミネルヴァの走り書き」のコラムで論じたことがある。その頃、最初の三つの作品がすでに出版されていて、アングロサクソン世界では、とんでもない多くのオカルト的空想を子供に本物だと思わせてしまう可能性のあるこうした魔法のストーリーを子供に語ることは教育方法として正しくないのではないかという議論が沸騰していた。映画化もされてハリー・ポッター現象がまさにグローバルな出来事になりつつある今、たまたまテレビ番組『ポルタ・ア・ポルタ』[*1]を見ることがあった。ゲストの中には、番組に出演することによって自らの同類の多大な宣伝になるのをとても喜んでいた魔法使いオテルマ[*2](そのときの彼の服装はあまりにも「魔法使いらしい」ものであり、エド・ウッド[*3]でさえ自分のホラー映画に出演させることはためらっただろう)と、さらにハリー・ポッターの物語は悪魔的な考えを伝播するものだと主張する著名な悪魔祓い師のアーモルト神父[*4](名前自体が不吉な予感を引き起こす)がいた。

状況をよく理解していただくために述べるのだが、その番組に参加していた他の常識ある大半の人たちが、白魔術であれ黒魔術であれ、それは嘘であると考えていたのに対して(それを信じている人たちのことはもちろん真剣に評価すべきであるが)、悪魔祓いの神父は魔術のすべての形態(白でも、黒でも、もしかすると水玉模様でも)は悪魔のしわざであると真剣に考えていた。

世の中の雰囲気がこれだとすれば、またもハリー・ポッターの味方にならなければならないと私は思う。ハリー・ポッターの物語はたしかに魔術師や魔法使いの話だが、人気を博しているのは当たり前だ。なぜなら昔も今も、子供は妖精、小人、竜、魔術師などを好むからだが、だからといって誰も、白雪姫はサタンの陰謀のしわざだなどと思ったことはない。ハリー・ポッターの物語が成功し、そして未だに人気があり続けているその理由は、作家が(絶妙な計算によってか非凡な直感によってかは分からないが)まさに古典的というほかないシチュエーションをあらためて設定できたことにある。

ハリー・ポッターは、悪の力によって殺された二人の善良な魔法使いの息子だが、最初は自分の生い立ちのことを知らず、横暴で小心者の叔父と叔母の下で、憎まれながら孤児の惨めな生活を送る。その後、自分の真の性質と使命を知らされ、若い男の子と女の子の魔術師が専門の勉強のために行く寄宿学校に入り、そこで驚くべきさまざまな出来事に遭遇する。これこそが第一の古典的な枠組みだ。若くて純粋な子供を取り上げ、ありとあらゆる冒険や苦しみに耐えさせ、その後で、君は輝く未来が待っているちゃんとした血筋の家柄の子だと明かしてやる。すぐさまそこに現れてくるのは、「みにくいアヒルの子」や「シンデレラ」だけでなく、オリヴァー・ツイストや『家なき子』のレミーだ。その上、ハリーが秘薬の作り方を勉強しにいくホグワーツ魔法魔術学校は、数多くの他のイギリスのカレッジに似ている。ルールが直感的に分かるがゆえに海峡の向こう側のイギリス人読者を魅了し、いつになっても絶対にそのルールが分かり得ないがゆえにヨーロッパ大陸の読者を魅了するアングロサクソン独特のスポーツの一[*5]つがプレイされるカレッジに似ているのだ。

『ハリー・ポッター』におけるもう一つの原型的なシチュエーションは、『パール街の少年たち』[*6]に見られるそれだが、生徒の子供たちが奇人のような先生たち(中には邪悪な先生もいる)に対して秘密の対抗集団をつくることを描く『ジャン・ブッラスカの日記』[*7]を彷彿させる匂いもある。また、少年たちが飛ぶほうきに乗って遊んだりすることを加えれば、メアリー・ポピンズやピーター・パンにも近い。最後に、ハリー・ポッターのホグワーツの城は、われわれが子供の頃読んでいたアドヴェンチャー本に出てくる城、サラーニ社(ハリー・ポッターのイタリア語版を出しているまさにその出版社)が刊行していた「わが子たちの図書室」シリーズに出てくる不思議な城に似ている。その城では短パンをはいた男の子たちと長いブロンドの髪の女の子たちが結成する息の合ったグループが、いんちきな管理人や、不誠実な叔父や、ペテン師集団などの策略を暴いた後、最後に宝物や失われた文書や秘密の地下室を発見するのだ。

ハリー・ポッターには鳥肌が立つような魔法や恐ろしい動物が出現するが(そもそも、この物語が相手にするのはカルロ・ランバルディ[*8]の怪物と日本のアニメで育った子供たちだ)、主人公とその仲間たちは、『三人のボーイ・スカウト』[*9]と同様に善良な目的のために闘い、道徳心あふれる教育者の言に耳を傾けるので、時代の違いを差し引けば、まさに『クオーレ』[*10]の「善良主義」に近づくほどだ。

子供たちが魔法の物語を読むと大人になっても魔女を信じ続けるに違いないと、本当にわれわれは思っているのだろうか(理由はまるで正反対だが、魔法使いオテルマとアーモルト神父は完全に一致してそう考えているようだ)。われわれは皆(童話の中で)鬼や狼の話を聞かされて健全な恐怖を覚えたが、大人になってから、恐れるべきは毒リンゴではなくオゾン・ホールだということを学んだ。幼児の頃には子供はキャベツの下で生まれるものと誰もが信じ込んでいたけれども、だからといってそれが、大人になったわれわれにとって、子供をつくるためのより適切な(そしてより楽しい)方法を採用する妨げにはならなかった。

　真の問題は子供たちではない。子供たちは猫と狐[*11]を信じながら生まれるが、そういうペテン師と違ってもっと酷くて想像の産物ではない悪者に気をつけなければならないことを早くも覚えるのだ。気にかかるのは大人だ。それはおそらく子供の頃に魔法使いの物語を読まなかった大人たち、テレビ番組によって、コーヒーかすを見て未来を占う人、タロットをいんちきに扱う人、黒ミサを執り行う人、予言者、祈禱で病気を治す人、交霊の集いをつかさどる人、心霊体の手品師、ツタンカーメンの秘密を暴く人、等々を信じ込ませられる大人たちだ。こんな調子で魔法使いを信じ続けると、いずれまた猫と狐を信用することになるかもしれない。

[初出]「レスプレッソ」誌、二〇〇一年一二月。

＊1　一九九六年に始まったイタリア放送協会の人気番組。毎回さまざまなテーマをめぐって、短いレポートやゲストによる討論が繰り広げられるが、激論にいたることがしばしばある。

＊2　イタリアの神秘主義者、魔術師（一九四九年～　）。本名の一部 Amleto の逆綴り「オテルマ(Otelma)」を名乗って、テレビ番組にたびたび出演している。

＊3　米国の映画監督（一九二四～七八年）。没後、カルト的人気を得た。

＊4　イタリアの司祭（一九二五～二〇一六年）。一九八六年にローマ司教代理によって公認の悪魔祓い師に任命された。多くの雑誌・新聞に寄稿し、テレビ番組にもたびたび出演しており、イタリアでは広く知られている。エーコが「名前自体が不吉な予感を引き起こす」と言っているのは、アーモルト(Amorth)が「死(morte)」を思い起こさせるため。

＊5　クリケットのこと。

＊6　ハンガリーの作家、劇作家モルナール・フェレンツの代表作（一九〇七年）。遊び場の原っぱをめぐる抗争を通じて少年たちの友情や裏切りを描いた、児童文学の古典。

＊7　イタリアの作家、教育家ヴァンバ（本名ルイージ・ベルテッリ）の代表作（一九一一年）。主人公の九歳の少年（「ブッラスカ」は嵐の意）が自分に起こった出来事や考えを綴った五カ月間の日記。イタリアで非常に広く読まれている。

＊8　イタリアの芸術家（一九二五～二〇一二年）。映画の特殊効果、メーキャップの製作によって国際的に知られる。映画『キングコング』、『エイリアン』、『E.T.』でアカデミー賞の視覚効果賞などを三回受賞。

＊9　フランスの冒険小説、SF小説、恋愛小説作家ジャン・ド・ラ・イール（一八七八～一

九五六年）の連作のイタリア語版タイトル。

＊10　イタリアの作家、児童文学者エドモンド・デ＝アミーチスの代表作（一八八六年）。日本では『愛の学校』というタイトルで知られたこともあった。

＊11　カルロ・コッローディの『ピノッキョ』（一八八三年）の中で、主人公ピノッキョは猫と狐にだまされる。ペテン師の代表的存在。

超能力者を信じる

もしあなたが自分の経済状態に満足できず転職でもしようかと考えているならば、占い師業は最も稼ぎのよい、そして（一般に人が考えがちであるのと違って）最も簡単な職業の一つだ。相手から好感を引き出す多少の力、他人を理解する少しだけの能力、毛の多少生えた心臓があれば、それで十分だ。しかし、そのような才能がなくても、統計があなたの味方になる。

次のような実験をやってみるといい。誰かに近寄ってみる。誰でも構わないが、もちろんあなたの超能力を検証することに好意的な態度を示す人ならなおさらいいだろう。その人の目を見つめながらこう言うのだ。「強くあなたに思いを寄せている人がいるのが感じられます。あなたが何年も逢っていない人ですが、あなたは昔その人のことがとても好きで、でも愛されていないと感じて大変苦しんだ……。今になってその人は、もう遅いと知りながら、どれだけあなたに苦痛を与えたかに気づいて後悔しています」。小さい子供ならともかく、過去において実らぬ恋、少なくとも十分に報われなかった恋をしなかった人などいるだろうか。かくして相手は真っ先にあなたを助けて協力する人になり、そこまではっきり思念がキャッチされた人物が誰なのか分かった、と言うようになるのだ。

また、誰かに次のように言ってもいい。「あなたのことを過小評価して、あなたの悪口を言い触らしている人がいますが、それはあなたに嫉妬しているからです」。自分は皆に高く評価されていて、そんな人がいるなんてまったく想像がつかないと相手が答えることは、ほとんどあり得ないだろう。むしろすぐにもその人物を特定し、あなたの超能力的な感覚を称賛する気持ちになるだろう。

あるいは、対象として選んだ人たちの隣に、その人が愛していたけれどももう亡くなっている人の霊が見えると宣言してみるといい。少しばかり年を取った人に近寄って、その人の近くに、心臓を患って亡くなった年老いた人の影が見えると言ってみるのだ。人間なら皆、親が二人、祖父母が四人いるし、あなたの運がよければ、相手の人にはとても親しい叔父や叔母がいたこともあり得る。相手がある程度年を取っていれば、こうした親しい人々がすでに亡くなっている可能性は大いにあるし、最低六人の故人のうち心不全で亡くなった人が一人ぐらいはいるはずだ。不運にもそうでなかったら――あなたの超能力に同様の興味を示す他の人たちが複数いるところでその話をしかけた賢さがあなたにはあるので――、もしかすると間違ったかもしれない、見えている影は自分が今話した人の親戚ではなく、その近くにいる他の誰かの親戚だと言ってみる。居合わせた人々の中から、それは自分の父や母のことだと言い出す人が出るのはほぼ確実だ。そうなればしめたものだ。その影が放っている温もりについて語り、もはやあなたの誘惑をすべて受け入れるようになっている人(女でも男でも)に対して、その影が抱いている愛情、等々について語ることができるようになる。

賢い読者は、右の記述の中にテレビ番組にも出演しているカリスマあふれる何人かの人物の技術を見抜くことができただろう。子供を失ったばかりの親、母や夫の死をまだ悲しんでいる人、そのような人たちに対して、愛しい魂は無の中に消えてしまったのではなく、今でもあの世からわれわれにメッセージを送っているのだと納得させることほど簡単なことはない。繰り返すが、超能力者業は簡単だ。他人の悲しみと軽信が、味方となり助けとなってくれる。

これはもちろん、CICAP[*1]の誰かがあたりにいない限りでのことだ(CICAPは「超自然現象についての主張を検証するイタリア委員会」の略称で、詳細はwww.cicap.orgというサイト、または「科学と超能力」[*2]という雑誌で入手できる)。というのは、

CICAPの研究者は、超能力的と主張される現象(ポルターガイストや空中浮遊、神降ろし現象や麦畑の輪、UFOや棒占い、それからもちろん、幽霊、予言、念力によるフォーク曲げ、カード占い、涙を流す聖母マリア、聖痕を受けた聖人、等々も含まれる)を探しまくって、そのメカニズムを解体し、トリックやごまかしを暴露し、奇跡と思われている現象を科学的に説明し、しばしばその現象を実験的に再現してみせることもあるのだ。それによってトリックさえ分かれば誰でも魔術師になれることをCICAPの研究者たちは証明するのだ。

最近、CICAPの二人の「探偵」として知られるマッスィモ・ポリドーロとルイージ・ガルラスケッリが共著『オカルト探偵——一〇年にわたる超能力研究の結果』(ローマ、アッヴェルビ社)を出版した。そこにはCICAPの他の協力者の論文も要約の形で載せられているが、この本を読めば、サンタ・クロースが存在しないと聞いて泣き出す人は別として、たくさんの面白い話を楽しむことができる。

しかし、楽しむという言葉を使ってよいか、私は少々のためらいを感じる。CICAPがこれだけ精力的に活動しなければならないということは、軽信が思われているより遥かに浸透していることを意味している。さらに、この真面目な本が出回っても、結局数千部ぐらいに留まるだろうが、ローズマリー・アルテーア[*3]が他人の悲しみをうまく利用しながらテレビに出ると、何百万人もの視聴者が番組に釘付けとなるのだ。このようなことは人に悪影響を与えると言っても、誰のせいにすることができるだろうか。視聴率が最優先なのだから。

［初出］「レスプレッソ」誌、二〇〇二年一月。

＊1　二〇八ページの訳注＊9を参照。
＊2　CICAPの機関誌。現在は誌名が改称されて「疑問。科学は不可思議な現象を検証する」(Query. La scienza indaga i mysteri)となっている。
＊3　イギリスの作家(一九四六年〜　)。霊媒能力があると自称している。たびたびイタリアのテレビにも出演して広く知られている。

テンプル騎士団を信じる

修道騎士団を設立する。その修道騎士団を軍事的にも経済的にも絶大な権力の座に就くようにさせる。もはや国家の中の国家のような存在となったその騎士団を厄介払いしたい王を見つけ出す。適切な審問官を探し出す。もちろん、その審問官は、陰謀、けがらわしい犯罪、口にするのも憚られるほどの悪に満ちた異端、腐敗、大量の同性愛、等々のバラバラの噂を掻き集めて恐ろしいモザイクに組み立てる能力のある者でなければならない。容疑者を逮捕し拷問にかける。告白し悔いる者の命は助けるが、潔白を主張する者は絞首刑に処されることになる。審問裁判がでっち上げたものを真っ先に正当化してしまうのは、まさに犠牲者自身、とくに潔白である犠牲者なのだ。最後にその騎士団の莫大な財産を没収する。つまるところ、フランスのフィリップ四世[*1](通称「端麗王」)がテンプル騎士団に対して行った裁判からわれわれが得られる教訓は、右のような話だ。

それが発端となって、後にテンプル騎士団の神話が生み出された。数多くの人々がこの裁判によって動揺したことは想像に難くない。彼らはそこに不当なもの(あのダンテでさえもそう思った)を感じただけでなく、テンプル騎士団に帰される秘密の教理に魅了され、騎士たちの大部分が焚刑台で亡くならずに騎士団の解散と同時にまるで溶けるように消えてしまったことに衝撃を受けただろう。懐疑的な解釈(騎士たちは恐怖のあまり黙って静かに新天地で自分の人生をやり直そうとしたのだという解釈)の他に、オカルト的、冒険小説的な解釈も存在し得る。つまり、地下にもぐり、七世紀もの間隠れた活動をし続けてきたのだ、「彼ら」は未だにわれわれの間に混じって居続けているのだ、という解釈だ。

テンプル騎士団に関する書物を見つけ出すほど容易なことはない。唯一不都合なことは、九〇パーセント(いや九九パーセントと言い直そう)の場合、嘘だらけだということだ。なぜなら、テンプル騎士団の出来事ほど、ありとあらゆる時代、ありとあらゆる国々の三流作家の想像力を掻き立てた題材は存在しないからだ。その結果、テンプル騎士団はグノーシス主義セクト、サタン主義信者会、交霊術者、ピタゴラス会、薔薇十字団、啓蒙されたフリーメーソン団、シオン修道会、等々、さまざまな神秘主義的な会や団体の中に、言い換えれば歴史の舞台裏にたえず復活してくる。ときによっては、例えばベイジェント、リー、リンカーン共著の『レンヌ＝ル＝シャトーの謎　イエスの血脈と聖杯』のように、嘘があまりにも巨大で大胆なものになったために、著者たちの明らかかつ不謹慎なほどの誠意のなさが、少なくとも分別のある読者にこの本を「空想の歴史」(ファンタスト・リー)の愉快な一例として楽しく読めるようにしているほどだ。

同じ現象が、最近世に出た『ダ・ヴィンチ・コード』においても起こっている。この本は、それ以前に出た同類の書物を引き写したり再編成したりしている。だが気をつけなければならない。何千ものだまされやすい読者が、またしても歴史的な詐欺の舞台、レンヌ＝ル＝シャトー村を訪れることになるからだ。

テンプル騎士団を取り上げている本が信頼できるものかどうかを見極める唯一の方法は、騎士団の団長が火炙りの刑に処される一三一四年で話が終わっているかどうか確かめることだ。その年で語りを終えている本の一冊が、一九九一年にエイナウディ社が出版したピーター・パートナーの『テンプル騎士団』だ。最近、イル・ムリーノ社は、この問題の研究に数年をついやし他の著作も書いている歴史家バルバラ・フラーレの『テンプル騎士団』を出版した。二〇〇ページ足らずの本だが、興味深く読める。また、信頼できる豊富な参考文献目録も付いている。バルバラ・フラーレは、テンプル騎士団の神話をめぐって後に発生した側面についてはあまり気にせず、むしろいくつかの冒険小説的な展開を好意的に取り上げているのだが(とはいえ、それについては末尾の二ページぐらいしか割いていない)、それでもそれは、テンプル騎士団の「真」の歴史の中でまだ未解明の多くの側面に関する新しい研究を引き起こすことができる程度にだ。

例えば、騎士団と聖杯信仰は本当に関係があったのか。テンプル騎士団と同時代のドイツ詩人ヴォルフラム・フォン・エッシェンバッハさえその話を語っていることからすると、可能性は排除できない。しかしここで私が指摘したいのは、詩人は詩人だからこそ――ホラティウスが証明している通り――想像力を発揮させることが許されるのだということだ。第四千年紀の研究者が、「聖櫃」の発見をインディアナ・ジョーンズとかいう人物の功績としている今日の映画を見つけ出しても、この愉快な作り話から歴史学的に正しい結論を導き出す根拠にはならない。

昔のこの出来事がまだ完全に解明されていないことについて言えば、バルバラ・フラーレは、ヴァチカン古文書館での自分の新発見について触れ、それによって裁判における教会の役割に関してまったく新しい見方が生まれるかもしれないと記述している。しかし、今でもテンプル騎士団の団員であることを示す名刺を差し出す人を落胆させることにはなるが、氏は、騎士団解散の時点でクレメンス五世が、教皇庁の許しなしに騎士団を復活させるいかなる試みも禁じ、さらにテンプルの名前やそれを特定する記号や目印を使った者は誰であれ教会から破門したことを強調している。

そもそも、すでに一七八〇年に、ジョゼフ・ド・メストル[*3]は同時代の「ネオ」・テンプル騎士団員を葬り去るために同じ論法を使っていた。テンプル騎士団は、教会やヨーロッパ諸国に認められたからこそ存在していたのであり、公認団体としては正式に一四世紀初頭に解散させられたのだ。話はそれで終わりだ。それ以来、著作権はもう誰も所有していないのだから、誰でも騎士団を再設立する権利はある。それはせいぜい、誰でも自分がイシスやオシリスの最高司祭だと宣言する権利があって、その権利を行使したとしてもエジプト政府には痛くも痒くもないというのと同じ話だ。

［初出］「レスプレッソ」誌、二〇〇四年一二月。

＊1　フランス王(一二六八〜一三一四年)。財産没収を目的に、テンプル騎士団に異端の嫌疑をかけ、騎士団員全員を逮捕させた。騎士団は一三一二年に廃絶された。

＊2　イタリアの歴史家(一九七〇年〜　)。テンプル騎士団とトリーノの聖骸布についての研究で知られる。

＊3　サルデーニャ王国につかえた思想家、外交官（一七五三〜一八二一年）。

ダン・ブラウンを信じる

毎日のように、ダン・ブラウンの『ダ・ヴィンチ・コード』に対する新たなコメントが私の手もとに送り届けられてくる。もちろん、この話題について世界中で出版されている書物のリストを網羅することなどできないので、ここで私が取り上げるのはイタリア語で書かれた本だけだ。イタリアで出版されたものだけでも、ホセ・アントーニョ・ウリャーテ＝ファーボ『ダ・ヴィンチ・コードに反対して』（スペルリング社）、バート・エアマン『ダ・ヴィンチ・コードの真実』（モンダドーリ社）、ダレル・L・ボック『ダ・ヴィンチ・コード。真実と嘘』（アルメーニャ社）、アンドレア・トルニエッリ「復活に関する調査」（「イル・ジョルナーレ」紙上のインタヴュー）、ダン・バーンスタイン『ダ・ヴィンチ・コードの秘密』（スペルリング社）などを挙げることができるが、リストには漏れがあるに違いない。[*1]ともかく、これに関して最新の記事を網羅したリストが必要ならば、オプース・デーイのサイトを見るといい。無神論者にとってさえ信頼できるサイトなのだ。問題があるとするなら、後で論じるように、なぜカトリック界がこのダン・ブラウンの本を論破するためにこれだけの労力を費やしているかということだが、あの本に含まれているすべての事実は嘘だとカトリック側が主張しているのなら、それを信頼してよいと私は思う。

言うまでもないだろうが、『ダ・ヴィンチ・コード』は小説であって、だから好きなように想像話をつくりあげる権利がある。そのことは別としても、文章はとても上手で、一気に読み上げられる。また、著者は語っていることは史実だと最初に強調しているが、これは大した問題にはならない。周知の通り、プロの読者は語りにおけるこのような真実への呼びかけに慣れている。それはフィクションというゲームに帰属するルールなのだ。しかし、ときどきしか本を読まない数多くの読者がこうした断言を鵜呑みにしていることに気づくと困ったことになる。それではまるで、シチリア人形劇に出てくる裏切り者ガーノ・ディ・マガンザ[*2]を見物人が罵っていたのと同じだ。

『ダ・ヴィンチ・コード』のいわゆる「史実」を解体するには、それほど長くなくても二つのことをはっきりと述べる記事(すぐれているものも発表されているのだ)があれば十分だ。一つは、マグダラのマリアと結婚するイエス、彼のフランスへの旅、メロヴィング朝やシオン修道会の創始、等々の話がどれも、オカルティズムの崇拝者向けに書かれた膨大な数の大作や小編(レンヌ＝ル＝シャトー事件に関するジェラール・ド・セードの本や、ベイジェント、リー、リンカーン共著の『レンヌ＝ル＝シャトーの謎　イエスの血脈と聖杯』等々)の中に何十年も前から流通しているくず、ガラクタに過ぎないことだ。

これらのさまざまな書物の内容が嘘の連続だったことは、すでにかなり前から言われていて証明もされている。また、ベイジェント、リー、リンカーンは、ダン・ブラウンを相手取って盗作の罪で告発することを予告したそうだ(あるいはすでに訴訟を開始したかもしれない)。何ということだ！　かりに私が、実際の出来事を記述しながらナポレオンの伝記を書いたとして、同じ歴史的出来事を取り上げてナポレオンの別の伝記を書いた人がいた場合、その人を、たとえそれが小説風に書かれたものであっても、盗作で告発することなどできない。告発したら、それは私が書いたものが歴史的事実ではなく、オリジナルな作り話(あるいはフィクションや嘘と呼んでもいいが)であると明言するのと同じことになる。

もう一つはっきり述べなければならないことは、ブラウンが本の中のいたるところで歴史的誤りをまきちらしていることだ。一つ例を挙げれば、イエスに関する情報(この情報を教会は意図的に隠したとブラウンは言っているが)を死海文書の中から探し出したとしていることだ。死海文書はイエスのことに触れておらず、イスラエルの内部問題、例えばエッセネ派などを取り上げているのだ。ブラウンは死海文書とナグ・ハマディ文書とを混同しているようだ。

さて、ブラウン事件に関して出版されている本の大部分は、とくに出来のよい本(最新のものだけ挙げるとすれば、多くの資料に基づいたマリー＝フランス・エシェグアン、フレデリック・ルノアール共著『ダ・ヴィンチ・コードに関する調査』モンダドーリ社）も含めて、本にするための最低ページ数を獲得する目的で、ブラウンがあちこちから略奪してきたものを余さず使っている。そうすることによってこれらの本は、嘘を公開告発するために書かれたにもかかわらず、ある意味では倒錯的に、あのようなオカルト的な題材を循環、再循環させることに貢献してしまっているのだ。結果として（何人かが実際に提示している仮説、つまり『ダ・ヴィンチ・コード』は悪魔的な陰謀であるという興味深い仮説をとるならば）、本に対して異論を唱えれば唱えるほど本がほのめかしている嘘が再生され、言うなればその嘘を広げる拡声器のような働きをすることになる。陰謀としては素晴らしい出来で、申し分ない。

なぜ異議を唱えても『ダ・ヴィンチ・コード』は自己再生するのだろうか。それは、人々が不思議議（と陰謀）に対して果てしない欲望を抱いているからだ。人々はさらなる不思議や陰謀を考える材料を与えられると（たとえこれはずる賢い人間の作り話だと言われたときでさえ）、すぐさま皆、それを信じ始めるのだ。

教会が心配している理由はこれだと私は思う。『ダ・ヴィンチ・コード』（そして「違った」キリスト）を信じるのは、脱キリスト教の兆候なのだ。チェスタートンが言った通り、人は神を信じなくなったら、何も信じなくなるのではなく何でも信じるようになる。マスメディアですらも。

単なる印象だと分かってはいるが、ローマのサン・ピエトロ広場で膨大な数の人々が教皇の死の知らせを待ち受けていたときに、[*3] 耳に携帯電話をあて、にこにこしながらカメラに向かって手を振っていたアホな若者の姿を見て、私は衝撃を受けた。その若者(そして彼と同様の数多くの人々)はなぜそこにいたのだろう。おそらく、何百万もの真の信者が家にいて祈りを捧げていたというのに。超自然的なメディアのイヴェントを待ちわびる彼は、イエスがマグダラのマリアと結婚し、シオン修道会の神秘的、王朝的絆によってジャン・コクトーと結ばれていることをいつでも信じる心構えがととのっていたのではないだろうか。

〔初出〕「レスプレッソ」誌、二〇〇五年八月。

＊1　一九二八年に設立されたローマ・カトリック教会の組織の一つ(「オプース・デーイ」とはラテン語で「神の業」の意)。

＊2　シチリア人形劇は一九世紀初め頃から発展したもので、中世騎士物語を題材にシチリア方言で上演される。ガーノ・ディ・マガンザは中世叙事詩『ローランの歌』に出てくるガヌロンのこと。主人公ローランはサラセン人と通じた彼の裏切りによって命を落とす。

＊3　二〇〇五年四月二日に教皇ヨハネ・パウロ二世が死去する数日前から、容態悪化のニュ

ースを聞いた信徒たちがサン・ピエトロ広場に集まって祈りを捧げていたことを指す。

伝統を信じる

ブラック・ホールとは何なのか、正しく理解できる読者は少ないだろうし、実を言うと私も、映画『イエロー・サブマリン』に出てきた、自分のまわりのものをすべてむさぼり喰って最後に自分も飲み込む、あのカマスのような怪獣としてしか想像できない。しかし、本エッセイのきっかけとなったニュースの意味を理解するためなら、ブラック・ホールとは、最も議論を呼び最も研究者の情熱を掻き立てる現代の天体物理学の問題の一つだということが分かっていれば十分だ。

さて、新聞が報じているのだが、有名な科学者スティーヴン・ホーキング(一般大衆は彼のことを、科学者としての発見よりも、他の人なら植物状態に追いやられていただろうような恐ろしい病気に冒されているにもかかわらず、生涯を通じて研究生活を送ってきたその精神力と確固たる信念によって知っていることだろう)がセンセーショナルと言っても言い足りないぐらいの告白を行った。七〇年代に発表したブラック・ホールに関する自説に間違いがあるのではないかと思うにいたり、その修正すべきところを提案するために、近く学会で科学者たちの前に立つ準備をしているというのだ。

科学に馴染みのある人なら、このような行動について、ホーキングの名声ゆえに関心を持つことはあっても、普通には例外的なものとはまったく思わない。しかしこの出来事は、現代科学の理念がどのようなものかを深く考察させるために、原理主義的でない、宗教的でないすべての教育団体に属する若者に関心を持たせるよう促すべき出来事だと私は思う。

マスメディアは、人類が反逆天使ルシフェルを思わせるような傲慢さをもって、あり得るかもしれない自己滅亡へと進んでいる原因は科学にあると主張し、しばしばその科学を非難するが、そうすることによって科学と技術を混同していることは明らかだ。原子爆弾、オゾン・ホール、地球温暖化、等々の責任が科学にあるわけではない。それどころか、科学の原理を利用していながら無謀な技術に自分たちの未来を託すとどれだけの危険を冒してしまいそうなことになるのかをわれわれに警告できるのは、まさにその科学なのだ。

しかし、進歩のイデオロギー(啓蒙主義の精神とでも呼べる)についてしばしば耳や目に入って来る非難の言葉の中では、科学の精神は、歴史とは必ずよりよいものへと向かって進むこと、歴史とは自己の実現、精神の実現、あるいはつねに「最善の目標」を目指して行進するその他の何らかの原動力の実現へと向かう輝かしい歩みであることを説いた一九世紀の観念論哲学の精神としばしば同一化させられてしまう。そもそも、どれだけの人(少なくとも私と同世代の人のうち)が、後から来る思想家は先行者たちの発見していたわずかなことをより深く理解した(ヘーゲルが言う「現実化した」)ということ、言い換えればプラトンよりもアリストテレスの方が賢かったということが浮かび上がってくる哲学の理想主義的教科書を読んで疑問を抱いただろうか。

ジャーコモ・レオパルディ[*1]がアイロニーに満ちた詩句、人類の「大いなる運命と進歩」によって激しく非難しようとしたのは、まさに右のような歴史に対する観念だ。

それとは逆に、今どきはとくにそうなのだが、危機状態にある多くのイデオロギーに替わるものとして、「伝統」の観念とでも呼べるものにますます擦り寄っていくことが多くなっている。この考えによれば、われわれは歴史の流れの中でますます真実に近づいていくのではなく、まさにその反対なのだ。つまり、理解すべきもののすべてについて、もはや消えてしまった昔の文明はすでに分かっていた。したがって、伝統的で変わることのないその宝に対して卑下をもって接することによってのみ、われわれは自分自身とも自分の運命とも和解できるのだ。

伝統の観念の最も図々しくてオカルト的なヴァージョンにおいては、「真の」真実とは失われた文明が育んでいた真実のこととなる。海が呑み込んだアトランティスという真実、永遠の温暖な気候に恵まれていた北極に住んでいた生粋この上ないアーリア人種という真実、失われたインドの賢人という真実、その他同類の楽しげな作り話の真実だ。

証明不可能だからこそ、こういったものが偽哲学者や三文文士の格好の材料となり、彼らは二度も三度も料理した同じ難解なゴミを、夏休みの暇な大衆や三流知識人の楽しみのために提供することができるのだ。

しかし、現代科学は、新しいものがつねに正しいと信じているわけではない。その逆に、現代科学は「可謬主義」(チャールズ・サンダース・パースによって提唱され、カール・ポパーその他多くの理論家によって深く掘り下げられた)を基礎にしている。科学は、自分自身を修正しつつ、自分の仮説の誤りを立証しつつ、試行錯誤という方法論に従って自分自身の過ちを認めつつ、そして、うまくいかなかった実験は失敗ではなく歩もうとしていた道が間違っていて、修正の必要があり、場合によってはゼロからやり直さなければならないことを証明しているので、うまくいった実験と同等の価値があることを考慮しつつ、進んでいくのだ。

結局、このものの考え方は何世紀も前に「実験のアカデミー」[*2]が主張していたことでもある。このアカデミーの有名なモットーは、「試行し、再試行する」[*3]だったが、そこで言う「再試行（リプロヴァーレ）」とは、単なる「再び試してみる」という意味ではなく——再び試すだけならどうということはない——理性や実験に基づいて主張できないものを却下する(つまり「批判する（リプロヴァーレ）」)という意味なのだ。

先ほども言った通り、このものの考え方は、いかなる原理主義に対しても、聖なる書物のいかなる字義通りの解釈──聖なる書物もいつだって再解釈され得る──に対しても、自身の考えのいかなる教理的確信に対しても、それに反対する。これこそは学校が教えるべき、日常的でソクラテス的な意味でのよい「哲学」なのだ。

［初出］「レスプレッソ」誌、二〇〇四年七月。

＊1　一九世紀イタリア最大の詩人（一七九八〜一八三七年）。引用の詩句は晩年の詩「エニシダ」の五一行目。

＊2　Accademia del Cimento．一六五七年にガリレオの弟子だったE・トッリチェッリとV・ヴィヴャーニによってフィレンツェで設立された科学の分野の先駆的な学会。メディチ家が保護し援助した。

＊3　Provando e riprovando．ダンテ『神曲』天国篇第三歌第三行から取ったもの。

トリスメギストスを信じる

今日まで『ヘルメス文書』の研究をしたい（もちろん、オカルト関係の書店に置かれた無数のまがい物を通してではなくて原文と対訳付きのきちんとした校訂版で）人は、ノックとフェステュジエールが監修して、一九四五年から五四年にかけてベル・レットル社が出版した模範的な版(それ以前にスコット監修による英語版が一九二四年にオックスフォードで出版されていたが)を利用することができた。今この『ヘルメス文書』が、ボンピャーニ社からジョヴァンニ・レアーレが監修する叢書の中で再び世に出ることは、出版の偉業として褒められるべきものだ。今回の版はベル・レットル社の校訂版をもとにしているが、ノックとフェステュジエールが当時知るはずもなかったもの、つまりナグ・ハマディ文書から抜粋したヘルメス主義に関する部分(どうしても原文と付き合せて訳文をチェックしたい人のために監修者イラーリャ・ラメッリが訳文と一緒にコプト語原文も対訳の形で提供してくれている)が加えられている。

一五〇〇ページにも及ぶこの書物がたった三五ユーロで買い求められるとはいえ、これを眠りに入る前に誰もが貪り読むことができる本として勧めるのは、さすがにインテリ気取りと感じられるだろう。研究のための不可欠で貴重な道具であるが、難解な『ヘルメス文書』の香りだけでも嗅ぎたい人は、これらの文書の中の一つで、一九八七年にマルスィーリョ社から出された一〇〇ページほどの短い『ポイマンドレス』を読めば満足することができるだろう。

『ヘルメス文書』の変遷は、ともかく心を奪うものだ。これは神話的存在であるヘルメス・トリスメギストスに帰される一連の文書のことで、ヘルメス・トリスメギストスは古代エジプトの神トートと同一視されている。トートは、古代ギリシャ人にはヘルメスと呼ばれ、古代ローマではメルクリウスとなった。メルクリウスは書くことと話すこと、魔術、天文学、占星術、錬金術などを発明した神様で、後にモーセと同一視されたことすらある。言うまでもなくこの文書は、多少ともエジプトの精神性を吸収し、プラトン主義の影響をいくらか受け、ギリシャ文化の環境の中にいた何人かの著者によって、西暦二世紀から三世紀にかけて書かれたものだ。

それぞれの文書の間に見られる数多くの矛盾は、著者が多数であったことをはっきりと示している。また、著者たちがエジプトの司祭ではなくヘレニズムに浸かった哲学者であったことは、それぞれの文書の中にエジプト系の「神動術」や宗教(どのような形であっても)との確固たる関連性が見られないことからうかがい知ることができる。これらの文書が新しい精神性に飢えていた多くの思想家にとって魅力的に見えたのは、序文でノックが言及しているように、文書が「しばしば短く示唆的な文章で表現され、(……)言語的に見て古典の持つ純粋さを欠いていると同時に、思想的にも論理性を欠いている、古い考えの寄せ集め」であったことによる。多くの現代哲学者においても起こることだが、腹鳴(ふくめい)は無数の解釈を解き放つために存在するものであることが分かるだろう。

これらの文書(何世紀も前からラテン語訳で出回っていた一篇『アスクレピウス』を除いて)は長い間忘れ去られていたが、人文主義時代の最盛期、まさに古代のキリスト以前の知恵に視線が向けられるようになった時期の一四六〇年に、写本がフィレンツェに到来した。この写本に魅了されたメディチ家のコーズィモは、人文学者マルスィーリョ・フィチーノに原語である古代ギリシャ語からラテン語への翻訳を依頼した。フィチーノは最初の文書のタイトルを取って、完成した翻訳に『ピマンデル』というタイトルをつけ、トリスメギストスの真の作品として、プラトン自身だけでなくキリスト教の啓示もそこから着想を得ている最も古い知恵の源泉であるとして紹介した。

このようにして、この文書の途方もない普及と文化的影響が始まった。ジョルダーノ・ブルーノに関する著書でフランセス・イェイツ[*1]が言及したように、「この巨大な歴史的過ちは、やがて驚くべき結果をもたらす運命にあった」。

しかし、すでに一六一四年に、ジュネーヴの哲学者イザアク・カゾボンが反論の余地なく――今日ではきちんとした研究者なら誰も疑わないことではあるが――、『ヘルメス文書』がヘレニズム後期の文書集に過ぎないことを証明した。ところがこの上なく不思議なことに、カゾボンの論評は学者の世界に限られてしまって、『ヘルメス文書』の威信は少しも傷つけられなかった。そのことは、その後の何世紀にもわたる(われわれの時代のまさかと思うような作家まで含めた)オカルト的、カバラ的、神秘的、そして――まさに――「ヘルメス主義的」な文書を見ればすぐに分かる。つまり、『ヘルメス文書』は崇拝すべきトリスメギストスの作品ではないにしても、少なくとも、聖書のように手を載せて誓ってもよいくらいの古代の知恵袋と思われ続けてきたのだ。

この『ヘルメス文書』のことが思い浮かんだのは、一カ月ほど前にウィル・アイズナー[*2]の『陰謀』(ニューヨーク、ノートン社)が出版されたときだった。現代コミックの大家アイズナーはこの作品がゲラの段階に入ったばかりのときに惜しくも亡くなったのだが、作品の中で、文字と絵によって『シオン賢者の議定書』の話を物語っている。だが、話の中で最も興味深い部分は、このユダヤ人排斥文書の偽造の過程というよりも、まさにその後起こったこと、つまり『シオン賢者の議定書』が偽文書であることが証明され広く報道された一九二一年以降のことだ。『シオン賢者の議定書』が世界中にますます出回るようになり、よりいっそう真実と受け取られるようになったのは、ちょうどそのときからなのだ。

結局、ヘルメス・トリスメギストスであろうと、シオン賢者であろうと、何らかの秘密、天国または地獄への導きとなる何らかのショッキングな前兆が明かされるという先入観、希望、不安を抱いている人は、真実と偽りの違いに関心がないのだ。

［初出］「レスプレッソ」誌、二〇〇五年五月。

＊1　イギリスの思想史家(一八九九〜一九八一年)。ルネッサンス期の新プラトン主義の研究で知られる。

＊2　米国の漫画家、企業家（一九一七〜二〇〇五年）。本書四〇四ページのエッセイ「陰謀」を参照。

第三の秘密を信じる

先日、「ファティマの第三の秘密」[＊1]を綴ったシスター・ルシーアの文書を読んで、何となくどこかで見たことがあるという気がしていた。しばらく考えてみて分かった。読み書きできない小さな子供の頃ではなくて、すでに大人の修道女になっていた一九四四年にルシーアが書いたその文書は、「ヨハネの黙示録」からの引用であることが明らかな文であふれているのだ。

ルシーアは、火の剣を持って世界に火をつけようとしているように見える天使を目にしたと言う。この世に火を放つ天使と言えば、「黙示録」（八章八節）の、例えば、第二のラッパを吹く天使の箇所にその記述がある。その天使が炎の剣を持っていないのは事実だが、剣の推測される出所については後ほど記述しよう（伝統的な図像では炎の剣を持つ天使が数多く描かれていることは言うまでもない）。

その後ルシーアは、鏡に映ったような形で神の光を見る。ここでのヒントは「黙示録」からではなく、パウロの「コリントの信徒への手紙一」から得られている（今〈＝生きている間〕われわれは天の物事を鏡に映った形でしか見ることができず、後になってから〔＝死んでから〕のみ直視することができるようになる〕。

続いてルシーアの文書に現れるのは、白装束の司教だ。「黙示録」には、殉教に身を捧げる、白装束をまとった神の下僕が幾度も〔六章一一節、七章九節、七章一四節〕現れるのだが、シスター・ルシーアの文書では一人だけだ。まあ、これくらいは我慢できる。

その後、司教たちや司祭たちが険しい山を登る場面が出現する。「黙示録」〔六章一五節〕には、山の洞窟の中や岩の隙間に身を潜めるこの世の権力者たち、という場面があって参考になる。続けて、教皇は「荒廃した」町にたどりつくが、その道の途中で死人の魂に出会う。町のことは、死人も含めて「黙示録」一一章八節で言及されており、同一一章一三節で町は崩壊する。またバビロンという名で同一八章一〇節にも崩壊する町の場面がある。

続けて先へ行こう。司教や数々の信者たちが、兵士によって矢や火器で殺される。火器を使わせたという点でシスター・ルシーアの文書は革新的だが、先の尖った武器による殺戮は、第五のラッパが鳴るとき兵士の鎧をまとったバッタたちによってなされるのだ〔「黙示録」九章七節〕。

そしてついに、クリスタル・ガラスの如雨露（じょうろ）〔ポルトガル語で「レガドール」〕で血を注ぐ二人の天使の場面にたどりつく。「黙示録」は血をばらまく天使であふれているが、八章五節では吊り香炉が使われ、一四章二〇節では血が樽からこぼれ出し、一六章三節では杯を使用して血が注がれる。

なぜ如雨露なのか。ファティマ村は距離的にみて、中世にモサラベ教徒たち[*2]が作製し、その後たびたび複写されて知られるようになったあの素晴らしい「黙示録」の挿絵細密画が生まれたアストゥリアス地方からさほど遠くないことを私は思いついた。その細密画には、形こそはっきりしないが、天使たちがまるでこの世に水をまくかのように手にしている杯のような容器から血がほとばしり出ている数々の場面が描かれているのだ。こうした図像的伝統も疑いなくルシーアの脳裏にあったことは、このエッセイの最初に取り上げた火の剣を持ったあの天使の存在からうかがい知ることができる。なぜなら、右に述べた細密画で天使が握っているラッパは、ときによって緋色の刃に見えるからだ。

興味深いのは（新聞紙上に載せられた簡単なまとめだけでなく、ラッツィンガー枢機卿が書いた神学論に基づくコメント全文を読めば）、この善良なる方（ラッツィンガー枢機卿）が、個人の見る幻は信仰に関わりないこと、また寓話（アレゴリー）は文字通り理解すべき神託ではないことを懸命に説明しようと努める一方で、「黙示録」との類似点については明確に言及していることだ。

それだけではない。ラッツィンガー枢機卿は、幻を見る主体は「主体自身にとって利用可能な表現手段、知識手段によりながら」それを見ているので、「その描写は主体が持つ尺度や能力を通してのみなされるのである」と説明している。
つまり、神学抜きで言えば(ラッツィンガー枢機卿は論文の中で、この問題を取り上げた一節を啓示の「人類学的構造」と題しているが)、ユングが言う「元型」が存在しないならば、どの予言者も自分が生まれ育った環境や文化が教えてくれたことだけしか見ていないということなのだ。

〔初出〕「レスプレッソ」誌、二〇〇〇年七月。

＊1　一九一七年五月、ポルトガル中部のファティマ村で、三人の子供の前に「聖母マリア」を名乗る婦人が数度現れ、子供たちにさまざまなメッセージを託した。それは三つの部分からなる予言で、「ファティマの三つの秘密」と呼ばれた。子供の一人ルシーア(他の二人は病没)は修道女となり、司教に第一と第二の予言を伝えて、教皇庁はそれらを一九四二年に公開した。第三の予言は「聖母マリア」から一九六〇年以降でなければ公開してはならないと命じられていたため、ルシーアはそれを文書化し、文書はヴァチカンに保管された。教皇庁は二〇〇〇年五月、ようやくこの「第三の秘密」をラッツィンガー枢機卿(二〇〇五〜一三年、教皇ベネディクトゥス一六世)のコメント付きで公開した。

＊2　イスラム支配下の中世スペインで信仰を許されていたキリスト教徒のこと。

PACSとルイーニ枢機卿

マンゾーニの小説『いいなずけ』の素晴らしい第八章のあの場面は誰もが覚えているに違いない。領収書を口実に司祭の住まいに入ったトーニョとジェルヴァーゾ兄弟がいきなり両脇へ身を引くと、二人のすぐ後ろにいたレンツォとルチーアの姿が、恐怖に駆られたアッボンディォ司祭の目にとびこむ。司祭はレンツォが、「司祭様、この立会人の前で、これが私の妻でございます」と申し出るいとまも与えず、ランプをつかむと机のテーブル掛けを自分の方に引っ張り、口を開こうとしていたルチーアの頭の上にそれを投げかけ、「彼女が息もできないほど」くるんでしまう。と同時に、「あらん限りの力で息を出し、「ペルペートゥア！　ペルペートゥア！　裏切られた！　助けてくれ！」と叫んだ」。

アッボンディォ司祭はこの気が狂ったような(しかし、実は綿密に計算された)反応によって、レンツォとルチーアの結婚を阻止したのだ。だが、もともとなぜ若い二人がこれだけの「わな」を企てることを受け入れることになったのか。この巧妙なアイデアがルチーアの母アニェーゼの頭に浮かんだ第六章に戻らなければならない。「よくお聞き、そうすれば分かるよ。すばしこくて、気心のよく知れた立会人が二人必要だ。その上で司祭様のところへ行く。肝心なのは、司祭様に逃げる余裕を与えないように出し抜けに捕まえること。捕まえたら、男の方が「司祭様、これが私の妻でございます」と言い、女の方が「司祭様、これが私の夫でございます」と言うのさ。この言葉が司祭様の耳にきちんと入って、立会人が聞けばそれでいい。それで結婚は成立というわけだね。きちんとした結婚、まるで法王様が執り行ってくださったのとまったく同じなのさ。二人がこの言葉を言ってしまえば、その後で司祭様がいくら叫ぼうが喚き散らそうが大騒ぎしようが後の祭り。お前たちはもう夫婦なんだよ」。

このすぐ後でマンゾーニは、アニェーゼが言ったことが真実であること、あれこれの理由で普通の結婚が拒絶された多くのカップルがその解決方法を選んできたことを付け加える。しかし、皆が公教要理(カテキズム)を暗記していると思ったマンゾーニは、さらなる説明を加えなかった。それはつまり、上記の「行動」が可能だったのは、堅信式は司教でなければ執り行えず、終油は司祭でなければ執り行えず、洗礼は洗礼を受けようとする人以外なら誰でも施せるのだが、一方、「結婚を執り行うのは新郎と新婦自身である」からだったということだ。真の意思をもって新郎と新婦が互いに永遠に結ばれるつもりであることを自分たちで宣言したその瞬間に、彼らは結婚しているのだ。教区司祭、船長、市長などは、その出来事の単なる記録係に過ぎない。

教理のこの点について考察するのは興味深い。なぜならば、PACS[*1]問題に違った光を照らすからだ。PACSと言えば、異性関係も同性関係もそこに含まれることは私もよく分かっている。教会は後者について決まった考えを持っていて、たとえ教会で行われたとしても同性同士の結婚は絶対認めない。しかし異性同士の関係なら、死(あるいは離婚)が二人を別つまで共生する意思を彼らが宣言し、何らかの方法で自分たちのことを登録するのなら、公教要理の観点から言えば二人が夫婦であることは間違いない。

教会が認める結婚とは婚礼が教会で行われた結婚であり、それに対して、事実上の「結びつき」を法規を定めて統制すると、それは民事婚[*2]と等しいことになるのではないかと言う人もいるだろう。しかし今はもはやプラート司教[*3]の時代ではなくなったので、民事婚でしか結婚していない二人を「同棲者だ!」と叫んで教会から追い出す司祭はいないだろう。ただ、PACSという制度では二つの問題(異性同士の関係と同性同士の関係)が一緒に登場するので、同性関係恐怖症の方が、公教要理に基づいた冷静さよりも優位に立ってしまうのだ。

そこで、時間もたって大騒ぎはいくらか収まったので、ルイーニ事件(枢機卿がスイエーナで非難されたときのこと)[*4]の内容をまとめてみたい。

第一に、教会の人間の意見に異議を申し立てる権利は誰にでもある。

第二に、聖職者は、神学や倫理の分野における自分の意見を述べる権利がある。たとえ国家の法律と合致しなくても。

第三に、聖職者による呼びかけが、国家の法律や進行中の政治過程(国会での法案の審議過程、国民投票、選挙など)には関わらなくて、例えば結婚前の性行為の禁止や日曜日の礼拝参列義務などに関わるものなら、この呼びかけに同意しない人々は黙っていた方がよろしい。なぜならば、そのような呼びかけは彼らには関係がないから。

第四に、聖職者の呼びかけが国家の法律を非難したり、あるいは進行中の政治過程に干渉したりするものならば、そのときその聖職者は、好むと好まざるとにかかわらず政治的主体ともなるのであって、政治レヴェルでの非難を浴びる可能性のリスクを受け入れるべきだろう。

第五に、もはや一九六八年ではないので、私的な場所での自由な活動を阻止しようとするのは、ともかく無礼で、市民のあるべき姿にふさわしからぬ行動であることに変わりはない。アングロサクソンの国々でやるように、異論のある人は横断幕やプラカードを掲げて非難の相手が演説しようとする場所の前に立って、自分の反対意見を表示する、しかしその場所に入りたい人の入場は阻止しない、というやり方の方が遥かに好ましい。そもそも、内側から非難しても——内側にはたいてい非難の的にしている人の意見に賛同する人しかいないから——大した効果は得られないが、外で平和的に運動すれば、それによって通行人や野次馬も巻き込むことができるから、よりよい効果を手にすることができるのだ。

［初出］「レスプレッソ」誌、二〇〇五年九月。

＊1　Patto Civile di Solidarietà（民事連帯契約）の略称。フランスでは一九九九年に民法改正によって、結婚よりも規則が緩く同棲よりも法的権利などがより享受できる新たな制度として、「同性または異性の成人二名による、共同生活を結ぶために締結される契約」（通称ＰＡＣＳ＝Pacte Civil de Solidarité）が認められた。イタリアでもこの名称をそのままイタリア語にして踏襲しているが、しかしフランスと違って、幾度も法案として提出されたものの、国会審議も行われず、法律にはなっていない。教会ももちろん猛反対している。

＊2　イタリアでは、教会で執り行われる「宗教婚」と市役所で執り行われる「民事婚」とがある。かつては教会と市役所で別々に結婚を執り行う必要があったが、一九二九年に当時のムッソリーニ政権と教皇庁との間で結ばれたラテラノ条約によって、両方を行う必要はなくなり、教会で執り行えば自動的に民事的効果を持つことになった。市役所での挙式だけでも婚姻は成立したが、それを選択した人々への風当たりは強かった。その後、一九八四年にイタリア政府とヴァチカンとの間で取り交わされたラテラノ条約修正覚書をうけて民法が改正され、教会での挙式の場合には、結婚当事者が教会作成の結婚証明書を市役所に届け出て初めて婚姻が成立することになり、現在に至っている。

＊3　一九五六年にプラート(イタリア中部の都市)の司教が、教会での説教の際に、教会で結婚せず民事婚しか行わなかった夫婦を名指しで非難して「破門」した事件。

＊4　カミッロ・ルイーニはカトリックの大司教(一九三一年〜　)。PACSに反対の意向を示し、また人工授精に関する法案を廃止する国民投票に棄権を呼びかけ、学生団体から激しい非難を受けた。

相対主義なのか？

メディアが粗野なせいというより、もはや自分の話すことをメディアがどのように伝えるかということばかり気にして人々が話すせいなのかもしれないが、今日ではある種の論争が、(哲学をまったく知らないはずでもない人たちの間ですら)洗練さもなく、棍棒で叩き合いながら、微妙な言葉をまるで石であるかのように使って行われているような感じがある。その状況の典型的な例は、今イタリアで、かたや世俗主義的な思想家のことを「相対主義的」だと非難するいわゆる「テオコン」、キリスト教保守派と、かたや敵に「原理主義者」というレッテルを貼る世俗思想の何人かの人々との対立から生まれている論争だ。

哲学において「相対主義」とは何だろうか。世界についてのわれわれの表現は、世界の複雑さを完全に言い表すことはなく、つねにさまざまな角度から世界を描写するヴィジョンに過ぎず、それぞれのヴィジョンの中に真理の萌芽が含まれている、ということだろうか。この説を唱えるキリスト教哲学者は、昔もいたし今もいる。

これらの描写を、真理の観点からではなく歴史的、文化的必要性への符合という観点から捉えるべきである、とすることだろうか。リチャード・ローティは、プラグマティズムの彼のヴァージョンの中でこのように主張している。

あるいは、われわれが認識するものは主体がそれを認識する方法と相関している、ということだろうか。これは不滅で懐かしいカント哲学だ。

それとも、命題は所与のパラダイムの内部においてのみ真である、ということだろうか。これはホーリズムと呼ばれているものだ。

あるいは、倫理的価値観がそれぞれの文化によって異なる、ということだろうか。そのことは一七世紀頃から少しずつ分かるようになってきた。

それとも、事実というものはなくて存在するのは解釈のみである、ということか。ニーチェが言っていたことだ。

あるいは、神が存在しなければどのような行動でも許される、ということか。これはドストエフスキーのニヒリズムだ。

もしかすると、相対性理論のことか。戯れはやめていただこう。

しかし、カント哲学的な意味での相対主義者がドストエフスキー流の相対主義者ではあり得ない(善良なるカントは神と義務感を信じていたから)ことは明らかなはずだ。同じく、ニーチェの相対主義は文化人類学の相対主義とはほとんど関係がない。前者は事実の存在を信じないが、後者はその存在を疑わないからだ。さらに、クワインの言うホーリズムは、われわれが環境から受ける刺激に大いに信頼を置くしっかりした経験主義に深く根ざしている。

結局、「相対主義」という用語は、しばしば互いに相容れない、現代思想のさまざまな形態を指して使えるようだ。ときによっては、揺るぎない現実主義に根を下ろす思想家を相対主義者と呼んだりすることもあり、ときによっては、一九世紀のイエズス会士たちが「カントの毒」という言葉を発していたのと同じくらい激烈な論争の勢いで[*1]「相対主義」という用語が口に出されることもある。

しかし、もし上述のことをすべて相対主義とするならば、この非難から完全に逃れることができる哲学は二つしか存在しないことになる。それは、急進的なネオ・トミズムと、『唯物論と経験批判論』におけるレーニンの認識論だ。

何と奇妙な組み合わせだろう。

［初出］「レスプレッソ」誌、二〇〇五年七月。

＊1　例えば、イエズス会の神学者グイード・マッティウッスィは著書『カントの毒』(一九一四年)で、猛烈な勢いでカントの観念論を批判している。

V　人種の防衛

イタリア人は反ユダヤか？

ローマで起こったユダヤ教徒の墓の冒瀆事件に際して、以前カズィーニ下院議員[*1]が言及した「イタリアでは反ユダヤ主義は他の国と比べてさほど根が深くない」という意見が取り上げられ、論争が沸騰した。私は、知識人の反ユダヤ主義と民衆の反ユダヤ主義との間には一線を画す必要があるように思う。

民衆の反ユダヤ主義は、ディアスポラと同じぐらい古い。それは、呪術的儀式を思わせるような未知の言語を話していた異なった民族に対する大衆の本能的な反応から生まれたものだ。この「異なった民族」は、「書物」の文化に慣れていたので、彼らユダヤ人は読み書きを学び、医学、商業、貸付業にいそしんだ。このことから、この「知識人の民」に対する恨みが生まれていった。ロシア農民の反ユダヤ主義の根源はこれだった。

もちろん、「神殺しの民族」、すなわちキリストを十字架に張りつけた民族であるというキリスト教徒からの糾弾が重くのしかかってはいたが、結局のところ、中世期にはキリスト教知識人とユダヤ教知識人との間に、個人のレヴェルにおいてとはいえ、互いへの関心と尊敬の関係があった。ルネッサンスになっても事は変わらない。十字軍の後についていって、通り過ぎる町々のゲットーを荒廃させ住民を殺戮したりした絶望に駆られた大衆は、思想的根拠に基づいていたのではなく、ただ単に略奪の衝動に駆られていただけだった。

それに対して、今日のわれわれが経験している知識人の反ユダヤ主義は、近代世界に生まれた。一七九七年に修道院長オギュスタン・バリュエールは、フランス革命はテンプル騎士団とフリーメーソンによって企てられた陰謀であることを証明する目的で『ジャコバン主義の歴史に資する回想録』を書き、その数年後、スィモニーニ大尉なる人物(イタリア人)がバリュエール神父への手紙の中で、その背景で主に動いていたのは不実なユダヤ人だと指摘した。いわゆる「ユダヤ人のインターナショナル」をめぐる論争が始まったのはこの時点からであり、イエズス会は、カルボナーリ党の結社に対抗する論拠としてすぐさまこの主題を自分のものにした。

一九世紀の間、この論争はヨーロッパ中で花を咲かせたが、打ちのめすべき敵としてユダヤ人金融業者を指弾したフランス社会の中に最も肥沃な土壌を見出した。論争はもちろん、革命を否定するカトリックの正統王朝主義(レジティミスム)によって養分を与えられていたが、しかし、偽文書に基づく悪名高き『シオン賢者の議定書』が少しずつ形をなすようになってきたのは世俗の環境(と、加えて秘密情報組織の暗躍の中)においてだった。その後、た。

『議定書』はロシア皇帝周辺に広がり、最終的にはヒトラーが自分の道具にしてしまった。

この『議定書』は、通俗小説ばりの材料をリサイクルして作成したもので、それがいかに信頼できないものであるかは、読むだけですぐに分かる。「悪党」が自分たちの悪意ある計画をこれほど臆面もなく恥知らずに開陳することなど信じ難いからだ。「賢者」たちは労働者階級の頭を空っぽにさせるためにスポーツやヴィジュアル・コミュニケーションを推進したいとさえ宣言する(この側面はユダヤ人よりもベルルスコーニを彷彿とさせるが)。ともかく、粗野極まりないとはいえ、それは知識人の反ユダヤ主義だった。

カズィーニ下院議員が、イタリアにおける民衆の反ユダヤ主義は他のヨーロッパの国よりも弱かった――そこにはさまざまな社会的、歴史的理由、そして人口構成的理由さえある――と言い、最終的に一般の人々はユダヤ人を助けて人種的迫害に反対したのだと言っていることに同意することはできるだろう。しかしイタリアでは、イエズス会の教義的反ユダヤ主義(ブレシャーニ神父[*2]の書いた小説を読むだけで分かる)とともに、中産階級の反ユダヤ主義も栄えた。こうした反ユダヤ主義が「人種の防衛」という邪悪な雑誌[*3]や、一九三七年出版のユーリュス・エーヴォラ[*4]による序文付き『シオン賢者の議定書』のイタリア語版に協力したかの有名な研究者たちや作家たちを生み出すにいたったのだ。

エーヴォラは、『議定書』は「精神的な刺激剤の価値」を持つと言い、「とりわけ、西洋の歴史にとって決定的であるこの時期にこの文書をなおざりにしたり後回しにしたりすれば、精神、伝統、真の文明の名のもとに闘う人々の戦線を重大な危険にさらすことになる」と言う。エーヴォラにとって、「ユダヤ人のインターナショナル」は西洋文明を退廃させている主たる汚染の源だった。その汚染とは、「自由主義、個人主義、平等主義、自由思想、反宗教的啓蒙主義であり、そして大衆の暴動や共産主義そのものをもたらすこれらのさまざまな付属物である(……)。ユダヤ人にとって(……)真の秩序や文化の多様性を余すところなくすべて破壊しつくすことは義務なのである(……)。内面生活を単なる本能と無意識の力に限定させようとする理論をつくったフロイトはユダヤ人であり、「相対性」を流行にしたアインシュタインもユダヤ人であり(……)、退廃的な音楽の代表者シェーンベルクとマーラーもユダヤ人である。アヴァンギャルドと称する堕落芸術の極端な姿にほかならないダダイズムの創始者ツァラもまたユダヤ人である(……)。これらにおいて動いているのは人種であり、本能である(……)。だがもはや、あらゆるところから報復の勢力が立ち上がるときが来た。なぜならば、ヨーロッパがあわや服従させられようとしている運命の姿が、今や明白になったからである(……)。その「対決」のときに(……)、これら報復の勢力が、武装した、堅固な、無敵の力の一団に束ねられていることを願う」。

イタリアも、知識人の反ユダヤ主義に立派に貢献した。しかし新たな民衆の反ユダヤ主義を思わせる一連の現象が起こったのは今日になってからだ。まるで昔からあった反ユダヤ主義の消えていなかった火種が、粗野な、他の形のネオ・ケルト的人種差別主義に格好の温床を見つけ出したかのようだ。その何よりの証拠は、思想的源泉がいつも同じだということだ。ネット上で人種差別主義を唱えるサイトにアクセスするか、あるいはアラブの国々で行われている反シオニズムのプロパガンダに目を通すだけで、またしても例の『議定書』をリサイクルする以上の材料が見つけられていないことに、すぐに気づくのだから。

［初出］「レスプレッソ」誌、二〇〇二年七月。

＊1　イタリアの政治家(一九五五年〜　)。当時、下院議長。かつてのキリスト教民主党の流れをくむキリスト教中道民主連合の党首(当時)。現在は下院議員。

＊2　イタリアのイエズス会士、小説家(一七九八〜一八六二年)。反動主義者。グラムシは、彼の小説がイタリア人の文化的意識の形成に与えた大きな影響を指摘している。

＊3　一九三八年から四三年まで隔週で刊行。ファシズム政権に支えられ、イタリア人の人種の純粋さを訴えた。

＊4　イタリアの哲学者、画家、詩人、神秘主義者（一八九八〜一九七四年）。ファシズムに近い思想の持ち主で、文化の各方面に多大な影響を与えた。第二次大戦後も保守派に影響力を持ち続けた。

陰謀

『シオン賢者の議定書』の最も不思議な側面は、それがつくられた経緯よりも、その本の受け入れられ方だ。少なくとも三つの国の秘密情報組織や警察が一連となって、さまざまなテクストを切り貼りし、どのようにしてこの偽文書を製作したのかはもはやよく知られている出来事であって、ウィル・アイズナー[*1]はそれを最新の研究にも目を配りながら詳細に物語っている。余談だが、私もあるエッセイ(1)で研究者が考慮していなかった他のソースを指摘したことがある。それは、ユダヤ人の世界征服計画が、ウジェーヌ・シュー[*2]の二つの小説(まず『さまよえるユダヤ人』、その後は『人民の秘密』)の中で語られているイエズス会の企てのなぞりであり、何カ所かは表現がほとんどそっくりそのまま利用されているということだ。モーリス・ジョリー[*3](アイズナーはこのジョリーについて全貌を語っている)もこの二つの小説に着想を得たと思いたくなるほどなのだ。

しかし、それだけではない。『議定書』の研究者たちは、(2)一八六八年にヘルマン・ゲッチェがサー・ジョン・レットクリッフ(Retcliffe)なるペン・ネームで書いた『ビアリッツ』という小説で、イスラエルの十二支族の代表者がプラハの墓地に集まって世界征服を企てることを語っていたことをすでに解明している。その五年後、これと同じ話が実際に起こった出来事として、ロシアで出版された中傷パンフレット『ユダヤ人、世界の支配者』の中に記述された。一八八一年、「ル・コンタンポラン」紙が、イギリスの外交官サー・ジョン・レッドクリッフ(Readcliff)という信頼できる筋から得られたものだと強調しながら同じ話をまたも掲載した。一八九六年、フランソワ・ブルナンが自著『ユダヤ人、われわれの同時代人』の中で、今度はジョン・レッドクリッフ(Readclif)という名で登場する大ラビの演説を再び利用している。しかし、誰も気がついていなかったことだが、ゲッチェは一八四九年にアレクサンドル・デュマが書いた『ジョゼフ・バルサモ』から一場面を書き写したに過ぎなかった。その場面とは、カリョストロと他のフリーメーソンの陰謀者たちが集まって、「王妃の首飾り事件」を企て、このスキャンダルを通してフランス革命を醸成する環境をつくりだそうとした会合が描かれた場面だ。

『議定書』は、ほとんどが現実離れした長編小説からとった断片の切り貼りに過ぎず、それゆえ矛盾だらけのテクストになっており、すぐさま小説っぽい性格を帯びていることが分かる。二流の連載小説かオペラならともかくとして、「悪党」が「果て知れぬ野心を、むさぼるような貪欲心を、復讐への冷酷な欲望を、根深い憎悪を」抱いていると自分から宣言するなどということは信じ難い。

『議定書』が当初は本物と見られたことは理解できる。スキャンダラスな発見として、しかも信頼に値するソースから紹介されていたからだ。しかし信じ難いのは、一点の疑いもなく偽造であることを誰かが証明するそのたびごとに、この偽文書が自分の灰の中から蘇ったことだ。ここにいたって、「『議定書』の小説」は、信じられないほど小説っぽくなり始める。

一九二一年に「タイムズ」紙が暴露した後、権威ある消息筋が『議定書』の偽造的性格を強調するたびに、すぐさま『議定書』を本物として再出版する何者かが現れてきた。そして今日でもこの実態がネット上で続いている。コペルニクスやガリレオやケプラーの後、太陽は地球のまわりを回ると繰り返し語る学校教科書が未だに出版されているのと同じことだ。

明白な事実が目の前にありながらこのように抵抗すること、人の心を相変わらず捉えるこの本の悪魔的な魅力はどのように説明できるだろうか。その回答は、ネスタ・ウェブスター[*4]という、ユダヤ陰謀説を主張することに人生を費やした反ユダヤ主義の女流作家の作品中にある。その著書『秘密結社と転覆運動』を見ると、彼女はあらゆる情報をよく摑んでいるように見受けられるし、アイズナーが語っているすべての実話を承知している。しかし、その締めくくりは次の通りだ。

私が確実であると保証できる唯一の意見は、『議定書』が、本物であろうとなかろうと世界革命の計画書であることである。そして、その予言書的性格や、過去の他の秘密結社による計画との間にきわめて多くの類似点があることから見て、『議定書』はどこかの秘密結社が作成したものか、あるいは秘密結社の慣習を非常によく知っていて、その考えやスタイルを模倣することのできる人間が作成したものである。(3)

ああ、申し分ない論理だ。「『議定書』は私が自分の話の中で言ったことと同じことを言っているので、『議定書』は私の話が正しいことを裏づけている」。あるいは、「『議定書』は私が『議定書』からとったストーリーを裏づけている。したがって『議定書』は本物である」。あるいはまた、「『議定書』は偽造である可能性があるが、ユダヤ人が考えていることをそのまま語っているので、本物だと思わざるを得ない」。言い換えれば、『議定書』が反ユダヤ主義をつくりだしているのではない。何らかの「敵」をでっちあげねばならないとする人間の深い欲望が、『議定書』を信じることに人を押しやるのだ。

結論として、ウィル・アイズナーの勇気あるこの「コミック・ブック」ならぬ「トラジック・ブック」の刊行にもかかわらず、話はまだ終わらないと私は思う。しかし、「偉大なる嘘」や、それが支え続ける憎しみに立ち向かうために、語り続けることには意義があるのだ。

［初出］　ウィル・アイズナー作『陰謀――シオン賢者の議定書の秘話』(*The Plot. The Secret Story of the Protocols of the Elders of Zion.* New York: Norton 2005. イタリア語版 Il complotto. Torino: Einaudi 2005) の序文として執筆。

（1）「虚構の議定書」。『文学の森の六つの散歩』(*Sei passeggiate nei boschi narrativi.* Milano: Bompiani 1994)〔邦訳『ウンベルト・エーコ　小説の森散策』和田忠彦訳、岩波文庫、二〇一三年〕所収。

（2）一例として以下の書物を参考。Norman Cohn, *Warrant for Genocide.* London: Eyre and Spottiswoode 1967, cap. 1(イタリア語版 *Licenza per un genocidio.* Torino: Einaudi 1969).〔邦訳、ノーマン・コーン『ユダヤ人世界征服プロトコル』内田樹訳、ダイナミックセラーズ出版、二〇〇七年〕

（3）Nesta H. Webster, *Secret Societies and Subversive Movements.* London: Boswell 1924: pp. 408–409.

＊1　三八四ページの訳注＊2を参照。

＊2　フランスの小説家(一八〇四〜五七年)。

＊3　フランスの作家、ジャーナリスト、弁護士(一八二九〜七八年)。彼の政治諷刺の作品『マキャヴェッリとモンテスキューの地獄での対話』が、のちに『シオン賢者の議定書』の

素材として使われた。

＊4　イギリスの作家、歴史家（一八七六〜一九六〇年）。

私の最も親しい友人の何人かは

元政務次官ステーファノ・ステーファニ[*1]は、ドイツ人への誹謗というべき彼の最近の発言が引き起こした論争の中で、自分に悪意がなかった裏づけとして、自分の最初の妻はドイツ人だったと弁明した。まさに無力な裏づけだ。もし現在の妻がドイツ人だったのならまだ理解できるが、最初の妻がドイツ人だったのは(つまり、明らかに棄てるか棄てられるかしたわけだから)、それこそステーファニがドイツ人と馬が合わない最たるしるしだ。そもそも、妻を引き合いに出すのは役に立たない論拠だ。私の記憶にある限り、セリーヌは妻の一人がユダヤ人だったし、ムッソリーニにも長い間ユダヤ人の愛人がいた。だからといってそれが、セリーヌにとってもムッソリーニにとっても、異なる形ではあれ、疑いの余地のない反ユダヤ主義的感情を抱く妨げにはならなかった。

とくにアメリカで諺に近い存在になった表現がある。「私の最も親しい友人の何人かは(Some of my best friends)」という表現だ。「自分の最も親しい友人の何人かはユダヤ人だ」(誰にでもあり得ることだ)というセリフで話を始める人は、そのすぐ後に、たいていの場合「しかし」や「でも」と続けて、反ユダヤ的な演説を開始する。一九七〇年代にニューヨークで上演された反ユダヤ主義を題材にしたコメディのタイトルがまさに『私の最も親しい友人の何人かは』だった。その後、このセリフでスピーチを始める人には、すぐさま反ユダヤ主義者の烙印が押された。逆説的だが、私はこのような風潮に対して、反人種差別主義的な話を始めるために必ず、「私の最も親しい友人の何人かは反ユダヤ主義者だが」と始めなければと一時は決めていたほどだった。

この「私の最も親しい友人の何人かは」という表現は、古典修辞学で「譲歩」(ラテン語で concessio)と呼ばれるものの一例だ。まずは論敵を褒め、相手の説に一つぐらいは賛同しているのだと示しながら話を開始しておいて、その後に破壊的な部分に移っていく。例えば、「私の最も親しい友人の何人かはシチリア人ですが」という表現で私が演説を始めたならば、私が「ボッスィ賞」[*2]に立候補しようとしていることは明らかだ。

余談だが、逆の仕掛けも、用いられる回数はより少ないが機能することに注目すべきだろう。私はどんなに思い出そうとしてもテルミニ・イメレーセ[*3]やキャンベラやダル＝エス＝サラーム[*4]に深い友情で結ばれた友達がいることを思い出せないが(これはきっとまったくの偶然だ)、もし私が「キャンベラには友人がいないが」というセリフでスピーチを始めれば、その後はオーストラリアの首都であるこの都市を手放しで全面的に称賛する話になることは間違いないのだ。

政治的論争となると状況は違う。その場合、例えばスピーチの初めで非の打ちどころのない統計上のデータを裏づけにしながらアメリカ人の大多数がブッシュ大統領に同意していないこと、イスラエル人の大多数がシャロン首相に同意していないことを述べ、その後からこの二つの政治体制の批判に移る。この場合、一例だけだと不十分で、イスラエルの場合にアモス・オズ[*5]、アメリカの場合にスーザン・ソンタグ[*6]を引き合いに出しても、それだけでは不十分だ。修辞学ではこれを「範例」(ラテン語で exemplum)と呼ぶが、心理的価値はあっても、論証を進める上では価値がない。言い換えれば、「特殊」を例示することは、それがソンタグ女史の例であろうと、私の最も親しい友人の何人かの例であろうと、「一般」的な結論を裏づけるための価値を有しないのだ。私がある日アムステルダムで財布を盗まれたという事実は、すべてのオランダ人が泥棒であるという結論に私をいたらせる理由にならない(このような論法を使うのは人種差別主義者だけだ)。とはいえ、一般から直接スタートして(例えば、すべてのスコットランド人はケチだ、すべての朝鮮人はニンニクくさい、など)論ずるのは、より罪が深い。たとえまったくの偶然によって、私が知り合ったスコットランド人はすべてつねにかつ気前よく飲み物をおごってくれたことや、私の朝鮮人の友達の何人かは高級で洗練されたアフター・シェーブ・ローションの香りしか放っていないことを譲歩したとしても。

「一般」という綱を張ってその上で曲芸的な体操をやるのは、いつだって危険だ。その証拠として、「すべてのクレタ島民は嘘吐きだ」と主張したクレタ島出身の哲学者エピメニデスのパラドックスが挙げられる。言うまでもなく、この定義によって嘘吐きであるクレタ島出身のエピメニデスも嘘吐きとなり、「クレタ島の人々は嘘吐きである」という彼の言い分は偽りとなる。しかしその結果、クレタ島の人々は真実を言う人であるということになる。そうすると、エピメニデスもそのクレタ島民の一人であり真実を言う人であるのだから、「すべてのクレタ島民は嘘吐きだ」という彼の言及も真実であるということになる。そしてこの話は無限に続く。あの聖パウロでさえこの罠に陥っていた。聖パウロは、クレタ島民の一人が認めているのだから「クレタ島民は皆嘘吐きだ」という言及は真実であると論じていた。

以上の話は論理学や修辞学のセミナー向きの遊びの種に過ぎないのだが、結果として得られる教訓は、誰かが何らかの譲歩をもってスピーチを始めたならばまず疑うべし、ということだ。その上で、この頃はとくにそうだが、政治的論争の場で耳に入るさまざまな譲歩の形態を分析すると興味深いだろう。例えば、司法府に対する(一般的な)尊敬の念の表明、多くの移民たちが仕事について見せる積極的な態度に対する認識、アラブの偉大な文化に対する称賛、イタリア共和国大統領への最高の表敬、等々だ。

誰かが譲歩でスタートしたら続きに要注意。「尻尾」には毒がある。[*7]

［初出］「レスプレッソ」誌、二〇〇三年八月。

＊1　イタリアの政治家（一九三八年〜　）。二〇〇三年、所属政党「北部同盟」の機関紙上でドイツ人を「超国粋主義者で（……）イタリアの浜辺を占拠して騒いでいる」などの言葉によって批判したことが外交問題に発展し、政務次官を辞任した。

＊2　もちろん架空の賞。ボッスィについては一〇七ページの訳注＊5を参照。

＊3　シチリアにある小さな町。

＊4　タンザニア最大の都市。

＊5　イスラエルの作家（一九三九〜二〇一八年）。

＊6　米国の女性文芸批評家、小説家（一九三三〜二〇〇四年）。

＊7　サソリにちなんだラテン語の成句的表現 in cauda venenum（尾に毒あり。言葉の末に毒気あり）を踏まえている。

彼の最も親しい友人の何人かは

一九六〇年代の初めころ、私も他の人も、文化関係の何らかのシンポジウムや討論会の参加者としてスペインに招待されると、自分たちは民主主義者で清き精神の持ち主だと感じていたので、独裁政治に統治されている国には決して行くまいと言い、最初はその招待を断っていた。しかしその後、何人かのスペインの友人によって考え直させられるようになった。彼らの説明によれば、もしわれわれが来てくれればわれわれを中心に討論の場が生まれ、しかもわれわれは外国人のお客だから討論が比較的自由なものになり、われわれの出席によってフランコ政権の独裁主義に同意しないスペイン人にとって異議を表示するチャンスが増えるというのだった。それ以来、招待されるたびにわれわれはスペインに行ったが、フェルディナンド・カルーゾが館長を務めていたバルセロナのイタリア文化会館が自由討論の島となったことを覚えている。

私はそのときから、ある政府の政策(あるいは場合によってはある国の憲法さえ)と、その国を揺るがす文化的運動や不穏な空気とは、区別の必要があることを学んだ。それゆえその後、文化的会合などのために、政策に同意できない国も訪れることになった。最近も、自国の近代文化の発展のために闘っている若くてきわめて開放的な何人かのイラン人研究者からイランに招待され、その招待を受け入れることにしたが、ただ一つだけ条件として付けたのは、あちらからもこちらからもミサイルが飛んでくる中を飛行機でイランを訪れるのは正気ではないように思えたので、中東地域で事態がどうなるかがはっきりしてくるまでその会合を延期してほしいということだった。

私がアメリカ人だったら決してブッシュに一票を投じないが、だからといって、それがアメリカ合衆国の数々の大学と友好的な関係を持ち続ける妨げにはならない。

イギリスの雑誌「ザ・トランスレイター」の最新号がちょうど届いた。翻訳に関する問題を取り上げている雑誌で、私自身も以前に寄稿したことがある。すぐれた国際的なメンバーが雑誌の顧問委員会を構成していて、一九九八年にラウトレッジ社から出版された『翻訳研究百科事典』の監修者として高く評価されているモーナ・ベイカーが編集長を務めている。

最新号の巻頭ページにある編集長からのメッセージの中で、数多くの大学・研究機関が、イスラエルのシャロン首相の政治政策への抗議のために、(いくつかのインターネット・サイトと共同して)イスラエルの大学・研究機関に対するボイコットを呼びかける請願書にサインしたという話が記述されている。そこには「イスラエル科学機関に対するヨーロッパ諸国による研究ボイコットの呼びかけ」や「イスラエルとの調査研究および文化的関係に対するヨーロッパ諸国によるボイコット」などのようなものがあって、ベイカーはこうした呼びかけを根拠に、イスラエルの大学の著名な研究者であるミリアム・シュレジンガーとギデオン・トゥーリーに対して雑誌「翻訳研究アブストラクツ」の編集から退くように勧奨したという。

モーナ・ベイカーは自分の雑誌の顧問や寄稿者に諮ることなくこの決定を下したことを(幸いにも)明らかにし、また彼女が排除したその研究者たちはシャロン首相の政策に対してさまざまな機会に強い異論を示したことがあることを認めている。その上で彼女は、このボイコットが「個人に対するもの」ではなく機関や組織に対するものだとしている。しかしこれは、さらに事を悪化させている。なぜなら、個人の考え方や立場と無関係に、その個人の帰属性(人種差別的とも言える帰属性ではないかと私は思う)を重視しているからだ。

こういったものの考え方がどのような結果をもたらし得るのかは明白だ。ブッシュを徹底的主戦論者だと思う人は、イタリアの研究機関がアメリカの研究機関と接触することをすべて阻止すべく最大限の努力を重ねなければならないことになる。ベルルスコーニのことを個人支配の体制をつくりあげようとしている人間だと(偶然にも!)思ったりした外国人は、イタリアの「アッカデーミャ・デイ・リンチェーイ」[*1]とすべての関係を断ち切らなければならないことになる。アラブのテロ活動に反対する人は、アラブ系の研究者を、彼らがイスラム原理主義グループに賛同しているか否かに関係なく、ヨーロッパのすべての文化的機関から追放するような運動を起こさなければならないことになる。

知識人の共同体は、何百年もの間、国家による不寛容や残酷な出来事の数々にもかかわらず生き残ることができた。彼らは諸国の人間同士が互いに理解し合う意識を持てるようになるよう力を尽くしてきた。もしもこの普遍的な絆がちぎれてしまえば、悲惨な状況になってしまう。モーナ・ベイカーがこの点を理解していないことをとても残念に思う。とくに翻訳の研究者は、まさにそうであればこそ異なった文化間の対話に関心を抱いていることを考慮すればなおさらのことだ。ある国の政府の政策に対してどんなに反対意見を持っていたとしても、その国の中に存在するもろもろの不和、分裂、矛盾を考慮せずにその国を非難することがあってはならない。

ちょうどこの文を書いている今ニュースが入り、イスラエルのある監視委員会が、シャロン首相のテレビ記者会見の放送を違法な選挙活動と判断して禁止したことを知った。そこから分かるように、イスラエルにもさまざまな異なった要求の間で興味深い対立が存在するのだ。サダム・フセインの独裁にあえいでいる人々にも苦しみを与えてしまうイラクへの経済制裁のことを不当だとおそらくは思っている人々が、どうしてこのような実態を無視していられるのか、私には分からない。

地球上のどこであれ、すべての牛が黒であるわけはない。すべての牛が黒だとする思想を人種差別主義と呼ぶのだ。

［初出］「レスプレッソ」誌、二〇〇三年一月。

＊1　「オオヤマネコの学会」の意。科学の発展を促す目的で、一六〇三年にローマで設立された、イタリアでもっとも古い歴史を持つ学会。名称は、オオヤマネコは視力が鋭いとされることにちなむ。

Ⅵ 第三千年紀初めの黄昏

ある夢

誰かが「私の夢は……」とか「夢を見た」とか言うときは、普通その夢の中で自分の希望が実現したり露わになったりすることを言う。しかし、夢はまた悪夢であるかもしれず、そこでは自分のまったく望んでいないことが現れる。あるいはまた、認定された権威ある解釈者による解釈が必要になる予知夢であるかもしれず、その人かられわれは夢が何を告げ、何を約束し、何を脅かしているのかを教えてもらうのだ。

私の夢はこの三番目のものだ。それがどんな夢なのかを、前もってそれが私の望みや恐怖と符合しているかなどと自問しないでお話ししようと思う。

その夢とはつまり、グローバルなブラックアウトが起こって全文明社会の機能が停止し、狂ったような責任追及や脅威への反発を試みているうちに地球規模の大戦争が勃発するというものだ。しかも豪華盛大な戦争で、たった五五〇〇万人の死者しか出さなかった第二次世界大戦のようなマージナルな衝突ではない。今日の技術がわれわれに可能にしてくれる正真正銘の戦争であり、放射線によってこの惑星の数多くの広いエリアが砂漠化して、味方の誤射誤爆、飢餓や悪疫などにより少なくとも世界人口の半分が滅亡する戦争だ。つまり、時代にふさわしい、戦術に精通した責任感ある司令官によって行われるよくできた戦争だ。

当然(夢の中でもわれわれはエゴイストだ)、この夢の中で、私や私の家族や友人は事態がさほど絶望的でない地域(できればわれわれの地域)に住んでいる。

もはやテレビのニュースを見ることはできないし、インターネットなんてあり得ない。なぜなら、電話線はダウンしてしまっているに違いないからだ。残るはラジオによるわずかな情報伝達で、送電線もないが、いくつかのソーラー・パネルをどうにか修理することで、昔の鉱石ラジオを使う。とくに田園地帯では数時間は明かりを確保することができるかもしれない。それ以外の地域の人は、石油ランプの石油を買うために闇市に行く。誰もガソリンを精製したりして時間を無駄にはしない。もしまだ車が存在していても、走る道がもはやないからだ。せいぜい荷車や二輪馬車が残っているだけだろう。

こんなわずかな明かりの下だと、私はたぶん夕方、あちこちから伐採してきた薪をほそぼそと燃やす暖炉のまわりで、もはやテレビのない孫たちに向かって、屋根裏部屋で見つけた古い童話の本を読み聞かせたり、戦争前の世界がどんなふうであったかを話すことができるようになる。

ある時刻になるとわれわれはラジオの前にしゃがみこみ、遠くからの電波をキャッチする。それは事態が今どうなっているかをわれわれに教えてくれ、われわれの場所に危険が迫っていないかを警告してくれる。しかし情報伝達の手段としては、伝書鳩を訓練することも復活するだろう。鳩が運んでくる「叔母さんは坐骨神経痛を患っているけれど、とりあえず何とかやっているよ」などといった最新の伝言を鳩の脚から取り外すのも、また手動輪転機で印刷した一日遅れの新聞を受け取るのも楽しいことになるのだ。

もし田園地帯に避難したなら、そこにどうにか校舎が残っているかもしれない。そうしたら私は、文法や歴史を教えて貢献することができるかもしれない。でも地理は教えない。なぜなら、地理について話すことが古代史について話すことと同じになるくらい、戦争の結果で地域が変わってしまっているだろうからだ。もし校舎がなければ、私は孫やその友達を集めてわが家で学校を開く。まず子供たちの手首を鍛えるために線を引く練習をさせる。これは後から文字が書けるようになるための練習というだけでなく、子供たちが従事しなければならないことになる手仕事を目指した訓練なのだ。さらに年長の子がいれば、徐々に哲学の面白い授業を行ってもいい。

子供たちのために教会の中庭が残っていたなら、そこには小さなグラウンドも残っているかもしれない(だったらぼろ布で作ったサッカー・ボールでもサッカーをすることができる)。さらに、たぶん物置から古いサッカー・ゲーム台が出てきたり、司祭が建具屋にピンポン台を作らせたりして、きっと子供たちはこうした遊び方が往時のヴィデオ・ゲームよりも自分を熱中させ、かつ創造的であることを再発見するだろう。

もしそこがまだ放射能で汚染されていなかったら多くの野菜を食べるだろうし、ホウレンソウに似ているイラクサ料理もおいしく食べられる。元来繁殖力の強いウサギには事欠かないだろうし、日曜日にはおそらくチキンを焼き、一番小さい子供には胸肉、一番大きい子には腿肉、手羽はお父さんに、臀部はお母さんに、そして食べ物にうるさくないおばあちゃんには首肉と頭、それに放し飼いの鶏で一番おいしい尻尾の付け根部分が分けられる。

散歩の楽しみや流行遅れの古い上着や毛糸の手袋のぬくもりも再発見される。羊毛の手袋があれば雪合戦することだってできる。

昔ながらの市の指名を受けた診療所制度も再び現れ、医師はきっと、アスピリンやキニーネ剤のストックを何とかつくることができるだろう。高気圧室やCTスキャン装置や超音波検査装置もないだろうから、当然ながら人間の寿命は平均六〇歳ぐらいまで再び下がることになる。しかし地球の他の地域での平均寿命を考慮すれば、そう悪くない。

丘の上では再び風車が回る。その大きな羽根の前で老人たちが『ドン・キホーテ』の物語を語り、子供たちはその素晴らしさを知る。また、皆で音楽を奏でることになる。見つけ出した古い楽器の奏で方を皆が習ったりして、最悪でも小さなナイフと一本の葦があれば笛のささやかな楽団ができる。そして日曜日には農家の庭で踊ったり、もしかすると生き残ったアコーディオン奏者がミッリャヴァッカ[1]を弾くこともあるかもしれない。

バールや居酒屋では、人々がノンアルコールの発泡性の飲み物やできたばかりのワインを飲みながらブリスコラ[2]に興ずる。政治家生活を捨てざるを得なかった「村の愚か者」が再び町を歩き回る。やる気のない若者たちは、頭にタオルをまいてカモミールの湯気を吸いこみながら慰め合い、こりゃなんて興奮するんだろうと言うかもしれない。

山の中では多くの動物たち、狸、テン、狐、そして数限りない野ウサギが息を吹き返すだろう。動物愛護家でさえも、もしあれば二連発の猟銃、とりあえずは弓矢や吹き矢を持って、動物性たんぱく質を手に入れるためにしかたなく、ときどき狩に行くかもしれない。

夜になると谷には、犬たちの遠吠えが聞こえる。犬はきちんと餌が与えられて尊重されている。なぜなら、低コストで精巧な電子警報システムの代わりになることが再認識されることになるからだ。一人として高速道路に犬を捨てる人はいない。犬が商品価値を持つようになったからでもあるし、高速道路がもはや存在しないからでもあるし、それにもし高速道路があったとしても、避けた方がよい場所、つまり「ライオンがいる場所（ウビ・スント・レオネス）[3]」に早く到着することになってしまうので、誰もそれを利用しないからだ。

読書があらためて脚光を浴びることになる。火災にさえ遭わなければ、多くの惨禍を生き残った書物が、打ち捨てられた大部屋や町の壊滅した大きな図書館から運び出されて、互いに貸し合ったり、クリスマスの贈り物にされたりして、長い冬の間や、夏でも木の下で用を足すときのわれわれの伴侶となるだろう。

鉱石ラジオからはわれわれを不安にさせる声が流れてくるが、うまく切り抜けられることを願いつつ、また毎朝天に向かってわれわれがまだ生きていることや太陽がきらめいていることを感謝しつつ、われわれの中で最も詩心に富む者たちは、つまるところ「黄金時代」が再び生まれつつあるのだと言い始めるかもしれない。

こうした楽しみの再発見と引き換えに、少なくとも三〇億の死者や、ピラミッドやサン・ピエトロ大聖堂やルーヴルやビッグ・ベンの消滅(ニューヨークについては語るまい、おそらくそのすべてがブロンクス地区のようなものになるだろう)という代償が支払われなくてはならないこと、それにもし私が喫煙の悪習を断つことができずにいるなら麦藁(むぎわら)を吸うことになることを考えながら、私は大きな苦悩とともに夢から覚めた。そして――本当のことを言えば――この夢が現実のものとならないことを私は願っている。

しかし私は、占いをするある人物のもとを訪ねた。この人は動物の内臓や鳥の飛び方までも読む[*4]ことができ、私にこう言った。私の夢は何か恐ろしいことを告げているだけでなく、もしもわれわれが現在の消費を抑制し、暴力を抑止し、また暴力を見て必要以上に興奮せずにいることができるなら、そしてときどきは昔ながらの儀式や古臭い風習を楽しんだりすることができるなら、その恐怖を避けることができるということをも示唆しているのだ、と。つまり、今すぐにでもコンピューターやテレビを消したり、モルディヴへチャーター便で出発するのをやめて[*5]、暖炉の脇で何かを語ることだってできるではないか。すべてはわれわれのやる気次第なのだ。

だが、この夢占い師はこうも付け加えた。それこそはまさに夢だ、つまり、私がこれまで述べてきた夢が現実のものとならないためにわれわれが一瞬立ち止まる勇気を持つというのは夢だ。さらに彼はこうも言った(この人物は賢明だが、しかし誰からも耳を傾けられたためしのないあらゆる予言者と同じように癇癪持ちだ)、皆くたばってしまえ、なぜなら君たちの責任でもあるのだから。

［初出］「レスプレッソ」誌、二〇〇三年一二月。

＊1　イタリアの盲目の音楽家(一八三八〜一九〇一年)。すぐれた技巧を持つヴァイオリン奏者だったが、パルマやトリーノなど北部イタリアの路上や広場、カフェで演奏を行いながら生涯を終えた。ポルカやマズルカを中心に作曲も多数行い、とくに「変奏付きマズルカ」が有名だった(たんに「ミッリャヴァッカを弾く」と言えばこの作品を指す)。訳者自身も子供の頃に祖父がよく口ずさんでいたことを覚えている。

＊2　二人以上で行うトランプ遊びの一種。かつてイタリア中で非常によく行われていた。

＊3　中世初期の地図では、どんな危険が潜んでいるか分からない未知の地域には「ここにライオンがいる(hic sunt leones)」と記入されていた(エーコは文の構造に合わせて hic を ubi に変えている)。

＊4　古代ローマには、動物の内臓や鳥の飛び方で公事の吉凶を予言する祭司がいた。

＊5　昨今のイタリアで流行しているヴァカンスの過ごし方。

死の短所と長所について

ソクラテス以前の哲学者たちが示した通り、哲学的考察とは、「始まり」つまりギリシャ語でいう「アルケー(始源)」についての熟考として生まれたのかもしれない。しかしまたこの熟考が、物事には始まりだけでなく終わりもあるという事実の認識からも導かれたことは明らかだ。そもそも、典型的な三段論法の古典的な例、つまり異論の余地ない論理はこう言っている。「すべての人間は死をまぬがれない。ソクラテスは人間である。したがってソクラテスは死をまぬがれない」。「ソクラテスは死をまぬがれない」は推論の結果だが、「すべての人間は死をまぬがれない」は異論のあり得ない前提だ。異論のあり得ない他のさまざまな真理(例えば、太陽は地球のまわりを回るとか、自然発生が存在するとか、賢者の石が存在するとか)は歴史の中で疑いをかけられて否定されてしまったが、「すべての人間は死をまぬがれない」はそうならなかった。信じる人たちが「その人」(=キリスト)の復活を受け入れたのがせいぜいだが、しかし、復活するには「その人」は死ななければならなかったのだ。

このため、哲学を生業とする者は死をわれわれの通常の限界として受け入れているし、ハイデッガーをまつまでもなく、人は(少なくとも「考える」人は)死ぬために生きていると主張することができた。今私は「考える人」と言ったが、それは哲学的に考える人ということだ。なぜならば、教養のある人も含めた多くの人が、誰か他の人が死について(しかも彼ら自身の死についてではないのに)口にすると厄払いの仕草をすることを私は知っているからだ。哲学者は違う。哲学者は死ななければならないことが分かっているし、その死を待ちながら、自分の人生を活動的に送っているのだ。超自然的な生を信じる者は平静に死を待つ。しかしエピクロスの教えのように、死を迎えたとき死について心配することはない、なぜならそのときわれわれはもはやそこにいないから、と考える者も、同じように平静に死を待つことができるのだ。

もちろん、誰もが(哲学者も含めて)苦しまずに死を迎えたいと望んでいる。生き物は本能的に苦痛を好まないからだ。ある人は気づくことなく死を迎えたいと望み、ある人は臨終のときへとゆっくりと意識しつつ近づくことを望み、また、ある人は自分の死ぬ日を決めることを選ぶ。しかしこれらは心理的な細部であって、核心の問題は死の不可避性であり、哲学的な姿勢とは死への準備をすることなのだ。

死への準備の様相は多種多様であり、私はその中のある一つの方法を好んでいる。したがって、それについて以下に、僭越ながら私が数年前に書いたもの(1)の中の一節を引用することにする。これは一見滑稽に見えるかもしれないが、私はいたって真面目な考察だと考えている。

最近、物思いにふける教え子(クリトンという名)が私に尋ねた。「先生、どのようにしたら死にうまく近づけますか」。私は、死に備える唯一の方法とは、他人が皆、悪辣なバカ者だと自分で納得することだと答えた。

驚いたクリトンに向かって、私は言った。「考えてもみよ。君が死に瀕しているとき、きわめて感じのいい男女の若者たちがディスコで大いに楽しみながら踊ったり、啓発された科学者たちが宇宙の最後の神秘を解明したり、清廉な政治家がよりよい社会を創造したり、新聞やテレビが重要なニュースのみを報道しようと目指したり、責任ある経営者たちが自分たちの製品が環境を汚染しないかと心配して飲める水の流れる小川や木の茂る山の斜面、有益なオゾンや快い雨を再びもたらしてくれる柔らかい雲で守られた澄んで晴れ渡った空の大自然を懸命に取り戻そうとしたりしている、等々のことを考えながらだったとしたら、たとえ君が信心深い人間であったとしても、どのように死に近づくことができるであろうか。これだけ素晴らしいことが起こっているというのに、自分は死んでゆくのだと考えたら、とても耐え切れるものではない。

逆にこう考えるようにするのだ。自分がこの谷を去ろうとしていると感じているまさにそのとき、世界(六〇億の人間)は悪辣なバカ者ばかりだ、ディスコで踊っているあの連中もバカだ、宇宙の神秘を解明したと思い込んでいる科学者たちもバカだ、われわれのすべての災厄への特効薬を約束する政治家たちもバカだ、くだらない無駄話ばかりで紙面を埋めているやつらもバカだ、この惑星を破壊している自滅的生産者たちもバカだ、皆が皆バカであることに自分は断固たる確信を持っている、とそう考えてみるのだ。そのとき、このバカ者たちの谷を捨てることができてうれしくないか？　解放されたと思わないか？　満足しないか？[*1]

するとクリトンは私に問うた。「先生、それではいつからそんなふうに考え始めればいいでしょうか」。私は、あまり早くから始めてはいけないと答えた。なんとなれば、二〇歳や三〇歳ですべての人間をバカ者だと思う者はそれこそバカ者であって、決して叡智にいたることがないからだ。まず他人はすべて自分よりすぐれていると考えるところから始め、徐々にそれを発展させ、四〇歳頃に最初のかすかな疑問を抱き、五〇歳から六〇歳くらいで修正にとりかかり、一〇〇歳にいたるまでの間に確信を持つようにしなければならないが、天から召集令状が来たら、ただちにいつでも清算をして人生を閉じることができるようにしておかなければならない。

われわれのまわりにいる六〇億の人間すべてがバカ者であると自ら納得することは、

緻密で聡明な技の産物であり、耳や鼻にリングをつけているそこらへんのケベス[*2]のよくするところではない。鍛錬と努力を要することだ。時間を速める必要もない。重要なのは、徐々にその境地にいたることだ。そうすればちょうどよいタイミングで穏やかに死ぬことができる。だがその前日ですら、われわれの愛する人や尊敬する人のうちの誰かがさほどバカではないとまだ考えることが求められる。なぜなら、真の知恵とは適切な時点(それ以前ではなく)においてその人もバカ者だったと認識することだからだ。そのときになって初めて死ぬことができる。

つまり、すぐれた技というのは、少しずつ普遍的な考えを学ぶことであり、習慣の移り変わりを深く観察し、マスメディアや、自信たっぷりの芸術家の主張や、政治家が好き勝手に吐く金言や、終末論的評論家の詭弁や、カリスマ的英雄の警句(アフォリズム)などを、それぞれの理論、提言、呼びかけ、映像、出現などを研究しつつ、日々監視することなのだ。これらを全部こなしたその最後のときに、君はすべての人間は悪辣なバカ者であるという衝撃的な啓示を授かる。そのとき死との出会いを迎える準備が整うのだ。

最後の最後まで、この太刀打ちできない啓示に抵抗しなくてはならない。きっと君は、誰かが良識あることを言っているとか、この本は他の本よりすぐれているとか、あの指導者は本当に人々の幸福を願っているとか、そう考えることに固執するに違いない。他人はみんな押しなべてバカだという得心を拒むのは、当然なことだ。人間だからだ。われわれの種の生まれつきの特性だ。さもなければどうして生きる意義があろうか。しかし、最後にその事実を知ったとき、君はそのとき初めて死ぬ意義(それどころか、その素晴らしさ)を理解することになる。するとクリトンは言った。「先生、性急に決めつけたくはないのですが、先生がバカ者なのではないかという疑問が湧いてきました」。私は、「ほら、君はすでにいいところまで来ている」と答えた。

この私の文章は、奥深い真実を表現しようとしたものだ。つまり、死への準備の本質とは、「伝道者は言う、空の空、空の空、一切は空である」[*3]という境地を徐々に得ることなのだ。

だが(ここで私の論題の前半部分に入るが)、こういったことにもかかわらず、哲学者も死が持っている苦しい不都合について認識している。誕生し成熟していく素晴らしさとは、人生は知の見事な積み重ねであるということに気づくことにある。バカでないのなら、あるいは慢性的健忘症の患者でないのなら、誰しもが少しずつ成長し学んでいく。それが経験というものだ。だからこそ、昔、老人は部族内で最も賢明であるとされていたし、彼らの務めは自らの知識を子孫に伝えることだった。自分が毎日何かしらを学びとり、過去の自分の間違いが自らをさらに賢くさせ、肉体は衰えていくとしても頭脳は日々新しい本を収蔵する図書館であると自覚するのは、素晴らしい感覚だ。

私は、若さを懐かしまない者のうちの一人だ(私は青春を謳歌したが、もう一度最初から再出発しようとは思わない)。なぜなら、以前の自分よりも今の自分の方がより賢明だと感じるからだ。そこで、死の瞬間にこれらすべての経験が失われてしまうことを考えると、苦悩と恐れを感じる。私の子孫がいつの日か私と同じぐらい、いや私以上に知識を蓄えることになるかもしれないと思っても、それは慰めにはならない。何という無駄だろうか、何十年もかけて経験を積み、そしてそれを捨て去るとは。まるでアレクサンドリアの図書館を炎上させること、ルーヴルを破壊すること、美しく豊かで叡智の詰まったアトランティスを海中に沈ませることと同じだ。

このような悲しさに対して、われわれは活動することで対抗する。例えば、執筆する、絵を描く、町を建設する。あなたが死んでも、あなたが積み上げたものの大部分は失われない。メッセージの入ったビンを海に投げるのと同じだ。ラッファエッロは死んだが彼の絵画手法は未だに使うことができるし、マネやピカソが自分の画風を見出すことができたのも、まさにかつてラッファエッロが生きていたからだ。このような慰めの考え方が、貴族的あるいは人種差別的な色彩を帯びることがないように願う。まるで死に勝つための唯一の方法は、作家、思想家、芸術家のみが手にできたというかのように……。そうではない。最も慎ましい人間でも遺産として自分の経験を子供たちに、たとえ口頭によるだけでも、あるいは自らを模範とするその力によってだけでも、残すことができる。われわれが皆話し、経験を語り、ときには自分の経験を押しつけることで人に迷惑さえかけることがあるのは、まさしくその経験が失われないためなのだ。

しかし、自分のことやその他のことを語りながら私がたくさんの物事を伝達できたとしても(この数ページを書くことによっても)、たとえかりに私がプラトンやモンテーニュやアインシュタインであったとしても、どれだけ話しても、どれだけ書いても、人生で得ることのできた経験のすべてを、私は絶対に伝えることができない。例えば、愛する人の顔を見て覚えた感動、夕焼けを前にして受けた啓示。カントでさえ頭上の星空を眺めながら理解したことのすべてをわれわれに伝えていない。

これこそが死の真の不都合であって、哲学者でさえもこれについて悲しみを感じる。その悲しみのあまり、われわれはおのおの、他の人々が死ぬことによって消散させてしまった経験を再建しようとしながら人生を送る。これはエントロピー曲線と関係があると私は思う。しかたがない。物事の流れはこういったものであり、それに対してわれわれは何もできない。死には何かしら不愉快な要素があると哲学者も認めざるを得ない。

このような不都合をかわすためには、どうすればよいか。不死を獲得することによって、と言われている。不死とはユートピアなのか、あるいは可能性(たとえわずかであっても)なのか、手にすることができるものなのか、人生が一五〇歳を超えるようになる可能性があるのか、老年は単なる病気であって、それを防止し、治すことができるのか。このようなことについて論ずるのは私のなすべきことではない。それは科学者の領域だ。私はここで、とても長い、場合によっては無限の人生がもし可能だったとして、考えてみるにとどめよう。なぜならば、そうすることによってのみ、死の利点に関して考察することができるからだ。

選ばざるを得ないならば、あるいは選ぶことができるのであれば、さらに晩年を肉体や精神の濁った状態の中で過ごさないことが確実であるとするならば、私は七五歳よりも、一〇〇歳や一二〇歳まで生きることにしたいと言いたいところだ(この点においては哲学者も他の人間と同じだ)。しかし、まさに一〇〇歳となった自分を想像してみる中で、私は不死の不都合を見出し始めるのだ。

まず第一の疑問は当然、そのような高年齢にたどりつくのが私だけ(唯一人の特権者)なのか、それともその可能性が誰にでも与えられているのかということだ。もし私だけとなると、私の親愛なる人たち、私自身の子供、私自身の孫が自分のまわりから徐々に去っていくことを目にすることになる。もしこの孫たちが自分たちの子供や孫を私に残してくれるならば、彼らにしがみつき、彼らによって私の孫のいなくなったことの慰めを見出すことができるかもしれない。しかし、私のこの長い老後生活にともなってくるであろう苦悩やノスタルジーは耐えられないものとなり、生き残ったことの呵責さえも感じることだろう。

そしてまた先ほど触れたように、叡智とは自分がバカ者に囲まれて生きているということを徐々に確信していくことであるとすれば、バカ者の世界の中で思慮深い私の存在をどうして耐えられるだろうか。また、先史時代の状態に後戻りしてしまった健忘症の人間ばかりの世界の中で、自分が唯一記憶を保っている人間だともしも気づいたら、知的、精神的孤独にどのようにして耐えることができるだろうか。

それから、その可能性は大いにあり得るのだが、もし私の経験の成長が周囲の人々の経験の成長よりも遅く、知的柔軟性において私をしのぐ若者たちに囲まれて、時代遅れの貧しい知恵を持って生きていかなければならないとしたら、もっと悪い状態が起こるだろう。

だが、もし不死や非常に長い人生が誰にでも与えられているならば、それが最悪の状態となる。何よりもまず、一〇〇歳(あるいは一〇〇〇歳)以上の人間で過密状態となった世界の中で生きていかなければならないことになる。この超高齢人口が新しい世代から生きる場所を奪うだけでなく、私はすさまじい「生存競争」の中に陥って、私の子孫が私の死を願わずにいられない状態になる。もちろん、他の惑星に植民地をつくるという可能性はあるかもしれないが、しかしそうなった場合は、同年齢の人たちと一緒に銀河系の開拓者として移住し、地球に対する癒し難い郷愁に悩まされることになるか、それとも、最も若い人たちが地球をわれわれ不死人間たちに残して移住し、私は年老いた惑星の中で囚人状態となって、前に言ったことをとめどなく延々と繰り返す耐え難い存在となりはてた他の老人たちと一緒に、思い出話をぼそぼそ話す状態になる。

私の人生の最初の一〇〇年に、驚き、感嘆、発見の喜びをもたらした物事が、自分にとってすべて退屈なものにならないと、誰が確実に言えるだろうか。『イリアス』を一〇〇〇回目に読んだとき、あるいはバッハの「平均律クラヴィーア曲集」を引っ切りなしに聞いた場合、昔と同じように喜びを感じることができるだろうか。日の出や、バラ、花の咲いた野原、ハチミツの味に、耐え続けられるだろうか。「ウズラ、ウズラ、いつもウズラ……」[*4]。

死ぬことによって私の積んできた経験の宝が失われてしまうと考えるときに襲ってくる悲しさは、生き残ったら、このような耐え難い、色あせた、たぶんカビの生えた経験を不快に感じることになるかもしれない、と考えたときの悲しさと類似しているのではないかと私は思い始めている。

私に残された年があと何年になるかは分からないが、その間は、ビンにメッセージを入れて海に投げ入れ続けながら、聖フランチェスコが「姉妹なる死」と呼んでいた死を待ち続けた方がいいかもしれない。

［初出］　フレデリック・ルノアール、ジャン＝フィリップ・ド・トナック編『死と不死』(*La mort et l'immortalité*, a cura di Frédéric Lenoir e Jean-Philippe de Tonnac. Paris: Bayard 2004)のあとがき。

（1）「穏やかに死への準備をするには」。その後『ミネルヴァの走り書き』(*La bustina di Minerva*. Milano: Bompiani 2000)に所収。

＊1　キリスト教の教えやカトリックのさまざまな祈りの中で、この世は「涙(苦しみ)の谷」に譬えられている。

＊2　ケベス(イタリア語でCebete)はソクラテスの弟子の一人(一四九ページの訳注＊3を参照)。しかし同時に、Cebeteという語はイタリア人読者にただちにebete(バカ、阿呆)という語を連想させる。

＊3　旧約聖書「コーヘレト書」の冒頭の一節。

＊4　「いくらよいものでも毎回それればかりでは」の意。仏王アンリ四世の故事にちなむとされる。度重なる浮気を司祭に非難された王は、司祭の大好物のウズラ料理を毎食彼に食べさせることにした。最初は喜んだもののやがてうんざりした司祭が王に「毎回毎回、ウズラばかりでは……」と言うと、王は「それ見よ、毎回毎回、王妃では……」と答えたという。

訳者あとがき

エーコは、年齢で言えば、私よりおよそひとまわり上だ。六〇代、七〇代となればさほど大きな年の差ではないが、一九六〇年代に、思想家、中世の専門家として知られるようになっていたエーコは、当時高校生であった私にとって、知識人のあるべき姿を示す存在だった。そのときから、雑誌や新聞への投稿、エッセイ、「超」難しい中世哲学者に関する論文、そしてもちろん小説と、エーコのありとあらゆる著書を読みながら、魅力を感じ続けてきた。

エーコの魅力は、大きく分ければ三つに集約することができると思う。

その一つは、綿密な、徹底した論理に従った話の流れ。たとえどのような話題に立ち向かったとしても、歴史のことであれ、日常的な出来事であれ、社会問題であれ、問題の徹底した分析を行った上で、その説明や解決に挑むのである。一般的にチャランポランで「アバウト」だとされているイタリア人だが、実は論争に慣れていて、細かいことを一つも逃さない国民である(なぜそう見えないかは別問題だ)。その本質は、イタリアの思想の歴史に深く根を下ろしている。ギリシャ・ローマ哲学を受け継いだ、聖アウグスティヌスを頂点とする二〜四世紀の教父たちは、比較的「新しい」宗教であったキリスト教の哲学的・神学的基盤づくりというとてつもない大きな問題に直面した。しっかりした論法に従った記述がないと事を運べない。この基盤をもとに中世のスコラ神学は、問題をさらに掘り下げた。当時しばしば行われていた神学論争の場(その一つの例が『薔薇の名前』の中で生々しく記述されている)では、相手に打ち勝つために徹底した論理、重箱の隅をつつくほど「うるさい」論法に従った話の構築が必要であった。その論法の最頂点を極めたのがトマス・アクイナス(エーコの大学卒業論文のテーマ)であり、その後ルネッサンスの思想家が現れ、そして、近代科学の創始者とでも言うべきガリレオに続いていく。これが徹底した論理に満ちているイタリアの思想の歴史である。エーコの徹底した論理は、これらの思想家、哲学者、科学者の遺産を受け継いでいる。

エーコの二つ目の魅力はその文体にある。難しい話の中でも、ところどころに現れる日常的な、ときによっては「俗っぽい」言葉、表現、言い回しが、流れる、分かりやすい文章を作り出すのだ。それは、専門用語と組み合わせることによって、真剣な話をしているにもかかわらず、読者の笑いを誘いだすほどだ。面白くイタリア語に訳されたラテン語の格言、宗教や哲学の中で使用される決まり文句の使用は、それらの出所が分かっている教養のある人にとってはたまらないほど面白いものだが、かと言って、それほど教養の高くない人にも、たとえ原典が分からなくても理解できるような形で提示されている。甘さと辛さの絶妙なバランスの料理である。今回の本の中にもこういった例が無数にある。ある意味では相反するその言葉の「ミックス」が日本語訳にも表れるように努めたが、さてその結果の評価は……読者に任せることにする。

魅力の三つ目の要因は、どんなに厳しい批判をしている文章であっても、その文章の中に含まれている、度を越さない皮肉やアイロニーだ。単語の選び方一つだけで、意味は変わらないが、その言葉が持つ歴史や背景、ふだんの使用のしかたによって付加された「含み」が、読者の微笑、ときによっては大きな笑いを誘うのである。例を挙げれば、「死の短所と長所について」(四三〇ページ)の中にプラトンの対話篇をもじった「エーコ流の対話篇」がある。その中でソクラテスの有名な弟子ケベスの名前が出てくる。ケベスは、ソクラテスの他の弟子とともに、ソクラテスを脱獄させるべく、牢獄の番人に袖の下を渡すための金を集める人だったが、エーコの文章には「……耳や鼻にリングをつけているそこらへんのケベス……」とある。ケベスはイタリア語でCebete（チェベテ）であり、この語はすぐさまebete（エベテ）(ど阿呆)を連想させる。軽いタッチでエーコは「耳に飾りを(場合によって「鼻輪」さえ)」つけている人(男)たちは「阿呆」だと言っているのだ。哲学的な話なのに、単語一つで別の実態(社会流行)を非難している。このようなことができる作家は極めて少ない。

本書の原題は *A passo di gambero. Guerre calde e populismo mediatico*(エビの歩き方で。熱い戦争とメディアのポピュリズム)である。日本語版の書名『歴史が後ずさりするとき――熱い戦争とメディア』は編集部の提案によるものであるが、A passo di gambero の部分を直訳にしていない。イタリア人にとって gamberi(エビ)は、なぜか、歩くとき後ろへ下がるような歩き方をするというイメージがある。したがって、本来ならば「前進」すべきなのに実際には「後退」していることを指すのに andare a passo di gambero(エビの歩き方で先へ行く)という表現を使う。例えば、親が「勉強はどう?」と子供に尋ねて、"A passo di gambero." という返事が返ってきたとすると、勉強は進んでいるどころか、勉強したことをどんどん忘れているという意味になる。

このタイトルでエーコが言いたかったのは、人類が本来ならば進歩しなければならないのに、最近の世界的な出来事や社会現象を見ると、むしろ昔の状態に戻りつつあるのではないか、ということである。日本の読者にとっては、そのまま「エビの歩き方で」とすると分かりにくいタイトルになるので、原文からちょっと離れた、しかしその意味を込めているタイトルを使うことになった。

本書の原書が刊行されたのは、二〇〇六年二月である。序文でエーコが語るように、二〇〇〇年から二〇〇五年にかけて発表されたエッセイや論文、講演などが、話題別にまとめられて収録されている。話題の幅は、政治、宗教、流行、人種差別、大衆文化、などなど実に広い。原書はそれらが八つの部に分けられているのだが、そのうち、編集部と相談の上、第二部と第七部を割愛することにした。

その理由は次の通りである。原書の第二部には、当時のイタリア政府、首相や大臣の行い、また(こちらの方が多いが)その不祥事についてのエッセイが数々収録されている。内容はある時点での出来事に限られているので、イタリア人でさえもはや覚えていない場合がある。まして、日本人の読者に内容を理解していただくためには、エッセイそのものよりも長いぐらいの訳注(出来事の説明、人物の名前、立場、などなど)が必要になってしまう。原書第七部の方は、遊び心で書かれた、イタリア語でしか通じない言葉の戯れ、実在する人物(特に政治家や財界人)の名前をもじった想像上の人物がしでかした出来事を語るエッセイが収められている。こちらも、日本語に訳して読者に理解していただくためには訳文一行に対して少なくとも五行ぐらいの説明文が必要となるので、面白いはずの話も面白くなくなる。落語や漫才を説明するのと同じことで、話の勢いがなくなる。

このような理由から二つの部を割愛した結果、日本語版は全六部の構成となり、原書に収録されていた全八二編のエッセイのうち四八編が訳されることになった。分量的には原書の約三分の二である。なお、部や各篇の配列は原書通りにしてある。

本書に所収されているエッセイの多くは、エーコが長年にわたって寄稿した(今でもしているが)左翼系の週刊誌「レスプレッソ」*L'Espresso* の最後のページ(雑誌で真っ先に読める、最適な位置)に掲載しているコラム“La bustina di Minerva”からとったものである。このコラムのタイトル名は、意図があまり明らかにされていなかった。Minerva はギリシャ神話の知恵の女神ミネルヴァのことであるから、私は「ミネルヴァの知恵袋」と訳してもよいと思っていた(bustina は紙包み、(小)袋、(小)封筒など、いろいろな意味がある)。ところが、最近、エーコが題名の由来を語っている記述を目にすることができた。私の勝手な想像からこれほど離れた説明はなかった。

イタリアではタバコはもちろんのこと、「火」に関するもの(ライター、マッチなど)すべてが専売公社の管理下にある(いまだに……)。特にマッチは、日本だと宣伝用に使われて、ほぼすべての店や企業が自分なりのデザインのマッチを作っているが、しかし専売公社の管理下にあるイタリアの場合は種類が限られている。箱入りが二、三種類と、いわゆる紙マッチが一種類あるだけなのだ。その紙マッチは、表にギリシャ彫刻からとったミネルヴァの顔が印刷されていて、通常その紙マッチ自体が「ミネルヴァ」と呼ばれている。宣伝用ではないので、ミネルヴァの顔が印刷された表の面以外の面は真っ白である。タバコ吸いだったエーコは、きっとポケットにそのようなマッチを持っていたのだろう。何かアイデアが湧いてきて、忘れないうちにメモしたいと思うと、慌ててポケットに手を入れる。メモ用紙がなければ、手あたりしだい何でもよい。マッチの蓋をあける。真っ白な裏は、走り書きのメモにピッタリだ。書斎へ帰って、「ミネルヴァの紙マッチ」の裏に書いたメモを見て、エッセイを書く。こうして La bustina di Minerva が生まれたが、これを日本語にすると「ミネルヴァと呼ばれている紙マッチの裏に書いた走り書きメモをもとにしたエッセイのコラム」という、日本語ではとても使えないタイトルになる。そこで、本書にはこのコラムのタイトルが二、三回出てくるのだが、「ミネルヴァの走り書き」と訳すことにした。

最後に、イタリア語のカタカナ表記について一言。本文でそれを見て戸惑いを感じ、びっくりする読者がいるかもしれない。カタカナ表記は厄介な問題だ。語音の少ない日本語で外国語の発音のヴァラエティを正しく表記するのは至難の業である。言葉によってはその発音を表し得ない場合もある。だからといって、努力を怠ってはならないと私は思う。

政治の世界でよく耳にするセリフがある。「前例がない」、「その習慣がない」などだ。それに対する答えは極めてシンプル。「これが前例だ」、「今日からこのことに慣れる」。何においてもどこかから始めなければならないのだ。鎖国が終わり、明治になって、日本人はそのときまで見たこともない聞いたこともない名前を言わなければならない、書かなければならない状況を強いられるようになった。そこで、偉大な先生たち、福沢諭吉や森鷗外などが、工夫を重ねて表記法を考え出した。慣れていない一般人は最初は戸惑いを感じたが、慣れざるを得なかった。昔のことだからテンポが遅かったので、少しずつ吸収することができた。IT時代である二一世紀の今は、スピードを上げないと世間に遅れを取っていくことになる。イタリアのpizzaは、昔「ピザ」と書かれていたが(その料理が日本に渡ってきたのはアメリカからだった。世界で一番外国語の発音の苦手なアメリカ人の発音とともに)、研究熱心な日本人は少しずつ、料理の仕方も発音も違うということに気がついたので、この頃は電話で頼んで配達してもらうのは「ピザ(アメリカ風)」、ちゃんとしたイタリアン・レストランで食べるのは「ピッツァ」、という違いに関して誰も不思議に思わなくなったし、最初は疑われていた「ピッツァ」というカタカナ表記も市民権を得ることができた。

この問題について、いずれ別の場所で深く論じてルールなどを説明したいと思うのだが、ここでは、この翻訳本の読者に、見慣れないカタカナ表記(その主な方針と例は、目次の後のただし書きに記してある)に出くわしたときに、右のような哲学に従って今回「新しい」イタリア語のカタカナ表記を取り入れることにしたという背景だけを分かっていただければ幸いである。この「新しい」カタカナ表記も早く「市民権」を得ることを望む。

読者に、また出版社に、お詫びしなければならないことがある。翻訳に着手したのは原書が刊行されてから間もない二〇〇六年秋だったが、諸般の事情に妨げられて、翻訳の完了が大幅に遅れてしまったことだ。

最後に、この翻訳にあたって、和訳の原稿の読み直し、表現に対する助言など、さまざまな形で手伝っていただいた方々に心より感謝の言葉を申し上げたい。その中で特に挙げたいのは、本書の出版社、岩波書店の編集者で、イタリア語(そしてもちろん日本語も!)の幅広い知識の持ち主である天野泰明さんである。彼のサポート抜きでは本書を世に送り出すことはできなかっただろう。

では、エーコの論理とウィットをお楽しみあれ。

リッカルド・アマデイ

岩波現代文庫版　訳者あとがき

二〇〇六年、『歴史が後ずさりするとき』が出版されてからもエーコは精力的に執筆活動を続けた。新聞や雑誌のための記事やエッセイは数知れず、ここですべてを挙げる訳にはいかない。三つだけ、量的にも内容的にも大きなものとなった著作に簡単に触れたい。

その一つ目と二つ目は長編小説だ。『プラハの墓地(*Il cimitero di Praga*)』(邦訳、東京創元社、二〇一六年)と『ヌメロ・ゼロ(*Numero zero*)』(邦訳、河出書房新社、二〇一六年)である。一九八〇年、一世を風靡した『薔薇の名前』で小説家として歩みだしたエーコだが、その当時、研究者・哲学者・評論家が小説を書けるのか、と疑問に思う批評家が多かった。それが「出来る」ことをエーコのこの『薔薇の名前』が立証すると、その時までためらっていた他の評論家・研究者たちが、彼の後を追って小説を書くようになった。

三つ目は『異世界の書――幻想領国地誌集成(*Storia delle terre e dei luoghi leggendari*)』(邦訳、東洋書林、二〇一五年)だ。「幻想領国」とは、小説家の想像から生まれた場所(例えばロンドンに「あった」シャーロック・ホームズのアパートなど)ではなく、実際に存在した、と人類がかつて思っていた場所のことだ。例えば、プラトンの作品に現れる伝説上の島「アトランティス」や、南アメリカにあって黄金が豊富だと信じられた理想郷「エル・ドラード」や、シバの女王が治めたとされるアラビア半島の古代王国、などなどだ。エーコらしい機知に富んだ文章ではあるが、学識が深いエーコの文章は論理的で堅実だ。

しかしここでは、これらの作品についてではなく、晩年のエーコが深い興味を示した別な二つの話題を取り上げようと思う。その一つは翻訳、もう一つはコミュニケーションとメディア。

翻訳の様々な側面を研究し解析したエーコだが、彼自身による翻訳本は少ない。それに反して翻訳問題を取り上げた論文、講演などはかなりの数に上っている。エーコの研究の中心となっているのはヨーロッパ諸言語どうしの翻訳だが、彼が至った結論は、構造的にも文化的にもかなり異なる言語にも、例えばイタリア語と日本語との間にも当てはまると言える。膨大な数の研究や講演の中から、エーコの考え方の主なポイントを、かいつまんで記述したい。

まず、エーコが主張するのは、翻訳者は元のテキストに忠実(fedele)でなければならないということだ。「言語的忠実(fedeltà linguistica)」と「文化的忠実(fedeltà culturale)」

がない翻訳は良い翻訳ではない。

言語的に忠実であるというのは、元の作品にない言葉を加えない、説明はしない、語数を増やさない、ということだ。良い翻訳かどうかを見分けるための判断の第一基準は、読む前の段階で翻訳本の「サイズ」を見ることだ。仮に元の本が二〇〇ページなのに、翻訳本が三〇〇ページ(もちろん、文字のサイズが同等であることは不可欠だが)になっていたら翻訳の質は疑わしくなる。極端な話だが、ある文章の語数は「出発言語」においても「到着言語」においても同じでなければならない。

「文化的忠実」の問題だと、ことが少し複雑になるが、基本的に元の「文化」を守りながら、「到着言語」の文化にも受け入れられる(＝理解できる)翻訳を作らなければならない。そこで翻訳者の力量が問われることになる。エーコは言うのだが、ある言語の中でしか通じない言葉や慣用句に、いちいち「元の言葉はこうこうであって、その由来はどこそこにある」というような脚注を付けると、それは翻訳者の負け以外のなにものでもない。

もう一つの「基本姿勢」がある。エーコは「可逆性の原理(principio di reversibilità)」と呼ぶのだが、訳された文は元の言語に戻すと元の文と同じようにならなければならない、ということだ。エーコはいくつか例を挙げているが、エーコの例ではなく、僭越ながら私自身の経験を基にして、次に述べることにする。

では、ヨーロッパ言語どうしと違って、かなり離れているイタリア語と日本語の場合はどうなるか。私の翻訳クラスでいつも皆に言っているのは、「翻訳は決断の連続だ」ということ。つまり、言葉一つを訳そうとすると、それに当たる訳語はいくつもある可能性が大いにあり得る。するとその中で「どれを選ぶか」ではなく「どれを切り捨てるか」が問題になる。その基準は、結局、「文化的忠実」にあると思う。それは単語ひとつだけではなく、慣用句の場合もそうだ。あるとき、日本語からイタリア語への翻訳クラスで「馬の耳に念仏」という熟語が現れた。地球上のどこの国にも馬がいるし、どこの馬にも耳がある。そこまでは問題はない。問題は「念仏」。日本人だったら皆子供の時からこの言葉を聞いているので、その意味は疑わない。では、イタリアはキリスト教の国だから、「念仏」を「聖書の行(くだり)」と置き換えればよいのでは。そこで「馬の耳に聖書を読み上げても何の役にも立たない」というイタリア語に訳したとすると、直感的にその意味が分かるイタリア人読者もいるかも知れないが、大半は「変な表現。何だろう」と思うに違いない。イタリア語でも、言葉こそ違うが、「無駄な作業」という意味を持つ慣用句がある。それは「ロバの頭を洗う(lavare la testa all'asino)」だ。そもそもロバは賢い動物だが、イタリア人の共通の認識では「バカ」だとされている。ロバの頭を洗ってもロバは賢くなるわけでもないし、石鹸と水と時間を無駄にすることになる。よって、この訳がよいだろう。しかも、先ほど記述した「可逆性の原理」にも従っている。

イタリア語の「ロバの頭を洗う」は日本語の「馬の耳に念仏」に戻すことが出来る。しかし、もし「馬の耳に念仏」を「無駄骨を折る」のようなイタリア語に訳したとすると、この伊訳は説明、解釈となるので、「可逆性の原理」はおそらく守られていないと言えよう。日本語に訳し戻すと、ふつうの翻訳者ならおそらく同じ「無駄骨を折る」と訳すだろうから。さらなる問題もある。もしも元のテキストでは馬が別な個所にも出てきて、その馬が「登場動物」として大きな役割を果たしているのなら、イタリア語で「ロバ」は使えなくなる。翻訳者の永遠の悩みの種。

次はコミュニケーションの問題。人類が地球上に現れてから絶えず直面してきた問題だ。太古の昔から長い間、その事情は大きく変わらなかったのだが、一九〇〇年前後から、状況は一変した。電気の発明が可能にした電信、ラジオ、テレビ、それからなんと言ってもインターネットによって、われわれのコミュニケーションのあり方は完全に変わってしまった。

エーコは論文、エッセイ、講演会、インタヴューなどでこの問題を徹底的に掘り下げている。ここでその膨大な数の考察を取り上げることは出来ないから、いくつかのポイントのみをピックアップしたいと思う。

テレビが現れたのは一九五〇年代の初めで、最初は(ここでエーコはイタリアを中心とした話をしているが、おそらく他の国にも当てはまる事柄と言える)チャンネルは一つしかなかった。その頃、夜のプライム・タイム(イタリアの場合は午後九時頃)に放送されていたのはピランデルロの劇とか、古代ギリシャのアイスキュロスの悲劇とかだった。当時よく言われていたのが「テレビはプアーな人たちをリッチにし、リッチな人をプアーにする」ということだった。ここで言う「プアー」と「リッチ」とは、もちろん金銭的な意味ではなく、知識、教養のことを意味する。つまり、「プアー」な人はテレビでピランデルロの劇を見ることによって学ぶチャンスを得たが、「リッチ」な人は、ピランデルロをすでに知っているのに、家でテレビばかり見て、より豊かな精神を育むためのコンサートやオペラを見に行かなくなったからである。ところがインターネットはその状況をまるで正反対に変えてしまった。「リッチ」な人はインターネットが持つ膨大な数の情報の中から必要なことを選び抜くことが出来るが、「プアー」な人はその情報の数に押し潰されてしまって、情報の多さの中で動きも取れず、役に立たない情報を拾ったりして、賢くなるどころか、より「プアー」になってしまう。

あふれるほど情報がなんでもあるインターネットは役に立たないかも知れない。エーコは二つの例を挙げている。ホルヘ＝ルイス・ボルヘスが書いた「記憶の人フネス」。フネスは完璧すぎる記憶力の持ち主だからこそ「完璧なバカ」(エーコの言葉)になっている。なんでも覚えているから、大事なこととそうでもないこととの区別がつかない。もう一つの例は地図の縮尺。地図は実体よりも小さいからこそ、つまり描写する地域の重要なポイントだけを表すからこそ役に立つ。縮尺一分の一の地図は表す地域と同じだから役に立たない。

対策はあるのか。教師でもあったエーコは次のように語っている。

インターネットでは、情報が多すぎることは情報がないことと同じだ。これからの学校の問題は、どうしたら情報を選別することが出来るかを教えることだ。しかし教師たちにもそれが出来ない。教師は相変わらずユリウス・カエサルが誰であったかを教え続けるが、それはインターネットにも書いてある。問題はユリウス・カエサルについての正しい情報を選ぶということだ。よい教師はどうするべきか。教師が研究テーマを与えると生徒たちがインターネットから情報を「パクって」しまうのは分かっている。情報の数があまりにも多すぎるから、生徒たちがどこから「パクって」しまったかは教師でさえ分かりようがない。生徒たちに言うべきことは、「パクって」もよいが、少なくとも一〇ぐらいのサイトを比較して、違いなどを見極めて、それについて考察しろということだろう。そうすることによって、どのサイトが間違っているか、どのような情報なら信頼できるかを識別できるようになり、そこから、少しだけかもしれないが、生徒たちの批判的精神が生まれる可能性もでてくる。

コミュニケーションに関わるもう一つの問題は、電子記録媒体はどのぐらいの寿命があるかということだ。古代エジプトのパピルスは未だに残っている。そこまで古い話ではなくても、五〇〇年前に発明された印刷技術のお蔭で、当時印刷された本は新品同様に残っていて、われわれはそれらを研究することが出来る。つまり情報が残っている。しかし今は、五年も経てば新しいコンピューターを買わなければならず、新しいコンピューターは二〇年前のフロッピー・ディスクを読めない。となるとその情報の記録は無くなってしまったことになる。今の段階では、この問題を解決する方法が見当たらない。

最後は、信頼の問題だ。昔、テレビのチャンネルが一つだけしかなかった頃、ＲＡＩ（イタリアの国営放送）にはまあそれなりの信頼があった。今は、ジャンクばかり放送しているチャンネルが多すぎて、どれを信じるべきかが分からなくなっている。インターネットの場合もそうだ。本を買えばどこそこの出版社だから信頼できる、雑誌の記事を読めば、この雑誌は真面目だから信じることが出来るということになっていた。しかし、どこのだれが書いているかもわからないインターネットの情報に、どれほどの信頼を置けるかは分からない。

エーコは亡くなったが、彼が教えてくれたことを活かして、ガイドなしにわれわれはこれから自分たちの足で歩かなければならない。

二〇二一年四月

リッカルド・アマデイ

本書は二〇一三年一月、岩波書店より刊行された。

歴史が後ずさりするとき—熱い戦争とメディア
ウンベルト・エーコ

2021年5月14日　第1刷発行

訳　者　リッカルド・アマデイ

発行者　岡本　厚

発行所　株式会社　岩波書店
〒101-8002 東京都千代田区一ツ橋 2-5-5

案内 03-5210-4000　営業部 03-5210-4111
https://www.iwanami.co.jp/

印刷・精興社　製本・中永製本

ISBN 978-4-00-600437-8　Printed in Japan

岩波現代文庫創刊二〇年に際して

二一世紀が始まってからすでに二〇年が経とうとしています。この間のグローバル化の急激な進行は世界のあり方を大きく変えました。世界規模で経済や情報の結びつきが強まるとともに、国境を越えた人の移動は日常の光景となり、今やどこに住んでいても、私たちの暮らしは世界中の様々な出来事と無関係ではいられません。しかし、グローバル化の中で否応なくもたらされる「他者」との出会いや交流は、新たな文化や価値観だけではなく、摩擦や衝突、そしてしばしば憎悪までをも生み出しています。グローバル化にともなう副作用は、その恩恵を遥かにこえていると言わざるを得ません。

今私たちに求められているのは、国内、国外にかかわらず、異なる歴史や経験、文化を持つ「他者」と向き合い、よりよい関係を結び直してゆくための想像力、構想力ではないでしょうか。

新世紀の到来を目前にした二〇〇〇年一月に創刊された岩波現代文庫は、この二〇年を通して、哲学や歴史、経済、自然科学から、小説やエッセイ、ルポルタージュにいたるまで幅広いジャンルの書目を刊行してきました。一〇〇〇点を超える書目には、人類が直面してきた様々な課題と、試行錯誤の営みが刻まれています。読書を通した過去の「他者」との出会いから得られる知識や経験は、私たちがよりよい社会を作り上げてゆくために大きな示唆を与えてくれるはずです。

一冊の本が世界を変える大きな力を持つことを信じ、岩波現代文庫はこれからもさらなるラインナップの充実をめざしてゆきます。

（二〇二〇年一月）

岩波現代文庫［学術］

G419
新編 つぶやきの政治思想
李静和
秘められた悲しみにまなざしを向け、声にならないつぶやきに耳を澄ます。記憶と忘却、証言と沈黙、ともに生きることをめぐるエッセイ集。鵜飼哲・金石範・崎山多美の応答も。

G420-421
ロールズ 政治哲学史講義（I・II）
ジョン・ロールズ
サミュエル・フリーマン編
齋藤純一ほか訳
ロールズがハーバードで行ってきた「近代政治哲学」講座の講義録。リベラリズムの伝統をつくった八人の理論家について論じる。

G422
企業中心社会を超えて
―現代日本を〈ジェンダー〉で読む―
大沢真理
長時間労働、過労死、福祉の貧困……。大企業中心の社会が作り出す歪みと痛みをジェンダーの視点から捉え直した先駆的著作。

G423
増補「戦争経験」の戦後史
―語られた体験／証言／記憶―
成田龍一
社会状況に応じて変容してゆく戦争についての語り。その変遷を通して、戦後日本社会の特質を浮き彫りにする。〈解説〉平野啓一郎

G424
定本 酒呑童子の誕生
―もうひとつの日本文化―
髙橋昌明
酒呑童子は都に疫病をはやらすケガレた疫鬼だった――緻密な考証と大胆な推論によって物語の成り立ちを解き明かす。〈解説〉永井路子

2021.5

G425
岡本太郎の見た日本
赤坂憲雄

東北、沖縄、そして韓国へ。旅する太郎が見出した日本とは。その道行きを鮮やかに読み解き、思想家としての本質に迫る。

G426
政治と複数性
―民主的な公共性にむけて―
齋藤純一

「余計者」を見棄てようとする脱‐実在化の暴力に抗し、一人ひとりの現われを保障する。開かれた社会統合の可能性を探究する書。

G427
増補 エル・チチョンの怒り
―メキシコ近代とインディオの村―
清水透

メキシコ南端のインディオの村に生きる人びとにとって、国家とは、近代とは何だったのか。近現代メキシコの激動をマヤの末裔たちの視点に寄り添いながら描き出す。

G428
哲おじさんと学くん
―世の中では隠されているいちばん大切なことについて―
永井均

自分は今、なぜこの世に存在しているのか？友だちや先生にわかってもらえない学くんの疑問に哲おじさんが答え、哲学的議論へと発展していく、対話形式の哲学入門。

G429
マインド・タイム
―脳と意識の時間―
ベンジャミン・リベット
下條信輔
安納令奈 訳

実験に裏づけられた驚愕の発見を提示し、脳と心や意識をめぐる深い洞察を展開する。脳神経科学の歴史に残る研究をまとめた一冊。〈解説〉下條信輔

岩波現代文庫[学術]

G430
被差別部落認識の歴史
—異化と同化の間—
黒川みどり

差別する側、差別を受ける側の双方は部落差別をどのように認識してきたのか——明治から現代に至る軌跡をたどった初めての通史。

G431
文化としての科学/技術
村上陽一郎

近現代に大きく変貌した科学/技術。その質的な変遷を科学史の泰斗がわかりやすく解説、望ましい科学研究や教育のあり方を提言する。

G432
方法としての史学史
—歴史論集1—
成田龍一

歴史学は「なにを」「いかに」論じてきたのか。史学史的な視点から、歴史学のアイデンティティを確認し、可能性を問い直す。現代文庫オリジナル版。〈解説〉戸邉秀明

G433
〈戦後知〉を歴史化する
—歴史論集2—
成田龍一

〈戦後知〉を体現する文学・思想の読解を通じて、歴史学を専門知の閉域から解き放つ試み。現代文庫オリジナル版。〈解説〉戸邉秀明

G435
宗教と科学の接点
河合隼雄

「たましい」「死」「意識」など、近代科学から取り残されてきた、人間が生きていくために大切な問題を心理療法の視点から考察する。〈解説〉河合俊雄

2021.5

G436

増補 軍隊と地域
―郷土部隊と民衆意識のゆくえ―

荒川章二

一八八〇年代から敗戦までの静岡を舞台に、矛盾を孕みつつ地域に根づいていった軍が、民衆生活を破壊するに至る過程を描き出す。

G437

歴史が後ずさりするとき
―熱い戦争とメディア―

ウンベルト・エーコ
リッカルド・アマデイ訳

歴史があたかも進歩をやめて後ずさりしはじめたかに見える二十一世紀初めの政治・社会の現実を鋭く批判した稀代の知識人の発言集。

2021. 5